火凤凰新批评文丛

陈思和 主编

傅小平 著

角度与风景

对当代文学的另一种观察

山西出版传媒集团 北岳文艺出版社
·太原·

图书在版编目（CIP）数据

角度与风景：对当代文学的另一种观察 / 傅小平著. — 太原：北岳文艺出版社，2020.3
（火凤凰新批评文丛 / 陈思和主编）
ISBN 978-7-5378-6146-5

Ⅰ. ①角… Ⅱ. ①傅… Ⅲ. ①中国文学－当代文学－文学评论
Ⅳ. ① I206.7

中国版本图书馆 CIP 数据核字（2020）第 025063 号

角度与风景：对当代文学的另一种观察

傅小平 / 著

出品人
续小强

选题策划
续小强　刘文飞

责任编辑
范戈

封面设计
观止堂＿未氓

印装监制
郭勇

出版发行：山西出版传媒集团·北岳文艺出版社
地址：山西省太原市并州南路 57 号　邮编：030012
电话：0351-5628696（发行部）　0351-5628688（总编室）
传真：0351-5628680
网址：http://www.bywy.com　E-mail：bywycbs@163.com
经销商：新华书店
印刷装订：山西人民印刷有限责任公司

开本：787mm×1092mm　1/16
字数：292 千字
印张：21
版次：2020 年 3 月第 1 版
印次：2020 年 3 月山西第 1 次印刷
书号：ISBN 978-7-5378-6146-5
定价：50.00 元

本书版权为本社独家所有，未经本社同意不得转载、摘编或复制

总序

为第二套《火凤凰新批评文丛》而作

去年，北岳文艺出版社社长、总编辑续小强先生来上海找我，希望我为出版社策划两套书，一套是贾植芳先生全集，另一套就是青年批评家文丛。对于前一套书我颇感兴奋，贾先生去世已经五年，再过两年就是他老人家的百年诞辰，北岳文艺出版社作为先生的家乡出版社，能够做此善举，是我极为高兴的事情。后一套书却让我多少有些感慨。小强先生希望我用"火凤凰新批评文丛"的名义来编这套书。"火凤凰"是我当年策划一系列人文批评丛书的品牌，但时过境迁，当初推出第一套"新批评文丛"已经是二十年以前的事情了。小强先生是"80后"的青年，他居然还能想到二十年前曾经在出版界发生过影响的一套丛书，希望能够接着这个出版道路走下去，激励今天的青年文学批评家。我觉得我没有理由谢绝他的这番好意。于是就有了这一套青年批评家丛书。

我为此又特意翻阅了1994年出版的第一套"火凤凰新批评文丛"。前面除了有巴金先生的题词和任意先生设计的徽标以外，还有一篇徐俊西先生写的序言。序言里有这么一段话：据云，他们编辑《火凤凰新批评文丛》宗旨有二：一曰"在滔滔的商海之上"，建立一片文学批评的"绿洲"；一曰"文坛空气普遍沉闷的状况下"，弘扬当代知识分子的"人文精神"。徐俊西先生是我的老师，他这里所指的"他们"，就是我和王晓明两个策划者，这里所说的"宗旨"，肯定也是我们当时讨论的话题。但我现在一点儿也想不起来在哪篇文章里写过这样的话。我原先记忆里似乎为这套文丛写过一个卷头语，但现在翻阅一遍也没有找到，也许是我曾经写了，后来没有用上，只是给徐老师写序时做了参考。所以，徐老师文章里打了引号的那些意思，可以定论为我们当时筹办火凤凰学术著作出版基金、策划多种出版物的基本宗旨。

现在已经二十年过去了，我们整个文化工作在经济上是阔气多了，高校系统拨了大量的经费资助学术著作出版，各种文化基金、出版基金也都接受学术著作的出版补贴。所以现在高校里的青年教师要出一本书并不困难，但真正的困难还是存在的，我觉得最大的问题是，当前一本文艺批评的著作能否产生它应有的社会影响和学术影响。这个问题直接影响到青年批评家的专业思想以及价值观。

1980年代，文艺批评是显学，尤其是1985年以后，文艺批评承担了很重要的社会功能。当时整个文学艺术正处于一个逐渐摆脱政治体制制约，开始自觉、自主、自在的审美阶段。所谓自觉是指文学艺术审美价值的内在自觉，自主是指创作主体独立的精神追求，自在是指文学艺术作品在文化市场上接受检验、寻求合理生存的社会效应。这是中国当代文学艺术创作的重要转变，对后来的文学艺术发展产生了深远的影响。那时人们在主观上还没有充分意识到这一点，而转变中的文艺创作需要理论支撑才能显现出它的合法性。1985年的方法论热潮正是适应这样的文化形势的需要而蓬勃开展起来，一批年轻人懂外语，面向世界，如饥似渴地学习、引进西方各种理论思潮，消解原来一元化的"文艺为政治服务"的戒律，与文艺创作互相呼应，对实验性、探索性、先锋性的文艺创作给以及时的解读。记得我当时在《上海文学》杂志上发表过一篇谈现代主义思潮在中国演变的文章，从"五四"前后谈到当下西方现代主义与中国文化传统相融汇的可能性。那时我读书并不多，论述也有点勉强，学术性是谈不上的，但是在一批作家中间引起过强烈反响。有一个朋友说，那不是你的文章写得好，而是他们（指作家们）需要你这样的说法。我以为这个朋友说得对，文学批评理论就是要在时代、文化发生转变的时候，及时发现问题和提出问题，通过解读某些创作现象来阐释事物发展的规律。这样的批评才会引起社会的关注，1980年代刘再复先生的一本《性格组合论》可以成为畅销书，在今天真是不可想象的。

这样一种文艺创作发展的需要，使文学批评的主体力量从作家协会系统逐渐转移到高校学院，一批研究现当代文学、文艺理论的大学教师逐渐取代了原来作协的文艺官员、核心报刊的主编。本来文艺批评应该有更大气象产生，但新的问题也随之而来，随着1990年代初的政治空气和经济大潮的冲击，学院里从事批评的青年教师们遭遇到双重压力。当时真正的压力还不在主观上，因为学院批评与政治权力保持相对距离，在主观探索方面仍然有一定的空间，但是客观上却遭遇了市场的挑战。出版业的萧条和倒退，迫使原先构建的批评家工作平台纷纷倒闭或者转向，出版人仿佛在惊涛骇浪里行舟，都有随时翻船的恐惧。不赚钱的学术著作，尤其是文艺批评论文集，自然无法找到出版的地方。学术研究成果既然不能转换为社会财富，必然会影响主体热情的高扬和自觉，导致对专业价值的怀疑。那时候高校考评体制还是传统学术型体制，青年教师如果不能顺利出版著述，其职称评定、福利待遇以及社会评价都受到影响。我在1993年策划《火凤凰新批评文丛》就是建立在这样的客观形势之上，所谓逆风行驶。我当时就想试试，到底是读者真的不欢迎文艺批评，还是出版社被市场经济大潮吓慌了手脚而不肯作为？我与一些受到人文精神鼓舞的出版社同道们一起分担了这个实验，实践下来的结果是好的，书虽然有了一些经费补贴，出版社不至于亏损，但是销售和宣传的结果，反而有所盈利，文丛最后几本的出版已经不需要资助了。我比较看重的是这套丛书里几位青年批评家的著作，如郜元宝、张新颖、王彬彬、罗岗、薛毅等几位青年才俊的论文集，如果说，这套丛书多少为作为全国批评重镇的上海批评队伍建设做过一点儿贡献，也就是不失时机地稳定了这批青年评论家的专业自信。后来几年里我又策划了《逼近世纪末批评文丛》（山东友谊出版社），继续做了这样的工作。

现在回过头来看，这套丛书的意义还是超出了我当时的期望，不仅仅是对几位青年朋友产生影响，也不仅仅是对上海地区的文学批评产生影响。续小强先生在二十年之后还想借重这个出版品牌来推动青年批评家著作的出版，就是证明之一。不过如我前面所说，现在青年批评家面临的问题，与当年的问题并不相同，批评的处境也不同。现在，关于要加强文艺批评的主流声音一直不断，大媒体报刊也相应地设立批评专页的版面，稿费据说不菲，在高校、出版系统申请出版批评文集的经费也不特别困难。那么，今天的困难在哪里？我个人以为，恰恰是前面提到的编辑"火凤凰"的两个宗旨中的一个：批评家作为知识分子独立主体的缺失，看不到文艺创作与生活真实之间的深刻关系，一方面是局限于学院派知识结构的偏狭，一方面是学院熏陶的知识者的傲慢，学院批评无法突破知识与立场的局限而深入到真实生活深处，去把握生活变化的内在规律，而是把时间精力都耗费在轰轰烈烈的开大会、发文章、搞活动、做项目等等，尽是表面的锦团花簇而缺乏深入透彻地思考生活和理解生活。其实，批评家最重要的是需要有宽容温厚的心胸、敏感细腻的感觉，以及坚定不妥协的人文立场，才能发现尚处于萌芽状态的新生艺术力量，与他们患难与共地去推动发展文学艺术。在我看来，今天我们面临文化生活、审美观念、文学趋势之急剧变化，一点也不亚于1980年代中期的那场革命性的转型。但是，现在文艺探索与理论批评却是分裂的，探索不知为何探索，批评也不知为何批评，以其昏昏使人昭昭，文艺批评怎么能够产生真正的力量呢？所以我今天赞同续小强先生继续编辑出版《火凤凰新批评文丛》，但所希望的，不在多出几本批评文集，更不在乎多评几个职称，而是要培养一批敏感于生活、激荡于文字、充满活力而少混迹名利场的新锐批评家。

这是我的愿望。写出来与青年批评家们共勉。

陈思和

2014年3月3日于鱼焦了斋

序

《火凤凰新批评文丛》出到第四辑，终于有小平的一本书。我特别为他高兴，也为这个文丛能源源不断获得新鲜血液而倍感欣慰。

我说"终于"，是因为小平加盟"火凤凰"，有点姗姗来迟。他在上海批评界动笔很早，也较早形成了特色，获得了读者群。这么晚才结集出书，固然因为低调，但也与其工作岗位和文章特色有关。

小平长期供职于上海（晚近也是全国）独有的一份文学专业报纸《文学报》，绝大多数文章都和职责有关，如访谈作家，报道文学会议和文学出版（包括期刊发表）信息，再有就是在这基础上延伸开去，就作家、批评家、出版人及广大读者关心的中外文学热点进行深度追踪，总之不出新闻报道范围。

这样的文字，正如小平本人所说，很有点像福楼拜的小说，作者有意隐身到作品世界背后，尽管最终效果是处处有"我"，但毕竟隐身了，一般读者轻易看不出他的存在，以为只是职业的文学报道而已。小平迟迟不肯出书，大概就是基于这个考虑吧。

但他终于还是将自己多年来有关中国文学的文章结集出版，并非因为后来改换门庭，有意靠向专门的"文学批评"，而是在多媒体乃至"融媒体"时代，一如既往写着新闻报道式的文字，渐渐对"何为文学批评"，"何为职业批评"，"何为大师批评"，"何为媒介批评"，都有了一份独特的觉悟。这份觉悟让他看清了自己的定位，也因此有了一份应有的自信。

中国目前主要由高校培养的多少有些"同质化"的"批评家"真如过江之鲫，但像小平这样长期供职于专业文学媒体，在媒体的沉浮中终于站稳脚跟脱颖而出的有个性的批评家屈指可数。

我看小平现在也真是进入收获期了，已出版和在编的著作不下五种。比如，《四分之三的沉默》，是他对二十一位海内外华语作家的访谈。这本书里每一个话题都凝聚着小平的心血，赢得了作家们普遍的赞誉，也足可以给专业的文学研究者做必要的参考。《普鲁斯特的凝视》，谈他对20世纪一百位外国作家的阅读体会，充分显示了他的文学趣味和几乎无书不窥的宏大气魄。想想看，20世纪一百位外国作家！还有一本跟我有点关系，就是他与海内外批评家和学者们的对谈。他在这里换了一种话语，跟另一批比较难弄的家伙们打交道。但至少就我的经验来说，跟他对谈（主要是回答他设计的问题），是我的荣幸，——我可以趁机稍稍提高一下自己可怜的情商与智商。

再就是摆在读者面前的这本《角度与风景——对当代文学的另一种观察》。

我们可以借用法国学者蒂博代的术语，称小平的这些文章为："媒体批评。"这很省事，也确实大致不差。但"媒体批评"的一般特点，小平都有，无须多说。在职业批评（具体到中国主要是"作协批评""学院批评"）、大师批评之侧需要不一样的"媒体批评"作为补充和调剂，这个道理也无须多说。我觉得可以稍微讲一讲的是，小平实践的虽属"媒体批评"，但他委实花了一番功夫，给这种大家习焉不察的批评类型打上了自己的烙印。

首先，尽管不少文章因职责所在，奉命执笔，但他还是尽可能在规定动作中加入不少私货。你看他的报道和评述，全都删繁就简，奔着问题而去，看起来是在转述别人（作家、批评家、学者、出版人）的说法，但如何转述，转述什么，都煞费苦心，绝不止于传达和复制表面的喧哗，总能让读者听到隐身背后的报道者、评述者一些微弱而顽强的声音。虚应故事、照章办事、就事论事的那种平面报道在这本书里几乎一篇也找不到，所以尽管他当初触及的那些文坛热点很多早就冷却，而留给我们的思考仍在继续。我在小平的文字中听到的不只是文坛往日的那些热闹，更有来自"现场"的热烈而真实的内心波动。

其次，小平的文学报道和评述绝不囿于"当代文学""当下文学"。他四面出击，上下求索，话题所及，琳琅满目。比如有史学界的考古发现与关于"何谓中国"的重新阐释，有国际文化和文学交往，有思想文化界最新话题与意见冲撞（尤其是围绕"五四"和"启蒙"的论争），有出版界的困顿与突围，有教育界的忧患与探寻，有国内批评家的学说，有海外汉学家的意见，有不同代际作家的特色与问题，有文学共同体未必熟悉的来自翻译界的声音。如此广泛的关切，最大好处就是给文学阅读、文学创作和文学批评展开了一个宽阔的文化空间，让文学界人士能探出头来，吸取更多营养，倾听更多声音，避免局处一隅，成为井底之蛙。

第三就是小平的文字，始终那么亲切，畅达，易懂，透明，而又不时发散，四处留白，布置着极大、极多的"张力场"。如上所述，小平是一个隐藏在作品背后的作者，不想以过于主观、晦涩和自以为是的文字横亘在文学现象与读者之间，所以对读者来说很富于"代入感"。你可以随着他的指引，很容易就走进了众声喧哗的文学现场。但你自以为扑向他所指引的对象，可以到岸舍舟了，他作为指引者的声音又会透过现场的喧嚣回荡在你耳边。这就是我读小平之书时最奇妙的一种类似欣赏交响乐的感觉。

小平在报社工作，长年累月忙碌于大国文学生产的现场，几乎每天都要完成日程表上满满的任务，很难有自己的闲暇。但就在这样的工作环境中，他还是能够因势利导，就地取材，把约稿、组稿、编稿工作安排得井井有条。逢到约稿作者交不出货，他甚至干脆自己化名写稿，填补空位，成为隐姓埋名的"本报内部"的"专栏作者"。

这本从一百多万字压缩成五十万字最后再压缩成二十余万字的文集，就诞生于如此忙碌的流水线作业。他的勤奋、敏锐和灵气，不能不令人钦佩。

作为《火凤凰新批评文丛》第一辑作者，我却不过小平的盛意，勉力说了如上的几句话作为读后感，堪堪交卷，其实颇不合适。

批评是一件累人的活，又是一桩娇气的事，要在知识储备、心境、身体精力状态、时代环境诸要素恰好凑合的情况下才可能有较理想的成绩。我长期身在大学，除了完成本职的教书工作，精力兴趣都衰减得厉害，很难再有当初那种吞噬性阅读和几乎条件反射的评说冲动，只能收缩阵线，抱残守缺，偶尔冒泡罢了。但中国当代文学在"新时期"之后，又走过1990年代、21世纪最初将近二十年。三十年弹指一挥，却积累了太多作家、作品、文学事件和学术话题，不管质量如何，成色怎样，好歹庄稼在田地里熟了一季又一季，需要更多腿脚更健、心思更灵的年轻人来收获。小平这一代驰骋文坛，正其时也。

是为序，亦所望焉。

郜元宝

2018年6月19日

目 录

第一章　我们向历史要什么？ / 001

为什么是"我们的中国"？　/ 003
我们应以何种方式与传统文化对话？　/010
窥见中华文化深远的"镜中世界"　/016
如何有效继承与转化民间文学传统？　/023
中国为何缺少"作家中的作家"？　/030
写一部体现东方文化和哲学的小说，是可能的吗？　/033
百年新诗：到了改换命名的时候了？　/039
网络文学才是真正意义上的传统文学？　/042
中国传统文论话语已经过时了吗？　/046
我们向历史要什么？　/052
何谓源初意义上的文化江南？　/055

第二章　文学如何直面时代现实？　/061

中国文学的主流审美，从"魔幻"回到了"现实"　/063
当代文学：有大作无大师？　/067
如何让文学与科学之间，发生绚烂的碰撞对接？　/071
在时代思想前沿，书写"城与乡"　/075
文学如何直面时代现实？　/081

小说创作：如何打开隐身于"景"之后的"象"？ /087
当代小说：肉感多了，骨感少了，从社会思潮里消失了？ /093
中国小说：文体创新，如何可能？ /100
长篇小说：不因时代表达湮没了具体的人 /105
生态小说：如何走出有生态无小说的窘境？ /108
是什么制约了小小说的发展？ /114
非虚构写作：如何突破限制，成就经典？ /120
通俗文学：能给纯文学提供更新和突围的途径？ /125
影视剧改编，有多少需要依赖小说家？ /129
媒介融合生态下，文艺评论何为？ /132
新媒体时代，怎样写出专栏新气象？ /138

第三章　中国故事与青年写作　/141

青年文学：颠覆，还是回到传统？ /143
中国故事与青年写作 /146
"70后"作家："十字路口"的希冀与彷徨 /149
很个人，又如何大众化？ /153
争议"80后"：我有人气，你奈我何？ /157
有辨识度，又如何避免同质化？ /162
"80后"办杂志：与坚守文学理想矛盾吗？ /167
"90后"：当"颜值"成了出版卖点，"我"与世界差了什么？ /175
年轻一代写作：故事将大于文学的概念？　179

第四章　如何把启蒙变成一种生活态度？　/183

启蒙先启自己，新民先新个人 /185
如何把启蒙变成一种生活态度？ /192
重温"五四"，找回我们失落已久的魂 /198

大师，何以为"大师"？　/204
《新青年》创刊一百周年：鲁迅，还是胡适？　/208
谈论鲁迅时，我们该谈些什么？　/214
今天，我们怎样读胡适？　/217
知识分子社会关怀，需致之开阔和远大　/220

第五章　中国文学到了重新确立坐标的时刻？　/223

莫言获奖：如何推动中国文学融入世界？　/225
中国文学正在疾步走向世界？　/231
当有一天，西方作家坦承受到了中国文学的影响　/237
汤显祖的世界影响要超过莎士比亚？　/243
中国文学到了重新确立坐标的时刻？　/249
假如鲁迅不懂翻译　/252
翻译"文学"，还是翻译"中国"？　/256

第六章　俄罗斯文学在中国的影响衰退了吗？　/263

后苏联时代，你应该知道的俄罗斯文学　/265
俄罗斯文学在中国的影响衰退了吗？　/277
白银时代：像艺术家那样生活，像人一样去创作　/281
乌克兰文学：在俄罗斯和西方国家之间摆荡　/294
巴西文学：在"未来之国"，遥望"河的第三条岸"　/299

后　记　/307

第一章 我们向历史要什么？

为什么是"我们的中国"?

在近年涌现的众多"中国学"著作中,北京大学中文系教授、文化学者李零于 2016 年由三联书店推出的《我们的中国》要说有什么别开生面之处,或许在于他讲的不是他者眼里的中国,也不只是"我"的中国,更不是海外汉学家意欲解构的"中国",而是"我们的中国"。

如是套用李零在几年前同样分四册出版的《我们的经典》自序里的讲法,我们或许可以这样说:"我们的中国",不是为我们不假思索,当自古以来就是如此的概念接受的,一般意义上的中国,而是当代人眼里最能接续中国传统,又是最能与世界交流沟通的"我们的中国"。

走路,更重要的是看人类活动的痕迹

李零是从"我"的观察和记录出发,书写"我们的中国"的。他靠的是行走与阅读。如果说,早些年他主要沉浸于阅读"我们的经典",过去十年,他则可说是在"行走"中记录自己对当地历史、地理与文物的观感和思索。

在 2016 年 6 月 11 日于上海书城举行的新书首发演讲中,回味年轻时探幽揽胜的心情,李零感慨:"学历史一辈子,书上说的那些地方若是都去过了,那正是壮游河山,是极大的满足。"而对行走的向往,李零甚至还有些可以称之为"贪念"的情感:"希望全部走全，我管这叫'十全大补'。如果我的脚还能跑，还有很多地方想去。"

而李零的行走有现实的缘由，也自有其坚实的历史依据，依据就在先秦最富于科学性的地理记载《禹贡》。在李零看来，《禹贡》以大禹治水为母题，只讲山水泽地和以山水泽地界画的九州，不讲政区，却是汉魏以来所有地理书的源泉。而《禹贡》讲禹迹，禹迹是大禹治水，随山浚川，一步步走出来的。"所以，研究地理，走路很重要。走路不光看山水，看风景，更重要的是看人类活动的痕迹。中国山水，人文背景很深，研究地理，离不开考古。考古和地理都是读地书。"

体现在《我们的中国》第二册《周行天下》中，李零寻访了中国上古以来重要的战场、城址、祭祀遗迹，到访岳镇海渎、山水形胜；走完了孔子、秦始皇与汉武帝走过的路。而第三册《大地文章》，则既有山川考察记，也有"家乡考古学"，因为他把对故乡山西省武乡县，以及太行山的考察，当成了行走的"中心"。

这就难怪有朋友调侃，他这是老家中心主义，比国家中心主义还要可怕。但在李零，这没什么可奇怪的，一则了解中国，就适宜从你自己最熟悉的家乡开始，二则，山西确实重要。"中国的晋南和豫西，确实是中心里的中心啊。苏东坡曾言：'上党从来天下脊'，地处太原与洛阳之间的这片区域，自古是兵家必争之地。"

更重要的是，这让他对"中国"的形成，有了直观的感受。在李零看来，谈论最早的"中国"，应该注意两个基本前提："国"的形成和"中"的形成。如果国家都没有形成，也就无所谓"中国"的概念。而即使形成了国家，但是如果没有形成文明中心，对周边形成强大的吸引力，吸引其加入其中，构成核心地区，那也算不上"中国"，而只是周边众多小邦国之一而已。

但所谓中国，其实并没有地理意义上的绝对的中心。李零表示，历史上，中国的夷夏之分是以中央和边缘为依据来划分的，谁占据中心谁就是华夏，谁属于四裔谁就是蛮夷，"所以我们都曾经是华夏,我们也都曾经是蛮夷。比如,夏、商、周三代都以'中国'自居,说自己住在'禹迹'。"但李零提醒,"禹迹"实际上是个以夏地为名的符号,代表的是夏、商、周融为一体的天下。当夏在中心时,商是蛮族,商为中心时,周是蛮族。当周为中心时,天下被重组,很多国族都迁离原地,用司马迁的话就是"子孙或在蛮夷,或在中国"。"所以,任何一族只要不在中心,都会被视为蛮夷,'夷夏之分,不在血缘,而在地域和文化'。"

要从世界文明的高度看,李零表示,文明都是由中心和周边共同构成的概念,往往农业文明在中心,草原文明和海洋文明在周边。它们之间的关系是相互依存、相互补充的,但海洋文明和草原文明作为周边都有着朝中心发展的欲望,即所谓的"四裔趋中"。四裔趋中的规律是四裔面向的是发达地区,背后是起源地,两个文明最接近的地方形成一种过渡形态,同时也是四裔最为发达的地区。

由大地上的行走,而致对中国的深入思考,就不难理解《我们的中国》何以被看成是"当代徐霞客"写下的国族地理思想史。而在有的评论看来,经由李零的这本书,中国自上古以来的人文和精神世界,有了一个大地上的维度。

中国是个文明漩涡,既有辐辏,也有辐射

毫无疑问,李零在中国大地上的行走,也是他追寻中国的旅程。而这种追寻固然源于他的治学兴趣,恰如李零自言,他竭四十年之力,全是为了研究中国,却很难说没有在一定程度上受了当下中国认知焦虑的影响。

近年,海外汉学家力图解构"永恒中国",他们不满中国的疆域和历史,说中国是个虚构的"共同体"。为此,李零从中国的形成是一个历史过程的角度给予了反驳。而在《我们的中国》第一册《茫茫禹迹》里,他就讲述了中国大一统国家形成的历史进程,并称,"中国"概念的形成,关键是"两次大一统",第一次是西周封建,夏、商、周三分归一统;第二次是春秋战国纷争之后的秦、汉大一统。

要对"大一统"有个清晰的认识，就不能不回到最早的"中国"这一争论上来。对此，不同的学者依据各自的研究和发现，有二里岗"中国"、二里头"中国"、龙山"中国"、庙底沟"中国"之说，问题越追越远，背景的背后还有背景，似乎难有定论。李零认为，龙山时代是城市遍地开花、国家出现和中心形成的酝酿期，二里头文化才真正形成中心，而后商人从东部崛起，取代了这个中心，但西土仍在夏人控制范围之内，这说明夏、商、周不仅是前后相续的时间概念，同时也是并行的空间概念。而"中国"这个词，无论是传世文献，还是出土铭刻中，最早也只能追溯到西周时期。"正是周人完成了将夏、商、周三个空间板块一统。"

自此，中国历史、中国地理的轮廓逐渐清晰。李零表示，在西周大一统完成后，古人发明了岳镇海渎作为九州也即空间中国的地标。此后，秦、汉大一统完成了制度上的大一统。李零由此强调，中国真实存在，它不是虚构的，但"中国"的形成是一个历史过程。李零表示，在《禹贡》的地理范围内，就生息着五大族系。战国末年，秦国为统一天下做准备，摩拳擦掌，已经有五帝共尊、五岳并祀的设想。元朝和清朝，这两个征服王朝都是多民族国家。蒙古人和满人都是多种文字并用，元朝有六体，清朝有五体。19世纪，欧洲人创建汉学，最初就是抱着《五体清文鉴》和满汉合璧本，学习汉语，研究中国。

据此，李零认为，中国境内的各民族，无论是以四裔治中国，还是以中国治四裔，谁入主中国，都不会同意另一半独立。"孙中山闹革命，刚开始提出'驱除鞑虏，恢复中华'的口号，后来发现这根本不行，于是《中华民国临时约法》宣布，中国的领土为二十二行省和三大属地。我们的共和是汉、满、蒙、回、藏五族共和。由此看，'五族共和'并不纯粹是个现代民族国家观念下的发明创造，它也是中国传统的延续。"

而从历史上看，五大族系在一起，就会产生"夷狄交侵"的现象。在这个过程中，有些国会被吸纳进来，有些也会被排斥出去。"中国是相对四裔而言，古人所谓华夏和蛮夷戎狄。中国对四裔具有吸引力，四裔对中国有向往，因此很多周边文化就进入了核心地区，与中国融为一体。"李零表示，中国的版图正是由此不断扩大，尤其是宋以后契丹、女真、蒙古、满洲等周边民族的不断入侵，中华民族的概念也不断扩大。

这正是李零在《我们的中国》第四册《思想地图》里强调的一个重要方面。"'大一统'是古代的世界概念，中国叫'天下'。中国是一个文明漩涡，既有辐辏，也有辐射，雪球越滚越大，形成了'大一统'。"

要单一地从地理上看，"看不到"中国

诚如中国社科院考古研究所研究员、考古学家许宏所说，我们的中国是一个复杂的共同体，"中国"的概念在不断变化的过程当中，吸收了天下的地理观，也吸收大一统的政治文化，等等。如此，要单一地从地理上看，从文化上看，从种族上看，都"看不到"中国，只有综合起来观察可能才是中国。

而要做到这种"综合"，就有赖于研究者丰厚的学养，这正是李零作为一个文化学者的难能可贵之处，在《我们的中国》自序中，李零一开始就自问自答："我的专业是什么，有点乱。"在北京大学考古文博学院教授、考古学家徐天进看来，治学要做到这个"乱"字其实特别难。"因为乱，在读李零的文章时，你会发现，但凡考古学、古文献、地理学，还有艺术史，凡是我们想到的人文领域十八般武艺，他都似乎能信手拈来，不同领域的这些学科的知识也好，材料也好，他都能够很熟练地，毫无隔膜地来表达他要表达的思想。"

而要真正做到"毫无隔膜"四个字，则需要著者在客观的论述中，恰如其分地融入自己的主体性。徐天进表示，看李零的文章，能看出有非常鲜明的冷与热的两重性。"在面对史料的处理时，李零真的是极其的冷,丝毫看不出来情感那一面的东西,他表达自己的观点,也是毫不含糊的。但他表达的内容,又分明让你感到他是有情怀,有温度的。甚至你感觉,他的文章,包括书名、题目,都是他自身情感的表达。这与当下很多学者冷冰冰,没感情的研究对比鲜明。"

在徐天进看来,李零独特的思想和情感,也形成了他独特的语言表达。"业内人士有时候会开玩笑说,他写的是李零体,因为他的风格很独特,一种极其简约的风格,他用的都是很短的句子,而且很白话,时不时还会来点俚语,来点不登大雅之堂的词汇。但你读了并不觉得突兀。"事实上,李零确实喜欢在文章里时不时"来点"不一样的东西。就拿《我们的中国》来说,写入书中的除了严谨专精的学术问题和文献梳理,还有游历过程中的生活小事。对于这些小事,他都一一耐心对待,记录细如毫末,虽淡淡几笔,却很是生趣。

不止于此,李零虽自言不怎么用手机,也很少看报纸,但这并不妨碍他"与时俱进"。说他行走不易,他会说古代行走才真是不易,那时没有现代化的交通工具,旅行,除了双脚,只有舟车。所以,古代行者只有那么几种,比如,军人、商人,又比如,寻仙访药的方士,宦游天下的学者,还有巡狩封禅、到处视察工作的帝王。而在秦皇汉武之前,跑路最多的著名人物当属孔子。"孔子一辈子都在做一个梦,就是周公之梦,当他年老的时候,他说当他做梦都梦不见周公的时候,他就知道自己快要死了。孔子这个梦就是中国最早的'中国梦',因为他想恢复西周大一统。但他没有做成这个梦,最后是秦皇汉武做成了这个梦。"

如今我们讲"中国梦",自然不是王国维在写《殷周制度论》时想要重温的"周公之梦",而是力图对中国有更为清醒的认知的"中国梦"。读李零的《我们的中国》,会让我们明白,中国、中国人为什么是现在的样子,它所承袭的以前的样子又是什么样子。当然我们还要探究,中国今后又将往何处去?就像复旦大学文史研究院院长葛兆光说的,至今中国仍然在传统、历史和文化的延长线上,但也不能不认识到,近代中国文化出现了转型和认同的双重困难。本来中国的变化都在传统内变,现在还要在传统外变。面对现代、面对世界,中国要寻找文明与文化、全球化与地方化之间的和谐之道。从这个意义上说,由李零开启的寻访"我们的中国"之旅,并不是终结,而更可以说是另一个开始。

角度与风景
——对当代文学的另一种观察

我们应以何种方式与传统文化对话？

评论家李敬泽说，经典之所以经典，是因为经典在这两三千年居然一直有活力，一直回应现代人活生生的问题。他是就最新作品集《咏而归》接受采访时这么说的。由此引申开去，我们不妨说，传统文化之所以为传统文化，不只是因为它是我们的文化之根，还因为我们今天的生活里，依然有它经久不息的回响。

体现在2017年上海书展上，不只是主论坛暨"书香中国"阅读论坛，以"经典传承与文化自信——传统里的诗与远方"为主题，《中华民族文化大系》《中华经典诗文之美》《中国好家风故事读本》《中华民族：积淀五千年的文化自信》《章太炎全集》等图书的集结呈现，更像是给读者奉上了一道道中国传统文化的盛宴。

如李敬泽所说，传统就如同江水，我们现代人不过是站在江边，从江里舀一勺水。他认为，阅读经典是一个与古人相亲的过程，带着现代的问题，带着现代的烦恼，与古人对话是快乐、有趣的。既如此，我们有必要思考的是，我们该怎样去舀那"一勺水"，该怎样与古人相亲，又当以什么样的方式与传统文化对话？

传统文化应体现在家风、家训、家规之中

以李敬泽的说法，与古人"相亲"，他仿佛是做了一次春日里的漫游，以春秋先秦为主，穿过《论语》《诗经》《春秋》等经典，兴之所至，迤逦而下，至于现代乡野。他编这一本《咏而归》，也

不外乎是希望世人从古人的选择和决断中，从他们对生命丰沛润泽的领会中，在趣味里追怀古人的风致，学习安顿自己，找到一个归处。而这一切在他都是通过读古人原典达到的。

但对大多数读者而言，他们更多是通过网络、电视等其他渠道，走近古人，走近传统文化的。不能不注意到的一个现象是，近年图书界的"经典热""中国传统文化热"，从显在的层面看，正是从电视荧屏里刮过来的。今年热播的文化类节目《中国诗词大会》《朗读者》《见字如面》《诗书中华》《喝彩中华》，还有于日前落下帷幕的《中国戏曲大会》等，就被誉为综艺节目里的"清流"。

这股"清流"在图书界得以延伸。《朗读者》节目同名图书，共收录七十位朗读者的访谈、九十四篇文本，访谈部分补充了因节目时长限制而被剪掉的精彩片段；《中华经典诗文之美》（全十三册），由语文教育家徐中玉先生领衔主编；《诗书中华（第一季）》古为今用，通过同名电视节目四十二组家庭之间的比拼，展现中华古诗文经典独有的表意能力与审美特征；《古诗词中的中华美德》由诗词大会顾问方笑一等编著，力图从古诗词中找寻与现代人心灵相通之处。《中国诗词大会》三期擂主陈更的《几生修得到梅花》，也可以说是该节目的延伸产品。

某种意义上说，这自然是一个好现象。但正如《诗书中华》节目嘉宾、文化学者钱文忠所说，我们不能因此断定传统文化"回暖"或是形成了一股热潮。"要等节目播完，这一阵热潮就过了，是一件很遗憾的事。"同样，要买相关图书产品，只是读者赶时髦之举，而不能真正为他们阅读、吸收，也是一件憾事。因此，钱文忠强调"踏踏实实做好节目最重要，要把它当事业而不是产业。"

也是在这个意义上，钱文忠强调，传统文化不应该停留在课本上，而应该体现在家风、家训、家规之中。"修身齐家治国平天下，只有将个人修养融入家庭中，整个社会才会形成和谐有礼的风气。"钱文忠还表示，让孩子浸润在中国传统文化之中，除了体会诗文之美，更重要的是学会诗礼之教，"在节目现场，有个别诗词储备很厉害的孩子，对家人很粗鲁，我当时就提意见了。我们做这个节目的目的，是要让教育化为教养，文化落为文明。"

话虽如此，首要的还是让读者，尤其是小读者对中国传统文化产生兴趣。这有赖于各类传播甚广的文化类节目的引导，更有赖于"润物细无声"的家教。因为就像《诗书中华》总导演王昕轶所说，我们背诵的第一首古诗是家人教的，而不是老师。"我们最早接触古诗词是来自家庭，传统文化的传承也依靠家庭。"

问题正在于，眼下中国大多数家教是强制灌输式的，而不是循循善诱的。这样造成的结果是，不要说他们长大后，把传统文化知识转化成了自身的修为，就连小时候学到的那点知识都忘了。主持人王芳于此深有感触。她说，实际上父母、老师教过我们很多知识，我们却觉得没有学过，那是因为我们只是临时抱佛脚，学了、背了，却没有往心里去。"你要知道时间是一块大橡皮，每天过来给你擦一遍。学了一些知识，如果没有拿油笔再画一遍，就直接被擦掉了。"

因此，她强调要教会孩子学习传统文化的方法。在近期出版的《最好的方法读唐诗》里，她从李白、杜甫的人生和诗入手，将初唐、盛唐、中唐的诗人串联在一起，用生动、有趣、贴近孩子心理的语言带读者重返唐诗的世界。她将诗人的身世经历、政坛文坛的奇闻趣事融入唐诗的讲解之中，打破了传统唐诗教学方法中讲解"原文＋释义"的方法，以时间线、历史线轻松帮助孩子构筑大语文学习所必备的知识体系，力图将唐诗的美妙变为孩子身体里生长出来的知识底蕴。

重视对已有的民间故事资料的清理改写

以讲故事的方式，走近中国传统文化，无疑是让读者，尤其是小读者把知识转化为底蕴的很好的路径。《中国故事》作者，普通的乡村教师一苇，正因为从小听双目失明的祖父讲《封神演义》外传，讲各种民间野史等等，才爱上了那些充满幻想的文学作品，这些故事为她打开了一扇幻想的大门，而后来她自己也走上了给孩子讲"中国故事"的路。

事实上，中国，尤其是中国民间有很多"故事"。湖北省民间文艺家协会名誉主席刘守华表示，中国民间故事从萌生到发展成熟的历史可追溯到两千五百多年前，在从《山海经》到《搜神记》和《夷坚志》等古典文献中，可以搜寻到大量古代民间故事。"五四"新文化运动浪潮催生了对下层民间文化的热切关注，采录与研究歌谣和故事蔚然成风。"经过20世纪二三十年代、五六十年代到八九十年代三个关注民间文学的黄金季节，我们所积累的故事资料已达数十万篇。《中国民间故事集成》这部皇皇巨著，成为中国各族民间故事的金库。"

问题是这样的民间故事，更多是作为资料被封存在"金库"里，没能获得读者的青睐。显然，中国缺少像《格林童话》《意大利童话》那样深受读者欢迎的故事书。而在西方，重述民间故事更可以说是一个传统。像卡尔维诺、阿·托尔斯泰、安吉拉·卡特等作家都参与过童话的整理与改写。即以近期广东人民出版社出版的由17世纪意大利宫廷诗人吉姆巴地斯达·巴西耳所著的故事集《五日谈》为例。作为欧洲第一部由童话构成的文学集，该书的出现比夏尔·佩罗《鹅妈妈的故事》早了近半个世纪，比格林兄弟的童话集早近两个世纪。其中的许多故事是这些故事现今所知的最古老版本。格林兄弟也从中吸取了丰富的滋养，并赞扬其为第一部民族童话集，认为与自身在童话上的浪漫民族主义观点相吻合。

但在中国，就像一苇说的，很多民间故事被"教"坏和"写"坏了，变得千篇一面、粗糙扭曲。而对已有的民间故事资料进行清理改写，还没有引起人们足够的重视，充斥书市的多是用简单拼凑方式出版的故事集。正是为了"恢复中国童话故事原来的样子"，一苇开始了中国童话故事的重述之旅。她大量搜集民间故事，琢磨讲故事的方式。她说："中国不是没有好故事，只是没有像格林兄弟那样用心的整理者。"

用刘守华的话说，从《格林童话》到《意大利童话》，还有《俄罗斯民间故事》，都有力地表明改写民间故事这项文化工作的重要价值。而一苇的中国故事，既保持了童话故事的原初面貌，又以今天的儿童观和价值观重新阐释。"她不是卡尔维诺，但她为中国童话故事，做了卡尔维诺式的工作，卡尔维诺让意大利童话焕发了新生，成为这个时代的经典，而一苇则激发了中国童话故事的活力。我们应有充分自信在改写中国民间故事方面做超越性的开拓。"

有待建构全面、透彻、强势的话语体系

如果从国家的层面上看，如何与中国传统文化对话，则事关找到中国话语，建立文化自信的重大命题。也因为此，《文明型国家》作者、政治学者张维为强调，中国的迅速崛起，早就超出了西方话语体系可以解释的范围，我们有待建构中国自己的话语体系。

以张维为的观察，用西方政治学话语来解释中国政治"几乎都是错的"，然而，在国内政治学、经济学、法学等领域，西方话语体系渗透甚深，"这是我们经常发现为什么中国这么精彩的故事讲不好的原因。没有真正的话语自信，谈不上讲好中国故事。所以，有必要建立一个全面、透彻、强势的中国话语体系，它是接地气而有丰富学术背景的，也是可沟通的、国际的。"

而在《再造中国》作者、学者王义桅看来，讲好中国故事尤其要改变"有故事，没中国"的现象。"掌握国际舆论话语权的西方媒体往往就中国某个问题大肆炒作。在这样的背景下，如果你不能表达自己，就将被别人所表达。因此，讲好中国故事，首先要讲好中国，在国际社会构建客观、全面、生动的中国观。"不仅如此，王义桅认为，还要改变"有中国，没故事"的现象。"中国人讲中国，往往有中国，没故事，或者故事太中国特色，缺乏通约性表达。也因此，我们要将中国、故事连贯为中国故事，通过中国故事讲世界故事，塑造世界的中国观。"

这一切都有赖于我们从中国传统文化里吸取资源，而吸取的最好的方式则是通过阅读。在《朗读者》所写的序言中，翻译家许渊冲老先生写道："我认为人生最大的乐趣是发现美、创造美，这个乐趣是用之不尽、取之不竭的，而美的乐趣来自阅读。"全国政协常委、民进中央副主席朱永新则认为，阅读是人之所以为人的前提，人是这个星球上唯一能够用文字记录自己的生活和智慧，唯一能够通过阅读来充盈自己的心灵，丰富自己的精神世界的生命。"一个人的阅读史就是他的精神发展史，一个民族的精神境界取决于这个民族的阅读水平。"

但阅读的形势如朱永新所说，依然不容乐观。"除了电视以外，我们同时面临另外两个屏幕的冲击，手机的小屏幕和电脑的中屏幕。在网络时代，碎片化的信息汹涌而来的情况下，低头族越来越多，如何回归真正的阅读，让浮躁的心灵有安顿的地方，依然是我们这个时代的重要课题。"

正是为了让更多的人回归阅读，《朗读者》出版方人民文学出版社，通过 AR 技术（增强现实技术），给图书赋予更多的附加值。图书总策划人肖丽媛介绍说："AR 技术让读者在阅读文本的同时还能够观看视频、聆听朗读。我们的图书不仅囊括了七十篇访谈，九十四篇朗读文本，一百五十四张照片，更是涵盖了近一千分钟的朗读者影像内容。AR 让一本静态的图书变成了一部可移动的活电视。"

毫无疑问，这样的创新，于增进阅读是不无裨益的。而《朗读者》之所以在电视呈现之后，还要回归到文字，则诚如该书主编、主持人董卿所说："看《朗读者》节目，会看到各行各业有特殊成就，特殊人生经历，特殊人格魅力的人。但透过他们的背后，我们会看到铁凝主席在序里面写到的那个'辽阔的、深邃的、纯粹的文学世界'。"某种意义上，走近传统文化，与传统文化对话，也无非是让我们看到那个背后的辽阔世界，让我们明白从何处来，往何处去。

窥见中华文化深远的"镜中世界"

中国国家博物馆研究馆员霍宏伟于2017年出版专著《鉴若长河：中国古代铜镜的微观世界》，探究古代铜镜的故事，其中《白居易的镜子》一节，试图通过"镜诗"还原历史上真实的白居易。有朋友听说他要去国家图书馆做有关白居易的讲座，就劝他去看一下正在热映的电影《妖猫传》，因为其中最重要的主人公正是白居易。霍宏伟没看，但同事看后回来对他说，看完两个小时的电影，就会发现对白居易的塑造是瞎编乱造，真实的白居易到底是什么样的？

事实上，我们走近传统文化，也是带着某种疑难走近真实的历史，我们想探究的不会只是一个可以由着想象天马行空的虚拟世界，而是同样一个话题：真实的历史、真实的传统到底是什么样的？就像霍宏伟在书中探究古代铜镜，与其说是解释已然成为文物和古董的铜镜本身，不如说他力图呈现的是铜镜背后的广阔世界，就像他说的，如果将中国古代不同时期的铜镜连在一起的话，无疑是一条历史的长河，映照着中国历史的微观世界。

近年盛行的"传统文化热"，正体现了读者对传统文化或历史知识的渴求。阎崇年、纪连海、王立群、康震等曾登上央视《百家讲坛》的学者，近期都推出了关于传统文化的新作。2018年北京图书订货会上，在不少出版社展位上唱主角的也是众多传统文化读物——北京出版集团展位特设的"品读北京"展区集中展示"北京古籍集成""京剧传统汇编"等三百余种京味主题图书；辽宁美术出版社推出的《中国刺绣》系列生动再现刺绣的产生发展；《中国全景画全集》则堪称中国全景画的"大全景"。

仿若霍宏伟写《白居易的镜子》，并不只是要让读者看到白居易怎么端详自己在铜镜中的形象，他试图引导读者读懂镜子背后蕴含的深厚文化意义。自古及今，人们以镜子修饰形貌，整肃精神，以镜子譬喻人品德行，映射世事人生，并赋予它诸多象征和警示意义。如果把传统文化比作一面镜子，在展现知识意义上的镜面的同时，无论出版社，还是作者都希望能透过镜面，窥见更为清晰和深远的"镜"中世界。

传统文化在美之外，给人以精神的力量

霍宏伟之所以要解读白居易的镜中人生，是因为事有凑巧，在洛阳白居易晚年曾生活过十七年的宅院遗址考古发现了两面铜镜，他不能确定这两面铜镜白居易生前是否用过，却能确定它们契合了白居易生活的那个空间，那个时间点，它们可谓见证了白居易跌宕起伏的人生。

正是为这种好奇心驱使，霍宏伟查阅文献资料，还有中华书局出版的《白居易诗集校注》六册，最终发现白居易写了七十多首跟铜镜相关的诗歌。由此，他不吝发挥想象力，将白居易两千多首诗作中，以铜镜为题的十一首及与铜镜有关的五十余首剖析分类，以诗论镜，以镜叙事。他另辟视角，通过这些诗解析白居易人生不同阶段的经历过往、思想境界、处世哲学等，提升铜镜本身的文化内涵，进而扩展到唐代文人士大夫的交游等情景，丰富了人物，还原了历史。

《鉴若长河：中国古代铜镜的微观世界》还挑选了铜镜发展史上的其他一些闪光点，分十四个话题，从不同角度讲述了铜镜的故事。通过个案描写，让人们得以一窥铜镜在历史上的逐步演化。与此同时，该书将考古学、文献尤其是古代诗词和绘画作品融合在一起，多种资料糅合，为研究提供了多重参考证据。以"佳人览镜为例，霍宏伟将考古发掘出土的铜镜与唐墓彩绘陶俑、东汉武梁祠画像石等文物，壁画和图画资料相结合，将古代美人对镜梳妆这一题材进行了多角度呈现，立体地复原了古人使用铜镜的场景。

毫无疑问，霍宏伟透过铜镜解读历史，不失为普及铜镜乃至传统文化的一个很好的角度。而怎样找到好的角度来普及文化经典，也是让专家学者们颇费思量的难题。在中国社会科学院文学研究所所长、古典文学研究专家刘跃进看来，从学术发展的历史看，那些真正在学术史上确立地位的学者，都与其尽心致力于学术普及工作密切相关。他以自己所在的文学所为例表示，六十多年前，文学所筹划建立之初，一项主要的工作就是选注历代文学经典作品，这些普及读物一经推出就在社会上产生了广泛影响，在阐释经典的同时，其本身也成为一种经典。

作为《古代诗词典藏本》丛书的副主编，刘跃进希望通过这套书，让今天的读者感受到经典中蕴藏的那些永恒的情感，虽远隔千年却从未改变。而情感的传递则有赖于专家学者的阐释，刘跃进至今记得1979年他在南开大学中文系读书时，听从海外归国的叶嘉莹教授给他们上的第一堂课，即是"书生报国成何计，难忘诗骚李杜魂"。"叶教授说，读书人没有扛枪打仗的本事，但有学习、传承中国文化的责任。作为知识分子，不管我们身处哪个领域，都不能忘了《诗经》《楚辞》、李杜诗中所凝聚的文化精神。"

几年后，刘跃进听一位长者坦言，正是陶渊明《形影神》一诗中的"纵浪大化中，不喜亦不惧。应尽便须尽，无复独多虑"几句，支撑他在中年遭遇不幸时顽强地活了下来，他才更为了然叶嘉莹所说的文化精神，也更加意识到，经典诗词在文学美之外，还能给人以精神的力量。

以刘跃进的理解，作为中国人，我们推崇《诗经》《楚辞》、李白、杜甫，不仅因为其艺术成就，更因为这些经典写尽了我们共同的情感，融入了我们的民族灵魂，更是代表了我们民族的心声。

书写传统最终是要描摹人的精神

一些国外汉学家编纂的中国文学史,虽未能穷尽中国文化的情感和精神,但他们曾经为中外文化交流付出的努力,却当是我们"不能忘却的纪念"。

由商务印书馆出版的《铎尔孟的红楼梦》,浓墨重彩地讲述了法国人铎尔孟的中国情结、一百年前的中法两国文化交流、半个世纪之前的法文版《红楼梦》译介始末。这本书的作者,法籍华人作家郑碧贤感慨,正是三位来自不同文化背景的翻译者和校译者安德烈·铎尔孟,以及他的学生李治华和雅歌,从1954年到1981年,历时二十七个春秋,合力将《红楼梦》翻译成了法文出版。

尤其值得大书特书的是,作为历经中国三个时代的法国贵族、诗人,铎尔孟在中国生活了四十八年,回到法国后又接受联合国教科文组织的委托,参与到《红楼梦》法译本的翻译、校译工作中,在华幽梦修道院十年如一日、夜以继日地工作,把生命中最后的十年光阴献给了《红楼梦》。郑碧贤强调指出,正是在铎尔孟严谨、高标准的要求和坚持下,法文版《红楼梦》采用了亚历山大诗格,成为一部包括诗词歌赋的全译本。

从开始《红楼梦》翻译和校审工作,铎尔孟和李治华约定:每周星期二下午,由李治华带着译稿到华幽梦交给他,他再把他修改的篇章、诗词部分念给李治华听,最后再共同商榷定稿。郑碧贤说,铎尔孟比李治华大三十四岁,他不仅是权威汉学家,还是想象力极丰富的诗人,他常常在李治华的稿件上大刀阔斧地修改,每一行都不放过。在舒乙先生倡议下,《红楼梦》法译本手稿得以从法国落户北京,被中国现代文学馆珍藏。郑碧贤看过手稿后感慨,四千二百一十三页、三十多公斤重的手稿,每一行都有铎尔孟用蓝、红两色笔做的修改,严格说来几乎是重写。"要知道,不管酷暑还是严冬,甚至在病情垂危之际,铎尔孟也照样交出校审稿。"

透过法文版《红楼梦》翻译的过程,我们看见的不只是沉甸甸的文化成果,更是人的精神。而倘是把城市看成一部正在行进中的文化读本，我们不断书写城市，归根结底也是为写出人的精气神。正如京味作家刘一达所说，他写《胡同范儿》表面上写的是胡同，归根结底写的还是胡同里的人。"我抽出胡同里面比较典型的一些事例，掰开了，揉碎了，讲述其中的故事，描摹'胡同范儿'的来龙去脉。它之所以能接得住地气也就是在这里，你看的时候不光是看怀旧的这些事，更看的是一种文化，一种历史的演变过程。"

刘一达坦言，他写过不少有关胡同的书，这么多年写胡同，主要目的还是想给后人，给那些没有在胡同生活过的"80后""90后""00后"留下一点东西。同样关注变化中的北京，并写出了《北京：城与年》的作家宁肯表示，写北京是要写出北京的人，写北京的人要写出北京人的精气神，要写出北京人日常生活背后内蕴的精神链条。"承载文学之道的器物，风俗也好，景观也好，建筑也好，最终都要落实到人的身上。"

如果是由人推及文化，或是置身于人与文化的坐标上看世界，我们或许会得出更多深层的思考。作家李舫在随笔集《纸上乾坤》中，呈现的就是这样的文化景观，其中既有对中国古代思想史的回眸与反思和对文化现象的评述，也有纵论世界现代艺术史、美术史时采撷到的思想珍贝。李舫的有感而发恰如评论家陈奇佳所说，源于中国某些非常特殊的文化现象，能够从中折射中国文化传统的某些精神奥秘性的东西。李舫的思想感情，使其所表达的历史的厚度又都是具有当下性的。"李舫以史的精神，来考量我们当代人所包含的一种内在的思想分量，这样一种自觉的创作意识，渗透在这本书的字里行间。"

追随李舫的描述，我们得以穿越历史，回到两千多年前的稷下学宫，差不多同一时期，在爱琴海旁边也诞生了柏拉图学院。但稷下学宫因为战火，因为政治，因为其他各种原因而终断了，前后只存留了一百多年。在它消亡后，柏拉图学院依然继续存在，它成了以毕达哥拉斯主义的数理逻辑为主流的一个学派。正因为学院的存在，使得它最终成了西方文明的滥觞。李舫由此表示，当我们深入思考稷下学宫作为世界第一座大学何以消亡的时候，我们或许更可以懂得，中华文化、中国文明当如何成就更加辉煌、更加瑰丽的高峰。

诚如陈奇佳所言，从李舫的思考中，处处可见她作为一个当代人的责任感和使命感。而这种"大"的气象和追求，则是从源远流长的中国传统文化中贯穿过来的。

明了历史是为了更好地推陈出新

究其实，我们之所以要记得历史和传统，在任何意义上，都不是说要回到传统中去。恰恰相反，明了来路是为了知道去处，也是为了更好地推陈出新。

也是在这个意义上，人民文学出版社推出"四大名著"的升级版"四大名著珍藏版"。

珍藏版在沿用该社经典的文字版本的基础上，全部使用画家戴敦邦的作品，共八十一幅，除《红楼梦》增加一幅《金陵十二钗与宝玉》长卷外，每部名著精选二十幅，都是书中精彩的场景和情节，图随文走，放在相应的章回。此外，还增加了实用图表等新的内容。

当然，珍藏版更可以说是吸收最新研究成果而推出的新版本。人民文学出版社副总编辑周绚隆坦陈，该社"四大名著"出版六十多年，背后有太多的故事。以《红楼梦》为例，先后经历了三次版本的更新，这个更新并不只是在前面版本基础上进行修订，很多时候是推倒重来。他表示，《水浒传》也有版本的更换。《三国演义》和《西游记》虽然没有进行大的版本更换，中间的修订过程却一直没有停止。

红学家张庆善注意到，珍藏版《红楼梦》在署名上也有了变化，从最早的"曹雪芹著，高鹗续"，变成"前八十回曹雪芹著，后四十回无名氏续，程伟元、高鹗整理"。"这反映出出版者和整理者严谨的治学态度，反映了到今天为止红学界对后四十回续书作者研究的最新成果。"在张庆善看来，人民文学出版社出版的《红楼梦》，之所以被认为是最权威的通行本，就在于它选择了一个非常好的早期的抄本做底本。此外，它召集全国几十位各方面的专家，尤其是红学家，用了七年时间整理出来，包括文字上的整理和注释。

作为清史研究专家，阎崇年研究中国传统文化，并不止于对经典古籍的整理和阐释，他力图有所创新和发现。他在将由生活·读书·新知三联书店出版的著作《森林帝国》里，提出了"森林文化"的概念。阎崇年表示，很多专家认为中国的历史主要是农业区和牧区之间相互交融、相互矛盾、相互契合的历史，但他多年"行万里路"的经验，告诉他在东北大部分地区，看到的是大片的森林。他经过审慎的研究和思考后得出结论，大兴安岭以东一直到山海关一带应归于"森林文化"。"概而言之，中原农耕文化、西北草原文化、东北森林文化、西部高原文化和沿海岛屿的海洋文化，这五种文化组成了中华民族五千年经济文化类型。"

而阎崇年之所以不断开拓出新的想法和新概念，源于他的学术理念。他坦言，在学术上，自己一直坚持三个原则，一是"求一"，一段时间只专心做一件事；二是"求精"，力求把自己的研究做得好一些、做出精品；三是"求新"，他六十岁开始新学科"满学"研究，七十岁登上《百家讲坛》，直到现在还在不断开拓新的研究领域，都是求新的结果。当然，无论怎么求新求变，归根结底都是为了让我们更好地认知传统文化，为当下寻借鉴，也为更好地开启未来之路。

如何有效继承与转化民间文学传统？

在接受世界文学外来影响的同时，如何对本土文学传统加以有效继承与转化，是任何一个时代的作家写作走向成熟和深化时都要面对的问题。以诺贝尔文学奖得主莫言为例，在 2017 年 12 月 10 日于上海举行的以"中国文学传统的当代继承与转化"为题的对谈活动中，莫言坦言自己的创作深受福克纳、马尔克斯等外国现代作家的影响。但他同时强调：文学创新不能离开传统。

莫言所说的传统，具体而言，指的是在中国民间或者今天日常生活当中还保留的文化传统。而即便是体现在中华文化典籍里的那个书面意义上的传统，同样是每个时代经典作家吸收了民间文化滋养后结出的硕果。莫言的创作同样如此。以评论家陈思和的理解，莫言的创作是对民间文化形态从不纯熟到纯熟、不自觉到自觉的开掘、探索和提升，无关从西方魔幻到中国传统的"撤退"，他作品中一切魔幻的变异的荒诞的因素，都与中国民间文化传统紧密关联。

从民间文学传统，能吸收到很不一样的资源

确如其言。莫言现身说法道：所谓文学传统，实际上包含了两个层面。其一是文字记载下来的传统。"从诗经、先秦散文到唐诗宋词元曲明清小说，这是印到纸上或者刻在碑上的文学作品，这样一种传统，只要是上过学哪怕是只上过小学的人都多多少少学习过，也都在无形当中受过这样的熏染。"

莫言的创作显然继承了这一传统。《檀香刑》就是一部继承了中国古典小说传统又借鉴了西方小说技术的混合文本；《生死疲劳》的叙事结构则借用了中国佛教传统中六道轮回的形式；莫言的很多中、短篇小说创造性地利用了《西游记》《聊斋》等古代小说中的动物、地狱、幻境等神秘意象；而他的话剧剧本《我们的荆轲》《霸王别姬》，则是用现代思想对众所周知的经典历史传奇故事的再创造。

文学传统的另一个层面，在莫言看来，是指没有印成书的，只在民间代代相传的属于口头文学、民间讲述的部分。对他个人的创作来讲，更多受益于这一部分的影响，而不是来自典籍，或通过阅读得到的影响。他小说和剧作中所呈现的民间传说、故乡风情、奇闻逸事、乡土小调，既是他童年时代记忆和幻想的产物，也是中国民间传统和民间文学主题的拓展和现代升华。

莫言之所以特别看重民间文学，也因为如果能把这一部分转化到创作中去，最能体现文学的丰富性和多样性。以他的观察，从现在很多农民讲的话里面，包括从民间一些俗言俚语里，都能找到很多语言化石，"有一些看起来很土的话，如果你写到纸上就会发现它非常典雅。也许它们就是当年古人们所使用，所讲述的语言，一直在口头传承着，到最后就变成了民间的俗语。"

在莫言看来，如果我们都是从纸面上，从经典作品里面继承文学传统的话，我们所利用的资源很可能是一样的。但从民间文学传统，能吸收到很不一样的资源。"一方面，北方农民乡村口头的语言，跟南方或者西北地区各个地方民间的口头语言是不一样的。另一方面，打个比方，广东省和山东省所接受的民间文学的影响，从方式上看可能是相近的，都是听老人们讲故事，民间艺人来说书，都是戏曲、舞台上的演唱，但内容可能完全不一样。"

对文学创作来说，这个"不一样"有着重要的意义。莫言谈到五年前参加诺贝尔奖的颁奖典礼，因为头天晚上大雪弥漫，斯德哥尔摩机场封闭，他们一行人凌晨两点被困在赫尔辛基。他看着北欧纷纷扬扬的大雪，想到自己的老家非常干旱，一点雪都没有，假如可以把这里的雪挪到故乡去该有多好。"第二天在大使馆的一个演讲上我也谈到了这样的联想。地球在宇宙当中尽管是一个小星球，但是对于我们每个个体来讲世界太大了，我们飞行十来个小时就到了和自己熟悉的地方完全不一样的地方。"

以莫言的理解，外部物质世界的多样性，决定了文学艺术的多样性，每个人的一切，他的创作，他的思维，毫无疑问会受到外部环境的影响，甚至是牵制和制约。干旱、雪、风雨、雷电都会变成艺术当中的一个元素，作为一个艺术的创造者就是要千方百计保护和创造这种多样性。"如果艺术没有多样性，就会和地球没有多样性一样。要是地球各地的温度一样，风景一样，人类生活在这个星球上会感觉非常枯燥和没有意思。应该说，人类世界艺术最重要的特征和最宝贵的素质就是丰富性和多样性，民间文学恰好为我们提供了这样的基础。"

传统与现代的交相融汇，让莫言作品更丰富

事实上，看到中国民间文学在形式上对作家创作可能会有的启发性是一方面，另一方面更为重要的是如陈思和所说，作家在理解民间文学传统的时候要理解到根子上去。在陈思和看来，莫言就是一个对中国民间、农村、农民都有着非常深刻理解的作家。"莫言在农民的生活中看到了他们的力量，他们生存的方法与机制。他对农民的理解，远远超过'五四'一代知识分子对农民的理解。"

以陈思和的理解，包括鲁迅在内的"五四"一代知识分子，都把农村看得很低，要知识分子站在农民上面启蒙，要唤醒他们的革命意识。也因为此，鲁迅没有让小说里面的农民进到他们的房间里去，我们不知道他们在家里面怎么吃饭，怎么睡觉，我们看到的只是站在公众场合里的阿Q、祥林嫂，因此鲁迅笔下呈现出来的农民必然是沉默。

但莫言恰恰通过他的笔，把沉默在农民心里几千年的苦难倾吐出来。在陈思和看来，读莫言的小说，我们会真正感觉到，当代一些作家开始真正把农民当一回事，而不是代农民讲话，为农民申冤，是直接把被损害和被侮辱的农民所承受的苦难、所经历的委屈、那种无奈端了出来。"莫言笔下的农民既不是鲁迅笔下没有生气的形象，也不是我们想象当中最苦命的那种农民，他们是从几千年前一直贯穿到今天这个时代里面的最真实的，活生生的人。"

的确如此，莫言笔下的农民不是只有逆来顺受，也有抗争的一面。除了有哀愁的一面，也有莫言自己所说的"欢乐甚至狂欢的一面"。莫言说，农民形象在他们这一代作家笔下，相比鲁迅那个时代更为丰富了。"不是前辈作家不如我们，而是随着时代发展，农民本身发生了变化，人物也会发生变化。正是因为事物正在不断发展，我们可以持续不断地写下去。"

而"持续写下去"的内驱力，还源于作家对体现在民间文化里的那种中国精神的深入理解。陈思和举例表示，读《生死疲劳》这本小说，他会想到《聊斋志异》里的《席方平》。"蒲松龄这部小说写席方平不停地告状，到地府告状，到人间也告状，最后他告赢了。莫言这部小说也写西门闹告状，西门闹被冤枉枪毙，后来转生为驴、牛、猪、狗、猴、大头婴儿蓝千岁，他都想着报复，想着申冤。"

在陈思和看来，这两部小说都不只是简单复述告状的故事，他体现的是一种咬定青山不放松的，坚韧不拔的文化精神。"中国老百姓很多时候争气不争财，为了一口气，他们可以把官司打到底，他们对一切不公正的现象有抗争到底的精神。这样一个精神可能更接近中国文化的传统。这也是中国文学当中一种很宝贵的东西，这种东西现在还在发挥作用，有着世俗民间层面上的重要价值和意义。"

切实的问题在于，作家们如何为这样的精神，还有各种源自民间文化的素材，赋予现代意义。如陈思和所言，莫言作为一个民间作家，他的写作从一开始就没有给人"土"的印象，他完全是以现代人的思维和审美来处理的。他举《透明的红萝卜》为例说，这样一部小说如果换成像高晓声这样朴素的作家来写，可能就会写成一个发生在工地里面的，说话功能退化，而且有一点傻傻的孩子的故事。但莫言在他的叙事当中把文本做了复杂化的处理。"小说里面有一块铁，铁匠诱惑那个小孩，让他用手抓烧红的铁。小孩拿了铁之后手就被烧焦了，他闻到了一股肉被烧焦的味道。那天晚上，他做了一个梦，梦中看到一个透明的烧红的闪着金光的萝卜。莫言没有写这个小孩手被烧焦了，皮肉坏了，怎么痛，他写这个小孩做了那么美好的梦，一个悲惨的现实在他的笔下变得那么梦幻，而且是那么美好的一个梦，而在小孩想象当中最可爱的东西就是可以吃的萝卜。"

洞悉这样一种充满现代性的想象与转化，就如陈思和所说，让我们得以一窥莫言创作的奥秘。陈思和表示，莫言一生经历了很多苦难，这些苦难对于他来说不是负能量的东西，他把它们转化成正能量的东西，变成一种美。"也因此，我们读他的作品，不会觉得他只是在讲一个过去年代里的故事，也不只是在讲民间发生的事情，我们读到的是一部非常有现代意义的作品。"

某种意义上说，正是传统与现代的交相融汇，让莫言的作品更显丰富多元。莫言谈到，2009年他去德国，有一位德国评论家跟他说，看了德语版《檀香刑》后，小说里面的孙丙给他的感觉就是中国的耶稣，孙丙通过自己的受难启发群众的觉悟。但孙丙在陈思和的印象里，最初出现时，恰恰是完全相反意义上的人物。"中国当代小说可以把人性写得很丰富，但是一个人基本上出来是正面的，后来也一定是正面的，开始时是比较落后的，最后也还是落后的。但莫言赋予了他的人物一个非常大的跨度。这样的人物在民间社会里是存在的，只是被遮蔽掉了。莫言把在民间里顽强存在的这样一些东西一一打开了。"

好的小说家应该是剧作家，好的小说内核就是一部剧

而以莫言的创作为范例来管窥中国民间文学传统，难免会给人民间在乡土的感觉，似乎一提到民间就会想到穷乡僻壤，也似乎只有在农村成长的作家才拥有丰富的民间创作资源。

莫言由此反问道，上海这样的大城市里，难道就没有民间了吗？在他看来，"民间"是一个广泛的概念，所谓民间也并不是固定不变的概念。"实际上，高楼大厦里面照样有民间。而所谓利用民间资源，可能是指的每个作者都应该了解自己的生活圈子，了解自己身边的人，熟悉自己身边的事，写自己熟悉的东西，而且要善于从生活当中发现小说的故事情节，要从身边熟悉人的言谈当中发现语言的新元素，充分吸收他人生活当中的艺术情节。"

要从这个意义上讲，就像莫言说的，即便在大城市里，也照样有民间可写。熟悉民间的重要性还在于，那里沉淀着中国老百姓世代相传的道德价值观念。而放在过去，这主要是通过戏曲塑造的。莫言表示，追本溯源，戏曲应该比小说出现得更早，戏曲对中国老百姓的影响也比小说更大。"尤其是在过去农村教育不普及，大部分农民都是文盲的情况下，书籍的影响是很有限的，民间戏曲的影响则非常大。陈独秀、梁启超他们专门论证过这个问题，在他们眼里，戏曲就是老百姓的教材，戏曲舞台就是向劳苦大众开放的教室。"

时过境迁，戏曲日渐被边缘化，戏曲的处境也变得艰难。但作为一个作家，尤其是小说家，在莫言看来，即使只是为了培养自己语言的节奏感，也依然很有必要多了解一下戏曲，还有别的艺术形式。"尤其像戏曲、曲艺就是玩语言的，曲艺就是要求语言生动幽默调皮，听着悦耳。写小说的当然不能指望你的每一部小说都被人朗读，但是好的小说应该是可以被朗读的。"

以莫言的理解，一个小说家，就应该是一个剧作家。一部好的小说，内核就是一部剧，任何一部好小说完全可以从里面改编出一部好的话剧、好的电影或者一部好的舞剧、歌剧出来。莫言这么说，一方面是基于他的创作实践，他的《檀香刑》某种意义上就是小说化的戏曲或者戏曲化的小说,另一方面是基于民间戏曲之于中国文化传统的特殊重要性。归根到底,莫言的创作,对于"中国文学传统的当代继承与转化"这一重要命题,无疑有着积极的示范性意义。

中国为何缺少"作家中的作家"?

当中国作家谈文学、谈小说时,他们都在谈些什么。雷蒙德·卡佛被广为改写的名句,放到中国文学的语境里,就有了某种错位的呈现。在 2014 年 8 月 28 日于北京新国展展览中心举行的题为"中国小说的可能性"的对谈会上,作家宁肯转述了北京十月文艺出版社总编辑韩敬群的一个疑问:为什么中国作家一谈文学就谈外国文学,一谈作家就谈外国作家?他由此进一步质问道:"中国当下写作的根源似乎都在西方,我们顺口就能说出卡夫卡、卡尔维诺、博尔赫斯,却独独对中国自己的文学传统处于失语状态。"

在宁肯看来,这并非只是中国作家的偏见,而是从一个侧面反映出这样一个事实:中国缺少一类作家,即作家中的作家,或说是影响作家的作家。"我们有非常棒的影响读者,甚至是影响社会的作家。但要说有影响了后辈或同代作家写作的作家,你就很难能举出例子来。"以宁肯的理解,所谓影响作家的写作,包含了一个重要的问题,就是这个作家在写作的层面上,是否有哪些值得后人去反复研读和学习借鉴的地方。"中国作家读经典作家,其中很重要的因素是学习他们怎么提炼小说的人物,怎么用新的方法,用创新的精神来结构自己的小说等等。福克纳、马尔克斯等作家的写作,会告诉你怎么做,中国作家却于此鲜有贡献。"

这就意味着,中国文学的传统,在事关"传授"怎么写的问题上存在盲点。作家徐则臣举例表示，国外很多汉学家批评中国作家关注的都是大历史，一部小说看起来有很多人物，在里面跑来跑去，但没有一个是活的。"我部分赞同这个观点，因为我们有史诗的传统，其关注重点在于呈现一个大的背景。我们的很多小说，也着力于书写一个大时代，要么放在历史的转型期，要么放在大革命时期，总有一个很大的时间跨度，而且会有很多的家族，很多的派别，但很多时候你会发现，背景成了这些小说的主人公，而其中的人物反而被压抑掉了。相比而言，西方小说显然更注重写人，写人的内心世界。而背景相对次要，即使写背景，也是写人背后的背景。或因如此，很多汉学家批评中国文学缺少心理描写。"

而所谓的现代性的写作，恰恰是一种反观自我、反观内心的写作。作家盛可以表示，小说要说有可能性，其最大的可能性，应该还是在向内，也就是向小说的内部，或说是人的内心去发展、探索。但中国的传统文学里面，除了《红楼梦》《金瓶梅》等少数作品外，关注更多的显然是外在于人内心的社会。徐则臣表示，当下写作，应该说写生活日常写得非常好，但对日常生活的书写，大部分只是停留在世俗的层面上。这样一种文学的表现，在某种程度上是缺少现代性的。

徐则臣以此对葛浩文、顾彬等西方汉学家的某些批评做出回应：比如他们批评中国的小说写得太长。"只要看看美国的小说，你就会发现他的批评是站不住脚的。因为在美国，最好的小说家，被奉为国宝的，大师级的作家，像菲利普·罗斯、唐·德里罗、厄普代克、托马斯·品钦等，写的最重要的作品，都是超长的长篇小说。德国也是如此，托马斯·曼、君特·格拉斯等大作家，也都是以长篇小说闻名于世。然而，却没有人指责他们写得太长，原因在哪里？我觉得长度本身不是问题，真正的问题，在于这个长度包含的含金量到底有多少？"

以宁肯的理解，这个"含金量"并非某种我们天然缺失的东西，而是可以通过现代性转换而习得的。"说到我们的文化缺少现代性，那么如何把这个丰富灿烂的文化进行现代性的处理,进而成为我们的方法、凭据和工具,就是一个非常大的问题。其实我们在思维,在语言,在世界观等方面,多多少少都受到古代文化的影响。但在对人性的开掘上,在小说最基本的一些问题上,简而言之是方法论上,古典文化提供给我们的武器确实少,这正是我们需要解决的一个难题。"

显然我们需要做的是,努力找到合适的途径来找到这个"方法论"。虽然在现代性层面上,接续不具备现代性的中国文化传统,并非一朝一夕就可以做到,但具体到写作,一定程度上的写作训练会有益于此。徐则臣表示,"我们习惯于把写作神圣化、神秘化,总是强调天才,也特别迷信比如'文章本天成,妙手偶得之'之类的说辞。但如果可以把写作当成一门学问,那么就可以对它做分析、批评、研究,也可以对它做一些科学化的处理。"

作家李浩于此颇有会心。在他看来,好作家是必须要培养的,而一些作家貌似没有培养,也可能讲不出来各种各样技术的理论,但他们一定深谙写作这门技艺的内在规律。"比如,读马尔克斯的小说,赫拉巴尔的小说,你会发现它们内部的机理、明线、暗线的串联,还有故事的持续,时间顺序的变化等等,真的让你感觉极为精妙,就像一个经过精密规划的庞大的建筑。"

宁肯也表示,一些卓有成就的作家,最后没能成为大师,成为作家中的作家,很可能在于他们缺了最严格的训练。"我们学习一些基本技巧,把它们变为一种潜意识。在你写作的时候,就不需要再去考虑技巧。因为,该怎么开头,怎么结尾等等问题,这些已经成了你思考的习惯了。你需要特别考虑的就是创新,怎么能写得更有新意,更有新的角度。"在宁肯看来,作家一定要经过严格的训练,只有这样才会有持续的创造力,才会有持续的爆发。"一个写作者,可以通过训练成为一个匠人,一个天才也可以经过持续的训练,成为'作家中的作家'。"

写一部体现东方文化和哲学的小说,是可能的吗?

在长篇新作《天漏邑》的扉页上,作家赵本夫引用了奥地利作家斯蒂芬·茨威格写的《异端的权利》里的一句话,"我们的世界大得足以容纳许多真理"。在2017年7月8日于中国作协举行的"赵本夫长篇小说《天漏邑》研讨会"上,评论家孟繁华说,这句话可谓理解这部小说的一把钥匙,因为它体现了赵本夫对世界,对战争,对我们的文明史的一种理解,一种认同。而按赵本夫自己的说法,他是要借这句话说明一个看起来非常简单,却常常容易被忽略的道理:一件事不是只有一种说法,站在不同的角度会有不同的说法。

把抗战作为舞台,展现独特的人性和个性

《天漏邑》很好地诠释了赵本夫的这一理解。从他如何塑造总是被脸谱化的"叛徒"形象上,就能看出他选择了怎样一个不同寻常的角度。

《天漏邑》的写作源于赵本夫一位姑妈的事迹,她是抗战时期的妇救会长,被日本人抓住后受尽酷刑,宁死不降,后来侥幸逃生。赵本夫正是以姑妈为原型塑造了檀黛云的形象,檀黛云也是小说里曾经的抗日英雄千张子的女上级,千张子选择出卖她换取自由,他解释自己叛变的原因则是"实在忍受不了那个疼"。

就像赵本夫申明的那样,从《红岩》的甫志高开始到后来很多文学作品写的叛徒之所以叛变，要么因为政治信仰问题，要么因为人品、人格问题。然而千张子的叛变无关信仰，无关人格，只因为一个"疼"字。在赵本夫看来，这样一个简单的道理，无论从官方到民间，都迟迟得不到正视。"当然，叛徒的叛变有很多原因，每个叛徒都是不一样的。但是我相信因为受酷刑而叛变的人确实是因为疼得受不了。这对我们当下社会仍然有警示意义，为什么会产生这么多冤假错案，很多是因为严刑逼供下无法承受的疼痛。站在道德的制高点上诅咒一个人是容易的，但这个叛徒的故事，对我们每个人都是一个拷问。"

在评论家胡平看来，赵本夫塑造的千张子的形象，可说是国内抗战文学书写上一个很大的突破。他指的是赵本夫写出了人性的复杂。实际上，赵本夫与其说是写抗战，不如说是如评论家白烨说的，他是把抗战作为舞台，展现一些非常独特的人性和个性，他运用一些叙事手法，把人物的复杂性写出来了，同时也把我们既有的认识和观念丰富了，改写了，或是颠覆了。胡平表示，千张子怕疼，并不是因为他怕死，他活下来后，果然成了一个英雄式的人物，还杀死了很多日本人，最后他获得了原谅。"通常小说不会这样写。比如甫志高出卖了江姐后，他就定型了。我们过去写叛徒都是这样写的。但赵本夫不一样，他对战争和人性做出了自己独特的考察。"

借由千张子这个人物，就可以看出赵本夫在《天漏邑》里，着实将笔触探入了人性的幽微之处。在赵本夫看来，人是选择的产物，也是观念的产物，你的选择使你成为与别人不一样的人，你也因自己的观念而成了你。千张子成了一个打引号的抗日英雄，其中蕴含了复杂的人生况味，让今天的我们思考在险峻环境下人所面临的难题。那么，对于人性与生俱来的弱点，我们应该持有何种态度？在这一点上，《天漏邑》无疑值得让人深思。

而《天漏邑》之所以让人深思，源于赵本夫赋予了小说丰富的内涵。小说采用双线叙述，一为天漏村人宋源、千张子抗日及解放后宋源追查叛徒的故事，一为大学教授祢五常带领学生到天漏村考古的情节。同时，小说的发生地天漏村与世隔绝，独特的小气候致使天象诡异，六十年一现的古战场奇观，村人行为古怪，等等。赵本夫运用田野调查笔法，对天漏村异状细加考辨，有意模糊了纪实与虚构的界限，试图洞悉宇宙自然的奇幻力量与文明进程的诡谲之处。

这在某种意义上使得小说有了寓言的品格。而强烈的寓言色彩，在评论家聂震宁看来，是赵本夫小说的主要特色。从《地母》三部曲到《卖驴》，从《无土时代》到《天漏邑》，都是寓言化的作品。但评论家李敬泽不认为《天漏邑》是一部寓言，他觉得小说塑造的意象有着人类生活丰富经验的支持，"这个小说我觉得最珍贵的还是让我们由此认识人性，认识自己的同时也认识我们的文化、历史，认识我们身上那些光荣、高贵、卑微和可怜。"

事实上，赵本夫也并不止于要给读者讲述一个寓言故事，他是把寓言作为一个载体，承载自己的写作诉求。《天漏邑》包含了很多的主题，诸如原罪意识，罪与非罪，社会的残缺、人性的残缺，惩罚与宽恕，忠诚与背叛，出世与入世，等等。小说深藏的用意和苦心不时让人心生波澜，追究种种谜题背后的隐喻。他坦言，涉及这么多复杂深奥的主题，他当然无法给出答案，但作为一个求索者，提出问题总是好的。"在人类认识自然和社会的过程中，提出问题永远比解决问题更重要。因为叩问是前提，提出问题就有可能解决问题。如果不能提出问题，问题就永远无法解决。"

要有修炼和积累，更要有深度思考

如此庞杂的主题，一部三十万字的小说能解决得了吗？评论家郜元宝读了《天漏邑》后，不禁感慨这本书有着太大的密度，其中很多章节，很多部分是完全可以独立出来写的。"大家觉得写得好和不足，都是因为它好像是把一个多卷本的书，压缩成了一本书，这在我们的长篇小说创作中是值得鼓励的。但对于这样一个题材来讲，又让人觉得可惜。"

而让评论家阎晶明感兴趣的是，赵本夫的很多小说都有鲜明的主题，像《无土时代》这样的小说，书名本身就是一个主题的浓缩。但让他感佩的是，赵本夫虽说有很强的主题意识，但他不说教，不空洞，他能够通过自己的人物、故事，把原先设定的那个看上去有点大，看上去有点硬的主题融化掉。

某种意义上，赵本夫独特的写作方式，印证了阎晶明的这一困惑。《天漏邑》从萌发、构思、准备，到最终完成，差不多用了十年时间。但两年前他开始动笔写时，小说仍只有个大体走向，有一群人物在弥天大雾中若隐若现，故事怎么开展，会有哪些场景、细节，人物会做什么事、说什么话，一切都是朦胧的。"这也是我一贯的创作方式。如果一切都想清楚了，列出大纲小目，然后进行填空式写作，作品就会失了气韵和灵气，作品内涵也会直白浅露。所以，我一般会在肚子里憋很多年再开写，就像在一片大雾里行走，走到哪算哪，信马由缰。"

也因为此，赵本夫在写作中，不少细节、人物语言，常常是上一分钟还不知道，写到那里时就突然出现了，有种灵感即兴而来的感觉。但创作的即兴发挥，在赵本夫看来是有前提的，那就是要顺着作品走、顺着人物走。还有就是作家的积累。"所谓厚积薄发。如果你对世事、国家、历史、政治不关心，对知识的累积不够，只是一脸苍白地坐在书桌前冥思苦想，是不会妙笔生花的。所以，深厚的积累是必不可少的。当然，也包括文学素养的修炼和积累。"

当然，赵本夫强调的积累显然融入了深度的思考。比如，从《天漏邑》中是可以看出"原罪意识"的，但中国文化里，又分明缺少原罪意识，就像他说的，虽然从禹、汤时代到后来的一些帝王都有过罪己诏，孔子的学生曾子也说过"吾日三省吾身"，但这并没有在整个社会达成共识。所以说中国人爱抱怨，怨天怨地不怨自己，天天抱怨老天爷，下雨抱怨，不下雨也抱怨。但西方人不抱怨，他们在上帝面前只有忏悔的份儿，没有辩解的份儿，因为他们有原罪意识。虽然在赵本夫看来，中国有佛教、道教，包括儒教等宗教，但中国文化中缺乏忏悔意识，是不争的事实。

在中国文化语境里，展现所谓的原罪意识，又有多少合理性呢？人们不能不注意到，赵本夫笔下的天漏村，本身就是一个超现实的存在。它会让读者联想到马尔克斯《百年孤独》里的马孔多镇，但赵本夫有意避开新时期文学被拉美魔幻现实主义文学笼罩的巨大影响，独辟蹊径，试图创造一个东方古代文明的母本，以此梳理东方文明流变及族人性格。

这体现了他一贯的写作梦想。他一直想写出能真正体现东方哲学、东方文化的作品，一直在追求自己写作的不可替代性和唯一性。赵本夫谈到自己写《地母》三部曲的经验。他最开始想写这部小说，是在1984年，但一直不知道该怎么写，觉得这个东西太大，迟迟不敢动笔。而正要动笔的时候，陈忠实的《白鹿原》出来了。同样是写家族史，他担心自己要写的内容会不会和陈忠实写的，在题材上撞车了，就赶紧找来看。但看完以后，他放心了。"因为我要写的是完全不一样的东西。《白鹿原》写的是社会层面、历史层面、文化层面的东西。我要写的《地母》三部曲，写的是人类对土地的宗教感，人类的本源，生命中更本质的东西。"

以赵本夫的理解，中国作为一个有着数千年历史文明的大国，如今我们又处在这么一个错综复杂的时代，可以说提供了创作的无限可能，作家们理当写出属于自己的东西。"我不希望从我的作品上能看到任何一部国内外经典的影子，如果能让读者读到这样的影子，它就是失败的，这也是我所不愿看到的。"

在传奇性和历史性之间，找到最佳的结合点

当然，作为一个在评论家张燕玲心目中有独特审美追求，有思想和语言重量的作家，赵本夫所追求的"看不出影子"的创新，实则是经过高度融合后的创新。

赵本夫的小说，读来之所以厚重、宏大、壮阔、深邃，源于评论家韩松林所说其鲜明而自觉的历史意识。"研究历史，阐释历史，从历史中挖掘生存的意义，解码永驻的基因是赵本夫文学创作的显著特色。"很强的历史性,加之白烨所指出的很强的主体性,很强的思想性。这"三性合一",使得赵本夫得以像评论家潘凯雄认为的那样,把一些沉甸甸的、深刻的、永恒的东西融合到一种看起来非常传统的、非常冷静的、非常写实的内容中。"《天漏邑》总体上来说十分可读,但又不止于可读。着力在写实,好像又不止于写实,看似很传统,又不只是传统,它就是这样一个混合体。但融合得非常自然,非常不动声色,让你在一种愉悦的过程当中去思考,去琢磨。"

因为这样的融合,赵本夫得以做一些看似不太可能的,有着很大跨度的探索。阎晶明表示,《天漏邑》有着很强的传奇性,但它又分明写的是历史。"毫无疑问,赵本夫试图在传奇性和历史性之间,找到一个最佳的结合点。"同时,《天漏邑》亦如评论家陈晓明指出的那样,在乡土文学或抗战文学的表层框架里,融入神话思维。"它是在神话的意义上来重新书写乡土中国的村庄的文明史。"

也是在这个意义上,作家范小青表示,体现在《天漏邑》这部小说里,赵本夫无论是在精神高度,技术难度,还是思想维度上,都做出了难能可贵的探索。"通过看似互不相干却有着内在联系的这种双线叙述,赵本夫为读者打开了一个不属于正常经验的复杂的空间。这部小说的复杂、饱满,还有它的神秘、混沌,难以三言两语说清楚,又足以证明赵本夫在思想上是何等宽阔。"

百年新诗：到了改换命名的时候了？

新诗发展到 2013 年已近百年。已有百年历史的新诗是否还应该保留"新诗"的命名？改名倡言的背后又隐藏了何种深层次的诉求？某种意义上，2013 年 12 月 1 日于浙江杭州举行的"新诗百年：精神与建设的向度"主题论坛，正是围绕这一话题而展开。

诗歌评论家徐敬亚开宗明义指出，在新诗已经建立起自己庞大的写作体系之后，这个概念已经成了历史性概念，在现在时意义的中国就应该停止使用了。"从胡适 1917 年发表第一批现代诗到今天，已有近百年的历史。新诗无论从它的内涵，它的外延，还是从它的音律、节奏，它的诗意方式，都有了自己的骨架。就像一个国家，一个人，在前五十年你还可以称其为'新'，过了百年了依然以'新'相称，就有些不合时宜了。"

既然在时间的向度上，"新诗"已然成为"旧"诗，而以诗歌通称又无从和旧体诗词相区分。这样如何给新诗以新的命名，就成了切实的问题。诗歌翻译家汪剑钊建议改称新诗为现代诗。这一改名从本质上讲，正如诗人宋琳所言，是为了寻找一个出发点，或者说建立一个新的更为牢靠的基础。

而推动"新诗"改名的深层动因，显然是在新诗百年的发展历程中逐渐生成的。诗歌评论家张清华指出，新诗诞生早期基本上都是用观念入诗，就是用一个相对简单的象征系统，再构造一个密码，让读者在阅读中产生一个意趣。直到鲁迅《野草》的问世，新诗才在真正意义上打开了现代人幽暗的内心世界，也由此隐喻到新文化的核心思想。而到了20世纪五六十年代，诗歌因为不能触及人性真实而失落了其深层的意义。随后朦胧诗诞生，重新恢复了对个体精神世界的关注，可它终究没打破模式化的隐喻系统的局限。"黑夜""星星""大海"等固化的概念，还不能特别精细地深入到个体的无意识世界，到了第三代诗歌依然有较强的观念性。90年代以后，新诗才呈现出一个比较理想的面貌和格局，它打开了个体精神生活的幽暗部分，同时又能唤起时代和社会的经验的公共性和共通性。"这可能是新诗发展到今天，我们不能不面对，也不能不承认的一个精神向度。这个向度虽然不是特别的重大，但特别的幽深、特别的真实，我们必须面对。"

在"第三代诗人"张曙光看来，新诗自诞生以来一直处于求新求变的过程之中，到了今天已经完成了从传统到现代的过渡。由此，新诗更应该有一个开阔的视野和胸怀，这样才能真正形成自身的独立品质。"事实上，为中国诗人津津乐道的一些国外诗人，在他们的写作中，总是融汇了两种或多种不同的文学传统。"某种意义上，这也是他此次获首届"诗建设"诗歌奖主奖的重要缘由。他在现场朗诵的代表作《和僵尸作战》，写的是近年大热的电脑游戏《植物大战僵尸》，表达的无疑是某种更为开阔的公共经验。他说，"诗歌应该成为一只垃圾箱，包容下我们时代全部的生命。"

诚如张曙光所言，诗歌写作固然要强调个人性，因为诗人的灵感来自个人的独特的经验和对人生的感悟。然而这种高度的个体性，应该建立在普遍性的基础上。"如果没有思想文化的传承，没有对他人写作经验的借鉴，没有对所处时代和生存处境深刻的认识和理解，没有一个依据时代精神和审美趣味而形成的价值尺度，而仅仅凭借个人才能，这种个人化或个性化便无从谈起。从这个意义上讲，诗歌又是一个整体概念，它植根于传统并向未来延伸。"

当然具体到诗歌写作本身，对诗人形成最大考验的，说到底还是诗歌技艺的探究。汪剑钊表示，过于强调诗歌观念，往往使得一些诗人走向极端，以为只要自己的诗歌里面有内容，或者有哲思就可以了。"有哲思当然好，但你必须把这种哲思经由你的写作变成为诗。说白了，写诗就像别的工艺一样，重要的是你必须把自己手头的活儿干好，把你的每一个词都安放到最合适的位置上。"

评论家江弱水于此颇有会心。在他看来，诗歌写作有必要凸显其作为一门技艺的面向，而所有的大诗人事实上都特别关注写作的技艺。"写诗的过程，就像诗人张枣说的非常琐碎，它具体到一个字怎么用，一个字又怎么黏合另外一个字。瓦雷里说过，诗歌的第一句是上帝赐予的。但从第二句开始，考验你的就是下棋的功夫。像莎士比亚、李白这样的天才诗人，他们写下的诗句，其实都是在内心里经过精确计算的。写诗从根本上说是一个精确计算的梦。"

网络文学才是真正意义上的传统文学？

虽然以迥异于传统文学的崭新面貌出现，网络文学却与悠久的中国文学传统有着深厚的渊源。而对中国文学传统的追寻，为进一步提升网络文学品质指明了方向的同时，事实上也为网络文学与传统文学的融合找到了更为坚实的依据。

在 2014 年江苏无锡举行的"中国网络文学南北对话论坛"上，作家范小青表示，无论与传统文学有着多么巨大的反差，不可否认网络文学仍然是精神产品，属于受大众追捧的通俗文学。"追根溯源，从魏晋南北朝的志怪小说、唐代传奇、宋元话本、清末民初的鸳鸯蝴蝶派到金庸、古龙们的武侠小说都是通俗文学一类，鬼怪、玄幻、言情、仙侠等等，这些纯文学领域很少涉及的题材，恰恰满足了普通人在乏味生活之外的想象、梦想与无可企及的另类世界。"

有关资料显示，至 2013 年底，网络文学的活跃用户已达到 4.3 亿，与此同时，一些网络"大神"的年收入已达百万、千万。评论家李林荣表示，读者不必对网络文学这样的迅猛发展感到吃惊。"这有历史上的先例。据有关统计，戏曲、话本、笔记等通俗文艺在宋元时期'诗''文'占主流地位的整个文学市场的比例，就相当于网络文学在当下文学市场上所占的比例。网络文学创作与中国传统文学的悠久传统结合起来，一定会产生像《儒林外史》这样由俗而雅的经典作品。"

起点中文网常务副总编廖俊华进一步表示，网络文学才是真正意义上的传统文学，"四大名著都来自民间，很多文学作品来自手抄本，来自说书的、写作者和读者，听众间是互动的，随时进行修改，这和现在的网络写作十分相似。"

而从小说发展的历程来看，小说在西方刚刚开始出现的时候，也面临着网络文学所面对的格调不高的批评。在《小说的兴起》一书中，美国评论家伊恩·瓦特指出，小说在18世纪被认为是一种降低格调的写作方式，书商取代了过去庇护作家的贵族，古典的文学标准摇摇欲坠。今天因《鲁滨孙漂流记》等小说被视为经典作家的笛福，当年和网络文学作家的做法相似，为了经济利益将小说写得冗长累赘。当时的编辑很不满笛福的做法，而且抱怨笛福没有完整的作品。

仿佛是小说历史的情景再现，对于网络文学动辄百万，甚至千万字的连载，眼下也有很多读者表示不可思议，认为"又臭又长"。金庸武侠小说全集十四部，总共也不过八百七十万字，而今却出现了一部作品就达千万字的宏大篇幅，也因此，不少网民呼吁网络写手"手下留情""杜绝废话"。对此，躬耕于网络文学十一年的廖俊华表示，这取决于目前的网络环境，网络文学之所以写得这么长有其道理。"首先，网络写手在电脑上每分钟敲出一百字已不在话下，因此长对他们不算什么。其次，写得长对后期影视、动漫产品的改编来说，相对容易。"那究竟能不能写得短呢？廖俊华表示，从目前看这依然非常困难。"难就难在盗版，我们统计过一位白金作者，他的全本作品只有0.5%的人付费，而99.5%的收入是靠连载。因此环境逼着作者必须写长，短了没法活。"

某种意义上，网络文学正是当下文学市场催生的产物。而谈到网络文学，也不能不谈到其"迎合市场"的问题。而相比传统作家面对图书市场的复杂态度，网络作家显得格外坦然。江苏网络作家无罪表示，如果说，传统作家更多追求的是"载道"和"责任感"，网络作家更多追求的却是市场，是"效应"。"网络作家一个重要的任务就是研究市场，读者是喜欢武侠、喜欢魔怪还是喜欢穿越，我们几乎每时每刻都在关注。"

不仅如此，眼下很多网络文学"大神"大多深谙市场运作，他们都拥有自己的经理团队，负责打理各种版权业务、社会活动、影视动漫改编等，唐家三少甚至还有专门的"形象设计师"，说到对文学的态度，唐家三少表示，自己就是一个通俗文学作家，从来没有想过流传千古。"我认为，文字就是最廉价的精神享受。" 唐家三少表示，自2004年开始网络写作，他每天更新。"这在国内应该也是唯一的一个吧！"从2005年起他全职写作，现在，每天"码"字上万，还要参加活动，忙于延伸产品的各种事宜。他说他的写作用曲线图表示，完全是平滑上升的趋势。对他而言，文学的意义在于博得大众的喜爱，给予大众精神享受。

但网络文学作家依然渴望得到主流文学界的接纳和认可。他们认为，网络文学应与传统文学互动融合、取长补短，并确立新的美学标准。一直在网络文学与传统文学之间"游走"的北京网络作家携爱再漂流表示，网络作家思维活跃、富有想象力，这些都值得传统作家学习；另一方面，网络作家要学习传统作家严谨的创作态度，尤其在人物塑造和关注现实等方面的优长。而网络文学与传统文学的"合流"，也更多体现在相互之间越来越多具体事务上的合作。此次研讨会上，江苏省作协就与盛大文学、中文在线17K小说网和逐浪小说网签订了《战略合作框架协议》，江苏省作协也宣布成立了网络文学工作委员会。

从另外一个角度看，仿若前些年传统文学作家对读者大量流失的担心，随着手机，特别是4G时代的到来，网络文学作家也有了这样的忧虑。江苏网络文学作家"跳舞"表示，网络文学本身就是因为满足了快餐式、猎奇性阅读而风靡一时，但如果手机下载一部电影只要几秒钟，等到那个时候，还有多少人愿意来读网络小说？在这样的背景下，网络文学与传统文学更有相互融合的必要。一方面，网络文学作家将立足于"上游"，不是单纯为了"码"字，更不能只是"卖"字，而是向动漫、影视等多种娱乐载体进军。另一方面，网络文学只有把网上的文字变成铅字，且通过编辑、整合向市场提供新产品，才能获得更强大的生命力。

  这也意味着，网络文学即使没有肩负"传之后世"的使命，为了获得更强大的生命力，也有让自己的作品流传更为久远的需要。重温小说发展的历程，随着个人主义在西方现代世界的确立，小说逐渐取代史诗与戏剧，成为最重要的文学形式，笛福也成为享誉世界的大作家。与之相仿，作为一种应运而生的文学现象，网络文学可以预见会有一个更好的未来。但正如评论家黄平所言，小说乃至通俗小说固然有经典化的范例，但更多的是被历史湮灭的寂然无声。"决定文学之为文学的'文学性'，既是历史的产物，又不完全是历史性的，衡量文学作品的思想、语言、结构等要素是普适性的标准，不会因面对网络文学而降低。网络文学作家要获得好的评价，首先要将作品写好，这是最朴素的道理。"

中国传统文论话语已经过时了吗?

虽说是长年研究古典文学,中国文学史家、文艺理论家陈伯海先生的思考却并不局限于此。用他自己的话说,他的研究可谓驳杂,因为驳杂,而非专精,所做学问也是"半生不熟"。而他这么说,是因为在他看来,自己虽然一辈子都在探索,但所做的研究并没有达到,他心心念念追求的那种完善、成熟的境界。

当然,这只是陈伯海的谦辞。他近半个世纪的学术生涯,横跨唐诗学、古代文论、美学、哲学和中国文化研究等多个领域,其中的《唐诗学引论》《中国诗学之现代观》是中国诗学研究的权威著作;他关于"宏观文学史"的新思考,"文化即人化"的新观念,及对"生命体验美学"的开创在学界有广泛影响。

2015年,陈伯海先生已届八十岁高龄,上海社会科学院出版社适时推出六卷本《陈伯海文集》,可以说是对陈伯海多年学术研究的回顾和总结,也是中国文艺理论界的一个重要收获。他任职多年的上海社会科学院文学所,于5月9日为他举行为期一天的新书座谈会暨学术研讨会,毫无疑问包含了对他学术贡献的肯定与高评。

"古文论",以前叫"诗文评",是一种当代性的评论,是活生生的文学批评

诚如陈伯海自己所言,他的思考涉及方方面面,但回顾一生思考所系,归总起来其实就一个焦点,即思考传统和当代的关系,思考如何激活历史资源以创建民族新文化和新学术。他说:"我的专业是古典文学,是属于传统的,但我这个人,我很明显地意识到我是当代人,我脑子里装满的是当代的思想。作为一个当代人如何面对传统?如何能把传统引入当代?这是我一直要想解决的问题。基本上我的整个思考是围绕这个问题展开的。"

这话看来寻常。当下似乎谁都能认识到,创新是不能凭空掉下来的,创新不能离开传统的依托。实际的情况却并非如此,用陈伯海的话说,在这方面,我们是有过一些教训的。比如说,从诗经算起,我们民族有三千年文明的传统,而近一百多年,我们接受西方文化的影响,事实上也构成了我们的传统。按常理,有这么丰富的传统,我们当然不缺少创新的资源。"但过去,我们采取什么路子呢?我们先是用外来的文明压制我们的传统,外来的就是先进的,是好的,传统的就是旧的,把它压制了。然后用苏联先进文化否定西方资产阶级文化,然后又抵制苏联文化,最后在'文革'当中,把我们自己一百多年的积累,包括左翼文学、革命文学也打成文艺黑线,结果只能凭着几个空洞的口号来构建样板,这就相当于把我们的创新逼到一个很窄的死胡同里面去了。"

所幸任何的创新都是建基于传统之上的创新,在当下正成为越来越多人的共识。而以陈伯海的理解,传统越是厚实,创新的空间就越大。问题是,该怎样让创新的种子,从传统文化的土壤里生长出来?这就涉及话语转型的难题。就拿陈伯海孜孜以求的古代文论来说,它毫无疑问是一种非常富于民族特色的理论话语,是置身于世界各民族之林亦不会丧失其独立品格的话语。但近代以来,随着中国社会的急剧变革,这套话语因难以适应变革的需求而遭受冷落。

而古代文论的"失语",从根本上说,是源于我们对其认识有很大的偏差,在相当长的时间里,我们也没能找到合适的路子来激活这一丰富的资源。在陈伯海看来,"古代文论"的称谓本身,事实上就很成问题。因为古文论的传统是在我们民族几千年的历史积累中逐渐形成的,但古文论作为一门学科,却于 20 世纪方始建立并得到定名。"这之前，它不称作'古文论'，而叫作'诗文评'，这意味着它是一种当代性的评论，是活生生的文学批评，而我们的文论传统便是立足于这一活生生的态势得以不断充实和完善的。进入20世纪以后，原有的'诗文评'，似乎成了历史的陈迹，成了文化遗产，于是有了'古文论'的称呼。'古文论'者，已经消逝了的文论话语也。"

但"古文论"真的消逝了吗？换句话说，我们眼下大量挪用的西方文论，或是由西方文论"嫁接"而来的当代文论，在解释中国事象时，就全然有效吗？答案无疑是否定的。陈伯海举刚去世的艾布拉姆斯的理论为例表示，其名著《镜与灯》所归纳的作品、艺术家、世界和欣赏者四个要点，固然足以代表艺术活动涉及的各个基本方面。而用为分解艺术批评的坐标，则是依据西方文论诸流派各自分流、彼此对立的事实，跟我国文论诸流派强调相互联系的实际情形很有距离。

显而易见的事实是，当代文论多套用西方文论来分析中国事象。比如，已故美籍华裔学者刘若愚撰写的《中国的文学理论》贯通中西，其精辟见解令人钦佩。但在陈伯海看来，他套用艾布拉姆斯的四要素论，给中国文学理论进行分类，却并不可取。"因为在我们的传统里，我们更习惯于从互相联系的角度来看问题。打个比方，我们通常所说的'诗言志'以'志'为核心，把作者、作品、读者、世界四个方面组合成一个整体，就不同于西方文论的'分流'与'对立'，因此，要把中国的事象，强行纳入艾布拉姆斯的理论框架里去，就不免显得牵强。"

只有演变为"中国文论"，传统文论话语才会有持续生存和发展的远大前程

由此观之，我国文学理论，如何融汇传统与西方来有效地解释中国事象，进而达到自己的理论创新，是我们当下面临的一个挑战。这不仅是出于古代文论学科建设的需要，也是中国文学、文化建设与发展的题中应有之义。

陈伯海举例表示，唐代大诗人李白在传统批评中被目为"天才""天仙"，其风格称之为"豪迈""飘逸"等，都是以传统理念为依托。引进"浪漫主义"的概念后，文学史家开始用新的眼光来打量李白，我们的古代文学史也称李白为浪漫主义诗人。"前几年我去外地参加'文学遗产论坛'，有一位发言者就在报告里质问'李白是浪漫主义诗人吗？'。我细想一下，就觉得这个质问很有道理。打个比方说吧，西方浪漫主义诗人大多对传统抱有一种反抗态度，力图打破陈规旧律的束缚，而李白却相当尊重传统，其乐府诗的创作，便自觉体现出向古乐府学习的意向。又比如，同是写的'自然'，西方浪漫主义诗人心目中的'自然'具有与'文明'相抗衡的意味，歌颂自然即表明叛离社会。李白笔下的'自然'，则是多从日常生活中去寻求自然的境界。两者之间显然不可同日而语。"

当然这并不是说，西方"浪漫主义"理念，在李白研究中没有积极意义。恰恰相反，在陈伯海看来，李白在传统批评中被相对忽略的一些方面，由此得以充分显露出来。然而，要是完全脱离开古代文论，径直以西方文论来解读李白，却会造成让人啼笑皆非的错位。如此，切实的问题在于，我们该怎样在现代框架下来激活古代文论，让其与西方文论进行"对话"与"视界融合"，建立起双向交流、互为中介的关系，以期对中国事象达到真正的理解。

以陈伯海的理解，这诚然需要我们对中西文论持双重视野的观照方式。但至为重要的先决条件是，我们要让传统批评，从封闭的、已然完成的状态中解脱出来，重新面向现实，面向当代文化的运作。而一旦这样做了，且行之有效的话，古文论也就不再定格为"古文论"，它会以多种形式进入当代中国文论话语的构建，成为整个当代文论的有机组成部分。"也只有使自己演变为'中国文论'，古文论传统才会有持续生存和发展的远大前程。"

对"古文论"，我们要改还原为创新，从"史"的清理，走向

"论"的重建

陈伯海的这个设想，概而言之即为"古文论的现代转换"。这一转换生成的中心目标在于将传统诗文评蕴藏着的普遍性意义发掘出来，给予合理的阐发，使之与现代人的文学活动、审美经验乃至生存智慧相联结。但在很多人看来，古代文论与西方文论属异质文化，不具备可通约性，传统不必要亦不可能参与当代文化的运作。这也是陈伯海提出这一设想时引起颇多争议的原因所在。

在陈伯海看来，种种争议不足为怪。究其原因在于，我们过去对待古代文论，向来持一种"照着讲"的研究思路。"所谓'照着讲'，大致来说，就是立足于还原，专注于'史'的清理，即是在一种封闭的状态里做研究。"而如果我们换一种视角，改单一的"照着讲"为如哲学家冯友兰提倡的"照着"和"接着"双管齐下地"讲"，就会对"古代文论"持不同的理解。陈伯海表示，这是因为"接着讲"，强调创新，侧重"论"的重建。

如此一来，对传统文化做现代意义上的阐释，便顺理成章了。在陈伯海看来，我国现代文明的建设亟须这样的"阐释"，因为如果没有传统的因子经阐释后参与到现代文明的有机构成中去，则我们的现代文明很容易沦落为外来文明的附庸，它只能片面地接受外来的影响，亦步亦趋地追随外来文明的足迹，却难以将外来形态通过批判、消化以摄入民族文化心灵的内核，更不用说凭借双方的互补互动以生成既富于民族特色又具有现代性能的新文明形态了。

确乎如此。诚如上海社会科学院副研究员朱生坚所说，就学科建设而言，陈伯海提倡的"古文论的现代转换"，可谓开启了一个新的视角。"这意味着古文论不仅仅归属于某一学科，甚至也不仅仅是一种学院式、书斋式的知识，而是一个活生生的文学理论体系，或显或隐地作用于古代以至现当代中国文学创作、传播、接受、评论、研究等各个环节。"而如果放到全球的视野里来，对当下在不断碰撞与融合中探索与寻求发展新思路的中西方文明做一比照，更会发现这一"转换"有其内在的必要性。

如陈伯海所言，建立在"主客二分"基础上的西方人本主义，正经历深刻的危机。出于对这一理念反省而被肆意张扬的非理性主义，也因张扬过甚而导致理性的消解，陷于如福柯宣称的"人死了"的极端。也因为此，西方思想家们意识到要超越"主客二分"，从而提出"交往理性""视界融合"，乃至"生态伦理"等，企图在个人与社会、自我与他人以及人与自然之间重建一种相互尊重与亲和的联系。但这"主体"与"客体"，"我"与"你"何以能得到沟通，社会人群间的平等交往凭什么实现，乃至人和自然物种间的伦理关系当如何建立，等等。在陈伯海看来，仍需要从学理上找到根据。"'天人合一'恰足以担负这一使命。"

而天人合一、群己互渗的超越性生命境界追求，以陈伯海的理解，正是中国传统文论话语中极有价值的部分。同时，传统文论话语中所蕴含着的那种对生命本原的直觉感悟式的审美体验方式和诗意言说方式，以及视文学文本为饱和着多种生命内质的有机结构与生命形态等，均可通向现代人的生存状况与生命体验，且恰恰是现代文论话语系统，及作为其根底的西方文论话语系统所缺乏的。"在这种情况之下，发扬我们民族自身的传统，使之参与当代中国文论话语的构建，将理性的追求与生命的追求相互结合起来，以形成现代人的更为完整也更为充实的生命体验和审美体验方式，岂不是一件非常有意义的事吗？"

事实上，陈伯海最初选择把唐诗为其学术研究的"原点"，即已包含了这样的诉求。在他看来，唐诗作为民族文化传统中发展最为充分、特色最为显著的一种文学样式，以它为典型，可以从中揭示出我们民族的文化精神和审美经验。而经过现代阐释后的古文论，在应用于古典文学研究并取得成功后，可以进一步推广于现当代文学以及外国文学的研究领域，特别是那些与中国古典文学性质相接近的文艺现象上，以求得传统理念与当代理念、民族经验与外来经验的会通。"这是中国文论建设上更具有决定性的一步，也是中国文论能否建成的重大考验。"

我们向历史要什么？

于北京举行的2012年图书订货会上，无论是谈论阅读还是写作，不少作家、学者的言谈都不约而同指向历史、时代与人的主题，自然有2011年是中国共产党成立九十周年，也是辛亥革命百年纪念的考量。当然，历史之所以被格外强调，也是当下思想指向和社会意识发展的一种需要。而谈论时代到底离不开历史的参照，对历史持何种态度，很大程度上也反映了时代与人之间微妙的联系。

从这个意义上就不难理解，何以在1月6日北京三联书店举行的《话题2011》新书发布会上，尽管会议主题指涉的是当下现实，却以"我们向历史要什么？"为题。与会嘉宾之一、评论家杨早以辛亥百年纪念为例表示：当下研究界，在坚持主流价值观的前提下，开始正视立宪派在辛亥革命前后的功绩与作用，并对清帝逊位的正面意义给予肯定。他为此感到欣慰，"辛亥纪念的可喜进步，在于多元立场的出现，在于研究者对前人任何一方的选择，都能抱有'温情与敬意'，探讨其成败得失。"

外国文学研究专家陆建德则表示，当下民众对历史与时代的认知，比较缺少纵深的视角。"现在为了引起关注，我们不断炮制话题。至于，到底什么样的事情可以成为话题，话题的背后又存在怎样复杂的动机？等等，我们的判断是阙如的。"对此，杨早表示，粗略地算来，知识分子有三种。一种是不问天下事，只在学术的海洋里畅游的。还有直接对社会问题发言的。"但显然还需要有第三种，就是对影响深远的事件做俯瞰式的精神洞察，这特别有赖于对历史的深入理解。"

对于学者资中筠来说，当下谈论历史，必然面对如何连接现代和传统的问题。在 1 月 8 日广西师大出版社主办的题为"时代与人"的文化沙龙上，资中筠表示，中国文化传统中，有忠孝节义等很多后来不能实行或过去就已经违反人性的东西，当然要舍弃。但人性是有共同点的，一些善恶是非的标准，从古到今都差不多。"所以，一个民族不可能把所有传统完全割断。那么，我们该怎样从精神的层面继承传统？在怎样把传统的道德和新的时代联合起来这个问题上，冯友兰先生就提出了'道德抽象继承'的思想。这在当下也有其重要的价值和意义。"

在资中筠看来，我们谈论历史，很大程度上还因为，历史中曾经出现的问题，在当下依然不容回避。"辛亥百年纪念，一些百年前大家讨论的问题，我们现在还在讨论。我倒是希望这都已经成了过时的问题。如果这些问题变成过去式了，我们民族就往前进了一大步。实际的情形是，有些问题仍然需要深入讨论。我特别有一个感慨，我们现在到底进步了还是退步了？物质层面先不去说。我先来讲精神层面,到底有没有进步？比如拿去年出的《共和国教科书》,和我们现在的教科书比较一下，到底哪个是新，哪个是进步？就会一目了然。要知道，那本教材是 1912 年出的，至今正好是一百年，而且那时连白话文都还没出现。"

学者杨照从另一个层面表达了自己的思考。他认为，一百年前和现在最大的差异，体现在人们普遍的思维方式上。"一百年前，是一个没有答案的时代。因为没有答案，它逼着人们必须要寻找答案，并且要用自己的思考去努力说服别人。现在的情况是，不管这个时代怎么改变，许多新事物发生时，我们都不是把它当作问题来面对，而只是把它当作新的答案来揭示。"他进一步指出，我们有必要思考，今天有没有善用我们所拥有的种种优越条件？在这样的条件下，我们是不是还能像一百年前那样勇于思考，并提出各种不同的可能性。"要知道科学的发展、全球化的背景，并不一定导致人被弱化或被物化，这仍然取决于我们怎么看待时代所产生的这些新的变化。"

　　历史与时代之间的关系，也是作家格非着力思考的问题。尽管在订货会上，围绕他写当下生活的小说《春尽江南》展开话题，但他言谈之间谈论更多的还是历史。他注意到一个现象，就是在欧洲和其他国家地区，年轻人读的书跟年长一辈之间没有太大的差别，因为大家对传统，对经典的东西都很认同。在中国的情况很不相同。年轻人大多追逐时尚，不愿意读经典的书。"这自然有它的道理，一个时代有一个时代的时尚。但说到怎么看待这个时尚，怎么了解你自己的内心，你未来的道路，思考这些问题时，我们就要有一种历史的纵深感，才能真正有所明了。所以，年轻作者应该尽可能多地了解这个社会的文化和历史，我们才有可能写出比较有深度的作品。"

何谓源初意义上的文化江南?

当我们谈到"一带一路"时,正如上海市社联主席、上海社科院高端智库首席专家王战在 2017 年 11 月 11 日于上海举行的"世界城市文化上海论坛"上所言,首先想到的是西安、敦煌、新疆,谈到海上丝绸之路,会想到泉州、广州、宁波这些地方。"但如果联系到丝绸之路上运的是丝绸、茶叶、瓷器之类的物品,我们就会想到,它们都源自江南,源自长三角。而且景德镇、湖州、杭州这三个主要产地之间的间隔距离不超过 100 公里。"

王战之所以追根溯源,是要提请人们注意谈论"丝绸之路"时,不宜忽略中国运河文化的重要影响。王战表示,中国的大运河自隋、唐开始发挥重大的作用,它原先的用途,主要是把南方的物产,如粮食、盐之类,运到北方皇朝所在地,比如说北京、洛阳、开封这些地方去。"但不能不注意到,这其中就包含了我们向国外输出的丝绸、茶叶、瓷器,等等。"

正因为此,王战表示,运河文化毫无疑问是中国丝绸之路一个很重要的载体,在中国大规模的海运还没有开始以前,实际上是中国的大运河沟通了中国南北的贸易。"所以,在讨论'一带一路'与中华文化时,我们很有必要给中国的运河文化以非常重要的关注。"而换个角度看,理解运河文化,也正是走近源初意义上的文化江南的题中应有之义。

"和"文化使江南成了丝绸之路的原产地

需要厘清的问题是,为何是江南地区提供了丝绸之路上运输的物产?人们会很自然地想到江南独特的气候条件,还有是经济方面的因素。王战谈到一个很奇怪的文化现象。他说,蒙古族是一个草原民族,但蒙古人穿的蒙古袍全部是用丝绸做的。"这看似不太好理解,实际上道理并不复杂。因为运河的运输要比骆驼的运输便宜得多,所以使江南以外的地区也能分享。"

在王战看来,气候、经济,无疑是重要的方面,但江南地区能提供丰富的物产,实际上和江南文化有很大的关系。一个事实是,在唐、宋以前,中国最富裕的地方是中原地区,唐朝到宋朝期间,两次大的移民,使得中原很多人都迁移到江南地区,这就造成了江南文化和中原文化的第一个差异。"它是移民文化,大量的人移过来,比如说杭州人的祖先,大部分是河南人。而移民文化和原住民文化是有很大不同的。如果从现代经济角度看,某种意义上是移民社会造就了市场经济,这至少可以解释有了大运河后,为什么独富了江南。"

当然,移民并不是必然造就市场经济。以王战的理解,移民移到了江南以后,如果他们老是打架,相互不服气,那经济也发展不起来。而江南经济之所以得到发展,与江南的文化本质有很大的关系,而江南文化本质上是一种"和"文化,这首先得益于中国文化本身有"和而不同"的元素。王战表示,如果把中西方文化做一个比较的话,可以看到,在中世纪以前乃至中世纪,欧洲的文化是神权文化大于皇权文化,但在中国始终是一个王权文化,甚至是比较开明的王权文化。"也就是说我们不排斥外来的商人到中国做生意。实际上在丝绸之路上,更多的是来自阿拉伯的商人、犹太的商人、欧洲的商人、中亚和西亚的商人。因为中国的宗教不像西方宗教有排他性,它是入世的,世俗的,是多元神,每个人可以根据自己的信仰去信仰一个宗教,相互之间是能够和谐相处的。如果说中国的宗教是排他的,那这个文化因素可能使丝绸之路无法延续一千年。"

毫无疑问,中国大的文化背景,为江南文化的形成准备了重要前提。但具体到江南,之所以形成"和"文化,在王战看来,也有其特殊原因。显而易见的一点是,中原文化传播到江南以后,更世俗了,和农耕社会结合得更紧了。"中国的儒释道,在中原的时候,是各信各的,但到了江南以后,三者高度融合了,比如说禅宗就吸纳了三种宗教文化的一些优良成分。"

以王战的理解,这样的融合对江南文化的形成有非常重要的影响。因为道教帮助江南人解决了人与自然怎么和谐相处的问题。"道家文化,根据日本的学者研究,是一种水稻文明。道教很讲究风水,道观所在地一定是山清水秀的地方,有水可以长水稻。而儒教有一套君君臣臣、父父子子、男尊女卑的纵坐标,又有一套仁义礼智信的横坐标。但江南文化在某种程度上把君君臣臣这一块弱化了。因为,中国的皇帝基本上都住在北面,只是南宋的时候在杭州待了一百五十多年,然后元朝、明朝又回到北方去了。但到了江南后的孔子后裔不愿意回北方去,他们留在江南民间讲学,于是在江南就有了四百八十个书院。这以后中国的政治家、思想家,所谓士大夫80%出在江南,由此,江南成了中国思想文化的一个高地,它和孔学有关系,又和中国江南的经济紧密结合了,和大运河的商业联系起来了。"

这样一种联系,在王战看来,解决了人和人之间、村庄和村庄之间、家属和家属之间,怎么友好相处的问题。"所以,我说江南文化的儒学已经不是唐代以前中原的儒学,它已经不是'仁、义、礼、智、信',而是可以归纳为'信、义、仁、智、礼'了。为什么会有这样一个颠倒?因为大运河的商业文化,做生意有时候是远距离的,比如说徽商和京商之间,一船货过去,我们相互之间要付钱,如果没有信用的话,可能这个生意就长久不了。"

由此,如果说道教解决了人和自然的和谐相处问题,王战认为,儒教就解决了人和人之间和谐相处问题,然后佛教,也包括伊斯兰教、基督教解决了人的内心生死苦乐怎么对待的问题。"有了这三个因素,移民得以在江南很安心地去劳动,很勤奋地去工作,这就是为什么不仅是气候,也不只是经济原因,而是江南的这种'和'文化,使得江南成了丝绸之路的原产地。"

南北方文化在运河上碰撞,形成了思想火花

如果换一个角度看,宗教观、社会伦理观的变化,在王战看来,又使得江南文化出现了另外一个不同于中原文化的地方,就是人生价值观的变化。

王战表示,放眼中国古代,一个年轻人在中原地区,首先会有当官考状元的梦想。因为中国没有世袭制度,可以考状元,当官就成了第一目标。当不了官干什么?可以当农民。除此之外,也可以选择做个手工业者,而经商往往是最后的选择。"所以在中原文化当中,经商办企业被看成是很低贱的工作。但是在江南文化当中,由于大运河给很多人带来了机会,商业的地位大大提高了,于是就有了江南人第一选择是当官考状元,考不了状元,就想到经商办企业去了。"

而江南经济的发展,带来了思想的解放,也带来了文化的繁盛。以王战的观察,中国文化能从原来的地域文化,变成一个多民族国家的文化,甚至带有国际范的文化,就是在大运河上形成的。"比如,中国的戏剧本来是地域性的,但有了大运河以后,从天津的相声、河北的梆子、山东的快书,一直到江南的评弹、越剧,都串起来了。为什么会这样?因为运河运输的时候速度很慢,往往要花两三个星期,晚上干什么呢?最重要的活动就是听戏。"为了研究上海世博会,王战看了两本关于大运河的书,从书里他了解到,在大运河上的戏曲曾经繁荣到什么程度。"中国昆曲六百年,有两百年很繁荣,有一次破纪录的,在苏州的虎丘昆曲《长生殿》这个本子唱了三天三夜,我想,可以和意大利的歌剧媲美了。"

在王战看来,不只是戏剧,明、清小说也可以说是人们在运河边上"聊"出来的。"和'一带一路'有直接关系的就是《西游记》。《西游记》写玄奘到印度去取经,它的作者吴承恩不是西安人,而是淮安人,他就住在大运河上,他写的花果山也在连云港。实际上,中国另外三大名著《红楼梦》《水浒传》《三国演义》的作者也住在扬州和淮安之间。为什么?因为,中国南、北方文化,在运河上碰撞,形成了很多思想火花。因此,我觉得我们在研究'一带一路'当中,应该把大运河看作往西域去的丝绸之路经济带和海上丝绸之路之间的一个过渡。"

海派文化是对江南文化的丰富和拓展

某种意义上,海派文化是对江南文化的丰富和拓展。王战表示,因为"一带一路",是面向21世纪的"一带一路"。它的交汇点就在上海。"上海从南、北两个方向,和丝绸之路连在一起,今后甚至还可以和北极航线连在一起。因此,上海可以说是'一带一路'和中华文化最重要的一个结合部。"

海派文化本身,亦如上海社科院历史研究所副研究员段炼所说,有其历史演变的过程。在段炼看来,海派文化更可以说发端于吴越文化,上海也并非是一座由小渔村演变过来的年轻的城市,而是一座古老的城市。"从太仓一直到金山那里有一条漫长的海岸线,六千年前,这里就已经有了人类活动的踪迹。我们知道,最早的上海市民是从浙北和苏南迁徙过来,他们从当地带来了先进的生产技术,创造了十分发达的文明,到了良渚文化的时候,达到了一个高峰。我们最近发掘的广富林文化,就是外来文化不断冲击上海本土文化的证明,这个时期,北方文化因素占据了主导。之后又有了一个马桥文化,它和广富林文化正好相反,主体文化来自南方地区,但在发展中吸收了北方文化的影响。"

由此可见,海派文化并非简单的杂糅体系,而是如上海社科院文学研究所研究员蔡丰明所说,植根于中华传统,融汇吴越文化等精华,吸收了一定的西方文化的因素,而创立的一种具有自身特色的文化。蔡丰明表示,从民俗的角度来说,海派文化具有开放、包容、时尚、洋派、重商、精明的特点。"所谓开放,就是反传统。

上海的民俗是比较反传统的。中国最早的婚姻都是包办婚姻，但在上海，从20世纪初开始，就提倡不要彩礼，没有父母之命的文明结婚，是非常大的突破，后来又推出集团结婚，也就是现在的集体婚礼，在当时是有开创性意义的。"

而所谓包容，也就是兼容并蓄。在蔡丰明看来，这种兼容并蓄，实际上反映了上海人对于各种异质文化的认同，而不是排斥。对于那些来自外地、外国的文化，上海人往往是欣然接受的。"上海荟萃了全国各个地方的饮食，上海的方言也是融合了各种方言成分，比如说本地话、宁波话、苏北话等等，它是一种组合体。上海大世界就是融合了各种文化艺术的，一个综艺娱乐的代表。以前有一句话说，'不到大世界，不算到上海'。为什么？因为大世界中融合了很多市民群体最喜欢的综艺节目。至于海派民俗怎么时尚，怎么重商，就不用说了。上海是商业之地，像经商、摊贩、叫卖、大拍卖等等，很多商业习俗都可谓开风气之先。"

当然，只有回到中华文化传统的脉络里，才有可能对海派文化有准确的理解。蔡丰明举例表示，上海人通常被认为是"精明而不高明"，说是上海人精明在小地方，却往往是因小失大。但实际上，上海人的精明，恰恰是现代契约精神的一种体现。"因为上海人认为，只有在什么问题上都讲得非常清楚，才能方便妥善地解决和处理事情。"

以蔡丰明的理解，所谓崇洋媚外也是很多人对上海人的一种误读。实际的情况是，上海人虽然崇洋，但不媚外。"上海人所谓的崇洋，崇尚的是一种现代文明，而海派文化，也恰恰是上海人在广泛吸收西方文化的基础上，加以消化传统，并不断创新，从而融合而成的一种文化样态。"从这个意义上说，也只有回到中华文化传统的脉络里，才能深入理解海派文化，并理解源初意义上的文化江南。

第二章 文学如何直面时代现实?

中国文学的主流审美，从"魔幻"回到了"现实"

第九届茅奖颁布前夕，我去河北参加了一个会议。席间，有对文坛掌故颇多了解的作家调侃道，自上届开始，茅奖主要是在"还债"，"茅奖要有更大的权威性和公信力，也该把欠下的债给还上了！"他列举了几位在中国文坛，乃至世界文坛上颇有影响，却从未获过茅奖的作家。首先就是王蒙先生。等他说完，我们恍然大悟道："原来像王蒙这么重要的作家也没获过茅奖！"

我们的恍然大悟，正反映了大众读者微妙复杂的心态：虽然获不获茅奖，与作家创作成就之间不能画等号，但中国长篇小说的最高奖让不少重要的作家成了"漏网之鱼"，不能不说是一个很大的遗憾。从这个意义上讲，现在的确是到了茅奖"还债"的时候了。

我这么说，并不是想证明本届茅奖颁给王蒙先生，是何其明智的"还债"之举。以本届茅奖评委、评论家陈晓明的说法，王蒙先生这次以耄耋之年获奖，并非只是出于评委们对他的敬意。尽管即便是表达敬意，也合乎情理。但茅奖终究不是"终身成就奖"，断无向文坛前辈表示敬意就让其获奖之理。也因此，陈晓明特别强调，"根本在于，王蒙的获奖作品《这边风景》足以撑得起它独有的小说世界。"不难看出，他是从文学本位的角度出发做出这一评断的。

这一评断，事实上也适合此次获奖的其他四部作品。虽然我们不能言之凿凿地说，这五部获奖作品代表了近年中国长篇小说所能达到的最高水平，我们也很难找到客观的标尺来一锤定音地宣告：获奖作品就是入围的作品里面最优秀的。但格非、王蒙、金宇澄、李佩甫、苏童这五位作家，无论是考虑到他们总体的创作成就，还是就获奖的这部作品而言，都有足够的资格和实力获本届茅奖。这一点不会有太大的争议。

本届茅奖颁布的消息传出后，《文学报》微信公众号第一时间推出快讯《第九届茅盾文学奖颁发：他们笔下的中国现实》。这样的概括未尝没有一定的道理，却不足以涵盖所有五部作品，因为它们并非都写的是中国的现实。但可以确定的一点是，这份获奖名单至少让人看到，中国文学的主流审美不再是"魔幻当道"，这五部小说都颇具现实感，都比较好地处理了小说该怎样写出"现实感"的难题。

就我的阅读印象，近些年，很多作家写中国现实，都会不可避免地将其魔幻化、荒诞化。这或许是因为，对中国社会的复杂情状，他们实在是难以把握，因此就绕开客观事实层面上的现实，着力于摹写他们"看"到的、"感受"到的现实。但这样的"现实"，未必符合读者对"作家要直面现实"的期待。那是不是只有把生活中一些原生态的素材，经过综合转化写进小说，才是对现实的"正面强攻"？过分强调当下的作家必须直面中国现实，又有多少合理性？而把写当下认同为作家是否直面中国现实的依据标准，又有多少合理性？显而易见地，真实的、深沉的历史或许比虚假的、表象的现实更有现实感。

《这边风景》就是一个很好的例子。王蒙先生写于"文革"期间的这部小说之所以独特，就在于如陈晓明所说，朴实地反映出那个时期农村的生活面貌以及搞阶级斗争的实情。

虽然受制于当时的创作环境，小说采用的是现实主义的创作方法，但其力求真实的小说笔法和描写的准确生动，却使得小说在距其完成近四十年后，还是给今天的读者以触目可及的现实感。我想也因为此,陈晓明读后感叹,时过境迁,历史反倒有一种不可磨灭的记忆,往事依然,历历在目。

从这个角度看,王蒙先生说的,《这边风景》在他的作品里面,可以说是最具体最细腻最生动最感人的,从头到尾都是掏心窝子的真情实感,或许并非虚言。

如果说在《这边风景》里,王蒙先生写下了他在那个年代里经历的现实,那么在《繁花》里,金宇澄写的是他记忆中的上海"现实"。

他之所以能写出这种"现实",把20世纪60年代的少年旧梦、90年代的声色犬马,写成恍如眼前的"一场接一场的流水席",主要就在于他在写作中保持了他竭力追求的"真实感"。

金宇澄说,历史上的城市小说,各种主义、各阶段的城市阶级小说,个人观念过于显露,因此讲得最多、铺陈最开之处,往往遮蔽越多,一片接不到地气的模糊。而以地道的沪语打底,记录了烦琐生活世相的《繁花》,无疑是接了地气的清晰和敞亮。

当然,对于中国文学来说,需要敞开和揭示的,不只是被遮蔽的生活,还有被忽视的精神。

在与作家贾平凹的一篇对谈中,李佩甫曾说到他有一次到一个有三千人的村落采风。晚上9点,在整个村里,他只遇到了一条狗,没有人。他豁然间醒悟到乡村的凋敝,所谓的乡情也在变成记忆。"如果没有文字记载,这段历史就会被后人忘却,那是一大损失。"

李佩甫觉得,作为一个写作者,他有责任记录历史,"让我们的后人知道,祖先是踏着什么样的足迹,一步步走到现在。"在《生命册》里,李佩甫从中原文化的腹地出发,书写平原大地上土地的荣枯和拔节于其上的生命的万般情状。他把乡村与城市、历史与现实、理想与欲望并置,探索时代与人的命运之间的关联,探索的也是基于生活情状之上的中国的精神现实。

事实上,作家的写作接不接地气,有没有现实感,乃至于能不能写出精神现实,在一定程度上还取决于:作家以什么样的姿态拥抱现实。

就《黄雀记》这部小说采访苏童时，苏童曾这样回答我的提问。他说，他所信奉的作家与现实生活的美好关系，其实从来不是亲密的拥抱，也不是攻击性的炮火，而是高度三米的飞行。这个距离，可以想象为一种标准的若即若离。而所谓的飞行姿势，就是主张作家观照现实的创造性，以及表达的自由性和排他性。

而在中国当代文学的语境里，苏童谈到的"距离"，其实也隐含了他对作家该怎样在传统与先锋之间保持合适的距离的思考。

以苏童的说法，做一个可持续的小说家的意义，大于一个先锋小说家的意义。这并不意味着，作家让自己的写作可持续，就得告别先锋。

格非曾明确地表示，好的作品，不应该完全抛弃现代主义的先锋派。他也正是这么做的，《江南三部曲》在坚守艺术性的同时，以具有穿透力的思考和叙事呈现了一个世纪以来中国社会内在精神的衍变轨迹，其意蕴无疑是趋于先锋的，而小说呈现的形式，却是偏于传统的，可以说是如他自己所追求的"对传统的再发现和再创造"。格非说："我没有完全抛弃现代先锋，而是希望把它融入一个更大的传统，进入更加宽阔的地带。"如他所愿，在《江南三部曲》里他做到了。

当代文学：有大作无大师？

新文学自诞生以来，到 2008 年已走过了三个三十年："五四"以后的三十年，是中国现代文学的三十年；1949 年新中国成立到 1978 年十一届三中全会召开的三十年，被认为是"红色文学"的三十年；1978 年改革开放迄今是新时期文学的三十年。对第一个三十年取得的成就，评论界给予了充分肯定。而对如何评价第三个三十年的中国文学，却并未达成共识。总体而言，贬抑大于褒扬。

这就不难理解，何以评论家张清华在 4 月 11 日上海作协举行的"新时期文学三十年"学术研讨会上做出颇具颠覆性的发言时，话音刚落即引来激烈的争论。张清华说，如果把改革开放以后三十年的文学和"五四"以后三十年的现代文学做比较，我们会发现，现代文学有伟大的作家，但几乎没有伟大的作品，而当代文学虽然几乎没有伟大的作家，却出现了伟大的作品。

争论：当代文学是否已产生经典？

争论焦点在于新时期文学是否已产生经典作品。"我们对这一时期的文学评价低了"，评论家程光炜试图为新时期文学正名。在他看来，新时期三十年，已经形成了一批经典作品，问题在于哪些作品可归入"经典"？"对于哪些作家能够成为这三十年的经典作家，每个人都有自己的标准，改革开放以来的社会文化构成有利于文化多样化的发展，却也产生文学标准的模糊、多元。目前，不少作家还在不断地推出新作，他们习惯性地在新作中寻找文学制高点，从而降低对旧作和他们所代表的新时期文学三十年评价的标准。这也给'经典'的界定带来很大困难。"

张清华表达了类似的观感，"我总是担心，我们对最近三十年文学的评价过低了。但当代的批评家不敢，也没有勇气说最近这三十年，或者至少从80年代中期以后到21世纪初这二十年左右的时间，是中国文学的黄金时代，是汉语新文学诞生以后的最辉煌时代。"

对此，评论家郜元宝表达了不同见解。他反对将新时期文学经典化，他认为这三十年文学，尤其是90年代以来的文学确实有很多进化，但也包含一些退化。"与此同时，作家的概念和文学的概念在不断缩小，现在谈文学就等于小说，作家就等于小说家。这个结果也是很值得思考的。90年代以来的中国文学逐渐变成一个和很多读者、批评家、学者、知识分子比较隔膜的文学圈子，这个圈子的功能是不断地恫吓读者。"

交锋：两个文学时期孰优孰劣？

谈论新时期文学离不开80年代和90年代两个时期的分野，评论界对这两个文学时期的作品孰优孰劣的争论从未停息过。在张清华看来，新文学以来的任何一个年代都没有出现90年代这么多的重要文本，其显著的标识在于如莫言《丰乳肥臀》这样的作品，提供了一种成功的、最高级的文学经验，在形式探索和创新上达到了相当的高度。

评论家贺绍俊谈及当下文学批评的生态环境时，也对90年代的文学批评多有褒奖。在他看来，90年代的文学批评是对80年代建立起来的文学秩序的反动，它的重要意义就在于开始形成一个具有多样性、协调性、互文性、整体性等特点的良好的生态环境，使得文学批评逐步朝着自主的、自立的方向发展。相比较而言，80年代的文学批评多服膺于政治意识形态，文学环境比较单一。

与多数评论家回避对两个时期的文学做高下判断不同，评论家刘绪源给80年代的文学以极高的评价。他说，尽管回头看，80年代的文学政治性很强，在文学观念上也没有解放，很多作品比较幼稚，但不可否认的是，在这样幼稚、动乱、高度政治化的情况下，依然产生了一大批好作品。"那是一个充满生气的文学创作时代。可以毫不夸张地说，正是在这个时期，阿成、史铁生、王安忆、路遥等作家写出了很有分量的作品。相比之下，90代以后的文学在摆脱社会学束缚的同时，也远离了现实，作家们在私人化写作和形式的花样翻新中越走越远，文学品质也随之下降。"

评论家王鸿生、作家孙甘露则表示，有必要关注新时期以来被忽略的文学景象。王鸿生表达了与德国汉学家顾彬类似的观点，他认为所有对新时期文学三十年的考量，不能缺了诗歌这一重要的环节，"新时期汉语小说的成就，总体上低于汉语诗歌。可惜我们一直没有很好地研读其中的好作品，更谈不上对这些作品做深入研究。"

共识：文学发展遭遇瓶颈

有评论用"收获多多，问题多多"来形容新时期文学的三十年，言下之意，新时期文学在取得重要成就之余，也存在很大不足。对此，张清华表示，乡村经验成就了20世纪五六十年代出生的一批作家，贾平凹、张炜、余华、苏童等。他们中的一些人即使在城市生活，也是以乡村经验进行写作。而比他们年轻的那批作家，不少是写城市的，却总是以叛逆的姿态出现，不被纳入"精英文学"的范畴。张清华说："我们的民族是一个农业民族，底子或者核心经验方式是农业社会的经验。由此，很多作家在试图完成这种经验与书写内容的现代转换的时候，暴露出来的问题尤为明显，而这正是危及当代文学可持续发展的一个瓶颈。"

评论家杨扬直言,制约新时期文学发展的一个重要阻碍,是语言问题。"要是把最近三十年的文学变化放在百年文学的长廊中加以考察。我们发现经典性的作家,大部分出现在第一个三十年,造成这种现象的主要原因就在于,第一个三十年的文学创作,还没有普通话的规范,而在最近的三十年中,普通话的语言规范已经成为定式。这使得除王朔等运用普通话游刃有余的少数作家外,多数作家在文学语言叙述上捉襟见肘。"

在评论家吴炫看来,新时期文学在看似多元选择的背后,存在着一个如何提高原创品格的问题。"如果一个作家只选择一种创作,但却不建立自己对生活和小说的独特理解,那么这样的作品再多,也不会产生真正的好文学。"

郜元宝则用"整体未必破碎,个体未必发展"来描述新时期三十年文学发展的概况。他说,这些年来中国作家的"发展"或"进化"并非完全朝着真正丰富而独特的个性的方向发展。我们的作家在生活中越来越世故,越来越智慧,但很少转化为文学的世故和智慧。"而我们的文学发展很快,但文学体制,思维方式,躲在各种新话语背后的习惯仍然是旧的,不仅没破碎,还在迅速修复,凝固。"

如何让文学与科学之间，发生绚烂的碰撞对接？

2018年，是徐迟报告文学作品《哥德巴赫猜想》面世四十年。诚如评论家李敬泽在12月16日于北京鲁迅文学院举行的"想象力的空间结构——黄孝阳作品研讨会"上所言，这部作品可以说是中国的文学和科学之间发生的一次最为绚烂的碰撞或对接，并且在这种对接中强有力地迸发出那个时代精神的光芒。

也是在这一维度上，李敬泽肯定和赞赏青年作家黄孝阳的创作。在他看来，黄孝阳以他的创作，让量子力学与小说也做了一次类似的对撞，让人隐约感觉到对于文学、对于小说来说，还有一个巨大的新世界就在前方，还有一种变革的巨大的可能性也在前方等待着我们。他这么说，自然是基于他对当下文学的一个基本观感和判断。21世纪以来中国的小说虽说经历了很大的发展和变化，但总的来说比较缺乏艺术上的探索精神。"我们确实高度关注写什么，也高度关注怎么写，但是无论是写什么还是怎么写，应该说我们还是在一个既有的文学经验的轨道上往前走，新的探索、革命性的变革动力并不是很充分。"

李敬泽批评的"不是很充分"，确乎有充分的现实理由：作家的创作越来越跟不上时代发展的步伐了。"我们现在处在一个互联网的时代，一个被媒体和自媒体所支配的时代，人的想象方式、自我认知的方式、与他人相处的方式，包括对诸如速度、时间、空间等一些基本价值的感受方式,都已经发生了巨大的变化,有些变化是不可逆的、是根本性的。这些都在我们日常经验中不知不觉发生了,但我们的小说家对这个时代研究不够,也更是表现不够。"

言下之意,就像评论家、《钟山》杂志主编贾梦玮说的,年轻作家要单纯靠传统文学手法来表现时代是不够的,只有把其他各种学科先进的研究成果吸收到文学表现、文学表达中来,跟我们这个时代、跟我们现在面临的问题才相匹配。也是在这个意义上,李敬泽同意黄孝阳的一个判断,即我们这个时代的小说家很大程度上还是用 19 世纪的方式去想象人、表现人,但"人"已经远远超出我们所习惯的那个范式。因此作家有必要直面这个时代"人在哪里,人何以为人"。

然而,要说作家没能很好地直面这个时代,某种意义上也因为他们的探索激情被抽空了,正如评论家吴义勤所说,相比 20 世纪八九十年代,我们这个时代的审美趣味已经发生了巨大的变化。"那时,所有形式的、心理的、意识的实验都得到热情的追捧,那时的读者有着很大的胃口,似乎能消化所有类型的东西。但在今天,各种各样的探索很难得到掌声。我们这个时代的读者已经越来越向轻阅读和浅阅读走,已经没有能力去阅读那种有探索性的、有深度的文本。"

而事情的另一面在于,先锋精神或探索精神的退潮,使得黄孝阳作为如评论家阎晶明所说的"先锋小说的后来者",成了评论家贺绍俊眼里的"辨识度极高的作家"。黄孝阳也的确如李敬泽所言,以强烈的、尖锐的、执着的探索精神,在努力建构一种新的小说美学、小说诗学。他努力把那些可能的、新的或者在我们过去的视野里认为不可能的东西打开。"对于黄孝阳来说,量子力学给他提供了一个提出问题的方式和角度,甚至也给他提供了一套展开问题,使得问题变得极具问题意识、极具尖锐性的修辞方法。"

以李敬泽的理解,要当真将黄孝阳宣称的量子力学,给搞现代物理学的人看,或许可能被认为是在胡说,但黄孝阳从量子力学的角度延伸出来的,对小说的一系列基本问题,诸如时间问题、空间问题,想象与虚构的问题等等的思考,则是有启示性意义的。"他的努力让我们看到20世纪90年代以来或21世纪以来都很少见到,在一定程度上被我们遮蔽和忽略的小说的精神向度。他这一套理论以及实践,对我们如何以及从何处找到参照系来把握当下现实,是有参照性意义的。"

进一步的问题在于,如李敬泽所说,无论是时代还是历史也好,都不是抽象的,对于文学写作而言,抽象的思辨,最终还是要落实到在我们所处时代的具体经验中人性的变化,人的具体的想象方式和精神方式的展开的变化上来。而这正是黄孝阳写作面临的考验,也是他的创作值得探讨的价值所在。

评论家阎晶明直言,但凡是探索,有成功,也自然会失败,而且失败的可能性是最大的,换言之,暴露出来的失败和留下的问题,或许比取得的成就还要多。"以《众生:设计师》而论,黄孝阳把一些非文学的因素,比如说科学的,甚至是物理的,还有量子力学等我们很多人完全不懂的东西带入到小说里,他把小说的写作过程也带到小说里,这是有新意的。但探索不一定是求最新的东西,倒是需要用一个东西去整合它,去把它笼罩起来,找到自己的阐释的角度和说法。"

阎晶明表示,中国通常意义上只存在两种小说,要么是严肃的,要么是通俗的;要么张承志,要么琼瑶。但土耳其作家奥尔罕·帕慕克把两者融为了一体。"像《我的名字叫红》这样的作品之所以成功,不在于它怎么新,也不在于它追求现代派、后现代派,而在于它把严肃小说、流行小说,把很沉重的文化的、历史的故事和凶杀、谋杀、侦破、爱情、言情这些故事都整合到了一部作品里。"

与此对照,黄孝阳的创作固然在充斥缺乏新意的、重复制造的小说的背景下,会给读者带来一种清新之气,但其形式上的意义可能还大于内容。"我想,如果有了突破性的小说理念,再融入实实在在的、具有烟火气的当代生活,用自己的升华能力,把这些东西整合在一起，无疑或让创作更具力量感。从这个角度看，如果要让小说有更深层的力量和更大爆发的话，黄孝阳还需要做更多的努力。"

当然，黄孝阳的小说，诚如评论家吴义勤所说也包含了对现实的批判与关怀。"他的小说表面上看是纯探索性的，但实际上还是有现实的指向的。比如《众生：设计师》，某种意义上说也是反腐小说，其中穿插了一个腐败的案件，黄孝阳通过小说叙事，把现实层面的东西，还有人的心理探索等等都打碎了放在里面。"

但总体而言，黄孝阳的创作显然偏重知识和想象。在评论家丁帆看来，这样的偏重在突出其创作特色的同时，也凸显了它的弊端。他以《众生：迷宫》为例表示，小说第一部分和第三部分，对量子力学、数理逻辑，尤其是19世纪物理学的理论的阐述，占了很大的比重，这在一定程度上让整个作品的文学想象力受到遏制与削弱，这对于快阅读时代读者的阅读也带来了瓶颈和障碍。

由此延伸出来的问题是，该怎样把科学的想象力、知识的想象力，转化为文学的想象力。在贺绍俊看来，读黄孝阳的作品，能看到他怎样努力在知识基础上展开想象力，但具体到小说创作，科学和知识的想象力并不能替代文学的想象力，而需要经过一个转化的过程。"我读'众生'系列有一个感觉，就是在黄孝阳的文学实验里，他的情商被他的高智商给压抑了。"

无论如何，文学如贺绍俊所说，最终是关于人性、关于情感的一种叙述，文学还跟人性、跟情感发生实质性的联系，不管把文学拓展到什么新的宇宙去，但它的落脚点不会发生根本的变化。"科技再怎么发展，人类的情感也无法数字化，也无法用逻辑推理出来，而这恰恰是文学要做的事情，黄孝阳在实践量子文学观的同时，或许可以在小说里融入情感的、人性的方面做出进一步的探索。"

在时代思想前沿，书写"城与乡"

对"城与乡"的想象与书写，在当下中国语境里，不只是一个简单的文学问题，而是如评论家李敬泽所说，是一个中国现代性的基本问题，它也不仅仅是地理区域问题，还涉及文化、历史、政治等现代性构造的问题。这就意味着当下文学要对"城与乡"有准确的书写，就得对中国的历史与现实有一个总体性的把握。而眼下作家面临的挑战，恰恰是在如何把握这个总体性上碰到了最大的难题。

总体性在一定程度上的缺失，并不意味着眼下就没有总体性

评论家郭宝亮表示，"城与乡"的概念，实际上包含了很多价值、观念的判断，这就意味着，我们在想象和书写城与乡的时候，会时常处于一种很纠结、很焦虑的状态。"我们面对的一切都是破碎的、混乱的，我们的精神也是高度分裂的，很难找到一种总体性。"但在郭宝亮看来，这对文学未必是坏事，一个优秀的作家，只要能通过观察，通过分析判断，把精神分裂的状态真正地写出来，就能成就一部很好的作品。从这个角度看，当下对于写作而言恰恰是很好的时期。

然而切实的问题却在于，如果作家对这个时代缺乏总体性的认识，是否就能写好这种分裂的状态？在李敬泽看来，总体性在一定程度上的缺失，并不意味着眼下就没有总体性。"眼下有否定性的总体性，有动辄就要宣布世界末日的总体性，我们要的不是很简单的、很廉价的总体性，而是那种肯定性的总体性。"李敬泽举例表示，当前中国城市化、城镇化的比例，已由90年代初的百分之十几，上升到最新统计数据显示的百分之五十二，而按照国家的规划，未来十几年里，还会有两亿到三亿的人实现城镇化，这就是个巨大的总体性，其中包含着我们对现代性的根本认识，就是城镇化是好的，是文明的、进步的，我们必须为此而努力。"但这个总体性不足以落实到个人生存中去，或者说我们已经过于接受了这个总体性。这就是说，我们已经无须在城乡之间做另外一种文化选择，更不用说是生活选择了。那个路遥曾经纠结的我要选择留在哪儿的问题已经不存在了。"

这并不意味着"城与乡"的问题到现在已经失效了。李敬泽举例表示，我们面临的问题是，即使我们生活在北京和上海这些大城市里，还是会发现我们做很多事情，依然得和在乡下时一样找熟人，我们虽然离开了村庄，但我们还是要为自己营造一个虚拟的村庄。"我们难道不会在心里问问自己，我们是真正的城里人吗？所以，'城与乡'的问题现在并没有失效，它依然涉及了我们现代性演进过程中的文化、政治、历史、经济等方方面面的问题，以至于我们活生生的经验。"

即使是认识到了这样的问题，我们对"城与乡"的认识，依然有很多局限。以青年评论家杨庆祥的观察，作家的写作，基本上还只是停留在单一的、经验性的层面上。"在某种意义上说，这也是他们不得已而为之的选择。因为他们还没能找到新的方案，我们国家的文化想象，或政治想象，也没能给文学提供一个新的阐释体系，这就使得他们最后不得不重新回到经验主义的层面上来，所以无论对作家，还是对批评家来说，现在都是一个特别困难的时刻。"

虽然艰难，也并不意味着就没有希望。李敬泽质问道，巴尔扎克在他生活的时代里，也未必受到多强的总体性的指引，但他为什么写出了如恩格斯所说，比历史学家、社会学家的著作，所能提供的要多得多的东西？"我们的作家，有必要好好想想这个问题。以此出发才会明白，我们时常念叨的所谓意义的枯竭，未必是出于历史或现实经验的贫乏，而是源于我们作为一个写作者的轻浮。"

也因为此，李敬泽强调，作家们要尽力去做的是学会一种方法，去想象和领会"城与乡"经验的碰撞。"在经验和经验的缝隙之间，我想有着比我们原有的乡村书写或城市书写广阔得多，也复杂得多的空间，这个空间到目前为止，对中国作家来说基本上是封闭着的。"以李敬泽的理解，要开启这个空间，某种程度上正在于，作家们要摈弃单一性的文学的幻觉，以开放的姿态，真正回到时代思想的前沿，智力生活的前沿，并且立足于活生生、难以言喻的复杂经验进行写作。

从对"城与乡"的主观臆想中逃离，重新出发想象中国

很长时间里，中国作家都是在"城与乡"二元对立的模式里想象中国、书写中国。显而易见的事实是，面对如评论家程德培所言"城市不是城市，乡村也未必是乡村"的混沌状态，类似这样简单的理解，已经无法涵盖当下中国的复杂经验。

以青年评论家项静的观察，就年轻一代的生活经验来看，城与乡之间对立冲突，已经没有那么强烈了。"就拿我自己来说，进入城市以后，我不会再有文学作品里经常写到的那种震惊体验，因为进入城市之前，我们已经在影视、在网络里，对城市有了一个普及化的了解。在这样的情况下，我们即使是有震惊体验，也只能是一个打了折扣的震惊体验。从这个意义上讲，我们对'城与乡'的理解是否需要稍微有一点改变？"项静表示，她希望看到那种隐喻的、寓言的、概念化的城乡叙事，最终能回到朴素的状态，回到无论城市或乡村，都不是作为一种对立面存在，而只是作为我们一个居住之地，或生身之地存在的那种朴素的状态。

这看似一个朴素的吁求，做起来却未必是想象得那么简单，因为在既往经验和观念的层层覆盖下，我们看到的城市与乡村，已经不是那个原初意义上的城市与乡村，而是如青年评论家杨晓帆所说的，那个本质化的、寓言化的、景观化的、意向化的城市和乡村了。"很多时候，一想到城市就会想到欲望或是物质，一想到乡村就会想到溃败或是荒野。而想到'城与乡'，我们就会特别焦虑，因为我们已经有了一个预设，在我们的感觉里，城市一定是比乡村更优越的，更高级的一种文明形态。但这感觉或许在我们看来是真诚的，却未必是真实的，因为它是被想象、塑造出来的，是二手的、主观的。当我们感到没有办法去把握外在的具体的历史与现实的时候，我们会无视真实，退回到这种想象的主观性中去。"

有鉴于此，杨晓帆认为，当我们在谈论"城与乡"的时候，我们有必要问问，究竟是谁在想象，这个在想象的人，是不是原初意义上的我们？而我们又是在用什么样的方式，什么样的资源在进行这样一种想象，我们有没有可能释放出一种新的感觉，生成一种新的想象？"从这个角度看，我更希望把对'城与乡'的想象转换成一种反省性的视角，让它成为我们想象中国的一个新的出发点。"

而在已然是全球化的今天，这种新的想象，理当是有着世界性眼光的想象。以青年评论家周明全的理解，中国作家对"城与乡"的书写，面临一个和世界历史进程相比的发展时间差的问题。"相比欧美，我们的发展是滞后的，这就意味着，我们今天面临的一些问题，欧美已经面临过了，我们今天的城乡书写，欧美作家也已经写过了。如果无视这样的一个事实，我们花很多心血写出来的作品，极有可能是无效的，这就要求我们必须得有世界性的眼光来书写今天的'城与乡'，从而为世界性的书写提供新的元素，而不致步人后尘。"青年评论家王迅也表示，当下乡村书写总体看偏于表面化、肤浅化，迫切需要作家有一种超越普通民众的，带有预见性和前瞻性的认识和想象。

当然要是脱离中国文化的根脉，去做世界性的展望，并以此来书写中国的"城与乡"将是徒劳的。在评论家王鸿生看来，越是在全球化的当下，作家们越是要问问自己何谓中国人。因为现代交通通信那么便捷，文化资讯那么发达，我们很容易把自己想象成为一个世界人，而在还没有真正懂得中国历史与现实的时候，就轻佻得把自己想象成世界人，是很危险的。"要这么看，想明白何谓中国人，何谓中华文明，才是我们想象和书写中国的出发点，也是归宿。"

回到经过深入反思的，真实的立场上来书写"城与乡"

就作家写作而言，在"城与乡"的视域里想象中国，最终还是体现为，如何找到一个切实的点来建构自己的文学世界。

作家胡学文现身说法道，虽然住在城市，也写过几部城市小说，但在写的过程中，他还是会觉得发虚，因为他找不到一个切实的点来支撑自己的想象，即使找到了，也会觉得特别不牢靠。而写到乡村，他能清楚地触摸到那个点，他也清楚地知道，这个点背后是习俗、是文化，是有逻辑可循的。

但作家们借以书写"城与乡"的点，是否就那么真实，那么牢靠？青年评论家金赫楠提出了自己的质疑。在她看来，中国的乡村书写，作为中国现代化进程和启蒙的产物，运用的并非产生于乡村的内视角，乡村也从来就不是包含了自在的进化力量的审美主体，只是一代代知识分子释放其对现代化的渴求、不安以及追寻的对象。"所以很多作家写乡村，始终抹不去站在远处回望乡土的叙事基调。"

某种意义上说，作家惯用外视角来写乡村，也缘于他们秉持的单一的进步的立场，评论家陈福民举例表示，果戈理作为当时俄罗斯文坛一个革命性的作家，到了他所谓的晚年，却突然来了个180度的大转向，开始拥护农奴制。"虽然他的转向，被我们认为是反动的，他也为此付出了名誉的代价，但果戈理即使是不正确，也是有自己深刻的反思的。但我们的作家不需要反思，因为他们总是站在进步的立场上，他们从未想过，即使是以相反的方式，同样可以抵达非同寻常的历史深度，并建立起经过自己反思和思考的看待世界，看待历史的格局。"

很显然，在当下城市化的进程中，"城与乡"越是趋于融合，就越是凸显了惯常外视角书写的局限，理想的书写方式却显然是还没有很好地建立起来。以青年评论家徐刚的观察，当下作家试图以寓言化的方式，来对乡村进行一个重新的书写，看似对此前写实主义传统的超越，实际上更可以说是对真实乡村经验的一种逃避。因为寓言化意味着作家可以通过自己的想象来虚构或改写生活，而相比于沉重的写实，寓言化书写虽然有它的优势，但总体上看却是非常轻巧的，甚至是非常轻佻的。而无论是写实，还是寓言化书写，对现实世界的描摹，都得有严密的针脚，作品的气韵，也正是通过针脚绵密的书写中自然呈现出来的。

也是在这个意义上，青年评论家黄德海建言，我们还是要回到人性精微的层面上来谈论"城与乡"，而不至于讨论题材意义上的"城与乡"。"虽然城与乡越来越趋向融合，却并不是同质化的，它们在精微的地方可能完全不同，作家有责任写出这些不同。"青年评论家丛治辰也表示，我们越是深入到不断变化的城市与乡村，越是会发现不断有新的细节出现，但一个作家不应只是去铺排这些细节，而是要尽力在不断丰富的细节与他对世界的认识之间找到一个平衡。

文学如何直面时代现实？

对一部长篇小说，或是我们时代总体的创作，自然会有各种不同的评判标准，但也未尝不是如评论家李敬泽在 2018 年北京图书订货会现场举行的"张炜长篇小说《艾约堡秘史》新书发布会"上所言，有一个复杂的相对性的尺度。以他的理解，这个尺度体现在一个作家的创作能否直面我们的现实，以及对这个时代人们的精神状况提出自己的疑难，并在总体上做出真诚而有力的表达。

以此对照，李敬泽表示，2017 年，很少有中国的长篇小说达到了这一标准。在他看来，我们的作家有很多的想法，可以做出很精致的、很可爱的东西，但这个时代真正有意义的写作，真正有力的写作，还是要能处理和把握我们的现实。"这也是最终衡量我们这个时代文学成就的一个重要标准。现在大家都喜欢用一个词，叫'正面'，但真正要做到这一点，可以说是非常困难的。"

"搬动"庞大的现实，需要有大气魄的写作

当然，有困难并不是说作家就不该去做这样的努力。恰恰相反，即使明知"搬动"庞大的现实，很可能会失败，却依然能迎难而上，才能像李敬泽说的那样，体现出一个作家的胸襟和气魄。在他看来，张炜进行的就是这样有大气魄的写作。

《艾约堡秘史》通过私营企业巨头淳于宝册吞并风光旖旎的海滨沙岸的典型现代事件，聚焦当今中国经济发展与生态保护之间既高度依赖又相互纠结的尖锐现实，直指工业化城市化和资本膨胀过程中的公平与正义问题。淳于宝册历经磨难，由一个当年的文学青年成长为当今声名显赫、举足轻重的大实业家。由他亲手缔造的狸金集团成为一个无坚不摧的北方王国，然而出乎所有人预料的是，在与一个小小渔村的对峙中却陷入了一场胜负难分的痛苦鏖战。

某种意义上，淳于宝册这个人物，集中了这个时代很多精神的困境，也正是张炜要处理和解决的难题。李敬泽表示，我们会在一些作品里，看到一个人物身上集中了各种各样的矛盾，最后这个人会被这些矛盾，被这个时代所谓的现实感压得动弹不得，到了就是一声叹息。"但我们看到，淳于宝册依然是有内在和外在的行动力的，他不仅能面对内在的困境，同时在经过艰苦的过程后，依然有能力为自己做决定，这是特别可贵的。我不知道现实生活中会不会有这样的人，这不是很重要，很重要的是一个作家就是写了这样一个人，而且整部小说让人信服，这就叫艺术和小说高于生活。"

在李敬泽看来，张炜的这部小说，为我们时代的写作，提供了一个非常好的范例。"它对当下文学是有意义的，我是说对作家如何站立在这个时代的高处写作是有启发的。"李敬泽表示，张炜一直活跃在新时期文学里，已然是一个经典性的作家，但在他的内心深处，他还是那个荒野上的少年，那个不怕失败的少年。他依然能够打着赤脚，像一个孩子一样，直接扑到生活的泥泞里去，扑到世界的说不清的地方去，去面对那些复杂的、困难的、说不清的东西。"对写作来说，最核心的是气力，还有就是勇气。作为文学的新作者，勇气不难。但对于一个有了名声和历史地位的作家来讲，勇气比什么都重要。"

确如其言，张炜表示，这次写作于他是一次冒险。他这么说是因为眼下一说到企业家，大家脑子里都会浮现出影视等媒介里塑造的形象，换言之，这个形象已经概念化了，所以要写出那个真正的，不是那么概念化的企业家就很困难。再一个冒险是写爱情。"影视剧里，有很多爱的呈现，针对企业家的爱情，也有一套现成的体系和模式。要把企业家的爱情写得像那么回事，就得把概念化的词语全都粉碎了，要拿出自己的表述。我就是带着这样的恐惧、谨慎去寻找自己的语言，走入真正意义上的个人和自己，这个意义太重了。"

事实上，为了这次写作，张炜可以说做了非常充足的准备。这不仅在于，他阅读了很多这方面的书，接触了一些所谓财经界的人，了解他们的内心世界、生活、爱情乃至于家庭等细节，还在于他这部小说是时间慢慢沉淀出来的。张炜回忆说，1988年，他在外边游走的时候，碰巧遇到了一个老板，他一眼就认出是他十几岁时遇到的一个文艺青年。那时，他们彻夜谈文学，他说他写了好多稿子，大概七八百万字，都没拿出来发表。"我就问他，准备拿写的那些作品怎么办？以后还写不写？他说，我以后还要写一点，我有钱，我可以把我过去写的东西，用小牛皮烫金的书封包起来。我真是觉得这是一个有吸引力有魅力的人，他有那个文学雄心，确是超出了一般老板的抱负。"

当时，张炜就想总有一天，他会写写这个人物。到如今，他终于把从1988年就开始思考的东西，冒险写了出来。这正应了他自己的话："我写长篇没有一个少于十五年的酝酿。这样的长篇出来以后，它是有重量的。仅仅一两年、两三年甚至四五年的思考，这个作品肯定是写不好的。"

某种意义上，正是基于张炜的深入思考，评论家陈晓明从这部小说中感受到了非常直接的精神上的冲击和挑战。陈晓明坦言，小说写出了他那一代人的感受。在一定程度上，这一代人是脱贫致富了，奔小康了，但在精神和心理上面临一个非常大的落差。"在这部小说里，张炜不断在追问，淳于宝册在物质上什么都有了之后，他的精神、他的内在、他的心里还存留着什么东西？"

现实主义兴起后，浪漫主义依然顽强地活着

正是这样的追问，让陈晓明强烈感受到张炜的写作中，依然有精神的东西在焕发。"可以说，张炜扛起了一面具有英雄主义色彩的浪漫旗帜，这在当代文学中是非常欠缺的，也是极其可贵的。其实，中国文学中浪漫主义应该说发展得非常充分，但现实主义兴起后，就被压抑下去了。张炜以非常丰富、非常个性的方式把它给呈现出来，标示出中国文学里非常可贵的一种经验和高度。"

话虽如此，浪漫主义艺术探索的路上，或许并不缺乏同行者。至少红柯是如评论家贺绍俊所说是一个很难得的一直张扬着浪漫主义写作的作家。作为"天山—丝绸之路系列"文学创作的一次总结，他的长篇新作《太阳深处的火焰》采用复调式的结构。一条线集中书写的是当代知识分子坐困书城的精神困境。另一条线讲述渭北大学徐济云教授和新疆姑娘吴丽梅年轻时的浪漫爱情故事。红柯突破以往单纯描写人和动物、人和自然的关系，第一次在作品中写到人和人的共处，细致刻画陕西关中民间皮影艺人的日常生活、工作状态及内心世界。

以贺绍俊的观察，红柯写作伊始就追求那种非常奔放的浪漫主义气质，这与当代文学主流并不是那么合拍。"虽然我们呼吁走现实主义与浪漫主义相结合的道路，但实际上在当代文学里占主流的是现实主义，浪漫主义是被压抑的。"在贺绍俊看来，或许正是红柯一直坚持浪漫主义写作，使得他比较"慢热"，而他的浪漫主义一方面源于他的个性，更与他的生活经历有很大的关系。"他是陕西出生的，80年代跑到新疆，后来长期在陕西生活。我们也知道，新疆就是酝酿浪漫主义的肥沃的土壤。这样的生活经验，使得红柯在这部小说里，让新疆和陕西进行了精彩的对话，也让浪漫主义和现实主义做了很好的融合。"

红柯能做到这样的对话与融合，同样得益于他漫长的积累。或许只是巧合，和张炜一样，也是在1988年，红柯在新疆读到哈萨克生命树创世神话，由此点燃了小说最初的"火焰"。那一年，他带学生实习穿越沙漠戈壁无数次碰到大漠红柳，2000年，他参加中青社"走马黄河"活动，考察黄河中上游各民族民间艺术，在这过程中，剪纸与皮影又激起了他对生命树神话和大漠红柳的深层感受。"从1983年发表第一首诗到2015年完成这部小说，我的创作就是一个核心：火。西部各民族的皮影从古到今以油灯、汽灯、电灯取光。当我感悟到皮影背后太阳的光芒时，红柳就成为大漠火焰，成为地火。当和宇宙天地万物的生命进行对话时，我就放弃了抒写法显、鸠摩罗什、玄奘这些高僧的打算，重点抒写丝绸之路古道上被历史遮蔽的卑微的生命。万物皆幻影，幻影的背后有神灵。"

实际上，当红柯转向抒写"卑微的生命"时，他的写作就不由得增强了批判意识。贺绍俊表示，如果说在红柯的文学世界里，新疆是热的，是浪漫主义的来源。那么陕西就是冷的，面对陕西的现实，他是有批判的。在贺绍俊看来，这一点对红柯来说是很重要的。"红柯对现实肯定有不满，但他以前很多作品，其实是有逃避现实的倾向的，只要进入到文学写作中，他宁可暂时回避现实，放大浪漫的东西，但在这部小说里，他正视现实，表达了对现实的不满和批判。他在批判现实的时候也在寻找答案，在思考我们的世界为什么会出问题。"

也是在这个意义上，评论家白烨更为关注小说里有关西域与关中的文化冲突。他认为，小说里有着红柯笔下常见的西部风景与浪漫情怀，但最为独特的是，立足于文化自省的文化批判，以及对于生态文明与学术清明的深切呼唤。与此同时，白烨强调，在红柯的作品里，能读出一种为其他作家作品里少有的，很深厚、很坚定的生命意识。"红柯希望生命能够自由成长，所以对生命充满了很多歌颂、赞扬，所以生命是他创作中非常重要的点，也可能是解读这部小说重要的观察点，红柯从来不是简单地写生活，而是写生命，写生命的状态。"

好小说有必要把现实感和人文性做好的融合

毫无疑问，作家周大新的长篇新作《天黑得很慢》，正是写的一种生命状态。这部全面关注"变老"话题的小说，也凸显了周大新对生命的深度思考。

小说以"拟纪实"的方式，用万寿公园的黄昏纳凉活动安排结构全书。周一到周四，是养老机构、医疗保健机构、养老服务机构、健康专家的推介活动。周五到周日，是陪护员用亲身经历讲述陪护老人的故事，通过这样的近距离观察，小说透视了养老、就医、亲子关系、黄昏恋等等中国当下社会的种种问题。

由此，恰如评论家吴义勤所言，小说把现实感和人文性做了非常好的融合。"周大新对现实非常敏感，他能在非常快的时间里，对一些现实问题进行文学化的处理。同时，在这样的处理中，也浸透了他那种细腻的、悲悯的、人道的人文主义情怀。小说从题材上、从主题上就非常具有冲击力。写出了当下老年人生活的痛感，那种无以言说的孤独，既有沉痛的东西，又有温暖的东西。"

而在另一方面，需要指出的是，小说在结构上的创新。也是在这个意义上，评论家何向阳认为，周大新是有先锋意识的现实主义作家。"他的先锋意识主要就体现在小说结构的探索上。他的很多小说，不管是《第十二幕》《21大厦》，《战争传说》《湖光山色》，还是近年的《安魂》《曲终人在》，都有独出机杼的结构。周大新在这方面无疑达到了一定的高度。"

事实上，结构并不只是小说写作的一种手法，而是体现了作家对世界的独特理解，也代表了作家观察和书写时代的一种角度。无论张炜、红柯，还是周大新都以自己的角度，写下了对我们置身其中的时代的感受和理解。套用电影《寻梦环游记》的一句话："真正的死亡是世界上再没有一个人记得你。"对作家来说，真正的活着是时代"记得你"，因为你在写作中留下了时代深刻的印记。

小说创作：如何打开隐身于"景"之后的"象"？

作家严歌苓记得，很多年前，有一个教他们俄国和欧洲经典小说的苏联教授，在给和她一样痴迷于文学的作家们授课时，曾告诫道，全世界每年都在出产数以百万计的小说，为何就需要你那本？严歌苓明白教授是提醒他们，写一本小说，要找到非写它不可的理由。作为一个高产作家，她已然是著作等身。对她来说，再多写一本，一定要有非常重要的理由。

严歌苓写《芳华》，也正因为她找到了这样的理由。从小说形式的层面看，她所说的这个理由，即她找到了一种新的叙事形式。"不同于我过去用镜头来写，这次用的第一人称。老是用第三人称写，我觉得很疲惫了。"而第一人称叙事使得她可以在小说里把主观和客观融为一体，并在其中做非常自由的转换。"这是我过去写小说所没有的，就是我愿意什么时候扯到谁就扯到谁。这看似随意，实际上经过了非常精心的设计。应该说，我闯开了我从来没有闯过的一个叙事架构，一个极其主观又极其自由的叙事架构。"

但从小说的内在看，与其说严歌苓找到了这个形式，不如说她找到了"景"背后的那个"象"。诚如评论家陈思和所说："优秀的作家一般有两套笔墨，一套是描绘现实场景，另一套是要写出文字背后的象。这个'象'是一种观照，没有'象'的文学达不到那种深度，也很难说是一种好的文学。"

以青春回望的"景"透视生命与时代的"象"

严歌苓之所以写《芳华》，源于导演冯小刚2013年提的一个建议。当时，冯小刚建议与她一起合作一部文工团题材的电影。"他给我讲了他在北京军区坦克六师服役时发生的故事，还有他认为这个故事拍出来应该什么样。"她当即答应了下来，但转念一想觉得，要写还应该写自己经历过的那些人物、生活和故事。"一开始给我一个所谓的纳博科夫式灵感战栗的东西，应该说来自我的真实经历，来自我的那些战友。我在文工团生活了十年，跳舞跳了八年，后来当创作员又当了五年，和这些战友住在一起、吃在一起、练功在一起，朝夕相处。所以一些细节简直太生动了，我回忆起来每一个人物、每一个战友当时的那种情景，就像昨天刚发生一样，这是最贴近我亲身经历的一部小说。"

当然说到底，严歌苓写的是一个虚构的故事，一个隐藏在西南部城市的一座旧红楼里、某部队文工团的内景中发生的故事。小说里的叙述人，同时也是一位作家，看似严歌苓自己，其实和她本人有一些距离。这种距离让她和叙述人之间有一种游离、变换，也让她得以融入自己的一些真实经历和感受。"在小说中，我也讲了大量的真话，讲了我对当年一些战友，尤其是对何小曼这样一个人物的忏悔，以及在青春时期发生的一些现象的反思。我很长时间里都在想，人群里对一个弱者的迫害的欲望是哪里来的，这是我们人性当中的一个弱点，由此导致其中四个女兵萧穗子、郝淑雯、林丁丁、何小曼有了不同的命运。"

事实上，《芳华》里的核心人物，与其说是这四个女兵，倒不如说是男兵刘峰。一个过去时代里堪为模范英雄式的人物。严歌苓说，那时候，平凡即伟大，刘峰帮小说里每个人的忙，帮他们修地板、钉钉子、补袜子，在那时这样的人就是英雄，他的英雄因为他平凡，他平凡到了最不起眼的地步，但他是具有美德的人。"那问题就来了,这样一个英雄到底可不可以像正常人那样爱一个人,可不可以爆发一个男性对女性正常的那种身体接触?"

而这部小说,严歌苓原定的书名即是《你触摸了我》。正是刘峰与林丁丁的一次在意料之外,却也在情理之中的身体接触使得很多人,包括他自己的命运走向,都发生了巨大改变。让严歌苓深思的是,何以在现在看来极为正常的一次接触,在那个年代里会显得如此不同寻常?究其因在于,很多人都出于自我保护,都自觉不自觉地参加了对别人的迫害。"一个人缺乏安全感,是一种从成熟向幼稚的退化。你加入迫害别人的行列,实际上是在找到一种安全感。因为你不知道,别人正在经历的那种危机,不知道什么时候会降落到你头上,所以,你只有加入那个群体里,才能感到安全。"

由此可见,作为一个前"文艺女兵",在时隔四十多年后对自己青春时期的女兵生涯的深情回望里,还融入了严歌苓内心最深、最细微、最不为人知的个人经验,以及她心中最有痛感、最刻骨铭心的那些内容。正如有评论所说,青春荷尔蒙冲动下的少男少女的懵懂激情,由激情犯下的过错,由过错生出的懊悔,还有那个特殊的时代背景,这些都构成了《芳华》对一段历史、一群人以及潮流更替、境遇变迁的复杂感怀。

与此同时,严歌苓与当时的小女兵萧穗子在小说里构成了一种穿越时空的对话关系。她以《芳华》"致青春",看似寻常意义上的青春回望,其实是意在引领读者透过外在的形,看到隐藏其后的象。也正是生命的恣肆、人性的层次以及时代的特征等,使得《芳华》有了迥异于一般回忆写作的繁复的调性。

从战争的"景"聚焦生存命运的"象"

某种意义上讲,陈思和所说的"象",无非指的小说要有象征性,或是小说背后要有意义。而我们之所以强调"景"与"象"的关系,是因为没有景作为依托的"象",只是虚象。没有"象"作为远景的景,充其量也只是"死水微澜"的景。而一般说来,好的文学，试图在这之间找到一个恰如其分的平衡点。

张翎在长篇小说《劳燕》里，也试图找到这个平衡点。小说看似写一个战争故事，但真正的战争就像陈思和说的并没有发生，所谓的战争，也无非是在故事发生的地方被扔了几颗炸弹，炸死了几个人，或是被偷偷摸摸地进行了袭击。总而言之，所有的战争，在这部小说里都没得到正面的描写，而更像是在战争的背面偷偷摸摸进行的。而战争起到的作用，倒更像是作为一个偶然事件，改变了女主人公阿燕命运的走向。

这并不奇怪。张翎从一开始就不打算写一部战争小说，虽然小说以抗战为背景。张翎说，她在一个很偶然的机会里，读到几本二战期间美国援华海军的回忆录，其中提到过一个叫玉壶的地名。他们在那里建立了中美特种技术合作所，她就把故事安排在了这个地方，牧师比利，机械师伊恩，还有中国人刘兆虎三个男主角在这里结下了一段生死友情，并且与阿燕产生了复杂的感情纠葛。"就像当时写《余震》，我并不是想写地震，而是想以此作为背景来写出被灾难逼到一个角落时人性会迸发出来的东西。《劳燕》也是这样。"

当然这几年的几部作品都与战争有关，并非张翎有意为之的选择，而更可以说是源于她曾经的职业。她在北美做过十七年的听力康复师，她的病人当中，除了正常老年性听力退化者外，还有一群很特殊的人，即从战场上下来的退役老兵。"20世纪90年代的时候，我还是很年轻的见习康复师，见过从一战中退下来的老兵，他们慢慢地老去。以后我也见过从二战、越战等各种各样战争，乃至从阿富汗维和部队下来的、中东战场上下来的士兵。在战争中，他们失去了听力，这些感受是和平年代里的人们无法体会到的。"张翎深知，虽然战争的经历对于这些老兵来说只是很小的一部分。战争结束以后带来的创伤是更为深重的，他们永远都回不到从前的生活了。

但《劳燕》浓墨重彩写的，却并非是在战场上的，或是退伍下来的士兵，而是一个女人。张翎说，这在她实属自然，因为女人不可能从战争中走开。"多年前，我记得有一部电影叫《战争，让女人走开》。但女人能走得开吗？灾难不能，疼痛不能，战争也不能，女人是活在男人心里的，只要男人还活着，女人是无论如何不能走开的。所以我要在一群男人的战争故事里写一个女人。"

事实上，张翎也不只是要写一个普通的女人。她的不普通在于如陈思和所说，她经历了经典的中国传统社会，经历了日本人灾难性的侮辱，再后来，她又得到了神父的拯救。中国文化、天主教文化、美国文化这三种不同的文化，使得她获得了"藏污纳垢"的生存智慧。"她历经坎坷，但最后恢复了对生活的信念，成为一个强者。这是中国当代文学里一个了不起的女性形象。"在陈思和看来，这个女人的经历，浓缩了半个多世纪，甚至一个世纪的那种中国灾难中的性格。"这本书不仅反映的是女人的命运，更是生存的命运，中国的命运。"

撕开某些假象，才可能打开"大象无形"的"象"

毫无疑问，法国"80后"作家蕾拉·斯利马尼获2016年龚古尔文学奖的《温柔之歌》，也写了一个女人的生活与命运。从表面上看，她写的是一个叫路易丝的女保姆杀人的故事。小说开篇就写这个保姆杀了雇主家的两个孩子，此后她试图自杀，但是没有成功。女主人看到了这惨烈的一幕。

仅只是从开篇看，或许就可以认为，我们读到的会是一部社会问题小说。但实际的呈现并不只是如此。如该书译者袁筱一所说，小说确实在揭示什么，但它并不是在揭示人性的善恶，更像是在表明，人与人之间因为没法沟通，随时可能让自己身陷绝境，但这个绝境没有什么很明显的善或恶的动机，暴力或惨剧却因此随时有可能发生。"就我的感觉，作者给你打开了一扇窗，你会觉得你透过这扇窗看到的东西，导致了事件的发生。但后来你发现不完全是，然后作者又给你打开另一扇窗，打开无数的窗。她似乎在告诉你我们习惯以为的真相是有很多的黑洞的，她会让你想到更多其他的问题。"

也是在这个意义上，评论家周立民表示，文学不应该成为别的东西的搭载，文学就是文学本身。"一部好的作品不是要告诉我们答案，这部小说也并不教导我们该怎么对待保姆，它让我们重新发现生活，通过这样一个文学世界的建构，作者也让我们对生活里面很多的东西有一个反思，并由此刷新我们的人生。"

在长篇小说《好人宋没用》里，青年作家任晓雯也试图做这样一次刷新。以她的观察，我们生活里，有很多像宋没用这样极易被忽视的女性，她们曾经是家庭的支柱，却非常隐忍地在大的历史叙事的序幕下被遮蔽了。"事实上，即使是最普通的人都可能有着非常丰富的内心，只是有的时候我们没有兴趣去听而已。当我们安静下来去专注于别人的内心，你会发现最没有性格、最其貌不扬，在这个社会上最大众的一个人，你要是能把他内心最丰富的细节表达出来，也会是一个非常庞大、非常丰富的世界。"

而我们之所以会忽视这样的人，在任晓雯看来，有可能是我们没能设身处地地去理解他们的生活。"像宋没用这样一个人，她有很多小市民的自私怯懦、随波逐流。但在最能考验人性的时候，她身上是有闪光点的。"也因此，在写《好人宋没用》时，任晓雯体察到，如果你处在和主人公相同的情境下，你不见得能做出那种高高在上的姿态。换言之，就小说创作而言，你首先要做的是，真正沉下心撕开某些假象，唯其如此，才可能打开那个所谓"大象无形"的"象"。

当代小说：肉感多了，骨感少了，从社会思潮里消失了？

自作家孙皓晖"十六年磨一剑"的《大秦帝国》于 2008 年问世以来，这部有着五百零五万字的庞大体量，有着同样巨大的雄心和抱负，且试图以此理清中国文明正源问题的长篇历史小说，在经历最初的沉寂之后，就受到高度关注，并始终伴随种种争议。眼下随着根据原著改编的《大秦帝国之纵横》的热播和该书全新修订版的推出，孙皓晖和他的《大秦帝国》再一次获得社会各界广泛的关注与讨论。

因大秦帝国历史引发的揭秘和解谜冲动，加之作者有着鲜明立场的思想的撞击，围绕《大秦帝国》的争议依然此起彼伏。但我们与其停留在短时期内难以达成共识的争议之上，不如深入思考：在当下多元且快节奏，绝大多数图书一经推出即被迅速遗忘的时代里，何以《大秦帝国》多年来依然延续着它的热潮？它不可回避的存在，又到底给眼下的文学界、史学界乃至思想界带来了何种启示？

以更复杂多元的眼光看待自己民族的历史

《大秦帝国》开篇就郑重宣言：大秦帝国是中国文明的正源。很显然，这是孙皓晖一直以来的历史观与精神理念。这也意味着，这本书的创作，绝不是只给读者呈现一部好读的历史小说。它的真正目的，正如孙皓晖在很多公开场合所强调的那样，是要给国家和民族寻找文明话语权。

某种意义上，孙皓晖正是在这种使命感的驱使下写作《大秦帝国》的。在他看来，中国当前面临的时代和三千年前春秋战国的历史，有着惊人的相似。两者都处在从旧的生产方式向新的生产方式过渡的大转折时代。两个时代所面临的问题在本质上也具有某种统一性。"就国家间竞争激烈程度而言，我们祖先在那个时代给我们提供了极其成功的经验教训。如果我们正视它，并对其有清晰的认识，相信对我们'摸着石头过河'的改革会大有裨益。反之，如果放着那么大的历史资源宝库不去发现和总结，真是极大的遗憾。"

评论家雷达于此颇有会心。在2013年10月24日北京现代文学馆举行的"全新修订版《大秦帝国》研讨会"上，他表示，如果不是强烈的时代需求，《大秦帝国》的创作多半不是现在看到的样子。"你可以对作者在书中表达的观点持保留甚至是反对态度。但重新认识中华文明的现实意义尤其要注意一点，就是对作家的思想观点与作品宏大的艺术体系要有所区分。而这本书的重点和根本目的，并不在于所谓的给大秦帝国'翻案'，而在于重新开拓中国原生文明的丰富内涵。"

在评论家陈晓明看来，虽然任何一个作家、学者写历史学著作、历史小说，对历史的来龙去脉、关键问题及历史人物的评价等等，都必须有非常清晰的认识。但对于作者的认识，究竟是对还是错是可以讨论的。更何况任何认识，都是基于具体历史和现实情境下的认识，都不是简单的对错、正误评判所能论定。"像《西方的没落》，以今天的事实来看，其中的一些观点是非常片面，甚至是错误的。但这依然是很多学者研究西方的必读书。因为这本书对历史处理的力量，对历史史实的深刻认识，让他们受益无穷。所以，对于作者的一些发前人之所未发的认识，我们需要学会尊重，并对其做出积极的回应。这是《大秦帝国》所能体现出来的一个非常重要的价值所在。"

对此，评论家陈福民表示赞同。他认为，孙皓晖的著作某种意义上是在帮读者建立正确的历史方法论。"评价历史的尺度从来都是多个层面的。这就意味着我们需要稍微复杂一点地看待历史。当我们看到秦统一六国时杀了无数人，看到了秦统一全国后有焚书坑儒的劣迹，但是我们是不是得看看大秦帝国的伟大创设及其伟大功绩。我们不能总是把一己的小情小调、得失悲欢，以文学哀愁的方式，一笔勾销所有历史的正当性。我们理当更加理性地对待自己民族的历史。"

而孙皓晖的认识和思考，不管其本身有着怎样的争议，首先源于他面对历史时的那一份理性。在他看来，鸦片战争以后中华民族始终面临着两个最大的历史缺陷：第一，对中国文明反思简单化；第二，把中国文明政治化。"简单化在于，我们喊出的口号总是很响亮，但那么简单的几句话实际上解决不了任何问题。政治化在于，我们到现在依然习惯用阶级斗争理念去归纳和分析中国历史。这两大缺陷，常常使得我们找不到很多问题的症结所在，使得所有批评成果付之东流。"

孙皓晖认为，我们因此回避了很多实质性问题，也没有认真反思过中国的文明史。"五千年以来，我们的文明为什么能够顽强地颠扑不破，最根本的原因是，这个民族即使在面临国破家亡的危机的时候，都对自己的文明抱有强烈的信心。但现在我们对自己的文明失去了自信。我们对自己的文明已经自我迷失了，对自己的文明历史都说不清楚了。因此我说，中国文明从来没有像现在这样处于一种真正的危机状态。只有重新找回我们民族在历史上那些阳光的、健康的东西，找到核心价值观，我们才能找到文明危机的根本解决之道。"

这在某种程度上呼应了评论家张陵的判断。他说："现当代文学体例一直以来受西方理论支撑，以人道主义为基础，构建文学精神和文学理想。《大秦帝国》呈现的思想走向跟这一流行的观念是有冲突的，有着非常大的撞击力。这种建基于国家而非个人高度的文学精神正好跟今天一些思想家对这个时代的理想是相吻合的。以此看，《大秦帝国》或许会改变中国当代文学的格局和思想走向。"

也是在这个意义上，评论家贺绍俊认为，《大秦帝国》最大的价值，正在于作者用小说的方式表达了他的历史观。"作者的历史观和他小说的想象都是建立在历史文献和文物考古的基础之上，这给我们开启了广阔的思想空间，告诉我们怎么总结历史文明，如何对待前辈留下的文化遗产。"

文学依然是最好的反思中国历史的表现方式

然而《大秦帝国》既然是历史小说，就必然要面对文学性的考量。要用小说的形式来写战国，面临的挑战可想而知。这需要读大量的历史典籍，要"淹通经史"。加之已知的相关史料很少，而且相互之间还有出入，更得做到融会贯通，按照小说的实际需要重新组合。事实上，鲁迅先生也曾计划写战国时期的小说，后来放下了，说："战国不适合做小说。"何以孙皓晖要迎难而上？

这自然有如孙皓晖自己所说，以苏联时期留下来的套话语言，特定格式和基本范畴如法炮制出来的史学著作，往往拒大众读者于千里之外的原因。但更重要的，还在于在孙皓晖看来，文学是对中国历史做真正的反思的最好的表现方式。这不仅是因为很多时候小说比书写的历史更接近真实，更能还原历史，还在于文学本身在很长时间里都曾有表达历史真实的担当。"中国文学在 20 世纪 80 年代以前，一直是中国社会思潮的基本表现之一，在某些特定时候，甚至起到了风向标的作用。但今天文学已经从社会思潮里消失了。文学的骨感没有了，肉感越来越强。文学一再步入私人感受行列，他似乎已经无力对重大社会问题做出思考。"

而孙皓晖正是要在历史小说的写作里，体现他对重大历史和现实问题的严肃思考。正如雷达所言，与眼下历史小说领域流行的消费、戏说、解构、颠覆有着本质区别，《大秦帝国》保持着严肃的史学和文学的高品位，有思想光芒，有真知灼见，其思想灵魂贯穿于全篇。

确乎如此，孙皓晖本着做学问的严谨态度写《大秦帝国》。全书以史实为依据，以国家命运的起伏为总体结构的推进逻辑，集中描绘战国时代发生的历史事件，又塑造了上千名历史人物。一切都是有现实依据的，结局与事件进展也都有据可查或被地下发掘证实过。另一方面，不同于当代历史小说多以一个历史人物或一个较小断面为题材，《大秦帝国》体现了一种包括政治制度的完善、生产技术的进步、学术思想的嬗变等在内的社会发展的丰富的完整性。加之其在时间、空间上表现出的立体的整体性，《大秦帝国》由此更加接近历史的真实。

评论家谢有顺对此显然有感同身受的理解。他认为，孙皓晖显然是带着他的历史观、带着对历史问题的辩证思考出发来写作《大秦帝国》的。而没有这样一个高度，这样一种写作的野心或者抱负，也绝不可能写出这样一部有信念的、大篇幅的作品。"我们之所以会感慨于当代文学的苍白、孱弱，就因为很多作家不再担负任何精神重担进行写作，他们讲述的故事背后没有任何精神的跋涉，没有任何对有重量的问题的思考，也没有直面历史的一些非常复杂的疑难问题的雄心和抱负。没有这种重担，写作很容易变成肤浅的、轻松的、逍遥的，当然也就变得无关紧要了，因此不能不说，《大秦帝国》于当下写作是一种启示和警醒。"

敢于坚持个人信念和表达方式的严肃写作

没有人能否认孙皓晖的写作是真正的厚积薄发。面对他在写《大秦帝国》过程中所体现出来的这样一种有大格局、大视野，直面重大历史问题，且有着现实关注和精神担当的严肃写作，即使是对其历史观和思想立场有保留的读者，也不能不感到肃然起敬。

作为西北大学法学教授，首批国务院特殊津贴获得者。20世纪80年代，在创作《大秦帝国》之前，孙皓晖就写了八十多万字的学术专著来研究中国的法制史。因为不满于"中国文化酱缸论""黄色文明落后论"等对中国文明的扭曲解读,他制定了《大秦帝国》的写作计划。"如此浩大艰难的工程,如果没有一个安静肃穆的写作场,很难保持写作的强大精神力量。"于是,他去了海南"闭门造车"。十六年来只做一件事:写作。直到2008年写完《大秦帝国》。

如是,孙皓晖的写作更像是一个充满传奇色彩的励志故事。它预示着,写作是一门需要充分储备的,甚至是高度专业性的职业,要想当真正的作家,必须有长时间的、充分而完备的准备。2013年9月,中央宣传部部长刘奇葆号召广大青年作家,克服急功近利心态,创作出经得起历史检验的精品佳作。《大秦帝国》正是一部"用情、用功、用时间"锤炼而来的作品。而孙皓晖的辛勤劳作,也获得了更广大读者无比丰厚的回报。网友们为其自发地建起官方网站。自2008年全套推出以来,《大秦帝国》累计销售近二十万套,二百二十万册。不说评论家对其有众多热议和评价。普通读者的评论也有成千上万条,且不乏超过千字的长篇评论。

事实上,揭开这样一个励志故事的帷幕,我们首先能看到的,是如评论家王山所言,孙皓晖作为一个敢于坚持自己的想法和表达方式的作家,作为一个不曾人云亦云、随波逐流、跟风投机的作家所具有极端认真严肃的生活态度。当然,我们还能看到他面对历史、面对现实的不妥协的专业精神。

在谢有顺看来,《大秦帝国》自问世以来,虽然曾激起秦史界的强烈反弹,但对其中提到的历史细节及细部的考据,却不曾遇到强烈的批评。"这表明小说写到的细节是禁得起推敲和考证的,而它给我们阅读的信任感,也是由这些带有实证主义和考据精神的细节所累积起来的。历史要取信于人,当然,有大方面的东西,但是很关键的就是每一个细节的缝合上不能有明显的漏洞和明显的张冠李戴。孙皓晖面对那样一个历史久远的年代,在其已有如此顽固的历史定论的情况下,还能说出新意,且具有坚定的说服力,没有坚实的基础是绝无可能做到的。"

而在更深的层面上看,《大秦帝国》即使充满争议也不减弱其说服力，还在于，孙皓晖对笔下的历史人物始终保有一份敬畏之心。谢有顺表示，正是这种敬畏，使得孙皓晖对一个帝国的热爱，甚至对一个人物的热爱可能越过所谓理性的边界，却也显示出他的温暖和可爱。"没有对历史的这一份敬畏，就不可能还原一个个有血有肉、有人性真实的人物。而这不单是对那些所谓伟大人物、正面人物的敬畏，还理所应当地包含了那些对历史具有强大的破坏力的人物的敬畏。正因为有敬畏，所以才有平等，你才能够从自己的理解、感悟出发和他们对话，才能纠正我们对一些人物的偏见。哪怕是对很渺小的人物，孙皓晖的笔法都是郑重的，他不轻佻，不草率，他从不试图用脸谱化和符号化的方式来解决。他的写作也提示我们，文学是需要有一点庄重感，有一点看起来笨拙的沉着精神的。"

　　孙皓晖这样表达他对文学的信念。"虽然我不是什么专业作家，但作为文学界的一名发烧友，我还是希望文学能回归思想主流，成为社会思潮中能够体现思想的领域。"在他看来，文学如果只是停留于形式上的革新，只局限于用花样百出的形式来表达所谓的审美理念，只能是文学的倒退。"只有担负起清理和整理中国现在的社会思潮的责任，文学才有可能有清晰的、真实的、有力的表达。"

中国小说：文体创新，如何可能？

对 2014 年中国的长篇小说，虽然有大致的了解，但没有做过系统的梳理。我就结合自己有限的阅读谈谈对这个话题的理解。

我想，之所以我们经常要谈"中国文学的现象与问题"，其深层原因，恐怕还是源于我们对中国文学的创新与发展感到焦虑，同时又抱有很大的期待。这些年，我们一直在谈文学原创力，谈文学创新，这涉及方方面面，比如语言创新、结构创新、思想创新等等。我觉得有一个创新很重要，却没有被我们充分关注到，就是文体的创新。以我的看法，上面说到的种种创新，最终都会在文体上体现出来，文体创新，也最能体现一个作家的综合能力。我们也知道，那些大作家，尤其是"作家中的作家"，首先是，也必然是杰出的文体家。

就拿小说来讲，眼下作家的小说创作似乎出现了两个极致。有一类，是大幅后撤，就是回到老路子上老老实实讲故事；还有一类，主要是那些有纯文学追求的作家，依然在文体探索上做出自己的努力。2014 年，我主要读了五部长篇，贾平凹的《老生》，张大春的《大唐李白》，宁肯的《三个三重奏》，徐小斌的《天鹅》，还有范小青的《我的名字叫王村》。在这五部长篇里面，除《我的名字叫王村》是另外一种形式的探索外，其他四部，我感觉表现出了一个共同的特点：就是作者都痴迷于解释，或者说，他们对历史、现实，或是现实的某一个侧面表现出强烈的解释的愿望，而不是止于我们传统意义上的展现，或者是描绘。

在这几部小说里，作者或是直接现身说法，或是让代言人站出来说话。而且很大程度上，他们扮演了一个类似电影、电视画外音，或者是音乐、戏剧报幕人的角色，与影视里的表现不同的是，这个角色在小说故事中起着至关重要的作用，因为读者通过他们的解说，已经预先知道了故事的结局，而且很多情节是作家借他们之口设定好的，故事正是围绕这些设定展开。那么，作家需要做的一个重要努力，就是让其代言人的解释合情合理且引人入胜。这可以说是对福楼拜开创的作者要退出小说，或藏在小说之后这样一种写作传统的反动，也是对为先锋作家推崇的罗兰·巴特式零度写作的一个反动。

可能和这种解释的愿望有关，这几部小说出现了一种综合的倾向。因为，解释的前提就是要对复杂的知识进行综合、梳理，然后得出自己的判断。说到综合的表现，一方面是多种媒介的综合。比如说，宁肯的《三个三重奏》，很明显融合了一些电影的元素；徐小斌的《天鹅》把音乐、歌剧融合了进来；张大春的《大唐李白》融合野史、传记、小说、诗论于一体；贾平凹的《老生》把关于神话传说的古老的地理书《山海经》融入了小说。

另一方面是知识的综合。知识在贾平凹的《老生》里是怎样体现的？一方面《山海经》本身，就有关于地理、物产、神话、巫术、宗教、古史、医药、民俗、民族等方面的知识，贾平凹又在虚拟的问答里面，展开了很多的解释。另外，他的小说正文里，其实也融合了很多知识，尤其是巫术方面的知识。其他三部小说就不用多说了，尤其是《大唐李白》，其中融合的知识之多，用一种夸张的说法，这部小说，可以称得上是关于大唐历史的百科全书。

这样，第一个问题就来了。既然是综合，小说就要缝合很多缝隙，至少让其看起来是一个整体。这方面尤其值得一说的是《大唐李白》和《三个三重奏》,因为这两部小说,都涉及在小说里怎样运用注释的问题。《三个三重奏》,我们也知道宁肯是直接在正文后加注释,有时注释的部分,甚至比正文部分还要长。对于为什么要用注释,宁肯在小说的《后记》里,写了这样一段话。他说:"'注释'的运用让我的小说摆脱了结构的机械性,具有了我们文化中特别强调的自然性。"他还强调,注释成为小说的第二文本。"这已不是具体技术,而是世界观,也是方法论,是怎样看世界以及对世界的重构。没有这样的方法,就无法构置一个自由而又充满自然性秩序感的世界。"

有意思的是,按张大春自己的说法,他起初也是想在写完正文之后加注,但他发现要这么加注的话,注解的文本比正文还要多。所以,他最后选择把整个注解融在正文里。这样,张大春首先要解决的问题是,怎样让注释看上去不像注释,而是小说不可或缺的组成部分,和讲述的故事融为一体。他对我是这样解释的,他说,他用了一种带有干扰性的散射性的写法。对一个读者不见得熟悉的事物,他先解释到一个程度,然后跳开,到了某一个章节,又杀一个回马枪,突然跳出来再做个解释。"当你回过头来看这些解释,你会发现它们之间相互照应,构成一个有机的整体。"

应该说张大春和宁肯的小说做法殊途同归,他们要解决的难题也是共同的。一是,突破常规做注释,它的必要性在哪里?二是,怎样让注释和正文很好地融合在一起? 还有,怎样以同样丰富的思想内容,来支撑这样一种略显庞杂的文体,并且把这些丰富的知识和思想,融合为一个整体?这对作家来说是一个很大的挑战,至于这两部小说是否已经成功做到了,我们可以讨论。

我想进一步展开说说的是,作家们之所以会不约而同进入这样一种带有综合性和解释性的写作,从根本上说,是因为他们试图对眼下这个时代有一种整体性的理解和把握。虽说在我们这个纷繁复杂的时代里,像托尔斯泰写作《战争与和平》《安娜·卡列尼娜》那样,去追求小说的完整性已经不可能了。但有抱负的当代作家事实上并没有放弃这种意图，他们试图换一种做法来克服现实的碎片化，从而如多棱镜一般去重构这种完整性。所以，这些小说都表现出了很大的叙述上的野心。用贾平凹自己的说法，他在《老生》里尝试民间写史；张大春在《大唐李白》里，是假借小说的体例去写一个文学断代史；宁肯的《三个三重奏》虽然写到反腐，写到官场，其实是在反腐、官场的外衣下面，隐含了史的追求，或者说，宁肯是想通过他笔下那些人物，尤其是那些在权力场中挣扎的人物，写出在中国体制这张大网下，几代人彷徨、挣扎与抉择的心灵史。

  如果再深究，你会发现，作家们这种写史的冲动，实际上隐含了一种作者权威的诉求。他们要为自己的写作，做出一种可信的解释，这种冲动，也使得他们不断往小说里填充自己的理念，并且努力让读者信服这些理念。同时，在写法上，这些小说也不再极力以人物形象塑造来打动读者，比如《大唐李白》，虽然书名是"大唐李白"，但小说重心其实不在于要给你塑造一个怎样的李白形象。这些小说，也不再以悬念来吸引读者，像《老生》《三个三重奏》《天鹅》，故事都已经事先告诉你，或暗示给你了，还能有什么大的悬念？像《大唐李白》，纵使再有颠覆性，李白还是那个李白，作为一个历史人物，他的生平事迹，我们都一目了然，无非是张大春是否赋予了李白这个人物新的理解罢了。所以，这些小说，都力图以自己的解释或情感的力量来打动你、说服你。这样，如果对比一下中国小说的传统，比如我们古已有之的白描式的写法，或者是西方舶来的意识流，还有冰山理论等等。你会发现这样的写作呈现出极为不同的面貌。

  种种不同带来的，不单单是新鲜的阅读经验，也带来了新的问题。我们通常说，作家在小说里只是提出问题，并不试图解决问题。这样一种带有解释性和综合性的写作实际上是，尽可能给读者提供一种靠近真相的解释，这对小说理解与写作的多种可能性会不会带来伤害？而从读者阅读的角度看，现代小说一般强调读者的参与，所以要留出一些空白，让读者自己去补充。但作者理念的强势介入，会不会让读者只是忙于接受，而滋长了他们自身参与理解的惰性，是一种变相地对当下懒于思索的读者的迎合？另外需要指出的是，在眼下这个快餐时代，人们的思考本身就流于碎片化和表面化，常常未及深入思考一个问题，注意力却已经转移到了下一个问题。作家自己现身解释，某种意义上已经代替了读者的思考，这是不是在宣告，作者活了过来，读者正在死去？

以我的看法，就文体创新而言，一般有三个层次。为创新而创新，很多时候只是玩的文字游戏；为故事的需要而创新，这至少会让叙事变得更有说服力；而最高意义上的创新，一定是与民族与时代存在隐秘的关联。这种文体本身就是时代表达的一个突破口，一种体现。像意识流、冰山理论这样的文体，某种意义上说是应时代而生的，而伟大的创作，往往是把一种体现时代需求的文体推向极致的产物。从这个意义上说，这样一种具有高度综合性和解释性的文体，是开启了小说创作的另一个空间，还是把它引入了另一个歧途，有待我们做出探讨。

长篇小说：不因时代表达湮没了具体的人

谈长篇小说，我自觉有点尴尬。我平常一般根据采访的需要阅读，一年下来，认真读过的本年度国产的长篇也就那么几部，所以很难对长篇小说的现状及发展趋势有一个整体的、纵横的观照。还有，我在媒体工作，主要做采访报道，但一直没放下写作的念想，这两年也在试着写一部长篇，因为各种原因，到现在也只是写到中途，所以套用有些作家的说法，我依然在黑暗的隧道里行进，还没见到光亮，也就不宜分享从黑暗到光亮的过程及经验。

但既然要谈，我就结合自己有限的阅读谈一点感想。我总的一个感觉是，眼下作家们普遍有一种表达时代，把握时代，或说是为时代下定义、做注解的焦虑。所以就我读到的几部长篇而言，要不就有一个大的时间跨度，从解放前写到解放后，到土改写到"文革"，再到当下，纵横几十年，洋洋洒洒，有着巨大的容量。要不就是截取当下的某一个时间段，串联起很多的新闻事件，所谓正面强攻我们的时代。而且这些长篇多少在文体上有自己的考量，会综合多种元素，多种表达手法。所以，读这些长篇，不说获得的信息量能超过新闻，但信息量的确是很丰富的。因为使用了文学的手段，这些长篇会更有可读性，相比新闻作品，也可能会更为流传久远。我想待到五十年、一百年以后，只要回过头来读读这些小说，也许就会对我们的时代有一个比较全面、丰富的了解。这就像恩格斯赞赏巴尔扎克说的,从他的小说里,能得到比从经济学家、社会学家的著作里得到的多得多的东西。这当然很重要,其重要性体现在作家立志做时代的书记官,让他们的小说发挥记录时代的作用。但这只是问题的一方面,试想对于世界范围内的普通读者来说,我们之所以现在还要读巴尔扎克,并不是因为他写了他那个时代,我们读他,也不是因为对那个时代感兴趣,而是因为他塑造了葛朗台、高老头、拉斯蒂涅等独特的、个性鲜明的人物形象。而通过这些人物素描,我们或许比通过其他反映那个时代风貌的书籍,更能具体可感地理解那个时代。

从这一点上看,文学的要义还在于写人。一部作品,长篇也好,中、短篇也好,衡量它是否成功,一方面在于形式的探索,另一方面更重要的决定因素,还是在于其对人心有没有深入的开掘,对人性有没有新的发现。当然,写好人有赖于一些素材,就像现在很多小说都会借助一些新闻事件。这其实并不是当下作家的新发现。打个比方,很多经典小说,像司汤达的《红与黑》,托尔斯泰的《复活》,陀思妥耶夫斯基的《卡拉马佐夫兄弟》,还有像诺曼·梅勒的《夜幕下的大军》《刽子手之歌》等等,都是取材于当时发生的新闻事件。但这些作家没有玩现在很多作家都在玩的新闻串烧,而是通过切入一个事件,写出了一个恢宏阔大的世界,这个世界里有那个时代最为鲜明的印记,最为强有力的回响。从这个角度看,我怀疑我们眼下很多作家写作,惯于为时代做注解,在小说中容纳很大的跨度,很多的事件,等等。极而言之,是把小说往大里写,很有可能是出于他们写作的惰性,或是缺乏从小处往深处开掘的能力。

说到这里,我想,时代与人之间存在一个大与小的对应关系。在我看来,当下作家比较多地通过写时代去写人,重心却落在表现时代上。我们不妨换个角度,从一个个具体的人,走向大的时代。也就是说,我们要记住,站在小说前景里的,应该是人,也永远是人,而不是让时代湮没了具体的人,时代只是人的背景。而既然人是处于某个时代里的人,与时代有着千丝万缕的关系,写好了人,某种意义上说就是对时代有了很好的表达。这就好比,从一个小小的生物切片里,我们都能见出一个丰富而完整的世界。小说,尤其是长篇小说写作同样如此。

生态小说：如何走出有生态无小说的窘境？

很少有一种题材会像生态小说那样引来众多误读，同时面临更多的挑战。顾名思义，生态小说不可避免会触及生态环境问题，合乎"文以载道"的传统，却很难摆脱主题先行的窠臼，更难在艺术上达到某种高度。另一方面，冠以"生态"之名的小说创作，就好比是戴着镣铐跳舞，较难发挥小说的优势。毕竟，在反映生态环境问题上，小说虚构往往不如具有文学性的纪实作品那样直击人心，也就更难在短时期内产生广泛而深远的影响。

虽说如此，不能不看到的是，诸如水污染、雾霾等，都是眼下中国作家或写作者触目可见的现实。也因为此，一个有责任感的写作者，都会或多或少触及生态问题。而就写作需要克服的难度而言，生态小说也自有其探索的价值。就以德国作家莫妮卡·马龙创作的，旨在披露雾霾引起空气污染问题的小说《飞灰》为例，出版方引进出版这部作者写于三十六年前的长篇处女作，自然是因为眼下中国"四面霾伏"，当年德国也曾面临过，想必因此会引发国内读者的共鸣。

小说一开始，女记者约瑟法·纳德勒就陷入了困境。她在写一篇关于 B 城某化工厂因发电设备老化而引发环境污染的报道时，不由疑虑重重：究竟是坚守新闻道德真实地揭露工厂对环境的威胁,还是屈从上级压力写一个可以发表的版本?约瑟法是一位单身母亲,她既渴望家庭的温暖,又害怕失去自由。当她面对职业与家庭的双重压力,她当何去何从?马龙以亲历者的视角构筑人物鲜活的性格色彩,又以记录者的身份见证德国历史的变迁。她的文字正如有的评论所说,就像可以窥视过去的镜头,将蒙尘的印记与创伤公之于众。

有必要说明的是,小说引进后,虽然引起了小范围读者的关注,却远不及其在当年德国引发的轰动。这也从一个侧面反映出国内生态小说写作面临的"痛,并困惑着"的窘境,但无论如何,一部小说在其问世这么多年后依然被引进,被阅读,说到底还是因其品质经受住了时间的考验。而我们当下的生态小说写作,如果要给自己树立高的标准,理当做到如荷尔德林奖给马龙的颁奖词里写到的那样,"把责任和敏感、道德感受和美感精确地糅合在一起。"

生态小说需要被放到相对大一些的生态文学的概念里来理解

事实上,生态小说对很多读者来说,还是一个非常陌生的概念。它需要被放到相对大一些的生态文学的概念里来理解。而说到生态文学,我们会自然联想到梭罗的《瓦尔登湖》,还有蕾切尔·卡逊的《寂静的春天》等经典作品。

就像你看到的那样,这些作品都来自美国,究其因是自然主义思想最先在美国生根发芽、开花结果,此后在全世界范围内产生广泛的影响。1949 年初,徐迟翻译的《瓦尔登湖》出版,梭罗的生态思想植入中国文坛的土壤。20 世纪 70 年代,世界生态文学里程碑一般的《寂静的春天》中译本问世,着实震撼了一些中国作家和读者的心。

这些作品震撼读者,当然有文学性的因素,但关键还是在于蕴含其中的生态思想。就举蕾切尔·卡逊的写作为例,她之所以能写出这部传世名作,是有感于当时美国普遍使用 606 杀虫剂,使得有些鸟类、虫子等等几乎灭绝,春天没有了虫鸣鸟叫的声音，一片寂静。这部书出版之后，迅速引起了美国政府的关注，一场长达三十年的环保战幕由此拉开。可以想见，作为一位海洋生物学家，蕾切尔·卡逊在一开始，或许并没有把它视为文学创作。

但毫无疑问，蕾切尔·卡逊在她的作品里，以生动的文笔传达了生态思想和生态视角，这正是生态文学之所以为生态文学的关键要素。有一个典型的例子，说的是以描绘自然见长的俄罗斯作家普里什文被问到，如何理解幸福？普里什文不假思索地回答："所谓幸福，就是一枪准确地射中一只飞鸟。"在生态文学作家李青松看来，由此可见普里什文缺少生态思想。"这也无可厚非。因为19世纪的俄罗斯尚未暴露出严重的生态问题。何况在他的狩猎故事中，看不到残酷和血淋淋的场面，而是处处透露着他对自然和野生动物的挚爱与亲情。"

从这个意义上说，作家刘亮程虽然不怎么赞同生态文学的概念，但他对人与自然的理解却有启发性。他说，多数文学作品总是借助自然抒怀，在这样的书写过程中，一片草，一朵云都被赋予了使命，自然不是它本身而是比喻的工具。而他的文学创作，从《一个人的村庄》开始，就在朝着自然的方向努力。"在我的文字中，自然不是工具，自然必须是有生命的自然。自然文学也好，生态文学也好，都是通过人的灵魂与自然界的灵魂沟通而后达到的表达。"

推而言之，生态文学就像有的专家说的那样，是以生态系统的整体利益为最高价值的文学，而不是以人类中心主义为理论基础、以人类的利益为价值判断之终极尺度的文学。而以生态文学研究者格罗特费尔蒂教授的看法，生态文学也并非我们一度以为的环境文学。因为，"环境"还是一个人类中心的和二元论的术语。它意味着我们人类在中心。与之相对，只有"生态"这个词，才真正意味着相互依存的共同体、整体化的系统和系统内各部分之间的密切联系。

而探寻和揭示造成生态灾难的社会根源，是生态文学写作必定会涉及的方面。作家陈应松深有体会。他说，他写神农架，若只是写的环境、生态、故事，便会使作品狭窄。所以，对生态文学的思考，对环境问题的揭示，要对一个地方人民的生存进行通盘审视才行，还要加上时代和政治等因素的考量。

这也就注定了有一定深度的生态文学必然有着显著的文明批判的特点。从这个意义上说，是否直接描写自然，并非是生态文学的必要条件。有专家更是表示，一部完全没有直接描写自然的作品，只要揭示了生态危机的思想文化根源，也可说是生态文学作品，概而言之，诚如哈佛大学教授、生态文学研究专家布伊尔所说，生态文学是"为处于危险的世界写作"的。

小说赋予了生态文学更多生动性，也日益显示出同质化倾向

显见地，生态小说之所以在生态文学的大环境里迅速成长起来，也因为作家们敏锐地意识到，生态环境日益恶化的世界正处于危险之中，他们要通过小说写作这种方式发出自己的呼唤。而相比报告文学呈现具体的生态恶化、环境破坏的数字和现象，小说进入生态领域，正如有专家所说，赋予了生态文学更多的生动性、形象性以及文化内涵。生态小说相比其他同类文体的长处也正在于，能以具体的人物和人物命运，让生态成为有生命有呼吸的生态。

以作家张炜的创作为例。如果把他的一些作品，简单归入生态小说之列，自然有失片面。但如有论者所言，他在写作中对各种自然生命怀有生态同情，细致入微地描摹多姿多彩的生命姿态，并反思了人类中心主义价值观的局限。在小说《三想》中，张炜对树、狼、人的心理描摹还原了自然界生命间隐秘的联系与彼此友好的情谊。在小说《九月寓言》中，张炜为逝去的野地灵性哀婉不已，对建立在对大自然的暴力征服之上的现代文明激烈批判。可以说，张炜的生态思想，在小说叙述中展现得淋漓尽致。

但对小说写作而言，过于强烈的批判也可能是一柄双刃剑。如果欠缺丰厚的文化积淀，这样的批判会流入浅表化、单一化；如果欠缺足够的艺术功力，小说的描绘会失之于单调贫乏。这恰恰是当下生态小说写作中存在的普遍性问题。以生态文学研究专家张韧的观察，在生态文学作品，包括生态小说里，能读到不少"就事论事"的社会性批判，却出现了文学不该有的文化贫血症。事实上，正如有论者指出，生态小说虽然旨在揭示生态危机现状、反思环境问题根源，但不能止于对生态理论的照搬和套用，也不能仅仅停留在思想、主题的层面上，而应当是生态文化与小说创作的紧密结合和相互映照。生态小说更应该在人与自然冲突的文化反思中展现独特的美学追求。

而从具体的艺术表现看，生态小说虽然表达各异，但越来越显示出同质化倾向。以评论家雷鸣的观察，当下生态小说里盛行哀挽模式。小说常借助"最后一个"的动物或植物，投以"挽歌式"的凄惨目光，由此拷问人性的邪恶与贪婪，对人类肤浅的优越感和自豪感予以鞭挞。"同时，生态文学在价值观上也存在着极端推崇神性与自然伦理，忽视理性与人文精神的偏至化倾向。应该说，生态小说融入古代自然神话、神秘现象、宗教传统、奇风异俗等内容的叙述，也是一种艺术表现手法，但要是对神性缺乏必要的哲理思辨能力和艺术化解力，就有可能招致一些作品堕入玄虚不可知论的深渊。"

生态小说虽然反对"人类中心论"，但不能忽视人的主体性

由此，在呈现思想批判的同时，怎样加强艺术表现力，或说怎样改变生态小说有生态无小说的窘境，正是生态小说写作者需要面对和解决的问题。

有论者表示，生态文学、生态小说在全世界的发展，将具有恒久的生命力。只要自然与人类存在一天，生态问题就必然会如同爱情一样，成为文学的永恒话题。

话虽如此，无论是生态文学，还是生态小说，如果说肩负着某种使命的话，它的使命就在于让它描绘和揭露的生态环境问题尽快得到解决。倘是时过境迁，生态小说作者依然希望作品还有生命力，就得在艺术上不断推陈出新，或是像莫妮卡·马龙的《飞灰》一般，保持了较高的艺术质地。很显然，因为关注生态才担得起生态小说的称谓，但只有真正的小说才会让其传之久远。

在这一点上，读加拿大籍作家扬·马特尔的代表作《少年 Pi 的奇幻漂流》，或许会给人以启发。这部曾斩获布克奖，又因李安指导的同名电影的全球热映声名远扬的生态小说，讲述的是一个历险故事。男孩派（Pi）历经了一场海上风暴，失去了所有亲人，与孟加拉虎理查德·帕克、一条鬣狗、一只断腿的斑马和一只大猩猩在救生艇上开始了为期二百二十七天的海上漂流。马特尔讲述一个历险故事，实际上探讨了探险、生存、信仰、人际关系等多方面的主题。而在有些荒诞的海上历险背后，正如有论者所说，也蕴含着丰富而深刻的生态思想：诸如人与自然物生死与共的关系，生命的食物链与人类伦理的关系，人与非人自然物在求生本能上的平等，动物保护以及动物园保护的生态意义等。而要小说有很强的艺术魅力归根结底，更在于马特尔以他独有的叙述，塑造了少年派，还有并非附属于人，但在一定程度上"人化"了的孟加拉虎的生动形象。

以此观之，生态小说虽然反对"人类中心论"，但在艺术表现上，却不能忽视人的主体性。诚如张韧所说，生态小说固然要揭露人们危害环境的行为，但更为重要的是展现作为主体的人的灵与肉的冲突。从这个意义上说，真正的生态小说是描绘自然的，更是反思人类的；是表达生态的，更是表现审美的。唯其如此，生态小说才是真正关注了生态问题，同时还充满了独特的文学魅力。

是什么制约了小小说的发展？

作家冯骥才曾说，中国的小说大厦，是靠四个柱子支撑起来的，一个是长篇，一个是中篇，一个是短篇，一个就是小小说。这是他多年前在"中国郑州·第二届小小说节"上做的总结。他之所以在2017年7月12日于河南郑州举行的"冯骥才《俗世奇人》研讨会"重申这一观点，或许是因为小小说作为一种独立的文体还没得到足够的重视，或许还因为读者对小小说文体特点的认识依然付之阙如。

事实上，20世纪80年代，在受邀主编的《大陆小小说选》的序言里，冯骥才就曾表示，小小说是一个独立的文学样式。他当时不用品种或题材，而是用"样式"这样的词，就是为了说明小小说不是作为长篇和中篇的下脚料而存在，它有自己独立的文学价值和艺术价值。"小小说既然是独立的，它一定有自己的艺术特性，有独立的取材的方式、结构的方式、艺术的方式，包括评价的方式。"

重要的是写出关键情节

以冯骥才的理解，如果说长篇小说是一个海，中篇小说是一条河流，短篇小说是一方小小的池塘，那么小小说就是一朵浪花，但这朵浪花不是从海、河流和池塘里面跳出来的，它是从生活里跳出来的，就是说小小说作者对于生活得有一个另外敏感的方式，被那个敏感触动了，就获得了一个写小小说的契机。

这个契机是什么？在冯骥才看来，就是一个情节。但一般而言，小说无论长、中、短篇都需要情节，小小说有什么特别之处？他认为，小小说的情节不同于一般的情节，它应该是一个关键的情节。他举例说，欧·亨利小说《麦琪的礼物》里面两个人的关系，一个背着他的妻子卖掉了他的表链，一个剪掉她的头发给他买表链。"这样的情节，是非凡的，绝妙的，至关重要的，有此就成功没此就失败的，感人至深，同时又寓意深刻的。要是抓到了这样的情节，就是抓到了小小说的命门。所以，写小小说，很重要的就是要写出关键的情节。"

而体现在《俗世奇人》上，所谓关键的情节，还因为他笔下的人物融合了传奇性。该小说以天津方言与古典小说的白描技法为基础，以智慧幽默与生动传神的文笔呈现出了三十六个鲜活、生动、活灵活现、匪夷所思的传奇人物。在冯骥才作品研究专家祝昇慧看来，冯骥才把他笔下的能人都往奇上写，同时在语言上又非常讲究，这种讲究体现为一种节制。这种非同一般的驾驭和控制能力，使得他在小小说这么小的螺蛳壳里做起了大的道场。

在评论家胡平看来，冯骥才作品的这个"小"，实则是高度的浓缩。这些小小说篇幅确实短，但内容是充溢的。这就给创作者提出了一个题材和体裁的关系问题。现如今，很多作家喜欢把作品往长里写，因为写长了不吃亏。但在我们这个信息爆炸的时代里，一个好作家就得有让自己亏，让读者赚的精神，才能写出好作品。"《百年孤独》够浓缩吧，马尔克斯把一百年浓缩到并不厚的一本书里，要换个作家写，不知道要写多长。所以，不浓缩能成为精品吗？冯骥才就有这么一种让人敬佩的，把小说往浓缩里写的精神。"

最有可能缺失的是文学性

小小说确实应该讲究精品意识。用冯骥才的话说，小小说不绝不写，"绝"就得有一个绝的情节，就得要选择特别好的细节，就得用讲究的语言，就得百般锤炼。而在他看来，更为重要的一点是，小说不论长短，都得写出文学性。而小小说写作，最有可能缺失的就是文学性。

冯骥才理解的文学性，自然在于小小说要有非常好的细节，细节非常重要的一点，就是它的形象性。他举例说，契诃夫在跟高尔基的通信里说，写一个人坐在草地上，如果就这么直白地写，没什么意思。写一个人头发蓬松地、疲惫地坐在被行人的脚踏得往一边倒的草地上，那就形象了。"所以，契诃夫说，写一句话就得让人立刻看见这个环境，看见这个空间，这个人物才能立得起来。"

就主题层面而言，小小说的文学性，近乎中国文化语境里特有的"意"字。冯骥才举例说，有一回他和陆文夫同游苏州园林。陆文夫对他说，苏州园林的走廊到头一定不是墙，一定是一个窗口，透过窗户又是一个风景，它绝对不是一层的。由此，冯骥才联想到，小说的这个"意"就像桃核一样，你剥去桃皮以后，里面还有一个桃核，把桃核砸开以后，里面还有另外滋味的桃仁。"小说如果是一层的，就是你的意念是问答式的。好的小说一定有几层的主题，绝对不是一层的主题。好的小小说同样如此，它必须是一个琢磨不透的，言有尽意无穷的东西。"

当然，小小说能否达到这个境界，还有一个重要前提是能否出新。以小小说作家胡炎的理解，小小说开启读者对陌生生活领域的体验和认知，当然是好的。题材的独特性和陌生化常常能激起读者的好奇心和探求欲。但对陌生题材的占有绝非易事，因为大多数人的生活环境大同小异，这就要求写作者在熟悉中寻找陌生，在常态中捕捉异质性。而即使在题材和角度上不能出新，胡炎认为，小小说也可以在细节上出新。"细节是作品的生命。如果一个你平素熟视无睹的人突然引起了你的注意，那一定是他身上出现了不同于既往的细节。"他表示，在处理一个成色不错的题材时，如果故事很难跳出读者的阅读经验，按照常规套路也很难满足读者的审美预期，小小说作者不妨在形式上下功夫，寓言、荒诞、意识流等诸种艺术手法都可以借鉴，结构、语言也要尽可能做多种尝试。

所谓的新当然也可以是推陈出新。就像胡炎所说，题材出新一定程度上就是制造间离效果，以历史题材而言，由于岁月的间离，人物、故事、场景都或多或少给予我们一定的新鲜感，他们的命运遭际因特定的历史文化背景而承载了不同于当代的历史内涵，这需要小小说作者有研究历史的执着和拷问历史的勇气。小小说作家张晓林从人性角度写历史上的书法家，写的是真人真事，却会因时间的阻隔，加之赋予了当代性的理解，让人觉得新鲜。小小说作家相裕亭近年也着力于"旧事"创作，让"旧事"翻新，让旧事更加旧事化，他还把当今错综复杂的新鲜事物，放到旧事里去写，写得像旧事一样真。这无疑有助于突破小小说常是取材于现实生活而造成的同质化倾向，为小小说独辟蹊径提供了一种可能性。

某种意义上说，《俗世奇人》写的也是清末民初天津卫的旧事。这并不是说冯骥才热衷于搜罗旧题材，而是受了一次出访的触动。2000 年，冯骥才到法国去做民间文化遗产的调查。在为时几个月的时间里，有一次他遇见了法国年鉴学派的一个学者。这个学者对他说，一个地域人的集体性格，在某一个历史阶段表现得最充分。冯骥才想到，如果说上海人地域性格表现最突出的是 20 世纪三四十年代，北京人是清末，那么天津人则是清末民初这一时间段。"因为这正是天津新旧交替、华洋杂处的时代，天津人集体性格更为突出。"

而他写《俗世奇人》，与天津老城遗产保护的过程，有一时期是重合的。在祝昇慧看来，冯骥才在这个过程中，内心会有一种与现实抗争的东西，他把这样一种内心的活动融入这部作品当中。他向历史寻求答案，为的是增进对于现实问题的思考。"读《俗世奇人》，我们可以感受到他在现实和历史之间这种不断的反复。作为一个有非常自觉的历史观的作家，冯骥才无论在从事民间文化遗产抢救中，还是在这部小说的写作中，都贯穿了一个思想，就是记录历史。"

这样的记录，对于冯骥才来说，更可以说是记录天津人的集体性格。他说，鲁迅写孔乙己，实际上是把中国人集体的共性作为孔乙己的个性来写。"实际上，孔乙己在生活里是没有的，但是我们看完这个小说以后，却能在这个小说里看到自己的某一点影子和基因，这是《孔乙己》绝的地方。"《孔乙己》另一个绝的地方，在冯骥才看来，在于对地方语言的运用。如果说鲁迅在人物对话上突出了地方色彩，冯骥才则着力于让小说的叙述语言更有天津味。"所谓天津味就是天津人的幽默、细腻、机警、干脆、火辣，把天津味糅合到叙述语言里，就形成了一个整体。因为小说短，地域特点会更强烈，更有冲击力，更能成为一个整体。如果叙述语言和对话语言分得太清楚了，这小说就支离了，就分散了。"

这同时也是让胡平特别感叹的地方，冯骥才在《俗世奇人》里，用各种艺术手法把笔下人物的性格写绝了。"我觉得大多数小说还是应该重视写性格，因为读者读小说的理由之一就是读性格，性格本来就是人的客观属性，是区别个体的重要特征。但现在很多作家不写人物性格了，认为写性格对于小说来说已经过时，性格写多了会影响小说的表达，这不能不说是很大的遗憾。"

小小说需要往大处下功夫

事实上，就像冯骥才说的，小小说一切的特点、一切的性质都是被它的短，它的小逼出来的，但这并不是说小小说非要往小里写，恰恰相反，它需要往大处下功夫。而小小说的独特之处，就是体现在这"小"和"大"的张力上。

这就能理解作家陈建功为何特别强调冯骥才之所以写出《俗世奇人》这样的小说，源于他丰富的素养。"不说他博古通今吧，但他的确在各方面都有很深的积累，并由这些积累，生发出自己博大的艺术世界。"也因为此，评论家王守国赞赏在《俗世奇人》里，冯骥才达到了一种境界，一种读透社会这本大书之后，百炼钢化作绕指柔而达到的艺术境界。"从这个看似很轻松、很幽默的文本中，能见出冯骥才的大爱和大智慧，他对这个社会有一种不同寻常的洞察力。"

而冯骥才的大爱，很重要的一方面在于他有深厚的民间意识。就如祝昇慧说的，从《俗世奇人》里能看到，冯骥才对天津卫这个地域里三教九流人物的喜爱和理解，但他并没有丢掉精英意识，或者说他正因为融汇了精英意识和民间意识，才得以对天津这个地域的集体性格有深刻的洞察。而在艺术风格上，冯骥才也融汇了《聊斋志异》等中国古典小说的神韵，及西方文学的现代意识的创作技法。他在《俗世奇人》里创造性地将故事性、传奇性、思想性、艺术性、趣味性融为一体，为市井百姓立传，拓展了中国当代笔记体小说的新境界。

也是在这个意义上，小小说作家葛成石表示，小小说尽管小，却离不开大生活和大阅读。小小说作者不宜固守一方小天地，还要有自己对有限人生的一点点小思考、小体验、小情绪，也不宜只读小小说，而是要从其他体裁的作品中吸收营养。"如果说有什么会制约小小说这种文体，那就是深埋在写作者意识中的'小'字。因此，更应该看到成就小小说两个'小'字后面的'大'字。"

非虚构写作：如何突破限制，成就经典？

我的一个总体感觉是，相比小说的思潮涌动、花样翻新，非虚构文体一直是比较稳定的。比如，我们会说到"新新闻主义""非虚构小说"，舍此以外似乎没有别的主义或流派了。非虚构写作也不像是一个新的事物，更像是一种新的命名，像自传传记、新闻特稿、报告文学、纪实文学等等，都可说是非虚构写作，或者说相当程度上是非虚构写作，要这么看，非虚构几乎是包罗万象、没有边界的，要是套用"无边的现实主义"的概念，就该有"无边的非虚构主义"的说法。

非虚构写作之所以有"以不变应万变"的气度，我想是因为它抓住了一些基本的、经验层面的东西，而这些生活的真实、经验的真实，是容易被艺术创新，以艺术的名义忽略的，超越的，却是任何艺术创新所不能替代的。同时，非虚构写作又如心灵捕手，能及时捕捉到基于经验层面上的那些丰富而细致的流变。现在非虚构写作受到前所未有的关注，很大程度上是因为小说写作在表现生活的真实、经验的真实上碰到了很大的问题。或者说，小说一直以来痴迷于艺术的创新，它脱离现实太久了，反而不知道该怎么去表现真实了。而文学写作无非走的虚构与非虚构两条路，虚构乏力，非虚构自然会凸显。从这个意义上讲，与其说非虚构是一种应运而生的新的文学形态，不如说是一种更有操作性，及可控性的写作观念与写作方式。

但我不觉得这是非虚构写作的胜利。身为媒体中人，平常比较多扮演提问者的角色，我有时也会问到非虚构写作的问题。得到的回应，居多为非虚构写作的前景欢欣鼓舞，好像它是一股新的生生不息的文学力量，它代表了文学发展的未来，甚或它的异军突起，还隐含了让文学重归主流或中心的可能。我想，这是一种误读。因为，文学的本质即为想象与叙述，即使是表现真实，亦是对真实的想象与叙述，这才是文学的最高标准。那么，如果说眼下非虚构写作受到前所未有的关注，那与其说是非虚构写作的胜利，不如说是非虚构写作这个概念的胜利，是我们这个转型时代里五光十色的生活的胜利。我们经常听到的说法是，生活本身比虚构还要丰富，还要精彩，生活比小说还要像小说。而这样的说法给人感觉，非虚构写作者，只要把生活实实在在记录下来，那已经很丰富了，已经能替代读者对以往多为小说承担的听故事的需求了。

这个说法看似很有道理，实际上也不是太有道理。这个说法还隐含了一个陷阱，好像非虚构写作是件很轻易的事，就看你有没有耐心去记录。而这种轻易，自然会降低读者对非虚构写作的期待，我们很少会像要求小说那样，去要求非虚构写作达到一个什么样的标准。或者说，在非虚构写作里，真实的记录就是最高的标准，真实，真实，还是真实。记录，记录，还是记录，一切的一切都只是为了真实，为了记录！事实是这样的吗？我看未必。首先，好的非虚构写作一定不是机械的记录吧，它得处理角度的选取等等难题。其次，优秀的非虚构写作，肯定不仅仅是见证、参与或记录。我们不能不注意到，至少在文学领域，在非虚构写作方面，为我们推崇的经典是杜鲁门·卡波特的《冷血》、诺曼·梅勒的《刽子手之歌》《夜幕下的大军》，等等。这些经典作品，不是我们通常所说严格意义上的非虚构写作，而是备受争议的非虚构小说。

像这样的非虚构写作，不只是融合了小说的写作技艺，而是融合了虚构与非虚构。它兼及虚构与非虚构之所长，并由此融合而成高超的叙事艺术。

实际上，虚构与非虚构难有明确的界限，很难做到彼此之间泾渭分明。我们的议题是"非虚构：经验与限制"，这也说明非虚构如果只是停留于经验层面的书写，在很大程度上是受限的。那么，我们与其讨论何谓非虚构写作，非得要给非虚构写作下个准确的定义，划个明确的界限，不如转换一下视角看看，非虚构写作如何突破一些限制，它包含了哪些可能？要带着这个问题，去读《成为和平饭店》《远去的人》和《沈从文的后半生》，我想能读出一些有启发性的东西。

我的第一个想法是，非虚构写作当如何表达丰富复杂的经验？我们在批评小说写作的时候，常常说，眼下的小说表现不出当下纷繁复杂的经验。非虚构写作恐怕面临同样的难题。我的感觉是，很多非虚构写作写的都是某些局部的经验，带有行业化的性质。比如，农村领域、工厂领域，等等。这也很好，至少反映了某个层面的真实经验，但要以更高的追求来衡量，非虚构写作应该有更多的面向，或者说应该能由点及面，包含一种整体性的诉求。就我的感觉，陈丹燕的《成为和平饭店》，就包含了这样的诉求。她不是为写和平饭店而写和平饭店，她把城市，把和平饭店当成人来写，就是要像写人一样，写出它的丰富性与复杂性。而这一点，陈丹燕并不仅仅是通过非虚构，而是通过活动在真实的地点，真实的事件里的虚构的人物的表现达到的，或者说是通过融合虚构与非虚构达到的。

第二点，非虚构写作怎样达到内与外的平衡？非虚构写作给人一个感觉，只要把你看到的，听到的，包括由此联想到的外在的生活经验，记录下来就可以了。也就是说，对生活经验给出真实的解释的同时，作者还试图给读者一种客观化写作的面貌。读薛舒的《远去的人》，一直读到她的创作手记，《因为病和爱，我不再文学》，我就有疑问，为什么不再文学？而这书我读了以后，给我留下的是很文学的印象。我想她是要强调自己写作上的一种探索，她要写出自己客观的真实，而不是文学的虚构。实际上，不管虚构也罢，非虚构也罢，都不可能排除主体的介入，你写得再客观，你写下的也只能是从你的视角看出去的真实。在这部作品里，叙述者父亲的日渐远去，和叙述主体的追问与反思，始终处于双向的互动之中，进一步说，是"我"看着父亲一点点远去。所以说，《远去的人》涉及了阿尔茨海默病这样一个公共的话题，同时又把自我的追问与反思，推向了某种极致，也由此写出了某种普遍的人性。

第三点，非虚构写作怎样做到实与虚的融合？我说的虚，可以指的虚构，也可以是相对于实而言的虚。张新颖的《沈从文的后半生》是写得够实的，我感触最深的是，通篇不怎么能读到对话，也很少见到描绘和议论。沈从文的后半生当然涵盖方方面面，何其丰富的内容，但要我一句话来概括，我觉得这个作品讲的是沈从文如何克服虚无感，重新找到生命的意义的故事。这一层虚与作品的实是有对应的；另一层，在读这本书的过程当中，我时时会有做进一步探究的冲动。我想是因为作者在写的时候非常克制，因为这种非虚构的缩略或是"极简主义"，让人时时感觉这后面还有一个潜文本。这让我想到相反的例子，比如茨威格的传记，是把这个潜文本给写了出来。你会感觉他写得很满，但读来淋漓尽致。我想不管哪一种写法，优秀的传记写作，一定是很好地处理了实与虚的问题。

通过这些阅读，我越来越觉得，无论虚构也好，非虚构也好，对于写作者而言，最主要的是要找到最合适的叙述方式，而不是事先在虚构与非虚构之间划定一个界限。我注意到非虚构写作，往往强调自己拒绝想象的介入，似乎想象是虚构的专利，事实是不是这样，是可以讨论的。有一点可以确定，非虚构写作同样需要想象力，因为在事关判断你"眼见"的是不是一定就是真实，如果是真实，又是何种意义上的真实，你又在多大程度上开掘了真实等等问题上，是很考验非虚构写作与小说写作同等的想象力与穿透力的。事实上，我这么说无非是要讲，非虚构与虚构之间，共同点远远比不同之处多，或者说非虚构写作的活力与生命力，也恰恰体现在虚构与非虚构这种对峙与融合的张力上,我们不是要去消除这种张力,而是要去丰富它,完善它,把它推向另一个极致。我想只有这样,非虚构写作才有可能真正成就自己的经典。

通俗文学：能给纯文学提供更新和突围的途径？

围绕丹·布朗的小说，总是伴随着纷纷扰扰的雅俗之争。他的小说一般被归为通俗文学，正如 *The Dan Brown Craze* 著者之一，美国加州州立大学教授、美国文学研究专家张爱平在2016年6月19日于上海师范大学举行的"《丹·布朗现象诠释》新书发布会暨丹·布朗小说在中国研讨会"上所说，像丹·布朗这样的作家难以进入美国大学的课堂，如果他上丹·布朗的课的话，会引起美国同事的讥笑。"因为在美国，严肃文学和通俗文学有严格的划分，两者之间可谓壁垒森严。"

但丹·布朗小说的畅销乃至常销，却不能不引发研究者的关注。迄今为止，丹·布朗的小说已经被翻译成十四种语言，出版了将近两亿册。以张爱平的观察，从图书销量上看，当下唯有丹·布朗的小说，堪与《哈利·波特》媲美。而在活着的外国作家当中，恐怕他是唯一可以和J.K.罗琳比肩的。"他的作品全部译成中文，一本比一本畅销，这是前所未有的，就连获诺奖的美国作家托妮·莫里森都没有享受过这样的待遇，这是绝无仅有的，可见他的影响力之广。"

丹·布朗的小说令人着迷之处，还在于即使以严肃文学的研究者自居，也很难不对他产生兴趣。张爱平坦言，自己刚开始对他并没有学术研究的兴趣，但读了其小说主要中文译者朱振武的翻译作品以及他的系列研究文章之后，他们在交流过程中都觉得有必要在丹·布朗的创作上进行共同探讨。因为在张爱平看来，不同于一般的类型小说，丹·布朗极力把严肃小说和通俗小说的界限与隔阂越挪越近。他的小说在叙事体、语言应用等方面又受过类型小说的影响，从这个角度看，他的小说也极具研究价值。为此，他和朱振武在三年前就列了提纲，他回到美国后就定了一些细节，并且一起争取和有关出版社联系。"一些出版社对我和朱振武联袂写一本以中国为出发点的研究专著很感兴趣。他们知道丹·布朗在中国很畅销，所以想了解中国对他的介绍和研究，中国的读者和学界对他的反映。"

如其所言，两位著者的初衷是想至少能让国际上的学者和读者了解丹·布朗在中国是怎么被接受、被欣赏、被研究，这样使得对他的研究融入了中国的理念和视野。在具体的写作当中，他们对丹·布朗每一部小说都从命题、人物塑造、语言运用、密码的运用、修辞等方面都做了详细的文本分析，他们还将其小说的叙述体和人物塑造与古典文学中的名著，甚至是现当代小说进行对比，来彰显中国学者的见解和研究方法。同时他们还用中国传统的文学批评法来研究欣赏丹·布朗的小说。如此，可谓填补了丹·布朗研究的一项空白。

正是在对丹·布朗的一系列研究中，朱振武对其创作有了更为深入的理解。他没有按国内读书界的惯例，称丹·布朗的小说为"通俗小说"，他将其命名为"文化悬疑小说"。"因为布朗的小说从不是以炫耀博学为目的，而是充满了对人类的过去的反思，对人类现状的忧思和对未来的愿景。而他的小说之所以受欢迎，一个重要因素就是其娱乐性。要知道，小说的娱乐功能正是小说这种文学样式得以兴起和光大的原因之一。丹·布朗深谙大众的文化消费心理，读他的小说，既收获快感，又收获知识，还能获得美的享受，同时也赶了时髦。何乐而不为呢？"

要从接受美学的角度看，丹·布朗之所以取得空前成功，在朱振武看来，还在于他的作品对传统观念的消解和对经典文化的解构，是他对人们的生存焦虑的关怀和纠缠于当下人们心中的疑点的诠释，是其雅俗相融的创作手法和雅俗共赏的审美旨归对接受群体的阅读期待的多重满足。"他的小说中的知识像是百科全书，但他不是呆板机械地灌输知识，而是把这些知识化成一个个道具。他的每一部小说都像他自编自导自演的一出戏，观众全神贯注、目不转睛地注视着他那看似无意、实则精心设计的每一个动作，注视着他手上不断翻新的每一个道具，这也是他的作品打动全球无数读者的重要原因。"

事实上，这也是像丹·布朗这样的畅销作家，会经常进入文化研究学者的视野的一个重要原因。只是在他们眼里，这些作家的作品，就像评论家王宏图说的，往往被当成一个背景，而不会去关注其文学性。这并不是说，这些作品在文学研究上就没有价值。在王宏图看来，惯常的纯文学模式当然汇集了人类的智慧，但很多时候呈现为一种很僵化的形式，有丰富文学经验的作家看一些纯文学作品，看几段就知道它的风格，而没有受过系统文学训练的读者，又不适应得不到应有的娱乐。"所以，一种形式通常是盛极而衰的。没有永恒存在的形式。当纯文学陷入僵化模式的时候，它需要从表面上看似粗俗，实则很有活力的形式中汲取营养。从这个意义上说，文学创作过分精致化以后，一些通俗小说可能会给它提供新的更新与突围的途径。通俗文学貌似没有什么新意，但是其中与当代生活密切相关的活力、智慧，却会成为将来文学，尤其是纯文学发展的催化剂。"

相比而言，评论家王鸿生对朱振武与张爱平由这本书开启的合作模式，表现出更为浓厚的兴趣。以他的观察，且不说国外读者对中国的文学作品缺乏了解，他们对于中国对他们国家作品的翻译与研究，也是很不了解的。这里面存在文化贸易的逆差。"所以，我们出去留学，留在国外大学机构或科研机构工作的这些学者，能够携手和国内学者来共同做一些事情,并以外文的方式,把他们的研究成果推介出去,可谓意义重大,这个合作模式很有推广价值。"而其推广价值用朱振武的话说,是因为这部书不是中国的外国文学学者的自说自话,自娱自乐,而是发出了自己的声音,足以为外人道也,是直接与西方学界对话。

  而这一对话的重要性,归根到底源于丹·布朗小说本身的价值。诚如王鸿生所说,像丹·布朗那样的作家的出现,使我们在获得阅读愉悦的同时,能思考一些阅读背后的问题,也能更多了解西方的文化、历史。"在这样一个模拟文化、虚拟文化越来越占据精神生活位置的时代,我们怎么能使文学研究、文化研究和这样一个趋势做抗争,给我们的内在生活,给人类的精神世界保留一个不能被异化的领域,从有着相当强的当代性的丹·布朗现象里,我们能得出一些启示。"

影视剧改编，有多少需要依赖小说家？

"发现只有小说才能发现的，这是小说存在的唯一理由。"昆德拉的这句名言，似乎给小说指明了道路，而这道路却更像是在雾中。他留下的疑惑是：哪些才是只有小说才能发现的事物？如果就像他所说的，小说不研究现实，而是研究存在，那小说要研究的"存在"又所为何物？而小说面对的严酷现实是，自昆德拉说了这句话多少年后，它的前景依然不甚明朗。小说很大程度上依然只是在与电影、电视、网络等媒介的竞争中，勉为其难地争取自己狭窄的生存空间。

更有甚者，正如评论家李敬泽于2014年11月9日在广西南宁举行的第五届"今日批评家论坛"上所提到的，小说家之脆弱反映在他们以自己创作的作品被改编为影视剧，或以一些艺术门类，都要以小说作为底本改编为由，保持自己并无充分理由的自尊与傲慢。但事实并非如此。以李敬泽的经验，仅就讲故事而言，现在的影视剧，根本就不必依靠小说家。编剧家比小说家会讲故事得多，他们讲故事的本事、能力比小说家强得多，而小说家当编剧，成功的却是极少数。

当然，李敬泽并不否认，的确有很多电影、电视剧是根据小说改编的。"但如果我们仔细研究一下，它到底改了什么？取得了什么?最后我们看电影时,实际上经常发现,这个被改编的小说几乎不存在。"以李敬泽的观察,编剧对故事的追究、推敲下的功夫,很多时候比小说家要厉害得多。"总的来讲,在这个时代,也许根本不需要小说这个中介,社会对故事的文化功能的需求,影视完全就可以满足了。"

要是如李敬泽所言,好的故事常常在影视剧里能看到,在小说中反而很少有。那作家们需要扪心自问的是,在这样的情况下,小说到底还有没有立足之地,它的立足之地在哪里?或者说,这个立足之地是故事的话,那么这个故事是什么意义上的故事?在李敬泽看来,作家要讲的故事,至少是关系到我们对人的发现,对于人的新见,通俗地说,是回到人的意义上的故事。这个故事所围绕的,是不被种种的定见所遮蔽,所过度书写的那个人、那个地方的事。这恰恰是当下小说继续面对和解决的问题。

李敬泽举眼下写民国的小说为例。他说,翻开民国历史小说,就能强烈感受到作家们无限的怀念之情。"问题是,当你在做如是怀念时,你是否反思过你的历史立场所包含的权力和利益机制在哪里?你把历史浪漫主义化为一种情调,或者是把历史粗暴地寓言化,把多少人多少年的奋斗、痛苦和牺牲化为一个简单的寓言,你所持的是一种公正的、负责任的态度吗?"

由此,李敬泽表示,作家要警觉,要反思自己的立场。"面对历史的时候,如果你只是从一个知识分子式的定见出发,最后写出那么一部四五十万字的小说,读者读后所得到的,依然是你的那个定见,你对历史没有新的理解,这样的历史小说,你写它干什么?"

在李敬泽看来,眼下作家写作,总是脱不开某种固有的调调,很大程度上在于,他们老觉得自己是知识分子,老是端着一副知识分子的架势,而他们的想法也完全是一个知识分子的想法。"我们需要自省的是,小说家是不是知识分子?或者说,好的小说家在什么意义上是个知识分子?有些小说的毛病就出在,写这些小说的作家居然是个知识分子,他们不懂说人话,不会讲人事,这是很成问题的。"李敬泽认为，现在正是小说家放下身段，好好去面对和解决小说存在的问题的时候。"小说到底有什么功能？小说的可能性在哪里？当电影电视如此强大，以至于可以断定小说再也翻不了身的时候，小说的天地在哪里？我们不妨在小说要死亡的假定下，对小说艺术一些根本性的假定提出一点质疑。"

以李敬泽的理解，作家们对小说写作是有质疑的，对小说叙事也是有探索的。问题只在于我们需要的是什么样的质疑，还有什么样的探索。"说实在，很多所谓叙事上的探索，那都是小道。现在很多作家沉迷于小道，那不仅是玩的形式，而且是在追求形式主义。他们只是在章法上，在符号上去想办法，就真的完全成了形式了，而且是什么也打不开的形式了。"

很显然，如李敬泽所说，小说的形式探索，如果不能成为小说打开世界的一个面向，如果把这种所谓创新的形式删掉，也并不妨碍小说实质性的面貌。那这个形式是没有意义的。也因为此，李敬泽表示，小说表面的形式的危机和焦虑反映的是，其实是更广大更普遍的问题。"小说只有建立在对人的经验的深刻的分析、洞察和艺术构造的基础上，才会有真正意义上的探索和创新。"

媒介融合生态下，
文艺评论何为？

　　文学作品借力影视剧扩大影响力，并带动图书销售，已是近年来图书界普遍存在的现象。稍远有网络小说《琅琊榜》，较近有作家周梅森的《人民的名义》，都是借助于影视剧爆红的典型，而后者更是如评论家白浩在2017年于南京师范大学举行的"媒介融合生态下文艺评论策略研究学术研讨会"上所说，可视为主流剧借力消费文化创作转型的一个标志。

　　不容忽视的另一个现象是，影视剧本身在资本的裹挟下也发生了很大的变异。评论家裴亚莉以电影《白鹿原》改编为例表示，该剧完整版比导演王全安自己剪辑的公映版要多出一倍的篇幅，但这个剪辑是很不成功的。在她看来，公映版把完整版最有意味的部分剪掉了。"王全安屈从于资本、市场的压力下做出的剪辑，虽然在主观上意欲迎合、讨好市场，在客观上却起了反作用，远未达到预期效果。"

　　与此相仿，影视剧也影响和改变了文学创作的基本形态，导致谨守纯文学创作方式的作家作品出现了变异。以白浩的观察，近些年来，为适应影视改编，越来越多文学作品出现了剧本化倾向。"小说剧本化、作家编剧化，拉低了作品质量，进一步加深纸媒创作的经典化焦虑。网络化语言的夸张媚俗性，还有可视性、可听性的形象化也挤压纸媒文学的可读可思性，从而弱化了作品的经典化能力。"

读者、公众要求的不是启蒙，知识分子面临新的抉择

显见地，国际互联网、移动网络、印刷媒体、电视媒体等多种媒介的交融，已经成为当下社会信息，同时也是文学传播的主渠道。而在媒介融合生态下，是坚守，顺应，抑或是持一种折中的姿态，正是媒介融合生态下文学创作面临的考验，也是文艺评论需要厘清和解决的一个重要问题。

以评论家李清霞的观察，融媒体时代，文艺评论正呈现出融合性和多极化的特点。融合性是指文艺评论的呈现方式。当下微文论盛行，一篇评论通常会在多个平台同时发布，一篇微信公众号推出的评论除文字之外，还可能配图、配视频，可以点赞、评论、转载、打赏，对微友的评论进行再评论等。多极化则体现在文艺评论主体上，从评论界权威到普通网民，都可以对文艺现象和文艺作品发表评论。"有所不同的是，在高校评论体制里，四千八百字以下的论文不算正宗的文学评论，然而在微信等媒介里，五千字以上的论文，很少有网友能把它耐心读完。"

推而言之，媒介融合态势下，原有的媒介隔离保护与垄断专利正被打破。恰如白浩指出，各类型媒介间便面临同一平台下的媒介选择优先权竞争，而新媒体由于快捷广泛、形象直观、即时互动优势，并因其准入低门槛、低成本而占据选择优先权，由此培育出粉丝经济的第一验证场域；电影、电视由于视听的形象直观和通俗化传播优势而成为第二选择；而传统纸媒则成为第三选择。

也因此，资本的影响力得以凸显。以白浩的观察，控制新媒体平台的产业资本视文艺领域为产生利润的文化产业来经营，且21世纪以来随着传统产业经营难度增加，产业资本大幅向影视、网络文艺等文化产业转移，其话语权影响力大为增强。"如果说，70年代末真理标准大讨论带来知识分子话语打破意识形态话语一元独尊，90年代随市场经济发展和后现代解构文化引入推动市民话语的崛起，形成了意识形态话语、知识分子话语、市民话语三元共语的文化格局。新的资本话语的加入，则成就了文化与文艺领域中的四元共存新格局。"

在白浩看来，这个新格局不是一架三角钢琴的天鹅湖演奏，而是四方桌上的一台麻将。"这张桌上，虽然意识形态话语、知识分子话语是先到者，但在市场经济发展中，后来的市民是消费主体，资本是制造主体，这二者以其市场经济的主角身份和强大实力日益成为话语权的主角。以此看，在21世纪的媒介融合中，知识分子话语分别成为资本、市民、意识形态话语的附庸，再无独立平台，亦无独立价值系统和话语表述系统，成为这张麻将桌上筹码越来越少的愁苦输家，有退出座席而伺立于三者之旁的危机。"

事实上，在网络文学的疯狂生长、网改剧、大IP（知识财产）泛滥、"烂片"泛滥的背后，传统评论界在惊恐于粗制滥造的质量、模式化雷同化甚至抄袭化泛滥时，却像白浩指出的那样，无法否认粉丝经济的勃勃生机，无法否认票房奇迹的兴奋剂之效。"对于资本来说，利润这一第一动力得到了强支撑，那么道德化、艺术质量都成为次要元素。至于文艺建设的品位与质量，除非对利润产生影响，否则几乎不进入考虑范围，所以，对资本提出以往的要求自然是缘木求鱼和幼稚空洞的。"

正因为此，白浩认为，融媒体状态下，知识分子面临新的抉择。因为读者、公众要求的不是启蒙，而是追求快感的消费化。知识分子需要完成由以往的教育性、启蒙性价值系统向市场经济和消费文化背景下可消费性价值系统的融合与转型，否则会被时代抛离得越来越远。"在这个意义上，当下做文艺评论不宜局限于20世纪八九十年代的视角，而是要研究消费主体逻辑，研究资本逻辑，定位和研究资本的规律和思维方式，探究它介入文艺领域的具体形式和内在规律。"

融媒体时代，文艺评论家应有更强的文体意识

当然，研究资本逻辑并不意味着，文艺评论当臣服于资本的强力。尽管眼下面临的严峻现实是，是粉丝经济，而不是文艺评论在左右市场。评论家戴清表示，媒介与资本合力造就了粉丝经济，众粉丝以强大情感情绪审美趣味支撑文化消费，与之伴生的是，IP和小鲜肉高片酬现象。这种畸形消费行为，再如上腐女趣味及其审美偏好已经成为媒介融合生态中的新常态。

由此可见，垄断者才是最有价值的新媒体。以戴清的观察，曾经的"内容为王""渠道、平台为王"已演变为"垄断为王"。在这样的生态下，文艺评论面临怎样的尴尬处境就可想而知了。"第一，文艺评论不在制播营销全产业链中；第二，它局限于学术体制和轨道中。文艺评论的边缘处境，决定了它要发出声音，就得走向极端化、微小化、标题党，以及形式大于内容的文章批量产出。"

更重要的是，文艺评论的整体环境也随之发生了很大的变化。评论家李超德注意到，面对网络媒体，人们的历史感似乎正在消融，扑面而来的是适时的信息，夹杂着功利主义、民粹主义的非理性言论取代客观的学术评价。"当艺术评论涉及的某一事件、新闻、人物，乃至学术问题置于公共网络平台以后，由于参与者自身综合素养、阅历的不同，发表的言论有时就超乎于道德的制约。人们利用网络进行人身攻击、谩骂，成了一定范围内的群体事件，引起了一定范围内的公共道德、相互信任和媒介融合的生态危机。"

文艺评论存在的这些问题，与其理性要求以及学术性、专业性要求背道而驰。在李超德看来，数字网络的开放性，决定了道德自律是净化互联网时代艺术评论传播空气的首要议题。互联网传播与表达的随意性，突显文化品德的重要性。戴清则注意到眼下高校院线的铺设，给了艺术影视剧或小制作一定的空间。高校院线对年轻观众群体趣味的长久培养，或许能在一定程度上克服畸形消费主义，毕竟小众粉丝也可以形成比较精致的、文艺的趣味。

新媒体给文艺评论带来的问题显而易见，但要是把很多问题都归结为新媒体带来的挑战，在评论家夏烈看来是一种误读。因为文艺评论存在的很多问题在新媒体时代到来之前就已经存在了。夏烈表示，统观1990年代前后批评家的批评观，就能读到诸如商业冲击、失语危机等诸多针对文艺评论的批评。文艺评论边缘化，也并非新媒体所致，而是肇始于1990年代因特定时代环境呈现的"退回书斋"的倾向，在进一步扎紧高校学科思维下的学术规范和评价体系时，也有意无意地阉割了文艺评论的多样性。"因此，作为融媒体时代的文艺评论家，首先要对互联网加以哲学性省视，在理论上解决文艺评论的原动力问题，重建批评家的自我批评意识，重建文艺评论的信用。"

虽然传统文艺评论与网络的融合趋势是自觉的，必然的，但以李清霞的观察，这种融合目前看还是一种浅层次的，形式上的所谓融合。在她看来，融媒体时代，文艺评论家当有更强的文体意识，主动接纳网络语言和话语模式，探索既具有学理性与美学内涵，又容易被普通受众接受和喜爱的文艺评论形式。

以平衡的心态，开创更加广阔的言说公共空间

事实上，融媒体时代的到来，固然使得文艺乃至文艺评论的传播方式发生了根本性的改变，但更重要的是，正如评论家汪政指出，它还改变了人们的世界观，改变了人们的生存方式、视野感受和内心世界。"也因为此，要从本体的角度来理解，文艺评论只是整个转型语境里一个细微的表现而已。"

在汪政看来，融媒体环境下，对文艺评论的位置，和它理当发挥的作用，我们要有清醒的认知。同时也要清楚认识到，文艺评论本身多有不平衡之处。"学院派、作协派、媒体派等各类型评论的不平衡；高校、文联、作协等批评队伍分布的不平衡；现行体制下各种批评话语之间的不平衡；偏重学术意识而缺少问题意识导致的批评风格的不平衡；受权力资本主导而形成的平台的不平衡。这种种不平衡都对文艺评论产生了影响。处理好这些问题，才会让文艺评论健康发展。"

评论家何平更在意文艺评论从业者心态要平衡,切勿把自己想得太过重要。在他看来,更需要批评的是批评家自己,而不是人民。另外,学院批评本身不是问题,问题在于大量伪学院批评,还有半吊子的学院批评,遮蔽了真正的学院批评。"当然换个角度看,如果批评只是一种知识生产,而没了审美感觉,这样的批评有意义吗?要知道,真正好的文艺批评,是可以作为独立的文学文本存在的。像俄罗斯批评家康·帕乌斯托夫斯基的《金蔷薇》,里尔克的《致青年诗人的信》,李健吾的《咀华集》等,他们的作品并不因为批评对象的过时而过时。"

虽然如此,何平认为,文艺评论作为知识生产的功能依然值得重视。问题只在于,我们需要把封闭的知识生产转变成实践性的,并且变文学的功利心为文学的公益心。在何平看来,在大众传媒如此发达的今天,文艺评论理当开创辽阔的言说公共空间。"龟缩在学院的一亩三分小地里,只会使得文艺评论越来越接近于猥琐、无趣、自我封闭的知识生产。"何平建言,文艺评论从业者不应该满足于自说自话,而是要走出书斋,走向实践。"我觉得当下有必要回看晏阳初当年提倡并实践的平民教育,也有必要珍视钱理群等走进中学开展教学实践的尝试。"

何平结合自己的教学实践表示,虽然眼下在大、中、小学之间有种种阻隔,但文艺评论从业者要走进中小学校开展有效的批评实践,还是可以做到的。"问题只在于你有没有强烈的愿望去付诸实践。事实上,也只有通过广泛的批评实践,才有可能真正建立起文艺评论的公信力。"戴清也认为,做文艺评论,当如章太炎所说,在"转俗成真"后,还得"回真向俗"。"我们不能只是谈高远的情怀,还要有具体的操作,这样才能做一个有力量的批评家。"

角度与风景
——对当代文学的另一种观察

新媒体时代，怎样写出专栏新气象？

自有报纸杂志发行开始，就有了专栏写作。微博、微信、移动互联网等新媒体出现以后，对专栏写作产生了不小的影响。就我自己的了解，目前专栏，居多还是呈现在纸媒上，然后由网络转载，新媒体传播扩大影响，一些更为优质的专栏，则结集成书出版。当然随着纸媒的衰落，新媒体的进一步发展，将来会更多出现，那种直接上传到网上，不需要经过特定编辑过程的专栏写作。

现在我们都在说文学边缘化，但专栏写作是个例外，在眼下依然红火。我想是因为它契合了时代的需求。一方面，它打破了体系的框架，释放出一些思想活力。比如毛尖老师，写了很多颇有影响的专栏文章。你可以设想，她完全能做好学术研究。但在这个过程中，一些很有意思的想法恐怕就得舍弃了，但它们却能在专栏写作里焕发光彩。另一方面，专栏较之微博、微信，有更大的篇幅，能容纳更多内容。专栏作家在比较快地跟踪信息的同时，对过分随意化、碎片化的思考，会做一种有效的整合。而且专栏写作，是一种周期性的写作，它有内在的规则和韵律，便于写作者围绕某个特定的主题，做深入、多面的开掘和思考。

当然消费时代，读者就是上帝。很多专栏写作都在娱乐读者、迎合读者。这种娱乐化、市场化的即兴写作，很大程度上会让专栏写作者放弃自己的思考，而新媒体的随意性，尤其是无须经过编辑直接上传，也会让专栏写作的表达走向随意。我们一定会担心，专栏写作会变得越来越无序、劣质。我觉得这种担忧或许是多余的。因为一味娱乐化，并不见得就能为你的专栏赢得更多读者。用毛尖老师的话说，她写了十几年的专栏，要是只能抢抢眼球，一定早早被清场了。

所以，一篇专栏文章，之所以受到欢迎，绝不是抢抢眼球这么简单。而且，如果就停留在娱乐化这一点上，读者一定有更理想的选择，打游戏，看电影，都会比看这些文章更有吸引力。而且要只是娱乐化，专栏写作也没法和微博、微信等即时消费的段子体写作竞争。也就是说，新媒体时代，当读者有更多渠道接触各种资讯，读者的诉求也更趋多元后，不是降低了专栏写作的平台，恰恰相反对专栏写作，提出了更高的要求。这个要求具体到专栏写作上，就是，专栏作家要在思想表达与市场诉求之间，找到一个最佳的平衡点。

眼下我们能看到各式各样的专栏，饮食的，影视的，也有关注日常生活的，等等。我的情况比较特殊，主要就给一些报纸杂志，主持过一些话题，做过一些访谈，介绍外国作家，也写过一些随笔、评论，或许都不是什么严格意义上的专栏。但这样的写作经历，也带给我一点切实的感受：是否带着问题意识去写专栏，会给读者带来更多启示和思考？毕竟读者需要从你的文章里读到，比看到的新闻消息，多一点深度的思考。就我个人阅读趣味而言，我也更欣赏那种读了让人长见识，有启发的专栏文章。当然，这并不局限于某一类的专栏。好的专栏作者，在任何一个层面，都能传达给读者自己的思考。

近期，我读的台湾作家杨照的一本书《故事照亮未来——通往开放社会的100个观念》就特别值得一提。这本书，是杨照为台湾《新新闻周刊》写的专栏的结集。在这本书里，杨照用故事体现思考。梁文道给这本书写了个序言，谈杨照的故事伦理。他讲了一个观点说这本书"单是故事，便已包含一切"，也就是说，杨照找到了一个故事与寓意之间的最佳平衡点。另外还可以说的是，大陆作家刘瑜的专栏写作，她的《民主的细节》《观念的水位》，都是专栏文章的结集。她娓娓道来的是日常生活，但她讲出了政治、哲学上的大道理。现在也有一些作家、评论家，像余华、王彬彬、李洁非等等，在写那些周期比较长的专栏文章，这是一件很好的事情。我们也知道，国外像艾柯，包括已经过世的萨拉马戈、厄普代克等原创性作家，同时也是很好的专栏作家。

这里我想特别提一提，英籍俄裔思想家以赛亚·柏林的写作。他写的不是专栏，但他的写作方式，或许会给专栏写作带来一定的启发。柏林是那种"在生活中思想，在思想中生活"，特别关注人的现实世界的实践性作家、思想家。他的这种思考和写作的方式，实际上和专栏写作有些相似。因为优秀的专栏写作者需要时刻保持心灵的敏感度，需要和现实保持密切的联系，而不是只被写作的惯性推动着，去写一些无关思想和心灵的文章。

柏林没有写下鸿篇巨制，他的很多书都是各式演说稿、讲话稿的结集，我们大可质疑他的思想的原创性，但这种质疑是站不住脚的。因为他最杰出的贡献，本不在于要像那些体系性的思想家或哲学家，一生孜孜以求，构筑属于自己独创的全新的世界；而是以那种系列的片段式的思考，持续对一些既有的观念进行反思，发展出了一种观念的观念。在我看来，专栏写作也是这样。只有那种能对生活里的现象、观念进行反思和思考的专栏写作，才称得上是一种真正有效的写作。而新媒体时代，各种现象、观念层出不穷，快速切换，尤其需要时代的观察者加以辨别，追索真相。以此看，这种有效的专栏写作依然有很大的发展空间。

第三章 中国故事与青年写作

青年文学：颠覆，还是回到传统？

在 2011 年 5 月 24 日于江苏南京举行的第四届江苏省青年文学创作会议上，评论家施战军谈到自己近年关注青年文学生出的一个基本感受：当代作家写作的力量越来越虚弱，无论是人物还是主题，都体现出严重的"无力感"，以至于造成一种假象，写无力的就是真实的，而赋予精神力量的就是假的。"这种预设，使得我们的创作没能给创造新人留下空间。回头看世界人物的画廊，尽管我们会看到很多多余人的形象，但即使在同一个作家的笔下，都不乏对新人的探索和表现。而即便是以颓废著称的'垮掉的一代'，他们对于世界的感受也是丰富的，有力量的。"

很显然，在施战军看来，尽管青年文学总是被赋予很多的希望，但这并不意味着可以回避其创作中存在的问题。他还提到另一个令人忧虑的现象，青年作家的写作被网络"绑架"，写作中充斥着"鸡零狗碎"，更像是社会新闻报道。"仔细阅读，你会发现很多作品只有读物的价值，没有多少文学的价值。这种历史化的写作，缺乏经典文学必需的超越与观照。从这个意义上说，青年作家亟须摆脱日常琐屑的纠缠，以一种更加深刻、更加高远的胸怀追逐文学梦。"

评论家阎晶明表示了相同的见解。在他看来，当下文学的一个重要症状是"缺少追梦"。他表示，文学最大的特性是复杂性，而

角度与风景
——对当代文学的另一种观察

当下文学写作在主题上正逐渐走向单一化，作家缺乏美学抱负和个性化的文化情怀。很多作家屈服于商业化写作，一篇小说中充斥了大量对话，就是为了方便于改造成影视剧本，有的小说不到第二页就迫不及待地甩出"抓人"的东西，就是为了从感官上取悦读者。因而，当代文学的媚俗，具体表现为"思想上甘于雷同，艺术上不求进取"。

在作家朱文颖看来，之所以出现这样的状况，很大程度上归结于我们置身的这个年代。"20世纪五六十年代出生的作家，基本已被经典化，且拥有一批与他们年龄相仿的固定读者，这使得他们能够相对安全地回避开这个全媒体时代，暂时不必担心被挤出图书市场，所以基本都还能坚持他们的精英主义写作。但出生于七八十年代的更年轻的作家们则没这么幸运，他们无法不面对市场的严酷挑战。"

但这并不意味着作家就得放弃自己的文学理想。朱文颖认为，面对一个大娱乐时代，大家都在寻找一种出路。因此，有必要厘清一些问题，比如现在的年轻读者到底需要一种什么样的文学？为什么现当代的纯文学已经失去了它当时的那种影响力？除了我们整体的教育方式、文化素养等方面的问题，是否还存在社会转型时期更深层次的根源等等。"因为我们还处于变化的过程当中，所以看不清这个转折的整体面貌。但某种巨大的变化是存在着的，这也是让很多青年作家深感困惑的问题。"

对此，施战军表示，当下写作的困惑与作家普遍缺少远见有很大关系。"对于纷纷扰扰的网络文学，很多严肃的写作者表示不理解。其实，几乎所有网络文学的样式，比如游侠、黑幕、暗战，甚至是如火如荼的穿越题材，都能在我们的文学传统中找到渊源。只是这一传统，在很大程度上被所谓严肃的写作忽略了，却被圈外的写作者捡了起来。同样，近年海外华文文学引起重视，他们的创作也不过是大陆伤痕文学、反思文学的延伸。因为在海外，作家的创作始终与大陆作家保持一种间离与错位的关系，他们不容易被形形色色的文学潮流裹挟着走。这些被我们遗忘的文学主题，被他们激活、唤醒，并赋予新的生活质感和心灵含量，生发出勃勃生机。"

正是在这个意义上，施战军强调，青年作家需要打破思维定式。"比如，我们强调创新，一般会先入为主地认定必得颠覆什么，把所谓旧的事物推倒重建，似乎唯有如此才能有所创造。其实，这不过是时代的策略，很快就会被否定。这就好比当下对所谓传统文学与网络文学的基本判断，两种样式之间的对立关系，最初只是网络公司的资本家为推销其概念，如法炮制出来的一种说法，却至今还被广泛传播。"

基于此，施战军认为，真正的创新都是扎根于深厚的文化传统之中。"明白这个道理，我们就会理解为何青年时代的鲁迅，旗帜鲜明反对传统文学，口口声声不看中国书，却在精神苦闷之际沉湎于抄古碑，并写下《中国小说史略》。青年胡适同样如此，宣扬并实践白话文写作，却始终保持着对传统文化的敬意和兴趣。"

《钟山》杂志主编贾梦玮也认为，当代社会充满了无数种可能，这为青年作家的创作提供了源源不断的素材，因而，他们的创作，首要任务是放出独到的眼光和思想去研究社会问题，这样才有可能对社会有真正的理解。"从继承传统的角度看，青年作家热衷于向西方学习，当然很有必要，不过，还应该认真向中国古代作家学习，因为中国传统文化中有取之不竭的营养元素。青年作家的文学梦，不但要向外飞，很多时候，还应该向里飞，这样的梦想，才能越飞越高！"

中国故事与青年写作

什么是中国故事？如果能找到可供比较的范本，会不会把这个问题说得更清楚一点。以我的理解，讲中国故事，实际上隐含了在中国发现故事，让世界看到中国的意图。要放到世界这么一个大的坐标上，打个比方，陈忠实的《白鹿原》在我看来讲的是很典型的中国故事，这部小说在中国读者里反响强烈，却很难说产生了多大的世界影响，而余华的《许三观卖血记》讲的中国故事不具有典型性，却引起了很多国外读者的共鸣，还有根据小说改编的韩国电影《许三观》也获得了很大的成功。两相对比，哪种类型的中国故事，更适合作为我们追随和仿效的范本？

带着这样一个问题，我们再来看中国故事，我怀疑，在讲中国故事的时候，我们是否过于强调了中国的特殊性。这么说吧，网络时代，世界是平的。当全世界的故事在同样一个平面上摊开，你会发现，很多故事都有共通性，把发生在中国的故事，转换成发生在别的国家的故事，从逻辑上同样是成立的，其中的区别并没有你想象得那么大。我们眼下都在说中国处于大转型时代，流行的说法是，中国用短短几十年的时间，走完了发达国家几百年的道路，让人听来感慨万千，但话说回来，很多国家都经历过大转型，历经的阵痛和故事不见得比我们少了精彩。又比如，我们当然可以强调中国体制和国情的特殊性，但这种特殊性，哈维尔，还有昆德拉等作家，早在几十年前就已经刻画得入木三分。你当然可以反驳说，那些国家发生的故事，跟我们国家的故事，怎么会是一样的呢？他们怎么可能在当时就写出几十年后发生在中国的故事？那我要说，故事的确是不一样的，他们也写不出中国故事。但问题是，剥去中国故事的外壳，你发现很多作家写的真没什么特别的，不要说有什么特别，还远远没达到这些大师级作家几十年前写的故事的水准和高度。而我要说，最最重要的不是写出表象的故事，而是写出故事后面的那个内在的特异性。所以说，讲好中国故事，我们首先要有一个阔大的视野，然后才能在普泛性与特异性之间，找到讲好中国故事的坐标。

　　说到这里，我们就碰到了一个问题：会不会因为过于关注中国故事，而遗失了"我"的故事？这个问题要换个角度说的话，是该怎样把对丰富的外在世界的感知与"我"的独特的内心体验关联起来。毕竟再宏大的中国故事，都是从作为写作者的我的感受和体验里引申开来的。我最近读美国人约瑟夫·弗兰克写的《陀思妥耶夫斯基：反叛的种子》，特别留意到一个细节，陀思妥耶夫斯基晚年写出《卡拉马佐夫兄弟》是受了青年时代阅读席勒戏剧《强盗》的影响，这是我在读这部小说未曾发现的，可见作为一个讲述俄国故事，使这些故事显示出内在的深度，且兼具了俄国性与世界性的作家，陀思妥耶夫斯基对青年时代读到的异国的故事，做了怎样的吸收、改编与转化。同时我注意到，这部传记还显示，陀思妥耶夫斯基讲述了很多俄国故事，但他讲述的每个故事，还有每个故事的细节，都可以在他的，尤其是他青少年时期的生活经验和生命体验里找到微妙的呼应。也就是说，陀思妥耶夫斯基写下的不只是俄国故事，他写下的也是"我"的故事，他写下的故事，诉诸的是读者深层次的思想和情感，而不是说要用这些故事，去做浅层次的自我慰藉，去满足读者的好奇心，或是去迎合什么主流意识形态。

　　从这个意义上说，讲好中国故事，说到底是要讲好中国情感、中国思想，而且力求让这些情感和思想超越国界，引发人类的共振。讲好中国故事，也意味着最终要超越中国故事。而讲好中国故事，考验写作者的不只是对正在发生的中国故事的观察力与感受力，还有其回到自己的内心，甚至是后撤到自我潜意识里的，那种对个人处境及中国处境感同身受的能力，还有把种种切肤的关切准确传达出来的洞察力、想象力和表现力。

不用说，这个对写作者实在是一个高难度。首先这个自我，要从长期意识形态的驯化中剥离出来，这种剥离无异于脱一层皮。我们知道，要抱着政治正确的眼光，是写不好真正的中国故事的；其次这个自我，要经历层层蜕变，要能真正的打开。我感觉中国作家的自我，大多走的是封闭的自循环的套路，他们写不好分裂，就是写了，也很容易自我和谐。而真正意义上的打开，更在于把你内心经历的分裂推到极致，完成裂变，并走向更高的综合；还有就是这个自我要走向超越，这是个老话题了，我们多的是形而下的关注，流连于"食色性也"的表象书写，但你还要有形而上的关怀，你要让你的头颅从你痴迷的人间高高扬起，让目光穿透厚厚的云层，去仰望天堂的风景。

要这么讲，在更重要的层面上，写好了"我"的故事，也就写好了中国故事。我们经常听到的抱怨是，眼下中国的现实是那么纷繁复杂、光怪陆离，实在是很难看清，更难确定该从何写起。但我想，如果你足够敏感，你的每一个神经末梢都能感知到中国的心跳。这就是说，你在向外看的同时，也要向内看。你能如掘土机一般正面强攻中国现实的同时，也要像挖井机一般往自我意识的深处层层开掘，挖出内心的现实。所以说，要你退回到内心深处看外面的风景，我们或许就多了"以不变应万变"的从容，我们或许是不需要那么焦虑的。我想到卡夫卡的一句话，他说，待在原地不要动，大千世界会主动向你走来。

"70后"作家:"十字路口"的希冀与彷徨

"70后"写作走到了"十字路口"。与之相伴随的急切与焦虑,体现在2012年6月29日于北京现代文学馆举行的"《六人晚餐》作品研讨会"上,便是对作家鲁敏这部小说新作"2012中国小说面向传统与现代的突围之书"的命名。且不论命名本身是否切中小说的精髓,经过仔细推敲的"突围"一词,显然并不单单指的对这部小说的评价,更是在某种意义上凸显了"70后"写作的希冀与彷徨。

作为"夹缝中生存"的一代,"70后"作家有足够的理由申诉自己处在的尴尬境遇。恰如评论家张柠所说的,他们没有赶上20世纪80年代文学的黄金时期,也不想去蹚商业写作的浑水;他们在书籍文化而非图像文化中长大,身上天然地继承了文学的基因,却是文学体制的局外人;他们熟知高度发达的现代技术媒介,却只能目睹"80后"等电子文化舞台上的表演者,既不能全力介入,也无法抽身而去。如此看来,"70后"作家的确是任重而道远。

然而读者或许未必买账。他们同样有足够的理由质疑,作为孤独的个体的写作,过于强调代际的作用是否必要?理当体现时代精神的作家,却把未能彰显应有的影响推卸给时代,是否失之于担当?"70后"的反抗在多大程度上体现了其作为一个写作整体的愿望和诉求，又在何种意义上凸显了一些作家力争成为代言人的冲动？极而言之，"70后"作家的版图是否就那么完整？何以有突出市场表现的安妮宝贝等作家未能进入同代作家的观照视野？而更直观的看法或许是，在不少读者看来，"70后"群体中，极少有作家有韩寒、郭敬明这样的市场号召力，迄今也没有显示出余华、莫言那样的宏大气象。如若不是时代的轻慢，向以作品说话的作家，又凭什么要求读者给予盛情眷顾？

对于多数评论家而言，他们在肯定"70后"创作实绩的同时，更着眼于把其创作放在整个当代文学乃至世界文学的坐标上做整体的打量。在评论家张清华看来，活跃在当下文坛的"70后"作家，大多已有十年甚至更长时间的写作履历。从某种意义上，他们已经到了写作经典化，或是部分经典化的年龄。然而，这一代作家虽然阵容庞大，但到目前为止真正能够当仁不让地成为一代人的代言人的作家还非常之少。相比而言，60年代之前的作家，很多在二十来岁就成名。他们创作的作品在那时就已经有了很高的经典化程度，就已经堪为范例。

张清华认为，这在很大程度上取决于那一代作家的写作特点。"他们很少写自己的个体经验，尽管写作往往从个体经验入手，但这种个体经验和时代的、民族的、国家的文化记忆、公共记忆之间有着比较牢固、比较明晰的关联。所以，他们关怀的通常都是大的历史、大的时代、大的场景，还包括对历史、现实或精神乌托邦的创造。这样他们写出来的东西往往有大的气象。相比而言，'70后'的经验方式比较碎片化，当下性比较强，他们的关注比较琐碎，比较丰富，通向公共记忆、集体记忆的通道却并不很顺畅。这体现出他们写作的特点，也正是其写作的局限与症结所在。"

某种意义上正是基于相同的认识，评论家雷达给予鲁敏的新作较高评价，认为其在非虚构盛行的当下，让人享受到真正的小说之美，且以微妙的细节，丰富的情趣及烘托的氛围，既写出生活的有名状态，又能写出生活的无名状态的同时，指出鲁敏善于捕捉周围小人物的悲欢、痛苦，她始终和她的人物处在一个共时的环境里，这种结构有相对的固定性，甚至是有些封闭的。"她没有拉开一个大的历史框架，也没有拉开一个大跨度的时间。"从这个意义上，雷达认为，鲁敏的写作需要增强日常生活中史的意识。"我以为她需要把自己分成两个人物，一个是跟她的人物生活在一起，另外一个是站在史的意识的高度。照我看来，即使是在个人言说的时代，我们照样可以写出史诗。"

评论家李敬泽显然不能认同这样的见解。在他看来，所谓"文学一定要从个人经验走向公共经验"，所谓"增强史的意识"的提法，恰恰是特别值得我们警惕的。"我并不是说这些提法有什么问题。但只要深问一句你就会发现，个人经验中难道不包括了公共经验吗？时代也好，历史也好，它最深层的影响，难道不就在我们身上，在我们每一个人的意识深处吗？"由此他认为，《六人晚餐》从头至尾给人感觉就写的只是两个单亲家庭六个主人公之间的故事，他们之间的对峙与分合发生在这个巨大的时代，显见地充满了这个时代在我们个人经验深处埋下的深刻的疼痛。

由此他认为，如果说这部作品有不足，那不足之处并不在于它的语言，甚至也不在于它看似由六个中篇组合起来的多棱镜似的结构，而在于小说六个章节所呈现出来的六个角度，摆布得还不太有力。亦即这六种对世界不同感知、不同立场之间的冲突，这个应该变成整个小说重要的，甚至核心的戏剧性力量，感觉并没有真正抓起来。"但小说之所以取六个角度，绝不仅仅是形式问题，更有其内在的必要性。因为它体现了我们这个时代人的意识的高度分裂和隔膜，而并非仅仅是六个人各有各的说法，所以让他们各讲各的故事。这些都不是简单的技术问题所能涵盖的。"

在评论家邵燕君看来，这正是小说让人感到遗憾的地方。"我特别希望看到小说中的六个叙述主角，他们来自六个不同的阶层，有不同的人性、不同的出身、不同的经验、不同的追求和走向，必得拧在一起冲突。但他们身上有太多的相似，他们都像是上帝洒落在尘埃中的天使，都有圣徒的劲。他们都非常倔强，都非常强悍地执行自己的意念。如此给我感觉，他们只是作者手中的沙盘，都来自某一特定情境下的程序设计。在这个意义上，我希望作者能够真正把自己放低，真正落入到人物身上。让我看到上帝创造的这个世界本身的处境和悖论，而非作者自己心中的那个悖论。"

种种见解看似分歧，实则指向了同一个基本命题，即李敬泽所说的，现在的小说创作到底如何应对这个时代的人及人心的问题。事实上，每一个作家的创作，不论其狭隘还是宽广，都或多或少触及时代的侧面，但堪为代言的伟大作品必然走进了时代意识的深层。在这个意义上说，正处于十字路口的"70后"写作，未必要回到，也无须回到60年代之前作家的那种大境界、大关怀。重要的是为其所独有的个人经验，是否能鼓荡起穿透时代的力量。当他们的写作终于奋力穿过似乎为命运下了赌咒的窄门，也就必然走向了宽广深远的世界。

很个人，又如何大众化？

庆山的每一部作品，都有一个颇具文艺范儿的，特别精致的书名。她改成现在这个笔名后，推出的最新散文集《月童度河》同样如此。两年前，她还叫安妮宝贝。而从安妮宝贝到庆山的转变本身，或许就体现了她理解中的，同时也涵括在这本新书里的"度"，一种行进的状态。庆山解释说："月亮是非常清净的一种象征，同时有某种很天真、很出世的状态。河是我潜意识当中觉得这本书应该有水，有水的含义在，所以最后定下来这个书名。"

作为《素年锦时》之后九年来第一部真正意义上的散文集，庆山在书里用清简的文字，记录了对生活的诸多观察和思省。阅读、写作、旅行、自我修习，对情感的体悟，与亲友共处的点滴，以及生活的琐碎细节。这些在时间中累积的文字，如实展现了经由思考步步前行的心境，是对往日的梳理，亦是一路的探索与成长。正如书中所说："把这几年的痕迹和记录，打包整理起来。在其中，可以看到盛放与凋谢过的花朵，结出的果实，以及坠落在泥土中的新的种子。"

而庆山自谓的新，或许在于这部散文集，有别于《眠空》零散、跳跃、私人形式的记录，也不同于《得未曾有》的对话形式，而是以旁观者的姿态，不做评断地将他人观点如实呈现。庆山说，全书记录了她在 2014 年前后的想法，这些文字很多源于脑中一闪而过的念头，有的是在旅途中，有的是在临睡前，有的是在早上醒来时，"都是我的思考、观察，我看到的和想到的，是很个人的体验。"

然而庆山很个人的体验，何以总能引发很多人的共鸣？即使她放弃家喻户晓的笔名也不曾对此有什么影响。2000 年后，庆山就离开了网络。但如今她依然位居"中国网红"十年排行榜的榜首，拥有千万微博粉丝。而在个人微信公众号预告新书即将上市后，她的这本书在数小时内，就登上各大电商图书排行榜前列。

答案或许隐藏在庆山独特的生存状态和写作路径里。庆山曾说："很多作品无法走入读者内心，是因为人物不具备个性和态度，也不呈现人格力量。沦落在集体和概念中的人物，很难引起心灵激荡和共鸣。"而她的生活，以及她的写作，就是要从这种为集体覆盖的生存方式中走出来，呈现出个体内在的生命探索。庆山确乎是这么身体力行的。曾有两三年时间，她时常出发去远地，置身边缘之境，沉淀身心，处于某种幽闭、酝酿的心意蓄养的状态。这两年，她开始回归家庭，将时间留给所爱之人。她坚持每日五公里的行走，也在微博、微信公众号持续留下文字，内容却在喧嚣的网络世界中显得独立。

与世界的这样一种既相互依赖又彼此独立的关系，也在这本散文集里描写的母女关系上有真实的呈现。庆山说，作为母亲，既肩负让女儿健康成长的责任，又不能丧失了让自己成长的能力。对于孩子，"有什么可以着急的呢？孩子总是要按照自己内在的节奏慢慢生长起来。没有什么是比保护天性和保持愉悦和活力更重要的事情。"让女儿按照想象力和天性去成长，时时感受到欣喜，将快乐和自尊摆在首要地位，是她的"教养之道"。她在书中描述女儿："有人送她硕大的一只石榴。她太喜欢，把它塞到衣服里面，搁在肚子上，当作自己的孩子。晚上坚持抱着它睡觉。"如此天真一幕，正是日常母女世界的真实呈现。

而无论是出门远行，还是回归家庭，庆山所关注的始终是自己的内心。如她自己所说，如果心有方向，不管外界与外境如何，都可以获得一处栖息之地。这几年中，庆山作为母亲眼见新生命的成长，也失去亲人经历离别。但如同钟摆在动荡起伏之中，她总能回到平衡的中心点。

这恰恰是现代人极为缺乏，又极力寻求的。如庆山所说，当今社会在以经济发展作为唯一价值观的同时，人们忽略内心存在，也麻木于自我与外界之间的感知力和心绪感应。科技带来快速和肤浅的即时满足，人们却缺失以专注和敏感来彼此体察的心力。在庆山看来，要重新获得这种心力，并不是要紧跟时代潮流，而是如日本著名词作家阿久悠所说，不惹眼，不闹腾，也不勉强自己，做一个落后于时代的人，凝视人心。唯其如此方能理解，藏书人韦力对古书抱有的癖好和痴念，何以会引起她的惺惺相惜之情，并最终把两人思想的碰撞，于三年前结集为《古书之美》。正如有评论所说，在不隔而亲和的相遇中，庆山不仅看到了传统文化于一个现代人身上所折射的熠熠光泽，同时有幸走近了韦力这个古风犹存的现代人的书斋，感受那种不事装饰以书为主的隐秘而静默的世界。

确乎如此，庆山从来不在书里空泛地写下自己的感悟，而是借助于对人和事的细致描写。正如她在《古书之美》中以古书为媒，去呈现一个人的心灵世界。毫无疑问，正是她这种由具体而微生发出的感悟，为她赢得了很多读者的心。但也正是这种近乎刻意为之的细致，让不少读者认为她有很强的物质倾向或小资情调。庆山对此不以为然。她觉得当下这个社会，人们把美和优雅的心得体会定义为矫揉造作，把敏感细微的心绪表达和内心感受贬为无病呻吟，似乎只有流于大众的单一的无个性的价值观趋向才能让人心安理得，大大咧咧无所顾忌没有心得地活着才是一种正常，这些论断形同于精神贫乏的暴力。"事实上，只有用心体会微小事物和细节在'道'之中的归属，才能在意念上实现与宇宙的归顺合一。"

但凝结于事物和细节之上的心绪，在庆山看来，却是时时有所变化的。在新书自序中，庆山说，书里的文字，只是一位写作者单独的心灵清理的记录，是过去时。"也许在你阅读的此刻，当下，我已有了新的生发。作者在不同时期的观点与价值观会发生变化。表达无止境，并处于变动之中。但这正是一种如实和行进的写作。变与不变的感受，也在于阅读者的心境有没有产生对应。"

或许庆山的文字之所以能长久地吸引读者，就在于她珍视这种对应，并在自己的变与不变中，敏锐地找到这种对应性。就像她在随笔集《眠空》自序中所写，表达和阅读，得以触摸到深处的自己，并相互发生联接和印证。这种印证，有时在我与我之间，有时在我与你之间。"他人文字是一种启发、借鉴、对镜自照。它们也会在有感应有因缘的生命之中，播下漂流的小小种子。这是美好的相遇。"

争议"80后":我有人气,你奈我何?

2008年伊始,围绕"80后"作家的争论不断。先是郭敬明《梦里花落知多少》的抄袭案终因郭敬明败诉告终,但他执意只赔款不道歉的态度,再次惹恼原告《圈里圈外》的作者庄羽,她于近日上诉法院要求郭敬明做出道歉已获立案。紧接着上海《萌芽》编辑部又传出郭敬明"因嫌稿费低""婉拒"五十周年纪念约稿,"薄情寡义"令人寒心。这两件事引起数以百万计网民的争论。

为此,韩寒、张悦然等对郭敬明进行"口诛笔伐",而郭敬明的"粉丝"们又打起了一场"网络保卫战"。一波未平、一波又起。近日,"80后"作家李傻傻在新浪博客上评判王小波的一篇文章,又犯了王小波"门下走狗"及"王迷"们的众怒,"背叛""叛徒"等字眼在网上乱飞。加之前不久硝烟弥漫的"韩白之争",说"80后"作家在今年上半年纷乱不断并不为过。

"80后"写作群体要自我拯救?

郭敬明抄袭事件一出,一石激起千层浪,关注此事的网民们对此议论纷纷,众多郭敬明"粉丝"对此事的态度更让多数读者"大跌眼镜"。"抄也抄得这么有水平"——这句颇有代表性的"名言"无比鲜明地表达了这些狂热"粉丝"对他们偶像无条件无原则的支持,即使他触犯法律、违背道德伦理;只要有人批评郭敬明,他们立刻到批评者的论坛或者博客上进行辱骂和反击。与此同时,郭敬明也表现出对其"粉丝"们的无比"珍爱",他在自己的博客上声明:"你可以骂我,但不要骂我的粉丝。"

其他"80后"作家们则基本上对这种"粉丝"和偶像的无条件"互挺"持一种鲜明批判态度。一个月前,徐鹏、王晓虹、宋金强等十位"80后"作家的后起之秀,发表了《"80后"10青年作家致郭敬明的公开信》,信中呼吁郭敬明尽快道歉,否则将联手发动读者抵制其作品。公开信称,郭敬明抄袭案使整个"80后"写作群体的声誉遭受了巨大的损害。"因为个别人的错误而导致'80后'作家群背上了沉重的道德包袱。"而他的不道歉,令社会各界对整个"80后"写作群体产生道德怀疑,并严重玷污了法律和文学的尊严。

之后,对郭敬明一直不道歉保持沉默的张悦然和韩寒分别在博客上发文批评郭敬明。张悦然以犀利的文字,指出郭敬明不道歉的行为让他"丧失了从文资格",同时呼吁"80后"写作群体要自我拯救,否则"会让罪恶借文学之名以行"。韩寒也在自己的博客上,批评郭敬明的"粉丝"们一味维护偶像的行为"幼稚、是非不分"。

郭敬明抄袭事件,孰是孰非一目了然。郭迷们的"力挺"毫无疑问凸现了其价值观的迷失,这种在个人好恶面前放弃了是非判断的现象不由不让人警惕。有论者指出:"在这种表面无怨无悔的付出后面,有他们所认同和捍卫的更重要的东西,也许是一种审美时尚,也许是一种共鸣或者是一种个性张扬。在这种时候,抄袭与否只是技术层面的问题,而捍卫立场则是根本的问题。"

与此同时,众多郭敬明批评者的呼声也引来质疑,十位"80后"作家发起的联合"清理"郭敬明的举动,就被疑为一场商业炒作,有网民称:"别的不说,试问参与本次活动的所有'80后'作家们,谁能撼动郭敬明现在的地位?没有。既然没有足够的实力,那又何谈清理呢？"尽管包括韩寒、张悦然在内的众多"80后"作家对郭敬明幡然悔悟抱有期待，在郭敬明我行我素的行为中，这种期待却显得非常苍白。在"'实力'就是一切，人气在那里，你奈我何？"的"精神旗帜"下，这种"粉丝"和偶像无条件的"互挺"行为令人皱眉。

崇拜"偶像"没商量？

郭敬明的事件尚未止息，另一场由"80后"作家李傻傻引发的争论又起。近日，他在新浪博客上贴出的《从世界杯说到王小波》一文说："忘了看王小波作品的最初感受了，也很难提起再看的兴致。年轻时候被他吸引、蛊惑，年轻时他用有趣吸引你写作，用智力蛊惑你蔑视，估计过两年会忘掉他。"文章贴出不久，马上就有署名红拂青铜的网友在博客上撰文《李傻傻，一个无耻的背叛者》反驳称："虚弱而怯懦的'80后'，为了挤入主流文坛甚至主流社会，并且掩饰自己的日益平庸，竟然公开带头抛弃自己的师傅和引路人王小波。"他说："李傻傻对王小波的背弃是因为恐惧，是虚弱的赝品对于真正的艺术和完整的人格的嫉妒。"

李傻傻曾经表示，王小波是其文学写作上的引路人之一，他的成名作《红×》就受了王小波作品的影响。由此，有一些人表示看到李傻傻评说王小波的话后，立刻想把李傻傻的书"撕得粉碎"，并号召大家不要再买他的书，那些号称"王小波门下走狗"的"粉丝"们更是出奇愤怒。

网上的争论主要围绕这样几个问题展开：对王小波这个影响一代人的作家，我们应该如何对待？"背弃"王小波是否应当？本来诚如作家黄集伟所言，喜欢不喜欢某个作家，是一个人的自由，不能因此就去指责这个人。李傻傻也表示，他并没有"背弃"王小波，"对于他的小说，在不同的阶段有了不同的认识。而对于作为一种精神气场的王小波，我一如既往地欣赏。"作家李洱则认为，"说到底，王小波其实也是个凡人，神化他，将他供起来，是没有必要的。"

尽管如此,李傻傻还是被众多网友冠之以"无耻背叛者"的"罪名"。他真该担负这样的"罪名"吗?或许这样的提问并不重要。该问的是,年轻作家的写作是否总得依附于某个作家偶像,重新评估对影响了自己创作的作家"偶像"是否就应该被视为"背叛"?这是否从另一角度反映出"80后"作家创作群体的缺乏自信和不成熟?

是"文坛小偷",又如何?

郭敬明抄袭事件前后,有少数作家出来做了批评。"反腐作家"陆天明于近期接受某报采访时直言郭敬明就是"文坛小偷"。上海市作协专业作家俞天白近日发表名为《概念可以新,底线却必须坚守》的文章指出:郭敬明的抄袭案和《萌芽》约稿事件,充分暴露了青年作家社会道德与社会责任担当意识的缺失。与此同时,也有作家对李傻傻文章引发的争论做了自己的思考,但多数人不约而同选择了沉默,明确表示不想或者不便对此事发表任何看法或意见。

作家方方表示,她不想说并不代表没有勇气说,也不代表没有是非观和道德观。问题在于一旦有人站出来说话,就会遭遇一群蒙面人失去理性的谩骂。郭敬明抄袭事件是非对错已由法院做出明确判决,还是有那么多"粉丝"去盲目追捧和崇拜,这主要已不是文学的责任,更是教育的责任。

评论家谢有顺则以"批评家不会对任何事情去发表批评"作答,他说,"在郭敬明事件中,法律的意见才是最终的意见。如果有人说,一个批评家没对这一事件做出回应,就是丧失立场、人格和良知,那这么伟大的道德要求实在是太沉重了。"

作家、评论家的回应大多就事论事,且囿于道德评判,对"80后"作家存在的现状问题做出了"巧妙"的回避。出于种种原因,对于"走上了市场,但没有走上文坛","在写作上乏善可陈"的"80后",文坛的作家、批评家们不愿过多介入。

郭敬明抄袭事件挑战的是写作的底线，张悦然在博客中写道，她和她的同龄人曾经是一群有着纯粹文学梦想的少年，"直至'郭敬明事件'爆发，预示着我们这代人肆无忌惮地走向了我们梦想的反面，而沉默的大多数印证了这样一个看法，那就是'郭敬明事件'的灾难性还不在于抄袭行为本身，而是整个社会的回响、冷漠和没有负罪感才是最可怕的。"

"80后"作家在其"内讧"和文学界的集体沉默之间无所适从。张悦然发出了"请允许我最后一次使用'80后'这个概念"的一声呐喊。她说："整个'80后'写作者——或许应该推及全社会——以'郭敬明事件'为标志，急需一个更多人参与的以自我拯救为目的的'马歇尔计划'。它是如此刻不容缓，因为我们即将会为缺失公义、正义、荣誉、良知、廉耻而窒息。"

围绕"80后"作家群体生发出的种种事件，在道德、责任、法律、商业等角度都引发了相关的论争。如何确立正确的价值观，承继传统的人文精神资源，是"80后"作家亟待直面的尴尬难题，也是这些反思及争论的意义所在。

有辨识度，又如何避免同质化？

孙频是"80后"作家，她的写作却是如评论家吴义勤在2018年4月21日于江苏南京举行的"孙频作品研讨会"上所说，是一种非典型的"80后"写作。当然，"80后"本不该有，也不会有一个统一的写作面貌，大多数读者却对这一代际的写作形成了某种既定的概念和印象，孙频的写作就像吴义勤说的，绝不是那种概念的、符号的或者时尚的写作，她形成了自己独特的个性，有很高的辨识度，也因此在较短的时间里引起了文坛的关注。正因为孙频的独具个性，她的创作为我们提供了另外一种观察"80后"写作的角度。

以吴义勤的理解，当今消费文化、时尚文化背景下的文学趣味是偏软、偏轻的，1980年代以后的人更是如此。但孙频的小说却是非常沉重的，她的小说处理了一些很特殊的题材，她要处理的都是当今社会人们面对的许多精神的、身体的、思想的难题和困境。"某种意义上，她写的是精神或心理分析小说。她写了这个时代里人性疾病的隐喻。她小说里的主人公都是有病的个体，病的种类也是多种多样，涉及从身体到精神、社会、家庭、婚姻等多个层面。她小说的色调是很昏暗的，但给人的冲击力、给人的精神感受是剧烈的，其中包含了非常大的力量。"

有意思的是，孙频的小说基本上都是用的第三人称，而"80后"作家多以第一人称写小说。在吴义勤看来，这也是孙频有别于同时代写作的一个非典型的表现，这使得她有了一个客观的分析视角，便于对主人公的现实、伦理，乃至精神、灵魂进行深入的探索、解剖。而孙频用第三人称写小说，同时又有着很强的主观性，这与她对人物的极端化处理是分不开的。"从某种程度上讲，孙频的小说给我们这个时代提供了某种精神分析、心理分析的标本，对于认识我们今天这个社会有着比较强的现实意义。"

但凡事都至少有两面。如吴义勤所说，孙频用很好的，甚至是过于华丽的语言，来处理一些非常残酷的题材，使得小说形式与内容之间构成一种意义、情感、人性的张力，但这样的语言风格与她要处理的题材和内容之间，有时是有隔阂的。另一方面，吴义勤认为，孙频的小说用笔太狠，对于人的解剖、对人性的认识太狠。但要把人推向极端，把所有灾难都推到一个人身上，虽然对在极端化语境下分析人性是有好处的，一味如此，却会让人觉得她笔下的小说情境，人性的走向都带有一定的预设性，让你读了开头，就能感知到小说最后的结局。

当然，能预知到结局对写作来说未必是问题，有很多小说一开始就告诉读者结局，甚至预设也不是什么大问题。或可商榷的是，如青年评论家金理所说，朝一个狠的方向去写，是不是能同时看到往狠里写之外，还有没有别的可能。作家其实也是可以用一种平静的方式去写哀痛的。再比如，像青年评论家金赫楠说的，孙频选择了一种独特的叙事策略，表达了自己对这个世界的基本看法，也塑造了自己独一无二的辨识度。但要保持这种优势，或许就得做些改变。又比如，如青年评论家丛治辰所说，稠密的叙述语言，包括稠密的情节安排，是孙频写作的一大特点，但太稠密了，会不会导致叙述节奏的缺失？孙频太关注性别身份，使她的小说有极高的自足性或封闭性，也因此有着饱满、犀利的力量，哪怕在饱含温情的时候，都能让你看到入木三分的讽刺性。但过于关注性别身份，会让女性作家的写作陷入封闭性，而这样的封闭性，也会使得她们跟这个时代有些脱节。

相比而言，评论家张莉倒是激赏孙频的女性意识，她不认为这是一个缺点。因为孙频的女性意识有自己的特点，她把女性推到一个极端，但并不是自恋，而是加以深入的分析，把它呈现出来，她并没有想去美化它，而是深入描写女性内部的黑暗。"孙频能剖析这种黑暗，对于中国新一代女性意识的写作是一个重要的推动。她这种带有强烈性别意识的写作，也是一种有力量感、艺术感的写作。"

事实上，孙频对自己写作的优缺点有充分的自觉。所以，她一如既往写性别身份，同时尝试在作品中与大时代对话，而她努力的结果，就像青年评论家刘大先说的，使得她的一些中、短篇小说呈现出了一种宏阔的气象。"虽然这些小说篇幅比较短小，却有着比较大的容量，孙频也试图在人物命运背后融入大的背景。这些都是难能可贵的尝试。"当然，诚如丛治辰所说，即便在大时代面前，孙频依然用她女性的方式去体会，并且与之对话，她可能挖到了另外一种深度，但她跟历史与时代的对话，或许到现在为止，还是存在"两张皮"的现象。"不管国家的剧变，还是时代的剧变，对于孙频的写作来说，都是男权的另外一种表现方式。"

何以如此？在评论家贺绍俊看来，这可能和孙频偏向表现主义的写作手法有关。表现主义强调主观情感的表达，不像现实主义、写实主义那样立足于对细节真实的描写。表现主义更在于作家让自己的情感通过人物和故事能够很充分地展现出来。"也许是这个原因，读孙频的小说会发现她的每一部小说讲了不同的故事，但情绪情感可能有相似之处。"以贺绍俊的理解，由此会带来一个问题，就是人物个性缺少变化。这或许同样是孙频的写作特点使然，表现主义不怎么追究人物鲜明的个性，并要求每个人物都和自己的身份相吻合。所以，孙频会把她的一些观点，通过人物，甚至通过对话直接表达出来。而且不管这些人物出身什么样、性格什么样，他们都用同样的语调来表达思想。"但我觉得，让底层的人说很深刻的思想未必是合适的。不同身份的人物理当有不同的表达方式,说不同的话。"

但以评论家张光芒的理解,我们想当然以为什么人物就一定会说什么话,也可能是因为我们不理解。他以孙频小说《不速之客》里面的女主人公为例表示,我们很多人恐怕都没遇见过这样为了找到主体的尊严而主动献身的女人,但我们没遇见,不代表她们就不存在。很有可能,这样的女性将来会越来越多。通过这个人物,孙频其实揭示了一个我们可能还没正视的现象:精神隐疾已经成为一种常态。从这个意义上,张光芒认为,孙频在不断地发现生活。在她的笔下,同样一个人,也经常变换着身份,他可能这会儿是底层,过些时日又变成了另一个阶层,她在解构一种传统的底层叙事模式,并以自己的方式来扩大底层叙事的范畴。

那是不是说,孙频的小说就因此变得多样化?孙频也的确有多样化的一面,就像丛治辰说的,她处理了一些不怎么常见的题材,也写过城市化过程、农村、校园等等,虽然最后关注的仍然是女性,跟男权之间的关系,女性受到的侮辱、伤害、羞耻等等。但评论家洪治纲直言,在孙频的小说里能看到比较明显的情节同质化的问题,比如说《一万种黎明》和《不速之客》两篇小说在结构和情节上是类似的。这不排除孙频和一些当代作家也偶尔陷入了惯性写作的状态,但洪治纲觉得需要警惕的是艺术思维同质化的问题。"孙频的小说人物关系大体类似,人物性格大体相同,以偏执和极端,甚至还多少有点变态为主。小说的主题和美学趣味也基本相似。这可能是某种既定的艺术思维使然,我觉得需要警惕一下。"

评论家何平显然觉得一些批评有苛责之嫌。在他看来,评论家的评论,大多建立在庞大的知识体系上,以此去应对一个当代作家的作品,有时对作家是很不公平的。"一个作家要只是写了一两部好作品,会给我们写得好的印象,但一个作家写了比较多的好作品,反倒容易带来审美疲劳,然后让人产生同质化的印象。但我觉得评论作家'同质化'这个词的时候,还是应该谨慎一些。因为有些小说从表面上看，会让你感受到同质化。但如果深入下去，或许会给你不一样的印象。"

换一个角度看，批评家、作家某种程度上的苛责，正因为对一个作家的创作有期待。作为作家同行，作家范小青对孙频的写作就抱有很高的期望。她是以与孙频同时代的作家为坐标来看待孙频的作品的。在她看来，与很多同时代作家相比，孙频的作品特别饱满。因为在范小青印象中，"80后""90后"的写作往往想象更多，但是干货不足。同时，孙频的小说有自己的特质。"我经常会说读孙频的小说会感觉到刀子在玻璃上划，我不评论这个特质是好还是不好，但这是孙频独有的特别的东西。她在文坛上迅速引起关注，也因为她有自己的特质。"

无论如何，对于一个作家来说，首要的是找到属于自己的声音。就像孙频自己所说，因为出生地、生长环境、性格、阅读量等各种方面的影响，有的作家是开阔的，厚重的，可俯瞰大千世界和百态人生，作品也磅礴大气。有的作家是向内的，幽闭的，但也是更为纵深的。"我觉得文学最忌讳盲目模仿，一个作家应该找到最适合自己的写作方式。"

"80后"办杂志：与坚守文学理想矛盾吗？

有人用"群雄并起，逐鹿中原"的说法，来描述当下"80后"青春写手投身办杂志的热闹景象。继前些年郭敬明、张悦然、孙睿、蔡骏等"80后"作家相继推出杂志后，近期，饶雪漫叫板郭敬明的《最小说》，推出《最女生》；hansey主编的《爱丽丝》推出升级版，所打造的创作平台吸引了安妮宝贝、林夕等当红作家加盟；而一向语出惊人的韩寒，同样也在筹备新刊，其博客上刊登的征稿启事提出千字两千元的"巨额稿酬"，更是引来各方关注。

"毫无疑问，这是他们维护和延续自己品牌效应和市场影响的一种手段，带有很强的功利性和商业目的。"有感于青春写手投身创办杂志的热潮，评论家刘绪源做出这样的评论。

他的观点在众评论家的言说中得到了呼应。他们表示，青春文学杂志普遍存在内容单一、"快餐"特征明显、缺乏思想内涵等问题，这种"浅阅读"产生的负面影响不容忽视；另一方面，出版界对青春写手办杂志的推波助澜，会让其在迎合市场的路子上越走越远，缺乏对自身的警醒。由此，如何跨越传统学界、评论界与大众媒体、大众出版之间的鸿沟，对这些现象做出及时、准确的批评，成了他们热切关注的问题。

"个性"和"自由"更多是消费行为

当下,青春文学杂志在图书市场上的流行是一个不争的事实。评论家李建军把其之所以流行的原因,归结于青少年读者以为可以通过这些作品满足某种"族群归属",找到心理释放的通道。"很显然,这样的满足具有虚假的象征性和暂时性,从长远来看弊大于利。只有第一流的作品才能带来真正意义上的文化体验,才能给读者的内心生活带来持久而积极的影响。"

作家徐则臣在对"80后"办刊表示认同和肯定的同时,也表示了忧虑。他认为,当一个年轻的写作者在写作之初的宣泄式情绪表达完成后,他需要及时地向真正的创造性的写作方向转移,从表达内容到修辞方式,需要一次"革命",在一个相对成熟的、更加成人化的杂志语境下写作。"'80后'的刊物可能很难提供这样的警醒和规约,反而有可能导致青春期无限延长。"

说到此类杂志在流行的同时,为何总是难以脱离"内容单一、快餐文化、缺乏思想内涵"的批评。刘绪源认为,这跟"80后"青春写手过于市场化的办刊态度或有很大的关系。"他们多半只是把办刊当成维护和延续自己品牌效应和市场影响的一种手段。但办杂志光赚钱还不行,光占领市场也不行,还得有作品,尤其是能立得住脚的作品,这是一个严峻的考验。"

在李建军看来,此类杂志存在的问题,与其说是青春文学写手们不作为,不如说它更是一种时代症候的反应。"只要跟'五四'时代的刊物拿来做下对比,你就会发现,'80后'所处的是一个'非启蒙时代',而且是一个喧嚣的'拜金主义时代',是一个多元的'消费主义时代',是一个无可无不可的'相对主义时代'。他们的所谓'个性'和'自由'也更多是一种消费行为,里面似乎并不具有这样的'五四'时代青年所具有的文化自觉和文化抱负。在这样的时代大环境中,尽管他们可以在市场上大有作为,但指望他们起积极的引领作用,有些勉为其难。"

刘绪源也表示,大量商业性质的书占据了当今的市场,已是不可逆转的潮流，它们的存在是正常的，不必大惊小怪；问题是我们必须认清它们的性质，不要以为这就是主流文化。"关键是，我们要想一想，如何更好地发展商业图书之外的、真正的文学书籍，它们是代表一个时代真正的文学水平的，它们的价值长存。""在人们热衷于讨论几位'80后'畅销作家的商业性刊物时，我以为，批评界的注意力不放在这里，而更放在怎么提高纯文学的创作上，是十分正确而明智的选择。"

缺乏正确的市场引导

经调查发现，这些青春文学杂志的背后，毫无例外都有书商、图书公司，或是出版社在做幕后推手，事实上，正是"80后"青春写手的品牌效应和出版机构的相互借力，让其在图书市场上所向披靡。

在评论家夏烈看来，这并不是当下中国独有的特征。"今天不仅在中国，甚至全世界的出版人都扮演了这个尴尬的角色，他们越来越多地要考虑商业包装、炒作、营销、利润，所以他们的功能就从传统强调的积极引领文化变成投合大众趣味的文化产品制造者了。"

他同时表示，不得不承认一个事实，当下活跃在杂志出版领域的书商像路金波、沈浩波等，及图书公司或相关出版社，就素养和能量来讲，绝对是很"文学"的阵容，但在青春文学的培养和塑造上，的确是迎合的多，引导的少。"这一方面促成了青春文学市场的繁荣，但带来了另一个问题，目前市场上流行的青春读物显得单一，缺乏多样性和理想主义的坚持。"

对此，评论家白烨表示担忧。他认为，文学与商业两种因素的相互借力，对青春文学作者保持和延宕自己的广泛影响无疑很有用处。但缺乏正确的市场引导，难免会产生不良的后果。"其负面效应可能在于，这会使青春文学从'写'到'读'，进而分众，分化，并走向一种'圈子化'。之后还可能会在相互竞争之中，出现相互挤压、相互轻视等现象，这样的苗头似乎已经在出现。至于青少年读者，现在这种类乎偶像崇拜式的阅读，可能会使他们在视野上、情趣上走向单一与狭隘。"

徐则臣也认为，刊物背后市场的推手防不胜防。市场是个好东西，也可能是个坏东西，在过去几年里，成功的商业炒作其实已经把部分"80后"作家的写作变成了类型或者准类型文学。"类型文学有足够的存在理由，但通过某种方式使得该写作变成一个庞大的集体行为，就有问题，既破坏了文学多元的生态，也耽误了一批很有才华的年轻作家。"

传统型批评家难以介入

"青春文学杂志目前在市场上长驱直入，但基本上不在文学批评的视野之内，这是一个很确实也很现实的问题。"针对当下学界面对青春文学读物批评缺席的现状，白烨表示，文学批评有自己的难处，现在的文学批评基本以传统形态为主，它所对应的也基本是以主流作家为主体的传统型文学，像青春文学、网络文学等大都少有批评介入，并非主流的文学批评的不为，而是现在的传统型批评家不能。

李建军把批评的缺席，更多归结为与"80后"之间的不能沟通。在他看来，"80后"青春写手所表达的基本上都是封闭的"代际经验"，缺乏丰富的社会内容和人生经验，所以很难引发读者普遍的阅读共鸣。"我曾经找了一些'80后'的作品来看，但发现这类作品实在太单薄，甚至太粗糙，于是只好放在一边。"

他进一步指出，由于媒体和市场的过度炒作，使一些"80后"产生了虚幻的自我感觉，于不自觉间表现出一种自得甚至傲慢自大的倾向，助长了他们身上原本就存在的"反交流"倾向，常常以一种非理性的方式回应别人的批评，这也使得很多批评家不愿去捅"马蜂窝"，引火烧身——这大概也是"学界"和"评论界"较少研究和批评他们的一个原因。

但有鸿沟并不意味着无法跨越，有距离也不意味着不发出声音，不关怀，不介入。在夏烈看来，鉴于青春文学杂志在图书市场上的广泛影响，并由于他们与这个时代最有力量的大众传媒、大众出版以及新技术平台的天然结合能力，他们将很大程度上改造当代文化向度。面对这样的现实，对当下文学批评是一个很大的挑战。

白烨认为，要改变这种现状，寄希望于传统型的文学批评可能是一种徒劳。"基本上不要指望传统型的文学批评在评说这种新兴文学现象时发挥什么有力的乃至是神奇的作用，只能是勉力而为。他们能做的或许只是就其主要倾向发表一些来自传统角度的看法。""那些真正内在的介入，切实而深刻的评说，要寄望于与这种写作现象属于同一时代的新的文学批评的出现。"

对此夏烈表示了不同看法。他认为，我们的文学批评不能满足于现状，应该踏实地梳理自身的历史经验，与"80后""90后"积极智慧地沟通；另一个建议是，我们应该介入青春文学、网络文学等崭新文学和文化板块的内容建构和价值建构中去，这样我们更可以做及时的批评和争鸣。

"巨额稿酬"未必能够催生思想

在"80后"青春写手办杂志的众声喧哗中，韩寒的声音显得格外与众不同。这不仅在于他开出的巨额稿酬：不论作者名气大小，千字一千元至两千元的高标准让国内同类杂志望尘莫及。还在于他宣布的办刊理念：想办一本具有FBI(美国联邦调查局)气质的杂志，"杂志旨在追求公平、公正、自由和有趣，风格精神上与《新青年》可能有一些相同的地方，但我希望可读性更强一些。"

韩寒称，这次之所以开出天价稿酬，是因为一直就觉得中国的版税、稿酬太低，这对文人不公平，"我们的文字太不值钱了，一个文人，如果在这样大压力的社会里不能够衣食无忧，我认为，他就不太可能有独立的人格和文格。"

这样的表述引发众评论家的强烈共鸣。同济大学文化研究中心学者王晓渔认为，我们与其盯着韩寒开出的所谓巨额稿酬，不如去想想我们现在的稿酬标准是否太低。"有的稿费标准低得令人发指，尤其是翻译稿费，千字在百元以下。在这样的稿费标准下，谈文学理想不免有些奢侈。"

韩寒尚未推出的新刊，与《新青年》比附的噱头，也激起了评论家的强烈兴趣。在上海大学教授葛红兵看来，办刊物本身就是一种有理想的举动，都是理想青年的作为。青年评论家夏烈同样认为：如果韩寒办的杂志不是按照功利的书商思路去追求市场利润，而是秉持自己的文学理想和价值追求，与"五四"办刊相比也未尝不可。

而一边是巨额稿酬，一边是文学理想的两相对照，自然也成了大家热议的话题。王晓渔表示，"巨额稿酬"未必能够催生思想，但是一个思想者应该获得与思想相对称的回报。"一个思想者应该有力量面对贫困，但只有在贬低精神价值的地方，会鼓励思想者贫困。"学者谢泳避免将巨额稿酬和催生思想联系在一起，在他看来，韩寒是在用稿酬的高标准来显示自己的理想，"我个人愿意从尊重思想的角度理解和评价。"

众评论家的积极回应，并不代表他们没有看到其中的遗憾和缺失。夏烈表示，现在看来，"80后"自身的局限限制了他们的成就。他们与前几代人一样，被时代劫持而无法形成代际的超越性。他们那堆里总体上说格局不够，分化得也快。而且显而易见的，韩寒对这个时代的顺应毕竟有其叛逆做底子，他的某种理想主义或者反讽意识，构成了他人格和文格的独特魅力。"吊诡的是，这种叛逆姿态在这个时代同样可以消费，人格和文格的独特同样转化成了商品的独特，韩寒多多少少是在利用这个消费规律。"

夏烈进一步指出：拿"五四"时代的理想标准去要求韩寒他们是不地道的。但并不代表他们就不能有类似"五四"办刊那样的追求。在他看来，身处我们这样一个时代，判断一个文化和文学活动的好坏，并不在于它背后该不该有盈利的诉求或者团队运营，而在于它前台的文化或者文学理想是否具有革命性和创造性，是否还符合文学或者人文的本质意义,然后观察其执行中是否商业利益僭越、篡改了理想。至于韩寒的新刊到底会以什么样的面貌出现,他能否引领青春文学刊物走向第二条道路,为这块出版领域注入一些思想和个性,我们拭目以待。

都市写作,无关真实的都市经验

在"80后"办刊引发争议之余,"80后"写作也备受质疑。作为与中国城市化进程同步成长的这一代作家,他们的都市文学创作,在不少评论家看来,虽然具有一点点都市孤独的精神特质,却无关真实的都市经验。

而2009年前后被集中引进的日本"80后"作家青山七惠、金原瞳、绵矢丽莎等人的作品,却引起国内文学界的关注和普遍认可,认为其真实传达出了日本社会的都市经验。他们的小说多以东京作为故事背景,通过表现个体与世界、社会和他人的疏离,表现出日本当下社会的精神本质。书评人朱白在阅读了青山七惠的作品后表示,"作为日本的一位'80后'作家,她所展示出来的才华和天分,已经足以让我们看出自己这里所谓的华语写作与近邻的差距。"

事实也是如此,"80后"作家总体来说,更热衷于写青春文学、校园文学作品,要不就是写玄幻、穿越、盗墓之类的题材,他们的创作,更多表现出对自我的迷恋:唯美、颓废。也是在这个意义上,朱大可表示,中国新生代写作者一个普遍的特点,就是逃避现实,他们把书房想象成为唯一的支点。玄幻、穿越、盗墓之类的类型小说,恰恰对应了他们的生活方式,他们更多依赖互联网、影视和手机之类的现代媒体,却不关心现实。

徐则臣认为,相比侧重书写乡土经验的前辈作家,年轻一代更熟悉城市经验。但这并不意味着他们就能写好城市。"环境很重要,文学和精神的传统更重要,在一个形式上的现代和后现代社会里,如果你的精神难以实现相应的体认,没有真正的现代和后现代意义上的精神疑难,也就没有真正意义上的都市写作。当下'80后'

的创作并不具备这个条件。"

　　白烨表示了不同的理解。他说，从某种意义上说，青春文学、校园文学，都是都市写作，玄幻、穿越与悬疑、盗墓等浪漫性写作，因与智性游戏有关，本质上也是都市文化的变相表现。"'80后'是与经济市场化、社会市民化一同成长起来的，他们是现代都市的产儿。从发展的眼光看，真正意义上的都市作家，可能会从他们之中涌现。"

"90后":当"颜值"成了出版卖点,"我"与世界差了什么?

"我与世界只差一个你","90后"作家张皓宸短篇故事集的新颖之处只在于,书名中的这个"你",可以是"你、我、他"之中的任何一个"你",也可以不是其中的任何一个;或者说,在读者的隐秘世界里,很可能会差这么一个"你",但在面向大众的公共空间里,他们多半会自言,他们与世界之间不差一个"你"。

无怪乎在2015年4月9日上海文化广场举行的新书首发式上,当主持人把这个充满噱头的提问抛给与会嘉宾时,他们无一例外地表示,自己即使是差"钱"也不差一个"你"。演员刘芸表示,自己什么都不差,也清楚地体会到自己"什么都不差"的那种美好的感觉。"所以我希望所有的人像我一样,找到这个世界的那个'你',变得很圆满。"该书总监、作家韩寒回答得更直接。他说:"我的世界已经满了,我的世界已经溢出来了。"

就连被一些粉丝读者奉为偶像的作者本人,也是给出不差一个"你"的回答。张皓宸说,他知道很多读者想让他回答差"女朋友"什么的,但他真没觉得差了什么,如果非要说差了什么,就是差了一个比较会说话的自己。"因为我觉得我比较擅长写,不太会跟人面对面沟通,尤其我不喜欢跟人打电话或者聊微信语音,如果我要让我说话,我反而会感觉少了一些什么。"

按张皓宸的说法，取这样一个书名，实属机缘巧合。因为他想了很久，都没有想到很好的书名。正好当时他的作家朋友张晓晗，有一个放弃掉的书名，叫《我的世界只差一个你》。"我觉得我的世界只差一个你，好像少了一点什么，所以我把'的'改成了'与'。那个'你'可能不是一个人，可能是你缺失的一部分。所以看完这本书，希望大家可以收获一个'你'。"

仿若书名的"设计"，这本书的写作过程也充满了设计感。从某种意义上说，书里讲述的故事，并非作者取材于身边的人和事，从那里获得灵感而信笔写出来的，而是作者精心"设计"出来的。张皓宸说，不可否认的，他肯定会带进去真实的生活经历，这是为了让故事更好看，更具有戏剧冲突，而很多都是自己凭空想出来的，包括里面人物的职业也很特别，比如说有酒店试睡员，有幸福体验师、婚礼策划师，还有一些明星经纪人。"而且全书十二篇，每篇都是不同的类型，有好笑的，有泪点的，有逗逼的，什么类型的都有。这些让人读了不会起腻的，没有重复的故事，用两个字形容就是'好看'。"

对于张皓宸来说，以这样一种"设计"的方式，切入故事的讲述，是自然而然的。在他看来，写作者一个很基本的职能就是创造故事。"这本书里，有一篇故事在'一个'APP（应用程序）里登过了，登了以后就有人来骂我了，他说感觉这个故事完全是我的意淫。我有一点气愤，我觉得他没理解我的用心。因为我的本意是我不想写身边人的故事了，我就是要创造故事，给大家看到不一样的东西，让他们能够通过读一本书来体验不同的人生。"

故事是不同的，但写故事的方式，却是出奇的一致。书里的人物，还有人物的表达都很影像化、戏剧化。以该书出品方果麦文化总裁瞿洪斌的说法，书里的十二个故事，每一个故事内容含量都很丰富，甚至每一个作品都可以拍成电影或者电视剧。"要让前辈作家来写，其中的每个故事都得写上可能四五万字，但作者一万字以内就能把它描述下来，所以节奏特别明快。而这在轻阅读时代是必须的。因为现在的生活方式和工作节奏，必须让我们的作家提供一种相对短小，但内容又相当丰富的作品给大家阅读。"

确如其言，而今像《我与世界只差一个你》这样主要针对年轻读者，在成书之前，即已通过博客、微博、豆瓣等途径，在网络上声名远播的书，不管是虚构还是非虚构，其叙事风格都经过精心的"设计"，都非常个人化。它们让人读起来觉得有点"轻"，远不如严肃文学深刻。它们的叙事也更加清浅，带点幽默，带点喜感，带点调侃，即使是写到忧伤的情节，也让人读着不费力气。而这样的清浅，却不矫情，而是包含了率性喊出"我与世界只差一个你"这样不大不小、不多不少的真实与真诚。

这或许是如"80后"作家张悦然所说，年轻一代比上一代人稍稍进步的地方，那就是，他们确实在坚持一种个人化的表达。"文学发展到这一代，其实就是在经历一个转变，一个从集体到个人、从宏大叙事到个人化表达的转变。"但这样个人化的表达究竟表达出了什么，却是不可知的。更可能的是，这样的表达，只是近乎面对"我与世界只差一个你"时，却不知道"你"为何指那样的模棱两可。

张悦然表达了对这种"模棱两可"状态的自省。她说，"80后"一代，从发出声音到现在，差不多有十年的时间了。可是，这十年中他们其实并没有说出什么。如果说有没有什么新的思潮的话，也只能是只有潮而没有思。"十年来，我们如此热衷地表达自己的观点，可是在这种此起彼伏的热闹中，我们却早已丧失了思考的能力。事实上，我们并没有带来什么新的文学式样或是文学思想。整个'80后'文学看起来很热闹，可其实并没有任何沉淀。"

以此看，就像韩寒所说，"80后"一代，在过去几十年里有太多的自相残杀，并在"太多同行同辈之间的杀戮"中耗费心力，"其实，我们要与这个世界握手言和。"而韩寒这句话里，没有说出来的部分，或许可以理解为，"我们"更要有"与这个世界握手言和"后的沉淀。在把写作者的"颜值"也上升为一种包装的轻阅读时代，当更年轻的"90后"一代来袭,"我们"真的很有必要认真想想,"我们"与世界之间,究竟差了什么?

年轻一代写作：故事将大于文学的概念？

一般来说，青春文学指的年轻人在青年时代写的文学。以这个标准，就像评论家张新颖在2017年12月18日由上海作协举办的"新概念"×"北大培文杯"大赛优秀作品集发布会上所说，"五四"那一代作家在刚起步时写的文学，也可以看成另一种意义上的"青春文学"。"那一代作家大部分从十七八岁就开始写作，鲁迅三十多岁开始，已经算是比较晚地进入文坛的了。"

但实际的情况是，青春文学是近二十年才出现的概念，而《萌芽》杂志社从1998年举办"新概念作文大赛"迄今也过去了二十年。时间上的契合或许可以说明青春文学并非自发的产物，在一定程度上是杂志与传媒等催发和造就的流行趋势。另一方面，就像张新颖说的，同样是年轻人的写作，"五四"一代作家与当代年轻人，尤其是从各种作文大赛里走出来的年轻人的写作极为不同。"很显然，这两个时期年轻人的创作，其非常核心的东西或者说内驱力有着很大的差别。"

以张新颖的理解，正因为有这样的差别，我们才有必要对青春文学给予特别的关注，究其因在于，一代代在各自不同环境里成长起来的年轻人，很可能在写作中带给我们想也想不到的东西，这样的东西自然在他们的写作里有所体现。"说极端一点，现在评判文学的人，可能是不同于我们这一代的另外一种人类了，我们还没有准备好以什么样的态度去面对他们。如果说要我们向他们学习显得不够诚恳，但要能从中看到新的，或是更高的东西，对我们来说无疑是重要的。"

这样的新变，在很大程度上源于新一代年轻人面对的文学环境发生了巨大的变化。学者罗岗表示，一方面我们会看到文学，特别是文学的刊物，包括纸质的文学读物在迅速衰落。另一方面，从"新概念""培文杯"作文大赛还能吸引到那么多人参与，并且产生一定的影响可以看出，文学的形式在当代发生了重要的转换，或者说文学正在扩散。"在文学的专业圈子里，我们依然能看到传统的因素和其他各种各样的影响，但我们不能不注意到文学其实已经扩散到包括游戏、影视等在内很多别的领域去了，新一代写手以及在各个领域里讲各种各样故事的人都用了很多文学性的手法，因为我们这个时代对讲故事有着很大的需求。"

由此，罗岗一言以蔽之，在新一代写作者的眼里，写作的概念会大于文学的概念，故事的概念也会大于文学的概念。"以'新概念'和'培文杯'设置的门槛看，对文学性有着一定的要求，很多年轻人未必能进入到这个门槛里面，但通过这样一种方式，却可以吸引很多的人才。即使是从大赛里面走出来的年轻人，将来也不见得会在纯文学刊物上发表小说，或者成为通常意义上的作家，但他们可能会进入网络公司或游戏领域，他们会把文学渗透到编故事的过程中，从这个角度看，应该说这样的作文大赛与这个时代转换的脉络是相契合的。"

从某种意义上看，作文大赛、时代氛围与青春文学三者也形成了良性互动的关系。罗岗表示，现在的年轻人不再按照以前文学的那套方式，写 20 世纪 90 年代形成的所谓美文、软文，及类似格调的小文章。"受网络上的段子，还有微信等媒介的影响，他们可以创造出各种匪夷所思的写作方式，如果将来我们还是固守以前对文学的理解的话，都可能跟不上这个步伐了。相应地，'培文杯'等大赛在选拔导向上，也做出了一些改变，以适应当下时代的特点。"

无论是做出何种改变，"新概念"等作文大赛的初衷，都是如作家、《萌芽》杂志社社长孙甘露所说，让年轻人呈现不同于传统写作的新想法、新路径、新表达，让他们更自由、更张扬，并且通过更具个性化的表达汇聚到文学阅读和写作中来。"不夸大地说，新概念作文大赛其实塑造了一大批年轻作家，我们今天能数得过来的这些重要的'80后'作家，大概80%以上，甚至90%都曾经是新概念作文大赛的参与者，这是一个挺壮观也挺让人欣慰的事情。"

正是基于"新概念"的成功经验，根据网络和新媒体环境的特点，并依靠北京大学丰厚的文学资源和专家优势，"北大培文杯"全国青少年创意写作大赛于2014年创办。与"新概念"依托杂志不同，"培文杯"则依托网络。北大培文总裁高秀芹表示，该大赛所有的投稿都是在网上进行的，我们想通过这样一个大赛和这一代年轻人相遇。"现在的孩子基本上是'1995'后、'2000'后，他们的思考方式和行为方式，包括感觉方式、表达方式都发生了很大的变化，他们在网上也有更高的参与度。我想，青春的声音不应该被压抑，也不应该被忽略，希望两个大赛在南方和北方形成合力，共同引领新时代的青春写作潮流。"

为此，孙甘露、高秀芹在会上代表双方组委会共同宣读了《联合倡议书》。《联合倡议书》强调，双方将共同承诺营造积极向上的竞赛氛围，共同倡导创意的思维和创新的表达，共同助力青春文学的写作，共同关注青年作者的未来发展。会上同时发布了"ONE·一个杯"第19届全国新概念作文大赛获奖作品选《萌19》和第四届北大培文杯全国青少年创意写作大赛优秀作品集《倾听未来的声音（第四季）》。两本作品集分别收入获奖作品六十余篇和八十余篇，入选作品题材丰富，想象奇崛，叙述流畅，生动有趣，可以说正是中国当代文学新生力量的优秀代表。

无疑，这样的大赛以及这样一种呈现方式，就像作家陈村所说，是对年轻人的激励和赞扬，年轻人的写作得以被看见、被关注，大赛对指正年轻人的文学趣味也会有所促进。但问题的另一面在于，青春文学正如《萌芽》杂志副主编胡玮莳指出，越来越成了专属一个特定年龄段的写作。"我知道有一些追求严肃文学和严肃写作的作者不愿意承认自己是青春文学作家，《萌芽》在他们眼里也只是一个起步的平台。但我们期望的不只是吸引对于写作有兴趣的文学爱好者，同时也能吸引一些比较严肃和文学性比较强的作家。"

也因为此，胡玮莳吁请"新概念"和"北大培文杯"能重新赋予青春文学一些正面积极的意义。这也恰恰呼应了作家毛尖的诉求，在她看来，现在很多作品都缺少青春性，做得最好或最有青春性的题材只有科幻，年轻人也在这方面投入了很大的热情，但仅仅是这一块，并不能满足他们的需求。"所以，我们有必要呼唤一下青春文学的可能性，也期待作文比赛能为青春文学创造更多的可能性。"

第四章

如何把启蒙变成一种生活态度？

启蒙先启自己，新民先新个人

自近代已降，知识分子渐成一个固化的概念，其启蒙大众的指向几近于常识。然而知识分子的身份是否就如此确定无疑？其对大众的启蒙是否有效，又包含了哪些盲点？进而言之，如果说只有把任何概念都还原到具体历史和现实的情境之中，才能彰显其丰富的内涵，那么知识分子在当下所指为何，又该起到何种作用？

某种意义上，钱理群、王人博、格非、戴锦华、欧阳江河、柴春芽等作家、学者在 2014 年 1 月 5 日由广西师范大学出版社"新民说"和凤凰读书联合主办的题为"文艺与新民——兼谈知识分子写作"及"'国家'中的'国民性'——以胡适和鲁迅为中心"的两场文化沙龙中所做的演讲与对话，正是对围绕知识分子思考及写作产生的种种疑问所做出的可能的解答。

要改造国民性，首先改造知识分子自己！

作为拥有更多知识和话语权的社会精英，知识分子被赋予了"要去启蒙别人，要去塑造别人"的天然正当性。柴春芽对此表示了不同的理解。他以自己的经验现身说法道，他之所以在三十岁那年选择去没有电、没有通讯，也没有公路的甘孜藏族自治州德格县的一个牧场做义务老师，就是因为对自己的身份产生了怀疑，这迫使他决定从认识自己开始，正是在对"我是谁"的持续不断的追问中，他真正认识到：启蒙先启自己，新民先新个人。

作家格非于此颇有共鸣，他谈到自己的经验：有一段时间在上海华东师范大学任教，对前途、对社会、对方方面面感到非常绝望，整天眉头紧锁、忧心忡忡、唉声叹气。"正当我陷于困顿时，我导师的一番话让我豁然开朗。他说，你不应该悲观，你在大学里教书，你在讲台上给学生讲课的时候你是合法的，也就是说，当你在影响别人的时候你是合法的。你也可以先影响你家里的人啊！当你们这个家变得比较文明了，每个家都变得文明了，社会自然就文明了嘛。"

这让格非意识到，当知识分子意欲改变社会的时候，最需要改变的恰恰是他个人，正是从个人做起，有了一个个改变了的，变好了的个体，整个社会才有希望。"我特别想到鲁迅先生，他最迫切的希望是让我们这个民族、群体摆脱所谓沙聚之邦的陷阱。他发现国人在非常热闹的时候研究话题，总是说得热得不得了，一旦有事，这些人就像沙一样被冲散了。这个时候，那些奢谈国家、民族前途和命运的人，为何不见了？他对国民性的这一剖析和发问至今依然有效。"

事实上，在批判国民性时，鲁迅更是严肃地批判知识分子。学者钱理群表示，鲁迅跟那些以启蒙者自居的知识分子大不一样，在鲁迅看来，如果要启蒙的话，首先要启知识分子之蒙，他不但批判国民性，批判知识分子，更是把自己放进去，更无情地批判自己。"我们读过《狂人日记》肯定还记得，他说几千年的吃人社会最后发现自己也在其中，也未尝没有吃过人，所以最后他都归于自己的一种反省，一种对自己的批判。因此对鲁迅来说，批判国民性不仅仅是一个学理的讨论，更是一种灵魂的搏斗。"

在学者王人博看来，鲁迅于国民性的批判给予我们最重要的启示，就在于其亲验性。"鲁迅用自己的生命去体验。他不像梁启超、严复他们，作为启蒙家站在历史的外面用俯瞰的方式来观看社会和世界。他先是把自己从那个时代及中国的历史和传统里面拉出来，与其进行对决，然后又把自己拉进去，跟自己对决。所以鲁迅大声疾呼：要改造国民性，首先改造知识分子自己。然而在中国的语境里，他必然是孤独的，如果鲁迅活到现在，看到当下中国知识分子更是缺乏这样一种自我反省的能力，他甚至会感到特别绝望。事实上，到目前为止，中国也还没有出现西方意义上那种作为立法者和阐释者而存在的知识分子。"

有了这样一种观照，也会让我们对已然有了既定认知的西方文学资源做新的更深的理解。柴春芽表示，自己在阅读托尔斯泰和陀思妥耶夫斯基的作品时，突然意识到他们并不是所谓的现实主义作家，更可以说是超现实主义作家。"在俄国农奴制快要崩溃的时候，整个社会道德也是非常混乱堕落的。托尔斯泰就'新民先新自己'。他作为一个庄园主，他先解放农奴，给他们的孩子办学校，亲自耕种，又把自己融入东正教的思想当中去，并在写作品中重塑自己的价值观。这使得再去阅读他的作品时，读者会有一个新的价值观标准：如何做一个'新人'。"

格非对此表示赞同。在他的理解里，托尔斯泰等作家的很多思考，其实超越了批判现实主义的层面。"他们首先考虑的并不是什么社会、民族的问题，而是人能不能得救？作家既要来解释这个社会，同时他也要解释个人，特别是他自己生命的意义，比如碰到虚无的东西怎么办？他们同时对着社会、对着自己的心灵展开观察，然后把他们的思考呈现出来。所以，无论你对社会持何种判断，你首先需要非常诚实地对待自己的内心，以此来建立自己和这个社会的关系。"

知识分子写作，更多指的社会关怀

事实上，对知识分子的追问，最先和最终触及的都将是何谓知识，何谓知识分子的问题。很长一段时间里，在我们的言说中，无论知识，还是知识分子，都被当成是先验的前提或自明的概念。眼下网络时代，我们对知识的获取是如此之轻松便利，以至于对任何一种知识，只有知和不知、想知和不想知的区别，知识、学习、教育等等概念也随之被彻底改变了。学者戴锦华表示，如果说前网络时代，知识的概念和作为知识分子的意义在于"我知你不知"，你什么时候都有可能在我的知识面前感到惭愧。那么现在要只是在传授知识的意义上占据大学讲堂，从某种意义上说是"犯罪"。"因为对知识的学习，学生凭自己的努力就可以完成了。"

格非也注意到，处身于大学课堂的其中一类所谓知识分子，拥有更多的知识，专心致志于学问，就因此把知识和学问，当成自己的一种夸示和炫耀。"事实上，对知识的过于依赖，已经在知识界造成了诸多负面影响。这类知识人会背书，会引经据典，几乎什么都会，就是从不反省自己；同时他们虽然拥有知识，对真正的社会现实却缺乏了解，面对现实生活中出现的一些新的问题往往束手无策。"

而从另外角度看，知识的重要性和占据的优势地位本身就值得质疑。在柴春芽看来，作为世俗意义上的知识分子，总是很容易陷入知识这套体系当中去。但佛教里却有一个非常重要的提醒，警惕知识。"如果你没有一种身体力行，知识反而特别容易遮蔽你的智慧。知识是很重要，但是知识过多或者信息过度臃肿，反而会对你的智慧形成障碍。所以佛教倡导一种身体力行的践行，有了践行，才可能生成一些智慧，有了智慧，你的思维才会随之改变。"

然而我们并不能因此得出知识无用的结论。戴锦华举自己教学的经验为例，她经常会碰到学生很虔敬地问自己：老师，这个材料你从哪儿找到的？我说谷歌上搜的。"为何我可以从谷歌上搜到，他们做不到呢？还是在于我有知识，并且有组合知识的方法。"当然这也不是说，有了知识就有了你作为一个知识分子的优越感。在戴锦华看来，知识并不必然跟知识分子相关，有知识的人也不一定就是知识分子。"知识分子不是一种社会身份，它只跟一种社会功能相关，就是你站在弱势者一边，站在正义一边，在需要你的时候挺身而出。你出而做这件事时，你是知识分子；你退而到书斋里读书时，你就是个读书人。"

当然，对知识分子的这样一种限定，并不意味着知识分子写作的一笔勾销。在戴锦华看来，知识分子写作并不指的有知识的人的写作，它更多指的一种社会关怀。"我想强调的是，挺身抗暴者是在履行知识分子的角色，是履行知识分子的功能，是出演知识分子，而挺身抗暴的行为自身并不能赋予其天然的正义性。对于知识分子而言，面对社会的种种问题，种种危机，在今天更急迫、更重要的是去思考它，去正视它，去回答它，去展开梦想，去重新想象不一样的世界。"

对真妄的辨别，胜于对善恶的判断

事实上，眼下知识分子面对的正是一个"不一样的世界"。今天的社会出现的问题之多，思想层面的交锋之激烈，远远超出我们的想象。由此，如格非所言，你能不能应对如此丰富的信息？能不能应对我们今天非常复杂的社会状况？如此种种，都成了放在知识分子或者说是知识人面前的重要课题。

对此，格非特别注重作为一个知识分子作家理当具有的观察和洞见。"我个人的理解，作家就是观察者，一个需要有一定的训练，有足够的敏感性，有聪明也有学识的观察者。而你对于这个现场、现实有没有非常切己的观察，正是区别好的文学和不好的文学的关键。"他举去年获诺贝尔文学奖的加拿大作家爱丽丝·门罗为例。"我听很多人说她的作品不怎么样，你最好不要看。但前不久因为要参加一个门罗作品的讨论会，不得不看了她的书，看了以后我大吃一惊。"在格非看来，门罗的小说的确写得不算好，她也不是那种普鲁斯特意义上的特别有才华的作家。"但她很棒的是，她特别关注邻居们，小镇上的各式人等，及他们之间的关系。她只是关心这么一批人，但她观察得非常深入。如果把她的作品读懂了，对世界非常现实的部分你就有了一个深刻的理解。门罗作为一个非常优秀的观察者，无疑观察到了这个社会里面非常重要的，或者说非常隐秘的部分。"

这种观察和洞见,在很多人眼里,是针对历史和现实的一种深层次的思考。戴锦华认为有必要引入未来的维度。她说,她曾经信奉爱因斯坦的说法,从不考虑未来,因为未来来得太快,所有的未来在下一瞬间就变成现在。她也曾经非常耻于谈未来,因为这种谈论非常矫情。"但我最近突然意识到,所有的历史并不是关于过去的,其实都是关于未来的,只有未来才能赋予历史意义。"然而,在全球化的当下,未来却成了问题,未来正在变得越来越科幻化。"科幻正在把我们的现实科幻化,或者说科幻已经成为我们的现实。但这个现实究竟是在进步意义上的现实,还是在噩梦成真的意义上的现实,取决于我们每个人的选择。"

正是在这个意义上,格非认为当下对真妄的辨别胜于对善恶的判断。他举《红楼梦》里面的贾政为例。按照官方意义上的善恶规定,贾政是一个儒教意义上的善的化身。"但他的善是假的。这个善把他和真实的人生隔离开来,让他走到哪里,都像有玻璃罩在身上。一个被抽成了真空的空间,把他和世界隔离了开来。所以当善成为超历史的善,这个'善'不光是平庸,甚至是虚假。"

因此,知识分子应力求在真的意义上再来谈论善恶。在诗人、诗歌评论家欧阳江河看来,当下迫切需要引入跟写作、思想有关的审美的维度。"前几天我看一个电影,其中讲到阿伦特对纳粹战犯艾希曼的论述。这样一个战犯完全没有善恶意识,没有思考能力,他有的只是恶的平庸。与这样一种平庸的恶,相对应的是一种平庸的善与崇高。这两个平庸化加在一起,让这个世界变得如此地没有梦想。唯有审美的超越,对于因平庸而致的广泛的退化与麻木是一种拯救。"

很显然,在全球化的当下,即使是平庸也是弥散的。知识分子在反躬自省的同时,也理当具有世界视野和人类情怀。在戴锦华看来,当年那句有点矫情的诗,"丧钟为谁而鸣,他在为你而鸣"如今已成了真实。"我不认为自媒体时代就有自动的媒体和自动的新闻,所以我觉得今天我们要有特别多的观察,特别多的怀疑,同时要有特别多的坚持。"以戴锦华的理解,今天知识分子面对的是没有任何现成答案,没有给定前提的世界。"同时,作为一个中国的知识分子,你要意识到中国的问题其实也是世界性的,而且在世界的其他地方也在发生。"

如何把启蒙变成一种生活态度？

在《什么是启蒙》一文中，德国哲学家康德说，如果有人问："我们现在生活在一个启蒙了的时代吗？"那么答案是："非也，但我们确实生活在一个启蒙的时代。"而两百多年后的今天，我们对这个问题的回答是，我们仍旧生活在一个启蒙的时代。因为启蒙并没有完结，且诚如青年学者周濂所说，启蒙运动带给我们的精神遗产至今仍在深刻地搅扰着现代人的思想和精神，并以不同的方式塑造着政治和社会的现实。

某种意义上，这也是我们为什么要读美国犹太裔史学家彼得·盖伊所著关于欧洲启蒙运动史的经典之作《启蒙时代》的重要理由所在。虽然此书上、下册分别完稿于1966年和1969年，用有的学者的话说，四十年来，这一领域尚未出现一套系统的新解足以取本书而代之，所以根本不存在所谓"过时"的问题，"无论对启蒙（运动）取肯定或否定的态度，首先我们必须认真地认识它，盖伊的经典之作为我们认识启蒙（运动）提供了迄今为止最可靠的一座桥梁。"

也正是有了这座最可靠的"桥梁"，才有了2016年7月25日于上海长宁图书馆举行的，由许纪霖、刘擎、高全喜等学者参与，"从启蒙时代的蓝图说起"引申至"何为'良序社会'"的热烈争论。

启蒙的问题不是要不要启，也不是选择哪一种方式启，而是要思考，为什么启蒙到今天反而激化了宗教的抵抗

事实上，盖伊也是因为受到启蒙运动精神遗产的搅扰而着手研究的。后世往往把法国大革命看成是启蒙运动的一个结果，对法国大革命怀有热烈同情的人，大多对启蒙运动赞不绝口。对法国大革命充满了怨恨，视其为一场灾难的人，也把根源归结到启蒙运动。从法国大革命开始，到19世纪中期，历史学界对启蒙运动的评价就一直存在这样的分歧。

而在20世纪五六十年代的美国，很多人倾向于认为启蒙运动要为欧洲的战乱负责，因为当初它企图推翻现状，打破一切传统，要建立一个地上的乌托邦，这种思维很危险，最终导致惨烈的法国大革命，导致后来的世界大战。与此同时，即使到现在，美国的知识界甚至一般民众对欧洲的思想也持一种很怀疑的态度，他们把欧洲看作旧世界，认为自由、民主精神并不是源自启蒙，或者说并非主要来自启蒙。他们认为这些来自《圣经》，或是英国的其他传统。

这对于作为德国犹太人后裔的盖伊是一个很深的刺激，他于20世纪30年代为逃避纳粹迫害随父母来到美国，他的父亲完全服膺启蒙思想，这一点对盖伊有着很深的影响，而他花十年时间写这本书，就是要告诉美国人：启蒙运动有它自己的问题意识，有它自己的逻辑，它的第一个受益者就是美国人，美国的独立，首功之臣就是欧洲启蒙运动，所以美国人不要数典忘祖，觉得可以自外于欧洲，实际上，所有的美国人都是欧洲的产物，都是欧洲启蒙运动的产物。

问题是即便承认启蒙运动无所不及的巨大影响。启蒙到今天，也像是许纪霖所说并非到处都是凯歌，所向披靡，而是恰恰到处遇到了抵抗，这种抵抗是一种重新宗教化的方式，又让宗教产生强烈的反弹。让许纪霖感到疑惑的是，宗教复兴是启蒙内在的命题吗？还是逆启蒙而动？宗教的反弹会不会成为21世纪来自右翼保守对启蒙的最大威胁？"如果我们以一种当下的困境感来读盖伊的话，这些启蒙的命题就活了。它不再是历史,而成为我们现实的一部分。"

在这个意义上,许纪霖认为,启蒙的问题,不是要不要启,也不是选择哪一种方式启,而是要思考,为什么启蒙从18世纪到今天,差不多经历了三个世纪,竟然不是像一条直线一样,越来越深入人心,然后跨越整个世界,跨越文化,使宗教节节败退,而是倒过来,反而激化了宗教的抵抗?"如果不思考这些问题,而仅仅谈启蒙运动,就会沦为学术游戏,和我们时代的困境不发生任何关系。"

把启蒙运动理解为理性主义的最强音,其实简单化了。启蒙运动不是理性的时代,而是一次对理性主义的造反

许纪霖的困惑和思考,无疑凸显了启蒙运动的一个重要面向。以法国为代表的启蒙思想,在反王权之外的另一个重要主题是反教权,反对当时以天主教为代表的、某种意义上已经腐化的教权。但在刘擎看来,启蒙运动反教权的激进性,显然是被后世夸大的。

以刘擎的理解,启蒙运动反教权,实际上是想为宗教重新定位。这本身就是一个极具挑战性的问题。"因为宗教有整全性,传统的宗教不光关乎社会秩序,也关乎社会的道德和社会的政治。若只是把它安置为修身养性的一部分,就会出现宗教对于这种重新定位的反抗。大踏步的退缩,会激起大踏步的反弹,它会把启蒙视作敌人。应该说,通过反复的协调振荡,基督教传统比较好地处理了这个问题,实现了政教分离,但其他的宗教未必,这正是现在这个世界碰到的大问题。"

而如若仅只是把启蒙运动理解为理性至上,认为是理性主义的最强音,就像许纪霖说的,看起来非常正确,但又简单化了。要不怎么理解盖伊在该书上册下结论时所说,启蒙运动不是理性的时代,而是一次对理性主义的造反。许纪霖举例道,伏尔泰就很复杂,你很难用理性来完全抽象他,他还相信自然神。启蒙思想的另一个传统就是卢梭的浪漫主义传统,这一传统后来到了德国,与德国的虔敬主义传统结合,发展出各种各样激进的或保守的浪漫主义,导向了革命或纳粹。

启蒙运动的复杂性于此可见一斑。彭刚表示，启蒙运动的精神遗产是多变的，其之所以是多变的，并不在于它提出来的价值观太多，而在于它提出的核心东西很少，可是每一样都很复杂。"比如说，自由究竟是什么？是我不招惹你，你也别来招惹我；还是说我去招惹你，把你变成比之你现在更好的你？另外启蒙运动中提出的'平等''民主'等概念，之所以至今我们还在反复讨论，就是因为它们很复杂、很暧昧，具有多样性，互相之间又充满张力。"

这就有必要如周濂所说，回到启蒙运动，去看启蒙哲人在当时当地以何种方式探讨这些问题。而我们所说的"回到"，还为了破除启蒙思想家的神话。事实上，就像霍克海默和阿多诺在他们合著的《启蒙的辩证法》一书中反思的那样，如果说启蒙之前的世界是被神话统治的世界，那么后现代的启蒙出现了一个问题，启蒙本身变成了神话，它对人们的思想起了一种禁锢的作用。因此，我们就有必要把这些被当成神一样供奉起来的启蒙思想家，从万神庙里请出来，看看他们是怎么思考的，看看他们的思想对我们都有着怎样的作用和意义。

也恰恰是在这方面，盖伊这本书就像周濂说的，给我们树立了一个怎么平等看待一切事物的榜样。盖伊在书里，采取和这些哲人完全平等的立场。他评述这些人是在什么样的情况下对什么问题做出反应，他们表达了什么样的具体观点。与此同时，他在书里给我们呈现了一个非常丰富的图景，在某种意义上纠正了我们对启蒙运动的一些刻板印象。诚如有评论指出的那样，"启蒙时代"被盖伊分解为许许多多具体的历史事件，不同于我们通常对学术研究的印象。启蒙也不再是干涩的思想、观念，抽象的方法、口号，而是一幅生机盎然的生动画面，我们可以看到卢梭的敏感犹疑，亚当·斯密的和善圆润，富兰克林为了赢得欧洲对美国独立的支持，在上流社会的妇女沙龙中施展八面玲珑的手法，以及享有巨大声望的伏尔泰曾为入选法兰西学院院士愁苦纠结。这些思想家们跨越国家地域，相互拜访通信，既在同一战线上与教条思想斗争，相互之间也有鄙弃、抵牾。这就能理解，何以去年盖伊逝世时，《纽约时报》撰文悼念称，《启蒙时代》的重要性，在于"它将一座座思想家的孤岛联结了起来"。

也正是循着盖伊富有启发性的研究思路，近几十年来，如彭刚所说，史学界对启蒙运动多样性的研究更为深入。历史学家们开始聚焦启蒙运动所影响的不同的阶层、所具有的不同面相，以及它是如何渗透到当时整个社会的方方面面的，不同的人物如何对它做出反应，它怎么传播开来，以及它跟法国大革命之间有什么具体而生动的关联。"在我看来，在盖伊之后，达恩顿等史学家，对启蒙运动开始了更深入、更全面、更细致的研究，但这无损于盖伊这本书的价值。"

"回到"启蒙运动，让我们得以从中吸取思想和精神资源，以建立"良序社会"，以及成为那个更好的"人"

当然，我们之所以强调要"回到"启蒙运动，并不只是为了满足我们的好奇心和求知欲，而在于一方面，我们希求启蒙突破自身的神话性，再次实现对人们思想的启迪，另一方面更为重要的是，我们得以从中吸取思想和精神资源，以建立"良序社会"，以及成为那个更好的"人"。

这在很大程度上源于高全喜说的，我们现在仍处于思想的启蒙与生长过程之中，可以选择接受不同的传统，而启蒙思想给我们带来的东西不是单向度的，而是有多个维度的。让高全喜感到疑惑的是，英、美经验主义思想甚是契合中国儒家的一些道德原理，为什么中国偏偏舍弃了英、美，先是找向法国，后来又转向了德国、俄国？中国近百年的路是怎么走的？"那很可能是因为，启蒙思想的凯旋来得太快了，这导致其中一些优良的东西丢失了，而一些不那么好的东西，反而是被发扬了。中国道路中，把启蒙思想中隐含的激进主义这条线索发挥到了极致。"

在高全喜看来，对照欧美社会发展过程，18世纪前后，在西方启蒙思想中，理性和情感大体上是并行的，是二元的。相对来说，法国强调理性，英国强调情感，德国强调意志。这三个国家致力于社会变革的图景不同，导致的社会生活秩序，甚至政治秩序，也是非常不同的。英国走向了经验主义和自由主义；法国是理性主义占主导，强调理性建构，很容易走向专制主义；德国强调意志，最后是民族主义与国家主义结合，走向纳粹极权统治。"18世纪之后，这三条线索一直在西方社会展开，当后发国家在向西方文明学习借鉴时，侧重点不一样，变革的方式也就不一样。相对来说，接受英、美的经验主义道路，不是彻底颠覆旧传统，从头重建一个道德社会，一个情感社会，或者是共同体，而是经过启蒙的洗礼，对旧传统做一些清理，把其中有价值的东西重新定位，比较能够形成良序社会。"

而要形成良序社会，毫无疑问也有赖于生活在这个社会里的每一个人都能担负起如康德所说的"摆脱自我招致的不成熟状态"的责任。事实上，启蒙运动就像该书上册译者、学者刘北成所强调的，并不只是少数精英，站到了知识甚至是道德的制高点上，把广大民众看成是受教育者，向他们传播一些东西。"在启蒙运动时期，特别是到启蒙运动快结束的时候，其实就出现了另外一种启蒙观，就是康德的启蒙观。康德讲启蒙，特别强调每一个人要独立自主，在人面前没有神，没有那种一定需要我们去崇拜的权威。"

正是在这个意义上，刘北成表示，我们怎么来实现启蒙，其实不是仅仅讲理性、平等、自由这样的概念，我们要把它变成一种生活态度。"盖伊这本书的一个重要启示在于，他让我们和那些启蒙思想家站在了同一个平台之上。他提示我们，或许我们的思想没有他们那么深邃，但是我们能用平等的眼光来看待他们。"

重温"五四",找回我们失落已久的魂

"如果需要强调讲真话,巴老就活在我们当下。"针对巴金等"五四"一代知识分子已属于历史,不再对当下现实产生影响的质疑,在 2011 年 8 月 31 日于北京举行的题为"作家版《再思录》与晚年巴金"的开馆活动中,作家冯骥才开宗明义地指出,"五四"一代知识分子其中一个很重要的价值,就在于为我们开启了广阔的精神空间,这在当下依然有深远的意义。

冯骥才是在与巴金故居常务副馆长周立民的对谈时做这一番表示的。在他看来,让巴老、冰心活过一百岁,这是老天帮助了我们。"如果他们也像老舍那样在'文革'中消逝的话,我们不会知道什么是有血有肉的,呼吸着的'五四'知识分子,他们的灵魂是什么样的!但巴老和冰心一直活着,和我们一起进入了当代文学,他们把'五四'那个时代贯穿过来了,贯穿过来的,就是那个时代知识分子的灵魂。"

很大程度上也是基于此,冯骥才对中国作家馆在本届北京图博会上把重温晚年巴金作为系列活动的开篇表示赞赏。他感叹道,巴金《随想录》和《再思录》被人们纪念,表明我们的生活中还存有那种敬畏。"我把这两本书视为《圣经》,只要往我书桌上一放,我的心就静下来了。因为这两本书体现着作者的良知、责任。我觉得,这两本书可以用来压一压现在我们文坛、我们社会的浮躁。有这两本书放在那儿,我们就会真正回到文学中来,回到心灵上来讨论我们的文学。"

怎样做一个真正的知识分子

冯骥才清楚地记得,很多年前的一天,去拜访巴老时,正好碰到有一位美籍华人拿了英文版的《家》请他签名。签完名后,这人拿着书就走开了。"结果呢,因为在签名时,有个字巴老写错了偏旁,他很快就让女儿李小林给我打来电话,问我能不能找到这个人,把书拿回来让巴老改偏旁。我记得我当时说,只是一个字偏旁写得不一样,他肯定不会介意的。能拿到'五四'时期作家的签名,他该是高兴得直跳了。小林转达了巴老的意思,说这样不尊重人,无论如何得把书给取回来。后来我把书取来送去,巴老改了偏旁。我一把书交到那个华人手里,他当时就哭了,我想他是被尊重得哭了。"

在冯骥才看来,在日常生活的点点滴滴中,我们都能体会到,巴老等"五四"一代作家,他们是在用心活着。"巴老是一个用内心生活的人,他用真心对待一切,对待生活,对待我们脚下的这片土地。相比而言,我们这一代知识分子该感到惭愧。我们还有多少人这么活着?我们何曾真正用心对待我们生活中的一切,我们的百姓,特别是生活中的那一些弱者。如果没有这样一份真切的感情,没有对我们这块土地的责任,我们又怎能写出真正打动人心的作品?"

从这个意义上,冯骥才认为,读《随想录》和《再思录》的过程中,我们的知识分子,对自己,对当下的文化意识,需要有深入的反省。"有一次,我在政协会议上讲,'五四'时期,我们没有好的剧场,也没有什么博物馆。那时,国家不可能对文化有什么资金投入。可那个时期产生了多少大师啊,那时的文化迄今仍然是不可逾越的高峰。相比来看,我们现在差不多每个稍具规模的城市都有剧场,都是动辄几千万、上亿建的。还有那些博物馆,那些画廊,那得花多少钱?现在市一级的作协主席都是正局级别,都有专车的,那是什么待遇！但我们产生了大作品吗？而巴老在他们那个时代，结婚时连家具都没有，连房子都没有，但他们从不抱怨时代，也从来没有停下自己的写作。他们知道世界上终究有比金钱更可宝贵的东西，他们精神至上。"

但这并不表示巴老那一代知识分子，以精神或道义上的英雄自居。冯骥才认为，恰恰相反，巴老思考更多的是怎样做好一个真正的人，一个真正的知识分子。"巴老在日本演讲的时候，曾经说过自己最大的敌人，一个是旧的传统的观念，还有对人的自由，对社会进步构成障碍的那些东西，再就是对爱摧残的力量。巴老一生都在和这些'敌人'斗争。他和他们那一代很多知识分子一样，他们不曾出卖他们的灵魂。这种知识分子的灵魂，就是他们留给我们最重要的精神遗产。"

对文化的热情正在疾速流失

而这笔宝贵的精神遗产，在多大意义上为我们所认同和继承，并在我们心灵深处发生作用？在冯骥才看来，这正是我们这一代知识分子应该深入思考的问题。"当我们谈论一个作家，我们会想他是否写出了一部或几部好的作品。实际上，仅仅至于这样的打量，是远远不够的。至少在我心里，一个能真正留在历史上的作家，或者说一个伟大的作家，他就是应该让我们一眼看到他的立场、他的精神，他的心灵的历程。这样的作家才能真正成为一个时代的良心，成为一个时代的精神的脊梁。我们这个时代里，恰恰需要这样的脊梁。"

冯骥才举例表示，比如列夫·托尔斯泰，我们一眼就能看到他是一个伟大的人道主义者。而当我们想到鲁迅，会很清晰地看到他坚定的，毫不妥协的批判精神。"想到巴老，我们会强烈感受到他对生活的那种爱，对恶的那种憎恨。他对真实的生活和真实的人的那种捍卫，还有就是对自己的不依不饶的拷问。如果我们还原到'文革'时期，那个时候，一句真话可能让人丧命啊。所以，'文革'后，巴老提'讲真话'三个字会使一些人发抖的，这需要何等的勇气！"

然而世易时移，巴老"讲真话"的倡言并没有失去其价值。"我们现在所处的环境，和'文革'前后相比，已经发生了很大的变化。我们的社会环境已经宽松了很多，但并不是因此就能解决所有问题。事实上，讲真话在当下依然是一个真正的大问题。我说大问题，是因为它是大是大非，涉及一个国家和民族发展前途的问题，而不只是生活中的小是小非的这些问题。"

冯骥才表示，当下我们还会在各种场合听到很多空话、套话。这一方面是，有些人，有些领导智商确实很低，他们只能讲那些空话、套话。一方面是，很多时候，讲真话会给自己带来一些麻烦。"因为你要讲真话，你可能会跟那些掌握权力的人发生冲突。这些掌权的人，不仅是官员，也可能是你的老板，或是你的顶头上司。从现在的情况看，知识分子大部分是既得利益者。尽管讲真话不会像在'文革'时期那样有性命之忧，却可能对自己的现实利益有所损害。比如，你会被一些由机要部门掌控的会议拒之门外，你会被一些圈子排斥，捞不到相应的好处。所以，他们宁可保持沉默，也不愿意承受讲真话给自己带来的损害。或者，他们也可以找到理由说，即使自己说了真话，也改变不了现实，还不如保持沉默。"

在冯骥才看来，固然我们可以苛求需要有一个好的机制，能让人把自己的观点真实地，原原本本地说出来。而且，保证好的观点能经由论证被充分采纳。但知识分子不能因为机制的不完善，就放弃自己的知识立场，就不能有所作为。"事实上，当下确实有一些知识分子，让我非常感动。比如，有一个拍摄长江的摄影家，他在二十年以前就认为我们的母亲河长江的一些地段很快要被淹没。于是，他就把自己在徐州的影楼给卖了，用全部的钱在长江买了一个船。他一个人划这个船坚守二十余年，把长江的所有的山都爬过，留下了几十万张长江的照片；又比如，我的另一个朋友，他也是二十多年来，一直在做草原民居的调查。他就一个背包，一个破照相机，一个笔记本，一大堆药瓶，就那么背着，到处走访调查。这些人可以说默默无闻，但他们在付出，因为他们对祖国的文化充满感情。"

让冯骥才感到遗憾的是，对文化的这种热情正在我们的生活中疾速流失。"'五四'一代知识分子的责任感，很大程度上正是来自他们对自己文化的感情。这是我们所缺失的。那么，没有感情怎么办？在现在这样一种状况下，我们所能做的，只有先把我们的文化保住。但我们在这样做的时候，马上就碰到了另外一个问题，我们又被商业利用了。举个例子，我在十年以前就非常关注城市历史文化街区的保护。但坦率地说，我做了这么多的呼吁和努力，最后的结果，是我们关注到的六百六十个城市基本变成完全一样了。这些年，我做非物质文化遗产，跑遍了全国各地，很多农村，但我们整理出来的文化遗产，在城镇化的过程中连锅端，哗一瞬间就给推平了。"

因此，冯骥才深深体会到作为一个理想主义者在当下浮躁社会里必然会经受的精神痛苦。"从灵魂深处来讲，我觉得自己是一个失败主义者。我做的民间文化遗产的抢救全部都失败了。我希望中国的城市像罗马、巴黎一样，各个城市都保持自己不同的性格，不同的美，不同的生活，不同的同样深厚的历史记忆，但我希望保护的这些城市全给扫荡光了，都变成一种伪豪华的、假摩登的玩意儿了。但巴老让我知道，很多事或许力所不及，但也要无愧于自己的良知和责任。"

社会整体要有一种文化自觉

在冯骥才看来，当下文化中存在的很多问题，从根子上都可以归结为我们社会中普遍存在的功利主义。"这个功利主义，我觉得主要来自两个方面，一个是官场文化，另一个来自穷怕了的中国人，对物质金钱的强烈需求。物欲的放大，必然会积压人的灵魂空间，使得具有精神含量的东西贬值。很多人说，我们的文学已经边缘化，我觉得这种说法是没有根据的，主要还是在于我们整个社会缺乏一种文化的引导。"

基于此，冯骥才表示，当下的知识分子，应该像巴老等"五四"

一代知识分子一样，有充分的文化自觉。"如果我们不自觉，我们对生活就没有深刻的看法。我们就认识不到我们的文化，其实包含了独特的宇宙观、世界观、天地观、自然观包括审美观，我们需要冷静下来进行学术的整理，真正地认真地去研究它，而不是像电视剧一样去演示它。"

但只有知识分子自觉是远远不够的。冯骥才表示，国家对自己的文化，需要有国家的自觉。"直白地讲，就是要明白文化在一个国家整体建设里的意义。在这方面，我们是有缺失的。试问，如果你是文化大国，又重视文化，你能把管文化的副市长排在末位吗？这只能证明你没拿文化当回事，所以就排到电气、水利、环境后边去了。因此，国家必须有国家的文化战略，老百姓必须知道国家的文化意志，国家的文化形象，国家的文化精神。"

冯骥才进一步指出，最重要的还要有政府执行层面的自觉。"当下的文化遭遇，要不跟官员的政绩挂钩，要不就被经济开发变成GDP，我们文化失去了自己最神圣的功能，就是对社会文明的推进。所以我在不同的场合呼吁，一定要让人文知识分子的意见进入决策层。因为，如果没有决策层的自觉，无论是国家还是知识分子的文化自觉，都只能是一句空话。同样，我们的文化也只是一句空话。"

由此，冯骥才呼吁，整个社会急需形成一种文化共识。这种共识的最终形成，则有赖于教育。"我们正在做努力，在跟有关教育部门商量，是不是将来出一种民间文化的教育读本。我们深知，中国的很多问题，并不是一个小小的方法就能解决的。但努力去做，总比什么都不做好。"

也是在这个意义上，冯骥才表示，就像巴老提倡讲真话，未必带来谎言灭绝的美好图景，但有这么一个声音在，总会时时震动我们的神经。"同样，我们感慨，在当今社会，找不到自己的灵魂。其实我们不是没有灵魂，他就在我们心灵的深处，只是我们未曾真正认识到他。重温巴老，重温'五四'一代知识分子的精神，终究会让我们找回失落已久的魂。"

大师，何以为"大师"？

时代呼唤大师。如果说，在很多人眼里，我们处身于一个大师隐没不彰的时代，对于何以出不了大师，却并非"大师都是后世追认的"这么一句简单的话可以论定。眼下，无论是一些人自命为大师，或一些人被认为是大师，只要"大师"之名一出，总会引来各种非议。这或许是因为，从某种程度上来说，唯有大师的在场，才能标识出一个时代所能达到的思想与精神的高度，而这种标高究竟有着怎样的标准，在我们这个充满意见之争的时代里，却似乎从来不曾达成共识。

在 2015 年 1 月 9 日由商务印书馆举办的"大师文集系列图书访谈会"上，与会专家就对"何谓大师"这一问题做出了可能的解答。以北京航空航天大学法学教授赵明的理解，大师首先应该有作品，这个作品一定有其核心的命题，并在一定意义上形成一个知识体系。因为大师不只是指的一种单纯的人格，同时还承载着对人类知识的伸展、传承、教育这样一个极为重要的意义。

在赵明看来，被尊称为"大师"的人，往往有先知般的领悟力、感受力。然而有这般力量的人，却未必都有作品。这其中有极少数的人，以自己的生活方式、行为方式引领芸芸众生，或是悄无声息地传递着某种精神的，或情感的力量，甚至传达一种意志。我们可以称他们为智者、圣贤,却不宜称之为大师。"因为大师之所以为大师,还在于他们起到了知识传承的作用。他们把自己的思想沉淀为厚重的作品,而正是这些作品构成了大师的主体。"

当然所谓知识传承的知识,不仅包括科学、技术、工程、生产等与直接创造财富有关的知识,更是包括人文、法律与治理等与制度创设框架有关的知识。商务印书馆推出的"大师文集",显然主要指的后一种知识。自 2012 年 6 月"卢梭三百周年诞辰"之际整体出版《卢梭全集》,从而拉开"大师文集"出版的大幕以来,该社陆续推出了《罗素文集》《托克维尔文集》等大师经典著作集。加上去年出版的《海德格尔文集》《斯宾诺莎文集》《黑格尔全集》,以及《钱锺书手稿集·外文笔记》等,已有十一种。汇集在这些"文集"中的十一位大师于数百年前提出的理论或者思想,至今看来仍然极具价值。

事实上,既然这些大师都有各自的理论思想体系,这就意味着他们在一定意义上就是某种标准模式的生产者、提供者。江怡认为,标准模式会被理解为某种恒定不变的模式。实际上,在历史和社会当中,在我们的生活当中,这种模式是可以改变的,也因为此,大师才会层出不穷地产生。"大师的作品,一定是有范式性的,有标准意义的,他一定为下一个大师诞生提供阶梯、提供平台,是下一位大师诞生的导师和引领者。"

从这个意义上说,北京大学经济学教授苏剑特别指出,不同的时代都有不同的大师,都对人类历史产生过不同的影响。"就拿经济领域来说,不管从哪个角度去看,马克思的《资本论》都产生了非常之大的影响。还有,马歇尔的《经济学原理》,也在人类历史上留下了足迹,并对人类历史的进程产生巨大和深远的影响。所以,每一个时代都有自己的大师,而且大师也不只是为数极少的几位。我们也没必要把大师看得太神圣了,要看得太神圣的话,就没有什么大师了。"

话虽如此,大师对于社会发展所能起到的作用,却远非普通人所能企及。恰如北京师范大学教授江怡所言，大师标明了人类思想的高峰，也体现了人类思想的精华。大师不仅引领时代的潮流，而且能够穿透一切时代，关注到整个人类生命所关心的重要问题。赵明以法国思想家孟德斯鸠的著作为例表示，虽有源于大师提供的技术和规范，但这些技术、规范在一些制度环境下，却会被破坏掉、抛弃掉。"我们总是太功利，在我们想到这些技术、规范给我们带来切实利益的时候，也理当明白这些利益可能很快就将被剥夺。要知道这是为什么，就有必要回到《论法的精神》所阐明的思想道路上来。如果我们对大师的思想，有切实的了解，我们构造的这样一个现实生活秩序才可能更稳固、更扎实、更有生命力也更有活力，并因此更能够对我们每一个人的切实利益提供更好的保护。"

切实的问题在于，如何深入理解大师的思想，毕竟他们的作品，有一部分或大部分的内容，相对于普通读者是有些晦涩难懂的。江怡认为，的确存在这样的障碍，要克服这样的障碍，首先需要克服我们在阅读大师著作时的畏惧心理，而一旦放下这个包袱，打破这种禁忌，我们会发现大师都是用非常平实的语言、非常容易能够理解问题的解决方案表达他们一些深刻的思想。"某种程度上说，他们之所以是大师，最重要的不在于构建体系，而在于解决问题。人类是由历史演变发展而来的，过去人们面临的问题，也可能是我们今天要解决的问题。甚至在某种程度上说，对于今天要解决的一些问题，大师们已经给出了可能的解决方案了。所以理解古往今来大师们的思想，能更好认识当今人类所面临的困境。"

而理解大师，也完全可以如赵明所说，从边缘开始，从细枝末节的地方开始。他举《法哲学原理》的例子表示，要是非要一开始就搞明白"什么叫抽象法""什么叫家庭法""什么叫伦理""什么叫国家法"等等，很可能会把你搞得一头雾水。"但《法哲学原理》里有一句非常著名的话：凡是合理的它就是现实的，凡是现实的它就是合理的。这句话很多人都听说过，即使是普通人面对这句话，也会不禁获得一种震撼或是静下心来做一番思考，那就不妨从这随时可能遭遇的命题出发，以最切己的生命、生活经验出发，去'走近'大师。从另外一个方面说，从阅读大师那些更有'生命感'的书信集或日记讲演开始，也是很好理解大师的路径。"

同时，阅读大师的著作，也并不是说要局限于自己的专业领域。在赵明看来，无论卢梭、罗素、黑格尔还是海德格尔，与自己的专业都有关系。但换个角度看，或许是看似与法学、法律无关的《钱锺书手稿集》，给了自己更重要的生命的滋养。"人总是要追求品位的吧。无论你是大法官、律师或是法学教授，在你翻阅《钱锺书手稿集》的时候，会感觉你的生命多了一点滋润。从这个意义上说，人类历史上几乎所有的大师都与我们有关。"

以江怡的理解，读一些大师，比如海德格尔的著作，对很多人来说会如同读天书一般不知所云，但实际上海德格尔所谈的都是很实际的经验问题，无非是他把这些经验升华为理性、道德或是哲学的判断。"有必要记住，我们人不仅是情感的动物，而且是理性的动物，我们自然想知道我们的理性从哪里来的，我们该如何面对我们所处的困境，以及以什么样的方式处理我们的困难。大师以他们的智慧，为我们做出可能的解答。所以说，阅读大师其实就是在走向我们自己。"

《新青年》创刊一百周年：鲁迅，还是胡适？

在一百年的时间里，恐怕没有一本刊物像《新青年》那样既开了风气之先，又对中国社会的历史进程产生如此巨大而深远的影响了。

作为"五四"新文化运动时期最有影响力的综合性文化刊物之一，《新青年》之"新"，诚如评论家郜元宝在2015年9月20日于上海鲁迅纪念馆举行的"纪念《新青年》创刊一百周年学术研讨会"上所做的主旨演讲中所说，"新"在以其创刊为开端标志的新文化运动，真正实现了数千年中国传统文化的创造性转换。"恰恰因为有了新文化运动，国人才真正开始用近代科学和民主的理念与方法来研究和思索传统，将传统这艘'古船'毅然驶入世界进步文明的洪流中去。"

某种意义上，这就是我们今天要纪念《新青年》创刊一百周年的理由。当然我们的纪念，并不只是去追忆那段让人思之百感交集的激情岁月，也不止于进一步阐明其积极意义和正面价值，更在于让其隔着遥远的时空与当下中国社会文化实践展开积极对话，从而让我们带着新的问题和思考扬帆起航。

文化运动大？还是鲁迅大？

毫无疑问，诚如北京鲁迅博物馆副馆长黄乔生所说，在文化领域，鲁迅在一定程度上成了新文化运动的代名词。他引用有关人士的疑问道：当我们回望那段历史，我们有必要问问到底"新文化运动大？还是鲁迅大？"

这还得从鲁迅与《新青年》的渊源说起。大约是 1916 年底或 1917 年初，友人许寿裳给鲁迅送去几册《青年杂志》（《新青年》前身），对他说"这里边颇有些谬论，可以一驳"。1917 年 1 月 19 日，鲁迅将十本《青年杂志》寄给周作人，周作人于 1 月 24 日上午收到，看完却"觉得没有什么谬，虽然也并不怎么对"。

那时，周氏兄弟暂时都没有给《新青年》写稿的兴致，直到《新青年》编辑钱玄同多次来到绍兴会馆，用"坐穿板凳"的方式约稿，才重新燃起了鲁迅的创作激情。钱玄同最初造访是在 1917 年 8 月 9 日，鲁迅在当天日记里写道："晴，大热。下午钱中季来谈，至夜分去。"以后钱玄同或单独或和刘半农一道频频造访。据记载，仅 1918 年 2 月至 4 月的三个月间，钱玄同共造访周氏兄弟十次，均谈至深夜十二时以后。因为是夜间造访，多半会引起护院犬吠，鲁迅还在《自序》中生动地描绘了钱玄同"因为怕狗，似乎心房还在怦怦跳动"的情景。尽管如此，"怕狗"的钱玄同仍不断造访，竭力鼓动他们给《新青年》写文章。于是，一份原来准备批驳的刊物戏剧性地成了鲁迅倡导"文学革命"的阵地。

1918 年 5 月 15 日，原名周树人的鲁迅，第一次以"鲁迅"为笔名在《新青年》4 卷 5 号上发表"意在暴露家族制度和礼教的弊害"的《狂人日记》。小说成了中国新文学的开山之作，鲁迅也由此"一发而不可收"，终成一代文学巨匠。而据原北京鲁迅博物馆副馆长陈漱渝研究，此前，鲁迅跟友人合著过《中国矿产志》，用笔名发表过五篇文言论文，跟周作人合译过《域外小说集》，还公开发表过一篇文言小说，在中国文学界都不曾产生深远影响。正是在《狂人日记》之后，"鲁迅"几乎取代周树人的原名，成为中国文学新高度的一杆标尺。

据统计，从 1918 年 5 月 15 日出版的 4 卷 5 号起，至 1921 年

8月1日出版的9卷4号止，鲁迅在《新青年》共发表作品五十四篇，计小说五篇，新诗六首，杂文二十九篇，通讯三篇，译文四篇，其他（附记正误）七篇。如周作人在4卷2号发表的《古诗今译》等其他作者在《新青年》上发表的一些作品，也经过鲁迅的修改润饰。尤值一提的是，1923年8月，鲁迅第一部小说集《呐喊》由北京新潮社首次出版，书中所收十四篇小说，单是《新青年》发表的就有《狂人日记》《孔乙己》《药》《风波》和《故乡》五篇，超过了三分之一。

显而易见，鲁迅凭其在《新青年》上发表的大量文章，成了该杂志当之无愧的核心作者和灵魂人物之一，《新青年》成就了鲁迅，鲁迅也为《新青年》做出了卓越贡献，而最显著的一点在于，如郜元宝所说，鲁迅将这本原来只注重"议论"的刊物，变成"议论"和"创作"并重的刊物，使当时全国的读者在这本倡导"文学革命"的刊物上，真正看到了文学革命的实绩。"如果没有鲁迅的《狂人日记》等小说，《新青年》很长时间都会拿不出'文学革命'的成果，而只有一些关于'文学革命'的议论，及几首稚嫩的白话诗和几篇翻译的外国文学作品。果真如此，则《新青年》也真的成了几个勇猛的闯将在沙漠里没有回声的呐喊了。"

正如郜元宝所说，《新青年》除了鲁迅外，是还有"几个勇猛的闯将"的。现在回头看，在《新青年》里留下痕迹最多的，除鲁迅外，主要是陈独秀和胡适。《新青年》在接受共产国际资助后，决定从1920年9月1日出版的8卷1号起，把刊物办成中共上海发起组的机关刊，政治内容逐期增多，学术艺文内容日渐单薄。据统计，新青年1—7卷共发表文章七百七十五篇，仅文学作品就有一百九十八篇，在8—9卷中，文学作品已减少到六十三篇。1923年6月15日《新青年》改为季刊复刊，实际上，已经由以新文化运动为中心的刊物变成了中共中央的理论刊物。鲁迅在很长时间里，都是《新青年》的核心作者，但自1921年8月1日出版的9卷4号后，他就没有为《新青年》写过文章了。

选择鲁迅？还是选择胡适？

鲁迅与胡适分道扬镳的源头，正如原上海鲁迅纪念馆馆长王锡荣指出，也恰是始于《新青年》。

1919年，《新青年》内部对编辑方针产生分歧，陈独秀、李大钊接近马克思主义，而胡适声明不谈政治，而且把它作为《新青年》的一贯原则。虽然谈到新文化运动的贡献，莫不首推陈独秀与胡适，但因为走得最远的是鲁迅与胡适，结果在不少人的印象里，新文化运动最终成了鲁迅与胡适的"对决"。而在当下最有代表性的问题则是："一边是胡适，一边是鲁迅，你会选择谁？"

而这一问题的背后，隐含的是世人对两人思想信念、人生态度，及其所走的不同道路的争辩。在王锡荣看来，这样非此即彼的争辩有很大的局限性。很显然，新文化运动不是鲁迅与胡适两个人的运动，更不是两个人的对决。而他们的分裂，也不能说是两个阵营的分裂，而是像鲁迅说的风流云散，各自走开，走向了不同的方向。这其中尤以鲁迅最为复杂。王锡荣表示，鲁迅曾在胡适提出发表"不谈政治"的宣言问题上，明确表示不支持，但他也没有跟随陈独秀去搞政治。

不过，鲁迅确曾对胡适等《新青年》同人发表过自己的评价。在《忆刘半农君》一文中，鲁迅写道："假如将韬略比作一间仓库罢，独秀先生的是外面竖一面大旗，大书道：'内皆武器，来者小心！'但那门却开着的，里面有几支枪，几把刀，一目了然，用不着提防。适之先生的是紧紧地关着门，门上粘一条小纸条道：'内无武器，请勿疑虑。'这自然可以是真的，但有些人——至少是我这样的人——有时总不免要侧着头想一想。" 从中不难看出鲁迅对胡适的评价，就像陈漱渝说的，是虽佩服其学问而觉其城府较深。

当然，鲁迅所说的胡适的城府，很可能在于胡适未必为鲁迅所欣赏的儒雅的绅士风度。自胡适从1924年左右转入现代评论派，进而否定学生运动后，鲁迅就开始对胡适略有微词。此后随着两人渐行渐远，鲁迅对胡适更是绝望了。但胡适却始终不曾对鲁迅表示出恶意，不管鲁迅怎样嘲讽他，挖苦他，甚至公开痛斥他，他都不吭一声，从来没有公开回复，更不说反击了。在王锡荣看来，胡适基于社会地位优越、物质条件丰厚的权贵阶层观念的"主张宽容"，鲁迅基于国家满目疮痍，权贵争权夺利，民众生灵涂炭的抗争群体观念的"一个也不宽恕"，都无关相互之间的偏见，只是两人从性格、思想到信念的不同而有所区别罢了。

但并非很多人都认同这样的看法，有学者认为，毛泽东对两人的不同态度，在很长时间里影响了世人对他们的评价。1940年代以后，毛泽东确曾对鲁迅有过推崇的表示，对于鲁迅在新中国的政治意义产生了重要影响。在王锡荣看来，要以此认为鲁迅是被"毛泽东捧起来的"就大谬不然了。"鲁迅被尊为思想界先驱和青年导师，是在'五四'新文化运动落潮期的1925年前后。这不仅是因为他的作品，还因为他的言行均显示出富有穿透力的深刻洞见和常人难以企及的远见。而鲁迅逝世时被尊为'民族魂'，更是全民族的认同。以此看，鲁迅作为现代文学第一人，是其思想精神内涵与实际贡献所构成，不因任何人的褒贬而增损。"

也因为此，王锡荣认为，我们今天看待胡适和鲁迅，不应该持二元的方法论，而更应该客观地取舍。"我们不应该对鲁迅全盘接受，也不宜过高估计胡适的贡献，而需要强调指出的是，鲁迅的基本思想内核，依然是中国社会发展，尤其是当今中国人需要的思想精神财富。"

"五四"很失败？胡适很成功？

可以确定的是，如郜元宝所说，纪念《新青年》创刊和新文化运动一百周年，是一个很好的普及"常识"的机会。而新文化运动的积极意义，作为经过无数社会文化实践和许多规模不等的文化论争，逐渐成为普遍认可的文化史常识，也确乎已经被今天的人们普遍淡忘了。

某种意义上正因为这样的"淡忘"，有人把当下中国的一些价值失范和失序现象，也归罪于"五四"新文化运动。由此推演，他们把新文化运动的过失归于陈独秀、李大钊的介入政治，而胡适代表正确的启蒙方向，进而得出"'五四'很失败，胡适很成功"的结论。但实际的情况是，无论陈独秀，还是胡适，都不曾背离民主与科学的方向，而放在当时的历史背景下，新文化运动转化为社会运动，包含了一定的必然性。恰如王锡荣所说，如果没有社会政治运动，所谓的纯粹的文化运动未必会成功，"民主"与"科学"的最终指归，也必然是社会的变革。

然而正是在"民主"与"科学"的基本点上，近年也遭到了一些质疑。陈漱渝举例说，有人认为，民主与科学不是《新青年》的基本价值观，也不是新文化运动的基本口号。依据是，1999年北京大学出版社出版了一张《新青年》光盘，经检索，在总字数超过五百四十一万字的该杂志中，"民主"系列主题词的出现频度极低，总计发表各类文章一千五百二十九篇，内中专门讨论民主的文章只有三篇，论及科学的文章也不过五六篇。在陈漱渝看来，这样的依据看似很有道理，但根据关键词得出学术结论难免失之毫厘、谬以千里。"比如民主既是一种价值观念，也是一种行为方式和制度规则，它体现在方方面面。要是用电脑检索《鲁迅全集》，'民主'这个词语一次也没出现，难道就能据此判定鲁迅毫无民主意识吗？"

事实上，只有等到《新青年》创刊及其后兴起的"五四"新文化运动，"民主"与"科学"，才如北京大学历史学系教授欧阳哲生所说，被奠定为中国现代文化的核心观念或基本价值，而此前基本上只是被作为一种实现国家富强和救亡图存的工具或手段。也是在这个意义上，郜元宝强调，以《新青年》创刊为发端的新文化运动开启了现代中国文化的闸门，我们今天依然航行在从这个闸门涌出的新文化的河流之上，今后还将继续坚定地在这条河上航行。

角度与风景
——对当代文学的另一种观察

谈论鲁迅时，我们该谈些什么？

2011年9月25日，鲁迅先生一百三十周年诞辰。无论在官方还是在学界，鲁迅作为一个话题，都被热烈谈论着。北京、上海、鲁迅的故乡绍兴等地，举办了各种纪念活动。围绕鲁迅，从"鲁迅留给今天的遗产""今天依然不能绕过的鲁迅""我们需要鲁迅"等大命题，到可否既打代表中国传统文化的孔子牌，也打可以涵盖百年来现代中国文化及其未来走向的鲁迅牌，以此来向世界宣传中国文化的倡言，乃至具体而微的关于鲁迅生平、著作等细节问题的研讨。各式各样的话题，归结到一点，就是对"鲁迅的当代性"的现代阐释。

确乎如此。在上海展览中心举行的"上海市纪念鲁迅诞辰一百三十周年大会"上，复旦大学中文系教授郜元宝开宗明义地指出，鲁迅展开文学活动的三十年间，中国社会文化发生了"千年未有之大变局"，这个大变局迄今并未结束，许多问题仍然存在，比如怎样对待传统、如何处理中国与世界的关系、中国社会结构和深层文化心理的改革、个人的觉醒及其困境和出路。"因此，这三十年前后的现代中国文化不能绕开。不能绕开现代，也就不能绕开鲁迅，因为鲁迅是现代文化公认的高峰。某种意义上，'鲁迅等于中国现代'。"

上海作家协会主席王安忆，以作家的敏感对鲁迅留下的文学遗产做了自己的解读。她说，鲁迅笔下的人物，那些从普遍性中提炼再加以虚构的性格，至今还留存在我们的骨肉里。"《伤逝》的故事自然不会原样发生了，女性追求爱情和独立早获得合法性，极大限度拥有自由，可以爱可以不爱，可以居家也可以出走，但是，先生的问题又来了，那就是，'娜拉走后怎样？'究竟能不能幸福，幸福又究竟是什么？幸福不再像《幸福的家庭》里那样，因穷困而变得窘迫，相反，如今物质相当富裕，这个世界再不像先生看见过的那么荒凉，可是人们对幸福的观念，似乎还是在茫然中。"

在上海鲁迅纪念馆举行的"鲁迅与现代中国文化国际学术研讨会"上，汕头大学教授王富仁则大声疾呼，中国现在比过去更加需要鲁迅。"因为经过一个世纪的努力，我们中国似乎确实已经成了一个'崛起的大国'，但中国现实社会的人的精神面貌却依然不是那么令人惬意的。我们富了，强了，政治民主的意识加强了，但我们的'幸福指数'反倒降低了，一些根本令人不可思议的怪现象几乎天天发生。这是为什么呢？这不恰恰证明了我们在精神上出了问题吗？"

无可怀疑，较之鲁迅近些年来的"淡出"，近期鲁迅的被热烈谈论是一件幸事。我们唯愿纪念日过后，鲁迅仍然被热烈谈论着。而对鲁迅当下性的强调，从某种意义上恰恰印证了当下社会的种种缺失，及有识之士寄希望于以鲁迅思想和精神来引导、改变现状的激切。然而，这样的吁请与召唤在让观众感动、震动的同时，记者在现场也听到一些因为种种谈论大而空，也"谈不出新意"的慨叹。在接受记者现场采访时，也有观众表示，听完有关鲁迅的各种演说、谈论，当时会感到激动，但回想起来觉得，加诸鲁迅身上的种种评说，只是空洞的概念，没能留下深刻的印象。

事实上，因为鲁迅无可置疑的深刻，谈论鲁迅时，被谈得更多的，常是作为"思想家""革命家"的鲁迅，以致如若不能从鲁迅身上谈出点深刻的思想来，会被认为是一种"亵渎"。然而，事情的另一面在于，当我们强调鲁迅的深刻时，却可能带来对文学审美层面上的鲁迅的遮蔽。很显然，只有从文本和语言的阅读和感悟中，鲁迅的深刻才有所依附。脱离开审美的鲁迅，直言其思想和精神，或只是从其著作中提取一些名词或概念展开阐释，难免会给人以泛泛而谈的遗憾。

而在鲁迅自己，恰如郜元宝所言，他从来都不用抽象的空谈来探讨问题，而是用文学的方式，亦即用深切的人生经验和情感经验来应对，把这些问题连同他个人的解决方案熔铸为鲜明、生动、饱满的文学形象。及至到了晚年，鲁迅越来越自觉地和自己旧的表达习惯相背离，有时难免会给人苦涩难懂的印象。在鲁迅研究专家孙郁看来，这是因为，鲁迅在思想和审美上，向来是反常态的、向极限挑战的人。"鲁迅从来不以士大夫的口吻叙述和转述对象世界的思想，他一直试图转化出新的语序和新的逻辑表达方式，以此来增添汉语表达的丰富性。"

显然，抽象的谈论并不能代替具体的审美，而对鲁迅"现实功用性"的过度强调，则可能是对鲁迅的另一种误读。事实上，从意识形态的束缚中层层剥离出来后，鲁迅开始得到全面的研究。一方面，对鲁迅各个层面的研究还有待进一步深入。另一方面，鲁迅研究正面临如何谈出新意的焦虑。当我们自问谈论鲁迅，我们该谈些什么时，不妨把目光转向审美的鲁迅。毕竟，一个被学界以偏离审美的方式广泛谈论着的鲁迅固然不可或缺，我们更可期待的是一个被广大读者接受和理解的鲁迅。而经由鲁迅的文本，真正领悟到鲁迅之美，受其潜移默化的熏染，或许才是我们走近鲁迅、理解鲁迅，并构建起鲁迅式人格的切近路径。

第四章　如何把启蒙变成一种生活态度？

今天，我们怎样读胡适？

　　尽管如胡适研究专家周质平所指出的，至少有三十年的时间，大陆对胡适只有批判没有研究，但无可否认的是，胡适在当下的价值近年来已被越来越多的人认知和接受，读书界更是兴起了一股"胡适热"。而中国的改革和发展，其实也接近于胡适当年提出的"少谈些主义，多谈些问题"的思路。基于此，我们显然很有必要读读胡适，但今天我们该怎样读胡适？这无疑是值得关注的问题。

　　在2012年8月17日举行的题为"今天，我们读胡适"的演讲中，周质平谈到一个外国学者对何以在当下中国会出现"胡适热"的疑惑。"在他看来，胡适讲的大多是一些普通不过的寻常道理。既然如此，又何必费心去做研究？"这样的疑惑显然有一定的代表性，甚至可以作为有些人以为的"胡适思想已经过时，我们夸大了他的价值"的一个佐证。

　　然而，很多事物和道理往往因其寻常为我们所忽略，也因其寻常容易为高亢的声音和激进的潮流所遮蔽。也因为此，我们才格外强调常识的重要性。周质平谈到胡适对西化的态度。"在胡适看来，没必要对西化抱强烈的抵触心理，更不用担心因为西化，我们会遗失自己的文化传统，西化也不会让我们沦为欧美文明的附庸。因为归根到底，每一种文化都有自己的惰性，它不会因为接受任何外在的影响而失落自己的本质。"

事实上，在写于1933年的《中国的文艺复兴》书序中，胡适就提到，大规模的文化变迁正在中国发生，虽然旧体制在受到冲击之后出现了崩溃的现象，但这正是让旧文化新生必不可少的过程。"这个再生的文化看似是西方的，但只要刮去它的表层，你就能看到基本上是中国的基底。"胡适的这一思想，诚可视为对当下一些学者担心西化会最终危及自身文化存在，从而在学理上自觉抵制西方文化影响的民族主义思潮的一个遥远的回应。

当然，胡适之所以提出这一思想，很大程度上是基于他对事物的基本判断。实际上，与"五四"一代知识分子一样，在很多中文著作中，胡适都曾对中国固有文化表现出过分的否定。在周质平看来，"五四"一代知识分子普遍认为，汉字或者汉语拖累中国社会的进步。中国要想发展，要有进步，必须先从改革汉语汉字开始。而要建立一个新社会，只能先否定自己的传统文化。"对此，胡适并没有提出反对的看法，但他也没有很激进的言论。他批评中国文化，正可谓爱之深、责之切。于是顾不得为国人留'体面'，直陈国人病痛之所在，进而激发其奋发向上。"

然而，胡适在其英文著作里，谈到中国文化问题时却多了许多辩护和维护的内容。体现在近期由外语教学与研究出版社推出的三卷本《胡适英文文存》中，胡适对中国文化充满信心，并一再强调其并不缺与西方文明接轨的"现代性"。这个现代性的主要成分是民主与科学。周质平表示，胡适有生之年，民主和科学的发展，在中国始终还在摸索，所以他只能回到历史上的中国，去找他的科学精神与民主基础。"这一方面维持了他知识上的诚实，一方面又顾全了中华民族与中国文化的体面。因此，读胡适的英文著作，很能体察到他在面向海外读者时谈及中国问题的微妙态度和良苦用心。"

胡适的温和理性于此可见一斑。一如同期出版的《胡适书信选》所呈现的，胡适交往的朋友涉及了蔡元培、鲁迅、陈独秀、周作人、郭沫若、沈从文、傅斯年等持不同立场的风云人物，其兼容并包之大家气象，让今天的我们读来依然感慨。事实上，这种温和理性的态度，使得胡适即使在他最为声名彰显的时期，也未曾被过于偶像化，也使他不致沦为党派的工具，这或许是他在身后很长时间里萧索寂寞的一个理由，而这也恰恰是我们今天要读胡适的最重要的理由。

知识分子社会关怀，需致之开阔和远大

在 2013 年 5 月 5 日上海华东师范大学举行的"知识分子与现代中国的转型"论坛上，学者许子东说了句耐人寻味的话："看历史上的知识分子，感觉上是在看我们自己。"这句再简单不过的话，却能在某种意义上解释，何以知识分子的话题在当下被一再谈起，且引来非同寻常的关注。而有了这样一种"现实"的参照，我们才会对历史上的知识分子，尤其是经历现代中国转型的知识分子，抱有一份温情和理解。

显然，之所以我们会有这样一种吁求，是因为如历史学者杨奎松在此次论坛上首发的新书《忍不住的"关怀"：1949 年前后的书生与政治》中所提到的，中国现代知识分子在 1950 年代，经过思想改造和整风"反右"两场政治运动之后即"集体失语"，丧失了独立性、自主性和批判性。当我们回顾这段历史，许多人都在问一个问题：当年知识分子为什么那么软弱？与此形成鲜明对照的是，同样是面临历史的转折，俄罗斯等国家的很多知识分子，依然能面对强势"虽九死其犹未悔"，不曾丧失尊严和立场。有了这样的对比，我们才能明白，这一质问何以成了当下知识分子不得不直面却始终难以疏解的伤痛。

在杨奎松看来，当我们这样质问的时候，实际上我们忘了中国的文化传统，忘了这些知识分子和我们一样是人，他们一样有我们所有人都会有的弱点和问题。"撇开什么学历或职业、专业之类的限定，从本质上看，所谓知识分子，不过就是一些以精神目标为毕生追求的读书人而已。往高了说，也不过就是些读书较多，具有独立精神和批判性思考能力，肯于公开表达自己思想的知识分子。"而现代知识分子参与政治，很大程度上是一种忍不住的"关怀"。"在那样的年代里，一个人的真性情往往直接决定着他对政治的态度。这和哪个党没有多少关系。凡少年书生，越是血气方刚，就越是关心社会大众的境遇和国家民族的命运。"

某种意义上，也是基于这样的真性情，蒋介石加入了同盟会；毛泽东加入了共产党，许多学生、记者，甚至于教授，不惜牺牲自己的专业或学业，开始投身政治，或结社建党，力求引领潮流，或激扬文字，指点江山，批评社会，无不想要身体力行地去救国救民。然而，远非所有的知识分子都适合参与政治，更不是每个参与者都注定会变成"政治动物"。"政治理应是那些渴望展示自身能力并热衷于用权力造福一方的理想家的事情。一介书生，放着自己喜欢的学问或擅长的文学不做，非要跨界去搞什么政治呢？"

然而切实的问题在于，知识分子作为公众中最容易关心公众利益的成员，实际上是很难不和政治扯上关系的。《忍不住的"关怀"》一书中讨论的三个知识分子，都不是共产党人。燕京大学哲学教授张东荪，长期浸淫于政治活动之中，1949 年后曾官居政务院委员；报人王芸生，擅长政治评论，多年担任《大公报》主笔；清华教授潘光旦，理科出身，对政治外行却一样曾积极想要为中国政治建言。"相同的一点是，三人在 1949 年以前都曾经在不同领域有过出色表现，1949 年以后却先后遭遇滑铁卢，人生事业从此一蹶不振。"

杨奎松把三位知识分子放到 1949 年以后整个中国大环境以及他们周遭小环境变化的背景中，意图考察并理解他们对这世道之变从个人的角度是如何去认识，去适应，以及他们为什么会有这样或那样大相径庭的适应方法以及不同的结果。"我们看任何人，不论古今或其他地位如何，都应当把他当成普通人来看待，特别是要从人性的角度去诠释和理解。尤其是研究历史，除非先做到充分理解，否则是不可能有所谓客观评价的。"

实际上，如果说知识分子首先是普通人，他们也是注定难以摆脱政治纠缠的普通人。由此知识分子必然面对的问题是，与政治之间应该保持怎样的关系？历史学者刘擎认为，存在两个政治，狭义的政治，指的是存在很多利益冲突的政治；宽泛的政治更多指的是公共事务。"从目前看来，知识分子还特别欠缺一种公共说理的心态。他们论起理来不分公共与私人领域，蛮横霸道，有狂狷之气，很多人以为这是真性情，实际上只是犯了文化病。他们行使文化上的特权，过激、专断。因此，当下知识分子尤其要形成在介入公共事务时'有话好好说'的氛围。"

而所谓介入公共事务，也并不限于一个国家一个民族的范围。杨奎松感叹说，在很多个世纪里，西方一直都以穿西服为主。而近代中国，自康、梁以来，先后流行过日式和服、学生装，还有就是军便服、毛氏中山装。"这说明我们的民族，一直没找到非常准确的定位。当西方知识分子在谈论公平正义，谈论很多跨边界的问题时，我们依然在谈论中国怎样摆脱耻辱和落后，怎样崛起和复兴，怎样成为世界强国。从这个意义上说，如何超越有局限性的认知，致之开阔和远大，正是摆在当下知识分子眼前的一个重要课题。"

第五章 中国文学到了重新确立坐标的时刻?

莫言获奖：如何推动中国文学融入世界？

北京时间2012年10月11日晚七时，瑞典皇家科学院诺贝尔奖评审委员会宣布，中国作家莫言获得2012年诺贝尔文学奖。这是诺贝尔文学奖第一次花落中国籍作家。

诺贝尔委员会的颁奖词称，莫言"将魔幻现实主义与民间故事、历史与当代社会融合在一起"。授奖声明还形容莫言创作中的"世界"令人联想起威廉·福克纳和加西亚·马尔克斯作品的融合，同时又在中国传统文学和口头文学中寻找到一个出发点。

一时间，"诺奖"和莫言，成了炙手可热的名词。各大报纸、网站纷纷用头版、头条、专题的方式，报道获奖消息，紧接着领导祝贺、作协肯定、社论赞美。莫言几十年来的人生经历、写作状况、获奖记录等等，也被一一披露。甚至其亲朋好友、同学同事、战友笔友，都受到媒体的轰炸式采访。形形色色的诉求共同促成的"莫言热"，确有"魔幻现实主义"色彩。

莫言获奖自然可喜可贺，引发强烈效应也在情理之中。但正如有网友所言，"盛宴"过后，我们或许更应冷静思考：这到底只是现实文学生态下的偶然特例，还是一个可以复制的良好开端？换言之，我们更可期待的是，莫言获奖给中国当代文学带来了何种启示，我们又将如何把这"中国文学的胜利"，如有些评论家欢呼的那样推进"新时代"?

诺贝尔奖是文学奖,不是政治奖

在获奖当晚于高密举行的新闻发布会上,面对各路记者的提问,莫言表示,"诺贝尔奖是文学奖,不是政治奖。自己是从人性角度写作,小说大于政治,我的获奖是文学的胜利。"

而他之所以做这样的强调,某种意义上是因为诺奖往往体现诺贝尔委员会的政治倾向。而一旦遇到中国文学,标榜客观性、推崇艺术自律性的西方媒体,常常会自觉不自觉地贴上政治标签。国内读者出于惯性思维,也想当然认为只有与体制"不合作",作家才有可能获奖。事实上,在诺奖颁出之前,一些论者坚信,作为一名在非西方国家"体制内写作"的作家,莫言不符合诺贝尔委员会的"政治口味",他不大可能获奖。

正因为此,一些国际媒体认为莫言获奖意味着诺奖出现了某种转变,它的政治偏执面对中国出现了"退缩",虽然前面还有很多不确定性,但诺奖的一些现实主义松动清晰可见。俄罗斯《导报》猜测,诺贝尔奖委员会似乎是有意打破以往的某种偏见。与此同时,西方主流媒体也表现了同瑞典文学院大体一致的态度,肯定莫言文学成就。

毫无疑问,以莫言《丰乳肥臀》《生死疲劳》等大气磅礴的作品,以其天才的想象、魔幻的冲击力,和在世界范围的影响,他的文学成就配得上诺奖。诺贝尔奖基金会发言人埃里克·胡斯也表示,诺贝尔文学奖的评奖依据就是文学价值,莫言得奖证明了其作品的文学价值及世界性。"瑞典文学院的评委们认为,莫言在很多方面都是一个独特的作家,他的地位就像福克纳、狄更斯和拉伯雷,他的作品能将人们带入一个独一无二的小世界。"

而从另一方面看,诚如评论家张旭东所言,莫言获奖的特殊意义更在于,作为大多数扎根在中国社会作家中的代表性人物,莫言没有兴趣去做一个"持不同政见者",他也没有表现出一种脱离中国社会和体制才能创作的形象。他有一个普通的中国人能够享受的权利，也分担所有人都受到的限制。"但是在这样的条件下，也完全可以写出最好的文学。"

事实上，关于文学与政治的纠葛，莫言有自己独到的理解。他说，作家对社会上存在的黑暗现象，对人性的丑和恶当然要有强烈的义愤和批评，但是不能让所有的作家用统一的方式表现正义感。"对文学来讲，有个巨大禁忌就是过于直露地表达自己的政治观点。"

以特有的立场，有效介入现实

莫言的确很少在作品中表达自己的政治立场，但这并不代表他对政治全无看法。他的写作立场、他的政治观点，常以特别迂回的方式隐藏起来。某种意义上，这是一个"体制内"作家的本能。他恪守了自己笔名所规定的法则：莫言。

三年前，就《蛙》这部小说接受记者采访时，莫言讲了这么一个故事：歌德和贝多芬在路上并肩行走。突然，对面来了国王的仪仗队。贝多芬昂首挺胸，从仪仗队面前挺身而过。歌德退到路边，摘下帽子，在仪仗队面前恭敬肃立。莫言年轻时，也认为贝多芬了不起，歌德太不像话了。"随着年龄增长，我慢慢意识到，像贝多芬那样做也许并不困难，但像歌德那样，退到路边，摘下帽子，尊重世俗，对着国王的仪仗恭恭敬敬地行礼反而需要巨大的勇气。"

言下之意，虽然在现实生活中难免会有妥协，但他完全可以像歌德那样在作品中表达自己的诉求。也因为此，他认为"仅仅以为我没有在什么样的声明上签名，就认为我是一个没有批判性的官方作家，这种批评是毫无道理的"。在他看来，许多作家都会面临一些不愿触及的敏感政治问题，在这个问题上，作家能做的就是注入想象，把问题从现实世界分离出来，并保证它的生动性和大胆性，具有现实生活的缩影。

而在他所能影响的可能场域里，他并不避讳鲜明地表达自己的立场。他曾这样说过："在这样的时代，我们的文学其实担当着重大责任，这就是拯救地球拯救人类的责任。我们要用我们的作品告诉那些虚伪的政治家们，所谓的国家利益并不是至高无上的，真正至高无上的是人类的长远利益。"他也并不总是耽于空谈。2009年汶川地震一周年之际，本报发起作家签名本赠灾区活动，莫言就给予了积极响应。至于此前参与抄写《在延安文艺座谈会上的讲话》，莫言也体现了负责任的精神。在2012年8月和日本作家阿刀田高的对话中，他曾表示自己正因为超越了讲话精神，才拓展开写作空间。但这并不代表他否定讲话的历史价值、学术价值和思想影响。以此看，他选择参与抄写来表达对这个文本的敬意也无可厚非。而我们更应看到的是，莫言在自己的作品中，在提到中国的官僚机构、他们的小小特权以及书中人物与他们的对抗时，他从来没有退避三舍。

很显然，莫言颇具灵活性的写作立场，使他在中国文坛上格外与众不同。他不局限于狭窄单一极端的写作空间，而是让自己的作品呈现出一个纷繁的世界。然而，无论小说形式怎么变换，他都以自己特有的立场和方式，有效地介入了当下中国的现实。正因为此，评论家邵振国认为，莫言获奖会唤起写作者思考什么才是小说的"写实主义"的表述。"作家要关注现实，但不使创作停留在'生活纪实'的书写层面，而是要真正赋予这种表述以文学性、艺术性的承载力和张力。"

更重要的是，眼下纯文学的不景气，读者群大面积流失，许多曾经严肃的小说家为了迎合市场需求，偏离了严肃创作的轨道。莫言却依旧"忠实于自己的文学使命"。他是中国少有的长期坚持写作直到完全成熟的小说家之一。某种意义上说，对文学的这种坚持，也不失为一种毫不含糊的社会担当。基于此，书评人韩皓月表示，莫言获奖为中国作家的写作带来光亮和希望，激励国内与他同样优秀的作家更专注于良心写作，重新找回文学尊严。

从故乡出发，又超越了"故乡"

在很多人看来，莫言获奖虽不足以证明中国文学在世界舞台已经赢得一席之地，但起码中国作家群体由此找到了与世界对话的文学自信。莫言获奖也因此被视为中国当代文学进入西方主流视野的标志性事件。

虽然如此，在高度评价莫言文学成就的同时，对其何以获得西方汉学家和读者的青睐，人们在认知上还是有不少差异。有些人认为，莫言之所以能获奖在很大程度上得益于好的翻译。而之所以能被大量译介，也是因为他的作品在风格上更接近于西方文学界的习惯和想象。

实际上，莫言甫一获奖，就有一些人提请注意莫言作品的译作家们功不可没。他的瑞典语译者陈安娜随之也成了中国读者关注的对象。陈安娜表示，在中国当代小说家中，莫言的作品被翻译最多，也是最精准的。有人也注意到，莫言作品的有些译本省略或简化了原作的一些段落和词句。但相比繁复有力的中文风格，干净利落的译文，却可能更容易被国外读者欢迎和接受。

无可否认，如张旭东所言，西方读者是在西方文学脉络里用自己的语言阅读莫言的作品，他们有自己的接受传统和预期，一开始他们通过基本的类比，用自己熟悉的习惯、工具去理解莫言。"但只要他们读进去，就会发现他作品中的历史背景、社会环境、文学传统等和欧美作家不一样。"美联社的文章也介绍说，莫言后来的作品尝试变换讲述者身份和采用天马行空般的叙事风格，常常被称为"中国魔幻现实主义"。但瑞典皇家科学院彼得·英格伦强调，"用魔幻现实主义是对他的贬低。他并不是从马尔克斯那里直接拿来的东西，而是属于他自己的。"

这大概能解释，莫言的作品并没有刻意迎合西方读者。他能获奖，某种程度上也是因为他几十年来一直坚持写鲜明的、丰富的，具有中国传统文化特色的文学作品。《檀香刑》出版后，莫言就宣称，他要"大踏步地撤退"，撤退到从中国本土、古代和民间中去寻找小说再生样式的状态里。在莫言多部小说的编辑叶开看来，这是因为莫言意识到了当代汉语小说过于欧化的问题。"他明白，要写出'中国气派'的小说，就得从自己的文化资源里寻找再生性资源。"

　　但这并不意味着，小说写作必得走向另一个极端，以至于作家们打着"越是中国的，越是世界的""越是乡土的，越是世界的"的旗号，回到寻根的老路上去。莫言很清楚地意识到，所谓的"寻根"文学，其实早已完成了它的历史使命。他所能给出的最重要的写作经验，更在于他的小说是从故乡出发，又超越了"故乡"，表述了20世纪中国人复杂的经验，并传达出共同的人类精神。而他后期的小说，尽管有着某种中国小说的形式外壳，里面实际上装了洋溢着现代精神的小说新酒。事实上，在他的作品里，有着浓厚欧化色彩的《红高粱家族》和更着重于民间书写的《生死疲劳》同样受到西方的欢迎。

　　尽管莫言认为，当下从我们的日常生活当中，从自己最熟悉的中国当中，选取素材来获得灵感，是写作者不需要特别去努力就可以完成的事情。但以此写出融合中西，且能传达人类经验的作品，却未必是那么轻易就可以做到的事情。从另一方面看，莫言获奖会引起西方世界对中国文学的关注，却未必可以得出中国文学表现强劲的整体判断。以此看，中国文学走向世界的路途依然任重道远。

中国文学正在疾步走向世界？

中国文学正在疾步走向世界？对于很多中国作家和读者来说，这都像是一个事实，至少也是一个值得期待的愿景。最近，作家阎连科获2014年度弗兰茨·卡夫卡文学奖，麦家小说《解密》英文版出版并登上西方媒体报端。前不久，上海代表团带了几十位作家出席巴黎图书沙龙。一切的迹象都在表明，中国文学正越来越受到西方世界欢迎。

但这未必是事实。在日前华东师范大学举办的"镜中之镜：中国当代文学及其译介研讨会"上，将莫言作品介绍给英文世界的重要译者，有"中国现当代文学首席翻译家"之称的葛浩文直言，近十多年来，中国小说在英语世界不是特别受欢迎，出版社不太愿意出版中文小说的翻译，即使出版了也甚少做促销活动。他还表示："中国小说如同韩国小说，在西方不受待见。日本的，印度的，乃至越南的，要稍好一些。"

葛浩文的话，对因莫言获得诺贝尔文学奖而自信膨胀的很多中国读者来说不啻一顿棒喝，而由此带来的警醒和思考，无疑更有启示性价值和意义。

中国作家的思想，还没有真正走出国门？

仿佛是几年前德国汉学家顾彬质疑"不懂外语是中国作家面临的最大问题"的情景再现，葛浩文再次提出这一争议话题。

葛浩文表示，不懂外语的缺失导致中国小说视野过于狭隘，中国作家的思想没能真正走出国门。相应地，中国当代文学缺少应有的国际性，没有宏大的世界观。"莫言可能是近年来唯一不懂任何外语的诺贝尔文学奖得主；不可否认的，他或许看过其他诺奖得主的作品，但是他得透过翻译来阅读。我知道的中国作家都一样，他们到国外旅行演讲，必须完全仰赖口译的协助，因此自行到处走动与当地人接触的机会少之又少，通常就是和中国同胞在一起，等于是人的身体是出了国了，但是语言、心态等其他种种，还是留在中国。"

在葛浩文看来，国际性视野的缺失，也使得中国作家对长期以来形成的、国际公认的小说标准缺乏深入的理解。"尽管作家没有为读者写作，更没有为国外读者写作的义务，但基于中国文学'走出去'的强烈意愿和努力，就有必要加强这方面的意识。"葛浩文认为，中国当代作家虽然大量阅读西方文学作品，但其写作结构与方式，还是更多脱胎于中国传统文学的影响。"譬如说，中国小说可能一开始就花几页描述一个地方，对英文读者来说，这会造成一个很大的隔阂，让他们立即失去继续读下去的兴趣。而看西方小说，你总能找到脍炙人口的第一句，因为市场决定作家只有这么写，才能引起读者的阅读兴趣。另外，中国小说里的人物也缺少深度，中国作家有着以故事和行动来推动叙述的倾向，但少见对人物心灵的探索。而这恰恰是西方敏感的读者评价小说好坏的一个重要标准。"

以葛浩文的理解，中国文学还存在一些突出的问题。首先是，中国作家写得"太快"。"他们常给人粗制滥造的印象，出版后评论和读者照单全收，不太会批评作品的缺失。他们也习惯写很长的小说，似乎不知见好就收的道理。我不明白他们为什么要加入那么多描述，甚至是芝麻小事的细节，把小说变成文学百科全书？是因为稿费是按字计酬吗？还是因为缺少能力判断什么需要舍去？"

他还批判中国作家爱用成语的习惯。"中文作品里有许多陈词滥调的成语,我个人的经验是,成语的滥用是中国小说书写无法进步的原因之一。"

葛浩文认为,中国编辑的失责,对作家们的这些缺失负有不可推卸的责任。"一部作品从书写、出版到被读者阅读的过程,最重要的配角就是编辑。但是与西方出版界截然不同的是,中国的编辑几乎没有任何权力或地位,他们的胆子都太小了,顶多就是抓抓错别字罢了。世界闻名的作家大都有了不起的编辑在帮助他们,翻开西方小说,也常会看到作者对编辑的致谢语。很不幸的,中国小说只有在翻译成其他语言后,才会得到外国编辑如此的待遇,但这些外国编辑不懂中文,不了解中国社会文化。他们当然只能用他们熟悉的西方标准来看这些小说。"

为了走向世界,就要刻意迎合西方文学的标准?

虽然葛浩文批评中国作家写作不符合西方文学的标准,但他显然没有道出这在很大程度上源于东西方文化差异的事实。而这恰恰是中国文学翻译面临的最大难题。葛浩文直言中西方文学表达的不同,让他没法做逐字逐句的翻译,虽然他很明白,正是这一点,使得中国读者批评他不尊重原著。"真要逐字逐句翻译,我翻译的小说绝对没有一本是可以出版的。英文和中文可以说是天壤之别的两种语言,要逐字逐句翻译,不但让人读不下去,而且更会对不起原著和作者。"

作家王安忆也表示,在翻译上碰到的最大的困难,就是中西方语言问题很难沟通。"至少有两个很大的区别,一是时态,中文没有时态,还有一个是主语。中文是个很模糊的东西,但是西文要求非常确定,一句话没有主语是不可以作为一句话的。我必须对译者解释这些情况,帮他们在我的句子里加上主语或者时态。而中文实在是一个太诗意的语言,现在正好是樱花在谢的时候,单一个'谢'字,你就难以曲近它的美妙之处,我不知道如果翻译的话,这个字该怎么翻译？"

在作家毕飞宇看来，中西方文化语境的不同，也会带来相互理解上的阻隔。他以他在小说《推拿》里写到的一个场景为例。"有个推拿的王大夫到日本打工，他给日本人服务了，日本人给了他一张一百块钱的美金，我是这样写的：王大夫拿了美金之后，很高兴地围着桌子画了三个圈，我想所有的中国人都知道画了三个圈是什么意思，因为我们有一首赞美邓小平先生的歌，就说他在中国的南海边画了一个圈，意思就是邓小平把深圳辟为经济特区，为改革开放画下了一个蓝图。葛浩文就很认真地问了我这三个圈是什么意思。你想，要处在同一个文化语境里，很多东西不需要经过脑子就可以直接沟通起来。然而不同的语境，很多时候，你需要通过很多其他的方式才能说清楚，有时可能还未必说得清楚。"

而对那些翻译中国文学的翻译家来说，最大的难题还在于该怎么翻译方言。德语翻译家高立希无奈地表示，他现在翻译阎连科的《受活》。怎样翻译里面的河南方言，是让他最感头疼的问题。曾成功地将沈从文《边城》翻译成法语出版的法国汉学家何碧玉也表示，自己在翻译余华《兄弟》时遇到大量脏话，这些脏话要直接翻译成法文，没有什么意思。我就问余华该怎么办，他说你们把这些中国粗话翻译成法国粗话好了。"我觉得他说得很对，这是一个很好的办法。"这就是说，涉及方言时，翻译需要做符合外国普通读者阅读习惯的调整，何碧玉认为，原著既然是给普通读者读的，凡是普通读者不懂的东西，就要通过翻译让他们明白。"在原著的基础上，加本来没有的备注、注解是没有必要的。"

很显然，中国小说不符合西方小说的标准，或许在某种意义上导致了中国文学没能更快走向世界，但这并不意味着中国作家的写作，就要刻意迎合西方的标准。何碧玉表示，东方美学有东方美学的标准，西方美学有西方美学的标准，两者有着明显的区别，比如按中国的美学传统，写作是要无限贴近现实生活的，而琐碎之美正是中国美学的一部分。"我实在没有办法想象《红楼梦》和沈从文的作品怎么合乎西方美学的标准。"高利希也认为,"外国读者选择中国作家的书来看,就是要看中国、中国人是怎么样的,不能把陌生文化的每个因素都抹平,不能都法国化德国化,要留点中国味儿,否则干脆读本国作品就行了。"

某种意义上,正是源于对文学交流可能碰到的难题的深入理解,中国作家对文学翻译表现出更大的宽容态度。阎连科表示,他不懂外语,也不懂翻译,"我们这代人读了一大堆翻译作品,我们喜欢读的,很多都是译得没那么准确的,准确的反而是疙疙瘩瘩。我们不应该苛责翻译家,而是要充分尊重他们的劳动。"阎连科开玩笑说,不管译者把他的作品带到金字塔还是水沟,他都非常感谢。"我是出门连拜拜都不会说的人,低头拉车不抬头看路,这是我的写作态度。"

面对西方市场,最好的状态是:永远不要理它?

事实上,在面对"走出去"的问题上,相比前些年的焦虑,中国作家近些年正表现出更为坦然的态度。

王安忆直言,中国作家要直面目前中国文学在欧美,只是作为一个小语种文学而存在的事实。"2000年前,我去欧洲参加书展、讨论会。那时觉得中国文学很重要,好像全世界都爱我们。"后来,王安忆才了解到,事实并不是这样。"我去国外旅行,经常会跑到书店。但很少能看到中国文学作品的踪影,即使有也是被撂在一个不起眼的地方。"

也因为此,毕飞宇特别强调,中国作家要学会淡定。"别以为参加几个书展,然后在媒体上见个什么照片,你就觉得自己走出去了?这个想法是非常肤浅的,真的不是这样的,我们读书的时候,真正影响我们精神领域的作家都已经死了好多好多年,好多都已经死了好几百年了,但是他们在影响我们,那些活着的恰恰影响不了我们。"

与会作家也并不全然认同,葛浩文"是作家的写作影响了他们的作品走向世界"的判断。王安忆表示,慢慢地还是会发现为自己国家的人写作最好。作家毕飞宇也坦言,面对西方市场,中国作家最好的状态是:"永远不要理它。"他尤其反对那种为了"走出去"而写作的策略,"尤其是对于相对比较好的作家来讲,在写作的时候还考虑所谓的海外发行的问题,进入其他语种的问题。这可能是不堪重负的事情。"毕飞宇直言,中国文学走出去,需要很长的时间。

如其所言,中国文学走向世界,显然不是靠钱就能砸出来的,它会经历一个漫长而艰难的过程。版权代理人谭光磊表示,中国近些年一直在积极参加世界各国书展,并屡屡担任主宾国。中国作家的版权也一直在走出去,他们的作品也一直在国外出版,但从整个世界版权交易情况看,中国作家的版权输出基本可以忽略不计。"虽然中国现在是世界瞩目的焦点所在,但绝对不可以因此就想当然断定外国读者会喜欢中国文学。"

从这个意义上看,观察其他亚洲国家的文学如何在西方站稳脚跟,对中国会是一个有益的提醒。法国菲利普·毕基埃出版社《中国文学》丛书主编陈丰举例表示,日本文学在法国的出版和推广,持续了一百年没有中断,才有了现在的局面。而中国文学尤其是当代文学,在法国的出版只是这三十年的事情,更确切地说,只是在2000年后,才真正持续地在法国出版。"相比日本文学在法国的地位,中国文学尤其是当代文学对法国读者还是相对新奇和陌生的。"以此看,或许没有任何外力可以阻挡中国文学最终真正走向世界,但走向世界的路途依然漫长悠远。

当有一天，西方作家坦承受到了中国文学的影响

2012年诺贝尔文学奖得主、中国作家莫言说自己有一个梦想，有朝一日，他要把所有翻译过他作品的翻译家都请到山东高密老家去做客，他将尽地主之谊盛情招待他们。莫言在日前于中国国际展览中心新馆闭幕的2017北京国际图书博览会上做出这一表示，自然是为了表达他对这些让自己的作品走向世界的翻译家的感激之情。正是得益于他们，他才获得诺奖。而莫言的获奖作为一个契机，也在很大程度上刺激并带动了世界各国对中国当代文学的兴趣和热情。

如果说莫言的梦想有可能实现的话，则是基于浙江文艺出版社上海分社社长曹元勇所说的一个前提——现代社会的便利，使得各种形式的国际交往成了可能，由此为文学翻译提供了方便。"应该说，现在翻译家处在一个比较幸福的时代，当他们翻译某一个国家作家的作品时，只要有条件，他们可以到那个作家的作品里写到的地方去体验生活，这对他们做好翻译肯定是有好处的。"

而即便是很多翻译家，不能如莫言所愿的那样，来到自己所翻译的作家描写的地方体验生活，类似一年一度的图博会这样的活动，也至少为他们搭建了一个平台，让作者和译者之间有了面对面的交流。正因为此，翻译过莫言作品的阿尔巴尼亚翻译家伊里亚兹·斯巴修、缅甸翻译家杜光民、保加利亚翻译家韩裴，以及以色列汉

学家、翻译家科比·李雅各,才得以和莫言在 2017 年 8 月 23 日于北京图博会现场举行的"莫言作品国际传播沙龙"上共话"中国文学与全球化时代"。

交流与共话必须是双向且平等互惠

这样的交流与共话,自然必须是双向的,并且建立在平等互惠的基础之上。但不可否认的是,很长时间里就像莫言说的,中国作家只是单向地接受了外国文学的影响。"20 世纪五六十年代,我们主要接受了苏俄文学,还有法国批判现实主义文学的影响。到了 80 年代,随着大量西方文学的引进翻译,我们对美国以及西方各国带有现代派色彩的作品也有接受和了解。很多作家在写作中也不知不觉接受了这种影响,甚至在情节上也有模仿,有一些现在看来模仿得比较笨拙。"

作为中国文学从一味接受外来影响到逐渐走向世界这一过程的重要参与者和见证者,莫言坦言,那时中国作家们还没有平等交流的迫切需求,但他们很快就意识到向外国作家学习的同时,不能忘掉了自己的根。因为即使学得再像,你写出来的也只是二手货。因此,中国文学想要在世界文学大格局中,有自己的一席之地,就必须写出中国特色来,而中国作家要想在世界作家群体里,取得一个令人瞩目的位置,也得创造出鲜明的个人风格。"众多中国作家对写作个性化的追求也就汇成了中国当代文学的独特风貌,只有这样才有可能真正走向世界。"

某种意义上,也因为中国文学到了这一阶段,走出去的呼声才日渐强烈了起来。在莫言看来,强调中国文学走出去,无非是作家们有了强烈的心理需求,希望自己的文学作品能够被世界上更多语种的读者所阅读、接受,从而达到一种人与人、心与心的交流,而这样的文化交流必须是双向的。换言之,只有当中国文学的作品被翻译成世界上众多的文字走出去,变成了外国读者手里读物的时候,这个所谓的中外文学交流才算是真正完成,才算是真正变成了现实。

也只有到了这个时候，莫言展望道，只要中国作家努力地写，只要作品被各国翻译家不断地翻译出去，总会有国外的作家，尤其是年轻的作家，阅读我们的作品，并从中受到启发。"就像我们阅读国外的文学作品，非常坦率地承认受了他们的影响一样，假以时日，也许会有国外的作家，也说自己受到了中国某一位作家的影响，这是我们所期待的。也只有这样，世界文学才算得上是真正的存在。你读我的，我读你的，大家一起来交流，来共同提高世界文学的整体水平。"

而在中国文化交流中，之所以特别强调文学的重要性，正是因为如曹元勇所说，虽然政治体制、文化传统以及老百姓的日常生活方式等等，都能在一定程度上代表一个国家和民族的形象，但毫无疑问，作为一门语言的艺术，文学最能塑造也最能呈现一个国家、民族在不同时代的文化精神和内在气质。同时作为语言的艺术，文学也是不同国家和民族的人民相互认识了解的最好的中介。

如其所言，虽然阅读一个国家的历史书籍等等，也可以让你对其有一定的了解，但这跟阅读文学作品是很不一样的。莫言引用以色列作家阿摩司·奥兹的一段话说，阅读一个国家的文学作品，就仿佛是去了一个人的家里做客一样，你可以看到他的客厅，他的厨房，可以感受到这个家庭独特的摆设，甚至闻到它区别于另外一个家庭的不同的味道。"只有你读一个国家的文学作品，才会深入到它的家庭里面去，才会感受到那种浓厚的生活氛围。"

商业化运作是输出文化的必由之路

文学在中外文化交流中扮演的重要角色自不待言，也因此我们才格外强调文学翻译的重要性，但如果仅仅以为有了好的翻译，就能助力中国文学走出去，那就错了。照实说来，文学原创是基础，翻译品质是前提，对外推广也至关重要。

作为文学专业出版社，人民文学出版社深知纯文学作品海外译介和推广的重要性和艰巨性，从 2009 年开始，即成立对外合作部，且一直以来都坚持海外版权输出一定要走商业出版模式的理念，坚持始终为当代最优秀的中国作家服务的理念，坚持文学品位与翻译质量并重的理念。同时，具体到版权输出，则坚持选择知名母语译者和海外名牌出版社这两个原则，由精品大语种带动小语种，在欧美等传统出版国家和"一带一路"地区及拉美地区同时推进。

而所谓走商业出版模式，以该社社长臧永清的理解，是在版权输出中，坚持售出版权，而不是送出版权。这也是该社一直坚守的底线。这一方面是因为在臧永清看来，中国文学可以有这样的底气。他认为，中国当代文学的水平和世界是持平的，根本谈不上落后。"莫言获诺贝尔文学奖，实际上代表了世界文学对中国作家群体的一种认可。因为，跟莫言在一个等量级上的中国作家，还有好多位。可以说，我们用三十几年的时间，已经站在了整个世界文学的大平台上。所以我们在做中国文学'走出去'项目的时候，理应有充分的自信。"

另一方面，以臧永清的观察，如果把作品免费送给人家，人家到底会不会看，会不会重视，是要打个问号的。"也因为此，人文社对外合作部这些年一直秉持商业化运作的方式，作为中国文学出版的国家队，我们还有一种使命，就是为中国文学'走出去'做出自己的努力，这当中最要考量的不是我们自身的利益，不是我们机构挣不挣钱，而是要让更多的好作品切切实实推出去，因为我们认为商业化运作是中国真正输出文化的必由之路。"

为扩大中国文学的海外影响力，人文社也的确做了各种探索，如以影视带动国际版权输出的"山楂树模式"，带作家到海外宣传的"作家走出去"模式，与海外出版社合作"互译"模式等。目前，人文社在美国、意大利、拉丁美洲的编辑中心已经准备就绪，日本的编辑中心也在洽谈中。今后，人文社将以签约作家海外版权作为对外版权输出的主要方向，通过"作家经纪"模式，系统性地全面经营作家的海外版权业务，培植作家的国际影响力，为不同类型的作家找到匹配的外国出版社，通过作品海外版权输出，让作家和人文社更紧密地黏合到一起。

正因为这些努力，人文社每年的版权输出数量都有增长，目前，输出数量比对外合作部成立之初的2009年翻了六倍，输出语种二十多个，遍及世界各地。以作家阿乙作品的海外输出为例，该社自2015年开始代理其《鸟，看见我了》等主要作品的海外版权。通过积极专业的推广，该社将作品译介到了英语、西班牙语、瑞典语、意大利语、韩语、阿拉伯语等多个市场，并在意大利、阿根廷等地协助当地出版机构举办了作家、作品的宣传活动。目前阿乙的作品已经输出了七个语种十五个品种。

在阿乙海外版权成果分享会现场，阿乙感慨道，他的作品在短短两年时间里，通过人文社的海外推广，达到十五个品种，这对一个年轻作家来讲是非常意外的成就。"应该说，中国本土的版权代理是一个比较新生的产业，但人文社对外版权部的效率是非常惊人的。有些卓有成就的老作家，知名程度远远超过我，但没有我的运气好。作为第一个尝到高效果实的年轻作家，我很幸运。"

优秀的原创作品永远是第一位

无论阿乙说自己幸运是否是谦辞，不可否认的是，他的作品之所以有较大的海外影响力，除了有力的翻译、推广，包括人文社特别赞赏的阿乙的积极配合参与海外宣传，尊重契约精神等等，更重要的还是应该归因于他突出的原创力。

曾为瑞典大使馆文化参赞的艾娃·艾科罗斯，谈到自己阅读阿乙作品的印象时表示，她很多年前就开始读，读阿乙的作品会上瘾，会一直盼望他以后出新的作品。"我觉得他的语言特别，没有多余的东西，可以看得出他对自己的要求很高，他会很认真地不断地做修改。他写的东西在整个世界很通用，是跟人有关系、跟整个人类都有关系的。而且他的作品水准也非常稳定，有些海外出版社得知他出版新作，甚至没看到样稿就很乐意先签约。"

也因为此，北京出版集团总编辑李清霞强调，要较好地实现文学互译与出版工作，固然要建立有效的宣传推广与翻译机制，建立作家与作品的资源平台，但放在第一位的，还是要有好的原创作品。该集团也正是以原创文学精品图书为载体，来促成更多的国际交流合作。"我们已与世界上三十多个国家和地区的出版商建立了良好的合作关系，每年版权贸易品种达到三百余种。集团旗下的北京十月文艺出版社，作为国内文学类图书出版的重镇，在中国文学出版尤其是原创文学建设与发展中扮演了重要角色，也受到了众多国外出版机构的关注。"

让更多优质原创图书走出去，也是接力出版社持续发力的一项重要内容。该社在本届图博会上输出的七十六种原创图书，涵盖低幼、少儿、青年等不同年龄阶段，包括图画书、少儿科普、儿童文学、成长励志、家教书等多种内容，包括多次获得各种奖项的"娃娃龙原创图画书系列"等多部原创精品图书。

当然，原创图书走出去后产生何种效应，最终还要靠品质。作为英国童书第一大品牌，英国尤斯伯恩出版公司出版的很多优秀作品，已经被翻译成一百多种语言。该社副总经理尼克拉·尤斯伯恩表示，在过去四十多年的发展历程当中，该社确立了一些原则。其中最重要的一条是，要把孩子看成跟成人一样平等的人。"而且我们非常注重书籍的设计，我们的书要让孩子们一眼就能够选中。为此，我们会用很长时间去设计书，最快的一本书要花一年时间，最慢的要花上十五年，如果不能确信书出版会受到全世界孩子的欢迎，我们不会把它推向市场。"

就创作而言，诚如儿童文学作家秦文君所说，还是要遵从内心，写自己认为最重要、最美妙、最能传达个人情感或者说最能体现个人理想和艺术的追求的东西，而不是考虑怎么"走出去"的问题。"因为把我们生命中想表达的东西激发出来，就有可能会感动很多人。因为人类内心都有一个准则：虽然人是多样性的，但想象力、真诚、爱和包容，却能感染各国读者的心。"

第五章 中国文学到了重新确立坐标的时刻？

汤显祖的世界影响要超过莎士比亚？

关于汤显祖和莎士比亚这两位东西方戏剧大师，最具挑战性和颠覆性的见解，莫过于《莎士比亚十四行诗》中文译者、翻译家屠岸先生在 2016 年 4 月 23 日世界读书日，同时也是莎士比亚逝世日于上海思南文学之家举行的"汤显祖和莎士比亚——从翻译看东西方文化交流"对谈会上所做的预言了。他说，随着中国的崛起，汤显祖的影响会传遍全世界，甚至要超过莎士比亚。

在两位大师逝世四百周年纪念的时间节点上，屠岸做出这样的预言自然有自己的依据。在他看来，从伟大性上讲，两位戏剧家不相上下。之所以在一个时期内，莎士比亚的世界影响比汤显祖大一些，是因为大英帝国，曾经是日不落帝国，它的殖民地遍布全世界，所以莎士比亚，还有英国文化借助大英帝国国力传遍全世界。但中国国力在很长时期里，显然不如英国，现在中国崛起了，汤显祖扩大，甚至赶超莎士比亚的世界影响也就可以预期了。

汤显祖和"临川四梦"早已不是中国大众文化生活的一部分

同为莎士比亚研究专家，复旦大学外文学院教授张冲恐怕会对此不以为然。在接受媒体采访时，他直言，将汤显祖比肩莎士比亚，有希望"文化崛起"的心态在其中，有意无意间突显了"我们也有"

的心态，符合从上到下"让世界了解中国"的态度。但实际情况是，在我们习惯用"东方的莎士比亚"的称号来解释汤显祖的文化地位时，莎士比亚却用不着"西方的汤显祖"这个说法来帮忙。而且当"莎士比亚"在全世界的戏剧舞台上依然兴盛活跃的时候，汤显祖和他的"临川四梦"早已不是中国大众文化生活中的一部分，他的面目美好，却遥远空洞。

当然在张冲看来，有这般巧合促成了今年的文化盛况，总归是好事。虽然，把莎士比亚与中国历史上的经典戏剧家做比较，并非是今年才有的现象。无论中外，早有学者做过这样的比较研究，如著名的美国汉学家白芝几十年前就发表过莎士比亚与汤显祖的比较研究论文，日本的青木正儿也做过这方面的研究，只是当时大多限于学术圈。而今年适逢"汤莎年"或"莎汤年"，有了媒体和网络的助推，使得两位大师在更广阔的范围内引起人们的好奇、注意和了解。

这并非虚言。为纪念这两位大师，在今年的伦敦书展现场，就举行了《牡丹亭》《莎士比亚悲剧六种》新书发布及研讨会，与会专家纷纷畅谈对两位大师的理解。已有二百五十年图书经营历史的萨瑟伦书店总经理安德鲁·麦格秦表示，该书店计划将会上发布的英文版《牡丹亭》纳入 2016 年度的书目推介名单，向其全球客户推荐。在活动现场，主办方还邀请戏剧表演艺术家演唱了昆曲《牡丹亭·惊梦》的片段。同时，两国共同纪念两位大师正是落实去年共同签署的十个文化创意、文化交流协议的一项具体行动。此次伦敦书展还举行了"用戏剧参悟四百年的中西文明梦"讲座，将纪念活动推向高潮。

如此给人感觉两位大师已然是并肩而立了。但正是在这一点上，中国学界诸多人士表示了不同的见解。北京外国语大学教授陈国华直言，汤显祖不是中国的莎士比亚，他只是中国的汤显祖。"我国古典戏剧远远没有达到莎士比亚戏剧的高度，而莎士比亚不仅仅是一个人，同时代还出了一大批相当辉煌的剧作家，他们也有一些非常好的剧本，甚至有的作家的作品直追莎士比亚。另一方面，汤显祖也写了很多著作，但被翻译到外国，能被国外知道的有几部？"

据汤显祖戏剧最新英译本译者张玲介绍，国外缺乏汤显祖其他戏剧的译本，国外读者对汤显祖戏剧的了解，主要还是停留于《牡丹亭》。"当然，我们不能不看到，从1646年汤显祖戏剧最早传往海外迄今，经历了几百年的传播，汤显祖戏剧或者说《牡丹亭》，在英文文化国家文学层面、艺术表演层面，形成比较好的接受基础，这有利于我们进一步推进和全面推进汤显祖戏剧在国外的传播。"

中国古典戏剧具有鲜明的中国特点，但不一定"很世界"

话虽如此，即便有更多汤显祖的作品被国外读者认知和了解，是否就意味着汤显祖的世界影响力得到了很大的提升？陈国华表示，对汤显祖的世界影响，有如此期待，很大程度上源于流传甚广的"越是民族的越是世界的"的说法。必须看到，中国古典戏剧具有鲜明的中国特点，但不一定"很世界"。汤显祖及以他为代表的戏剧家的作品，或许能够引起国外读者某些方面的审美感，但缺乏能引起全世界共鸣的东西，它地域化过强。"比如白先勇昆曲版本的《牡丹亭》在国外很受欢迎，但也仅是从表演、唱腔、戏剧美学的角度来看比较优秀，要真正从语言、思想角度看，就无法与莎士比亚相比拟。"

以莎士比亚研究专家吴言的理解，两者间的这种落差，在一定意义上源于两位大师创作环境的差异，他们虽生活在同一历史时期，但各自面对的文化背景却没什么可比性。吴言引《明史》记载的资料表示，由于汤显祖写文章得罪了张居正，他很晚才中进士，后在太常寺等处任职，又因向万历建言开罪了皇上，被贬，做了几年小县官，他不甘寂寞想回京城，结果丢了官，在家蜗居二十年创作了轰动京华的《牡丹亭》。但写作不是他的志向，他总想再次出仕，因此一生只写了五部戏剧，比之莎士比亚的海量作品，他算是"惜笔如金"。加之中国读书人都认同"家天下"的秩序观，他们还是把"做官"当成最高理想，从而维护这样的权力结构，他们不会去反思权力本身，只会逃逸到诗意与远方中，所以他们寄情山水或者以唯美爱情来逃避现实纠缠。"但接受了资本主义与启蒙思想的莎士比亚就把反思权力、嘲笑欲望、探讨善恶、呼唤人性回归作为他的创作主题。"

两相对比，虽然汤显祖如不少专家认为的那样，是一位能深刻刻画人性、反抗时代束缚的人文主义者，其受资本主义萌芽时期反理学、反传统、反专制的异端思想影响，作品中已有超越时代的先进思想，但在吴言看来，与莎士比亚达到的，与当下依然有着某种契合的精神境界不可同日而语。"所以，莎士比亚是一个全球性的文化符号，汤显祖却是一个中国古典戏剧作家。"

莎士比亚在西方，依然是文学、文化，也是商业、社会话题

事实上，即使贵为"全球性的文化符号"，莎士比亚在全球化语境下，也正经历严峻的考验。国外一度流行一种说法：这个时代还需要读莎士比亚吗？在这个年轻人忙着刷社交软件、看脱口秀、追肥皂剧的时代，文化的表达方式全然不同。在20世纪90年代，甚至有人在国际会议上喊出了"去莎士比亚"的口号，决心要乘着后现代"去中心"的大潮，把莎士比亚赶下经典宝座。这般口号自然不可取，而这样的声音被放大，也实在是因为莎士比亚过于影响深远。实际情况正如有评论指出，莎士比亚在西方，依然是文学、文化，也是商业、社会话题。

相比而言，暂且不论汤显祖的世界影响，其中国影响也很难比肩莎士比亚在英国本土的巨大影响力，不论当下国内有多少读者读过原版《牡丹亭》，就是看过《牡丹亭》演出的观众也是极少数。而且，从总体上看，目前中国文化经典的存在形式也显然比较单一，往往就学术论学术，跟普通人没关系。在张冲看来，这在很大程度上缘于中西方戏剧教育的差异。"西方戏剧教育贯穿于从小学到大学的整个过程，往往是通过融合在课程里和学校生活中的表演活动实现的，还有与戏剧教育有配套作用的讲演训练。另外，由于古希腊罗马戏剧是整个西方文明和文化的重要内容之一，迄今，它们的影响渗透到教育中，远远超越了戏剧的范畴，而在整个文学、文化和意识形态里发挥着作用。反观我们的戏曲，虽然有元杂剧的辉煌时代，却似乎从未有可比希腊罗马悲剧那样的重要性和地位。"

戏剧教育理念的改观，非一日一时之功所能达成，呼唤国内观众更多关注中国古典戏剧，是可以做到的，但实际情况并不乐观。今年，浙江丽水市遂昌县与英方深度合作，举行汤公、莎翁国际学术研讨会，还赴莎士比亚故居举办为期半个月的"认识汤显祖"文化艺术展。而在四年前，该县及浙江昆剧团联合赴英国斯特拉夫德演出四场《牡丹亭》，并在双方共同努力下，开通"汤显祖莎士比亚文化交流网"。类似这样在国外引起轰动的消息，在国内并没有多少媒体在跟踪报道。相比而言，前不久，皇家莎士比亚剧院来北京、上海、香港巡演，却在国内的演出和媒体上刮起了一股莎士比亚风。对此，张冲表示，"我们很难为此苛责媒体嗅觉不灵，因为认识、认可、喜爱我们自己的经典，是一项系统工程，需要学术、演出、媒体、教育等各方面的合作。"

唯其如此，莎士比亚与汤显祖的比较研究更显其实际价值，但两位大师间表象的对比显然没有多少意义。比如眼下被广为比较的，两人都死在四百年前；两人都写戏；两人都以戏剧、诗及诗意出名；两人的戏里都写爱情与魔幻等等，在张冲看来就太过浅薄。"这样的'可比'有意思吗？把两只不同的容器放在一起，一圆一方，一木一石，一大一小，形容一番，比完了。有意思吗？"

切实的问题在于把比较研究推向深入。以张冲的理解，莎士比亚和汤显祖两人都写喜剧和悲剧，他们的作品从形式、内容到传统都有不少可比之处，例如：戏剧结构的差异、"悲剧"和"喜剧"观念及体现形式的差异以及这些差异背后的戏剧起源、文化渊源、文化习惯、思想意识等方面的差异。"这对于沟通中西，特别是让西方人更好地了解中国的文化底蕴，从而能宽容平等地接受这样一个与他们很不相同的文化，而不是仅仅把它当作'文化古玩'，还是有意义的。"遗憾的是,以他的观察,迄今为止不少"比较文学"成果,还远远没有达到这一步。"比如汤显祖研究的成果中,有多少是通过比较或对照研究莎士比亚得到的?"

由此,张冲认为,我们也不必夸大比较研究的意义。在他看来,东方就是东方,西方就是西方。我们如果跳出"故事情节"去看各种各样的改编,就会发现比较得来的很多东西都给人方枘圆凿的感觉。"我们可以用中国传统的方式,把哈姆雷特套在'小生''须生''武生''花脸'这样的行当里演,但你很难信服这就是莎剧里的那个哈姆雷特。我们也可以从《李尔王》里找到类似'三纲五常'的桥段,也可以用这出悲剧作为'尊亲敬老'的反面教材,但要从这样的比较中得出'原来莎士比亚也认同我们的价值观',就会失之肤浅。"

正如有评论指出,莎士比亚之所以在当下依然有如此大的影响,那是因为他的作品在当下依然有深刻的意义。与此相仿,倘要扩大汤显祖的影响,我们需要的不只是停留于这种浮面的、机械的比较,而是尽可能挖掘汤显祖戏剧之于当下的意义,而在更宽泛的层面上,这关乎中国经典的传承问题。事实上,所谓当代意义,诚如张冲所说,指的就是那些古典作家提出的问题,是否能引起当代读者或观众的共鸣。"至少莎士比亚剧作里的很多问题,无论是研究还是演出,都让人觉得,他就活在当下,他演的就是现在的事情。那汤显祖呢?他的经典性、当下性在哪里?这个问题与作品本身的创作年代、故事内容、台上的人物穿着哪个时代的服装,并没有太多的关系。我们要问的是,他的作品提出的问题,是否能与我们身边发生的问题产生关联。这正是中国经典研究和演出需要解决的问题。"

也是在这个意义上,中山大学中国非物质文化遗产研究中心教授董上德强调,我们纪念这两位大师逝世四百周年,不应只是"赶时髦"或者为了"应景",而是应当真正去体会这些经典作品的深刻内涵。"在伟大文学作品的启示下,去重新认识人类的智慧和人类情感本体。"

第五章　中国文学到了重新确立坐标的时刻？

中国文学到了重新确立坐标的时刻？

马悦然来上海谈诗论诗，并没有像他预期的那样，掀起中国读者阅读诗歌，尤其是阅读特朗斯特罗姆诗歌的热潮。反倒是他答记者问说到某山东文化干部试图贿赂他获得诺奖提名的事，一时间闹得沸沸扬扬。他谈到自己为何翻译特朗斯特罗姆的诗歌时，说读此前两部中文译作"会发现很多错误"的言谈，也引来译者之一，瑞典籍诗人、诗歌翻译家李笠针锋相对的反击。

如此种种耐人寻味。所幸人们关注的话题，除了"诺奖"和"莫言"这两个关键词，毕竟还有文学。而类似"中国文学走向世界"的话题，在这样敏感的时刻旧调重弹，自然也包含了特别的深意。人们真正关心的其实是，莫言获奖对中国文学将带来怎样的影响，中国文学是否就此改变了在世界文学中的"边缘地位"？进而言之，莫言获奖后将给世界文坛带来怎样的变化？

事实上，对于中国文学"走向世界"或"与世界文学接轨"之类的说法，一直以来就有人提出质疑。翻译家高兴记得，20世纪80年代末，诗人冯至在一次编委会上就曾反问："难道中国不在世界上吗？""这一发问值得我们深思。我们不少人所说的'走向世界'，实际上就是走向美、英、法等所谓的'文学大国'，仿佛得到这些国家的认可，就是得到全世界的认可。这其中除了文学传播这一良好的愿望外,有时也会夹杂着盲目、虚荣、私心、媚俗、急功近利和弱国心理。"

在马悦然看来,中国文学早就上了世界文学,早就该上世界文学。但是因为翻译成外文的著作太少,所以国外对中国作家了解不多。莫言可能是中国译成外文最多的一个作家,所以莫言的那些著作帮助中国文学走向世界文学。"瑞典学院以前的常务秘书,他说世界文学是什么呢?世界文学是翻译,他说得很对,没有翻译就没有世界文学。"

当马悦然如是言说的时候,他并没有考虑到翻译背后包含的诸多因素。传播文学,推动文学发展,恰如高兴所说,需要更好的文化环境,更有效的文化政策,以及国家持之以恒的高度重视。"翻译当然重要,试问别人都读不到你的作品,又如何来欣赏你呢?然而,特别要强调的是,文学自有文学的规律和逻辑,它更是一种积累,是一种自然而然的成长和发展。此外更重要的是,中国文学'走向世界'有赖于文学本身的提升。"

随着莫言获奖,人们在谈论与莫言有同等水准的一些中国作家也完全有资格获奖之余也不忘推断,中国文学其实早已走在了世界前列,而所谓的"走向世界"也只是一个时间问题。以此看,中国文学没能在世界文坛发挥更大影响力,确实得归结为一直以来没有得到大量译介。既然莫言获奖,意味着中国文学受到更大的关注,相关译介也被提上了议事日程。于是,一直为中国文学"落伍"而焦虑的人们,似乎一夜之间陷入了狂喜。

这是一种典型的中国式思维。事实上,诺奖颁的并非团体奖,莫言的获奖更可以说是他一个人的胜利,却未必马上给中国文学带来整体的改观。某种意义上,中国作家始终承受着文化断裂所带来的焦虑。中国文学自然是"在世界上",但在很长时期里,西方谈论中国文学,只是谈论孔孟、老庄,谈论中国的传统文化,当下受西方文学影响颇深的中国作家,本能地排斥这种"厚古薄今"的看法,进而更加燃起"走向世界"的热望,终因迟迟得不到世界的承认，陷入彷徨无措、进退失据的尴尬境地。

　　某种意义上，莫言获奖为缓释这种焦虑，打开了一个缺口。我们更可期待的是，借由这一契机，重新调整并确立中国文学在世界文学版图上的坐标。唯其如此，中国文学才能得到稳步发展，同时更好地融入世界。

假如鲁迅不懂翻译

看到"写作与翻译"这个话题,我首先想到的是,假如鲁迅不懂翻译,他的创作会是什么样的?我们知道,"五四"一代作家,很多都有青年时代国外留学的经历,也有过文学翻译的经验,甚至翻译一生不曾中断。那么,假如,他们不懂翻译,现当代文学会呈现什么样的面貌?进而言之,对当代文学又会产生何种影响?还让我感到好奇的是,那一代作家的创作,何以都能找到属于自己的独特的表达?即使是他们的表达没那么成熟,至少也不曾受到过度模仿甚至是抄袭的质疑?而这一点正好是当代文学的致命伤。我想,这很可能与翻译有关。事实上,对于适当的翻译实践对作家创作的重要性,我们很可能一直没有充分的认识。

我们都知道,某种意义上,当代作家,正是在对西方文学的模仿与借鉴中起步,并试图有自己的创造的。因为特殊的成长经验,国内占据主流文坛的作家,尤其是"50后""60后"作家,有很多不懂外语,即使懂得也不精通。他们只能参照由翻译家译介过来的译本。这一方面拓宽了他们的阅读视野,激活了他们的创造力,但带来的一个弊端,很可能是过度模仿,比如对福克纳、马尔克斯和博尔赫斯的过度模仿。为什么这么说呢?有一个原因,不是直接读原著,未必能领会原著的精髓。你看到的译本,很有可能从表达到思维,都已经给中国化了。你相当于还是在同质化的语境里创作,也就多了在写作中近亲繁殖的可能。

前不久华师大开了个翻译研讨会,葛浩文说,不懂外语是中国作家创造面临的最大难题。这话,顾彬也说过。葛浩文还说,不懂外语,使得中国作家的思维没有真正走出国门。对于这个说法,我们当然可以有不同的理解,你可以说这只是"西方中心主义"的傲慢,你也能找到很多理由去反驳,你可以说,作家创作与懂不懂外语,那是半毛钱关系都没有。但我更赞同从积极正面的角度去理解。首先,国外很多大师级的作家,同时也是很好的翻译家,是一个事实。还有,我们不妨想象一下,如果一个作家有突出的创造力,同时又精通外语,对他的创作会产生怎样的影响?

就拿诗歌来说,有一句常说的话是,诗是翻译中失去的东西。这句话说明了诗歌的难译。翻译其他文学体裁又何尝不是。这话隐含的意思是,越是原创的外国文学作品,越是需要极高的翻译水准;同时也表明我们看到的很多译著的汁液,都在翻译过程中失去了,因为我们都知道译者本身的感悟力和理解力,及语言转换带来的局限等等,都会造成这种损失。但换个角度看,一个有创造力的诗人在翻译作品时,除了最大程度呈现原著精髓的同时,对没能以自己母语表达出来的部分,一定有很深的体悟,他一定比只能读中文译作的人,对原著还有它的结构、语言、语法等等有更深的理解。进一步,这种语言转换的困境,也会对他自己的文学表达,产生很大的影响。我们甚至可以说,这未能转化出来的部分,有可能对他产生了更深的潜在的影响。这很可能会使得他对另一种文学有更深的理解,更好的吸收,从而避免陷入生硬模仿的尴尬境地。

好在新的一拨作家,"70后""80后",一般都有很高的外语水平。我们这些年轻作家里,也有一些在创作的同时,有翻译的实践。当然跟"五四"一代作家相比,当下作家面临新的挑战。"五四"时期作家的翻译,带有拓荒的性质。那时的中文受白话文运动的影响,语言也处于充满活力的过渡期,这就是说,作家在翻译中,同时经历了一个语言和思维创新的过程。现在的情形是，很多经典作品都已经有了译本，而且有些是很好的译本。虽然这里面有很多不是作家翻译的，而是由较高文学鉴赏力的翻译家翻译的。在这样的背景下，当下作家选择翻译什么样的著作，就是一个很大的考量。他当然可以重译经典译作，也可以去开垦处女地，翻译那些还没有被译介的作品，他还可以为了获得更高的收益，去翻译那些很畅销，有很高市场认可度的作品。我觉得在这一点上，鲁迅的翻译实践或许是一种有益的借鉴。鲁迅很多时候，不找那些热门的，绝对一流的作品来翻译。他去翻译那些最有可能激发他的创造力，激发汉语的活力，同时有益于改善国民性和民族精神的作品。也就是说，他的翻译是功利的，但超出了一般的小的功利。

都说语言代表一种思维。文学翻译体现的就是两种最有表现力的语言，也就是两种具有很高精神含量的思维的交流、碰撞。这种翻译，这种直接的碰撞，对一个作家产生最大最深的影响，恐怕还不只是体现在语言表达上，还体现在思维训练上。当然，这同时还意味着作家要承担一种风险，如果你没有足够的涵养，你的思想力、创作力不够强大，你或许会被完全同化，从而让那些有益于创造的异质的东西泯灭。我们说，康拉德、纳博科夫、拉什迪、石黑一雄等作家的文体自成一家，很大程度上是因为他们兼具了两种乃至多种语言乃至思维之长，他们在多重语言和思维中，找到了最有张力的表达空间。

以此看，在有很高的外语能力的同时，作家必须有很高的中文修养，且持之以恒加强这方面的训练。我们不妨重新回过头来看"五四"一代作家，他们有杰出的创作，不仅在于他们接受了欧风美雨的熏染，很大程度上还在于他们有非常深厚的传统文学功底。尽管我们张口就会说，那个时候作家不是主张少读甚至不读中文书吗，但我们不要忘了，他们哪一个不是很年轻时，就已经打下了坚实的古文功底。这就是说，你有很高外语能力的同时，还有很高的中文修养，不仅有益于提高翻译能力，更重要的是，只有这种对等的碰撞才能激发最卓越的创造。而且，作家的翻译，更多作家的翻译实践，也为自己的作品，大而言之，为当代文学更好融入世界创造了有利的条件。

翻译"文学",还是翻译"中国"?

当四川外国语大学教授胡安江质疑西方世界翻译中国文学,究竟是翻译"文学",还是翻译"中国"时,他实际上要阐明的一个基本事实是,文学翻译并不只是一个简单的文学问题,也不是一个只要跨越语言障碍就能解决的问题,而是一个同时受制于文学之外诸多因素影响的综合问题。

胡安江是在 2017 年 7 月 22 日于上海师范大学举行的"首届外国文学与文学翻译研究新思路青年学者峰会"上做这一表示的。在胡安江看来,就中译外而言,在语言的表象之外,深藏的是各类赞助人体系与各种利益之间的互动与博弈。"西方文学系统内外的专业人士、各类赞助人,以及主流意识形态、主流诗学、权力势差、文化失衡等多种因素,在很大程度上操纵着西方读者阅读中国现当代文学的兴趣。"

由此,我们不难理解何以如胡安江所言,海外的商业出版社在选择翻译中国现当代文学作品时,总是青睐那些在他们看来能反映中国现实的作品;何以从传播与接受的现实考虑与市场推广出发,英语世界总是有意识地发掘并放大符合西方主流文学传统的"寓言反讽"和"伦理写作"等叙事手法。"他们那么做,显然是在以种种'变形记',拉近中国文学与西方读者之间的审美距离。"

这在某种意义上也因为，如胡安江所说，因为历史原因形成的，根深蒂固的对中国的误解与偏见，使得西方读者比较依赖中国文学作为了解中国的文献资料，从而对文学做"政治化"与"伦理化"的解读。"也因为此，如何让中国文学在外译过程中回归文学的'正途'，或许是我们在文学'走出去'进程中需要认真思考的重大理论问题之一。"

目前最需要努力的是，培养西方世界对中国文学的兴趣

话虽如此，目前西方世界对中国文学的了解，就如美国汉学家桑禀华坦承的那样，在美国提到中国作家，连美国知识分子可能只知道高行健和莫言而已。"纸托邦"（Paper Republic）创始人、美国翻译家阿布汉森则表示，虽然中国人非常急迫地向外推广本土文学，但海外从出版社、媒体、学者到普通读者，大部分读者对于中国文学一无所知。"这不是抵制，也不是不喜欢，就是一个空白。"

问题是既然中国已经成为世界第二大经济体，中国的综合国力已经提升到了别国无法忽视的程度，为何西方世界并没有急着去填补这个空白？之所以有这样的疑问，是因为如胡安江所说，我们忽视了一个基本的事实，那就是一个国家的文学在世界文学多元系统中的地位，与其经济地位改善与否并没有直接的关系。"拉美文学难道不是众所周知的这方面极其典型的反证吗？"

实际上，正是基于改变经济发展与文化影响力不对等的现象，中国多年来一直在加大推广中国文学、文化的力度。自20世纪50年代以来，中国就进行了一系列文学外译活动，如《熊猫丛书》等，但效果并不明显。"西方世界对于中国文学的'东方主义'凝视及其根深蒂固的'欧洲中心主义'心态以及西方媒体对于中国政治与中国历史长期的片面报道，使得中国文学在西方读者眼里，一直是中国政治的'附庸'。我们某些推广，可能只是强化了这种'附庸'的印象。"

基于此，上海外国语大学比较文学暨翻译学专业硕士生、博士生导师谢天振表示，我们有必要摒弃"以我为中心"的思想，学会尊重和适应译入语的文化语境。以谢天振的理解，在文化外译上，过多强调"互相尊重""平等交流"看似有理，实际上并不可取。因为文化外译不同于对外宣传。"在对外宣传上，我们当然要掌握话语权。但是文化外译则不然，它首先不是要去争什么'话语权'，也不必把'尊重'和'平等'机械地数字化，以为我翻译了你一百本书，你也应该翻译我同等数量的作品，或是在外译上追求'大而全'，而是培育国外读者对中国文化的兴趣和爱好，进而逐步建立起他们对中国全面、正确的认识。"

显见的事实是，现阶段，特别是在英语世界，还没有形成对外来文化、更不要说对中国文化感兴趣的一定数量的接受群体。在这样的情况下，谢天振以为，强调把最能代表中国文化精粹的典籍翻译出去，却不顾对方是否喜欢，能否接受，这样的文化外译，不仅不能让中国文学、文化真正"走出去"，效果可能适得其反。

正因为此，谢天振表示，目前我们最需要努力的是，努力吸引西方世界对中国文学的兴趣。问题在于该怎样激发这种兴趣？谢天振认为，不妨从明清之际西方传教士在中国的传教活动里吸取有益的经验和教训。"西方传教士所做的其实也是一种文化外译活动，虽然由于它的宗教背景，显得比较特殊。" 谢天振表示，当年传教士来到中国，虽然是来传教的，但首先奉上的不是福音书，而是自鸣钟、望远镜、三棱镜、地图等等。正是这些新奇的事物，引起了当时中国人的浓厚兴趣。"事实上，他们在中国期间撰写出版的有关西方科学、文化方面的书籍却比直接与宗教有关的书籍要多得多，但与此同时，他们传播了宗教思想。"

而以最近的例子，谢天振以为可以从日本在文化推广方面的做法得到一些启迪。"我有一个朋友在美国加州某大学任东亚系主任，他看到美国孩子多去选择读日文，却不来读中文，好奇地问他们为什么选择读日语？得到的回答是，他们从小看日本的动漫，现在长大了，想进一步了解日本的文化。" 谢天振由此意识到，动漫虽然算不上是日本文化的精粹,但从长远看,恰是动漫培育了美国孩子对日本文化的兴趣与爱好,从而为日本文化在美国的进一步译介打下了基础。

好的翻译应该不是"翻译",而是"原创"

当然,引发兴趣有一个需要长期付诸努力的,润物细无声的过程。这并不意味着,在引发西方世界对中国文学的兴趣之前,翻译就无所作为。恰恰相反,这应该是同步进行的事情。问题只在于,怎样让翻译做到行之有效?

正如胡安江所说,在翻译行为所指向的"策略抉择"方面,摆在翻译者面前,历来有"异化"和"归化"两种选择。从民族感情和本国人民的接受度来看,"异化"看似更理想的选择。从我国目前的中译外看,我们也的确更多走了"异化"翻译的路。"我们抱着'忠实'与'充分性'的美好'译'愿,致力于传播'原汁原味'的'中国声音'。但'译'愿归'译'愿,效果却是不如人意的。"

有了这样的对照,在胡安江看来,那种关注目标读者"可接受性"、缩短对象国受众与翻译文本心理距离的"本土化"的归化翻译,即所谓"用目标读者听得懂的语言来讲述本国故事"的策略,才是文化外译之首选。胡安江举例表示,即使是美国学者劳伦斯·韦努蒂那样的"异化派"斗士,也不得不承认:绝大多数出版商、书评者和读者认可的译本,无论是诗歌还是散文,小说还是非虚构,都是那些读起来流畅的文本。换言之,好的翻译应该不是"翻译",而是"原创"。

以胡安江的理解,韦努蒂之所以得出这样的结论,是因为无论哪国文学"走出去"的初衷与所指向的读者群体,毫无疑问是普罗大众读者,而不只是那些将翻译文本当作"翻译"而不是"原创"来读的"精英读者"。"以创建于1935年的企鹅出版集团为例,近百年来,他们为世界各地的读者出版了无数的'企鹅经典'。按照其创始人之一的里欧的说法,他们的译丛就是要努力地'用现代英语为普通读者呈现可读性强而且引人入胜的伟大译本',正是在这样的指导原则下,企鹅丛书和企鹅译丛都将'流畅'作为自己的编辑政策与翻译政策。"

这并不难理解,20世纪初严复、林纾等人翻译西方学术论著和文学作品,就选择了"归化"策略,并注重当时的中国读者能"流畅"阅读。谢天振表示,他们不仅把很多作品做了大量删改,甚至把有的小说"改译"成了中国传统的章回体小说。"然而中国读者正是读着严复、林纾以及他们的后来者翻译的作品,一步步走到了今天。回想一下,经过了多么漫长的时间,我们才得以让手中捧读的翻译作品,从当初的删节本变成了今天的'全译本'和某某外国作家的'全集'。"

也是在这个意义上,谢天振表示,面对当今世界、包括英语世界对中国文学、文化的译介中存在的某些"连译带改"甚至一些"误译"和"曲解"等现象,我们不必大惊小怪,因为文化交流需要一个过程。"严复当年翻译《天演论》,一开头就把原文的第一人称改成了中国读者习惯的第三人称。他还把原作的后半部分全都删节掉了,我们会因此就质疑他当初这样'翻译'外国作品,是对中国读者的'曲意逢迎'吗?很简单,他只是为了让译本便于中文读者接受罢了。"

在翻译研究上,我们要有充分的文化自觉

不能不指出的一个基本事实是,我们之所以自然而然倾向于"异化"翻译,也未必只是民族感情使然,而在某种程度上是因为追本溯源,如谢天振所说,我们对某些翻译理念的理解存在一定的偏差。

即以严复提出的,被后世封为翻译必须遵循的金科玉律的"信达雅"思想而论,谢天振表示,这一百多年来国内翻译界环绕其展开的阐释,大部分都是对严复所说的本意的误解、误释、误读。"因为许许多多的阐释,我们都约定俗成认为,翻译先要'信'后要'达'再要'雅'。然后说,'信'是忠实于原文,'达'是译文要明白晓畅，'雅'是指文字优雅。但如果我们认真读《天演论》的序言，我们可以看出，严复把'达'放在了最重要的位置。因为，你的文字有了'信'，如果不能'达'，那么从效果上讲，你即使翻译了也跟没翻译一样。"而所谓"达"，在谢天振看来，就是要让译者的译本，以最佳的形式，在译入语境里面得到接受、得到传播、产生影响。"这是'达'的本意，这也是翻译的本质。"

正是在这个意义上，上海师范大学教授、翻译家郑克鲁强调，虽然翻译研究不能替代翻译实践，但翻译研究依然是很有必要的，因为对翻译会有一定的指导作用。同时如上海师范大学教授朱振武所说，在翻译研究上，我们要有充分的文化自觉。"我们要在学习吸纳一切世界文化的基础上，打造自己的翻译理论，而不是过度依赖甚至套用西方文论，而让自己处于严重失语状态。"

而基于当下中国文化、文学翻译现状，上海外国语大学教授查明建倡言，我们更需要从译入语文化角度来看翻译问题。"因为翻译涉及了太多带有复杂性的问题，它不只是简单的语言转换，而是对原文某种程度上的改写，而所有的改写，都是出于意识形态的，文学的，或其他方面的意图的改写。以此看，翻译更是一种国家行为，一种共同体行为，它同时还是一种审美行为、经济行为，等等。"

这在某种意义上提示我们不宜离开具体的文化语境来谈论翻译问题。仿如我国翻译西方文学走了从"归化"到"异化"的过程，西方世界翻译中国文学，也不可避免地会经历从翻译"中国"最终到翻译"文学"的过程，只有通过长期艰苦而卓有成效的努力，中国文学在外译过程中，才会真正回归文学的"正途"。

第六章 俄罗斯文学在中国的影响衰退了吗?

后苏联时代，你应该知道的俄罗斯文学

俄罗斯文学都去哪儿啦？这一因 2014 年年初中国国家主席习近平访问俄罗斯，谈到俄罗斯文学经典的巨大魅力而被激起的追问，或许凸显了这样一个事实：如果说俄罗斯文学的黄金时代、白银时代有过多么的辉煌，它同时也就给俄罗斯文学的当代带来了多大的遮蔽，以至使其显得何其暗淡；如果说，因为特殊的时代背景，俄苏文学在苏联时期曾怎样深刻地影响了中国的几代读者，当苏联从政治版图消失之后，后苏联俄罗斯文学又在多大意义上淡出了中国人的视线。

但正如有论者指出，俄罗斯文学并不是属于过去的一个概念。在苏联解体的阵痛之后，在场的视角与苏醒过来的笔墨，让其更有震撼人心之处。而对俄罗斯这个国家来说，就像俄罗斯总统普京所言，文学不只代表着俄罗斯的辉煌历史，它在当下俄罗斯国家和社会生活中依然发挥着重要作用。事实上，从二十多年前的苏联解体，到最近俄罗斯与乌克兰及西方国家的政治博弈，这个国家每一次的变迁和震动，都在文学上留下了深刻的印记。而就文学之于俄罗斯的特殊重要性而言，或许文学，也只有文学，才是人们真正理解和懂得俄罗斯的最佳路径。

角度与风景
——对当代文学的另一种观察

一

二十年前，当亚历山大·索尔仁尼琴结束流亡生活，在俄罗斯远东登岸，坐火车向西横穿全俄，回到阔别整整二十年的故土时，他或许并没有深刻地意识到，几年前苏联的解体，也对他心心念念的这块俄罗斯土地上的文学，产生了很大的冲击：俄罗斯文学中心主义的时代一去不返，其赖以生存的社会基础在顷刻间土崩瓦解，文学受众的审美趣味和价值取向突然发生了空前的转变，传统的文学生活被彻底搅乱，作家作为一种职业，其生存遭遇极大挑战……

种种变化最直接、最突出的体现，就在于侨民作家的衰落。在十月革命之后、二次大战之后和冷战时期，包括索尔仁尼琴、布宁和布罗茨基三位诺贝尔文学奖得主在内的大批俄罗斯作家流亡海外，他们在境外坚持创作，使得众多的文学史家们有理由指出，在20世纪同时并存着两种俄罗斯文学，自始至终都有两部文学史在平行地发展着，并由此构成了世界文学史上的一道奇观。

苏联解体后，随着这些流亡作家的"回归"。出乎他们预料的是，在"凯旋"之后，他们却感受到了从未有过的失落，失去了抨击的对象和竞争的对手，失去了其赖以存在的社会基础和政治原因，侨民文学似乎也就失去了其存在的价值和意义，侨民作家也都在有意无意地淡化其创作的"流亡"性质。而在新的历史条件下，许多出于生活方面的考虑移居国外的作家，如身在瑞士的米哈伊尔·希什金、身在法国的安德烈·马金等，也似乎更愿意被称为"境外俄语作家"。

而始于对抗苏联的后苏联俄罗斯文学，从苏联作协和新闻审查体系中挣脱出来后，很快就发生了非意识形态化的转向。俄罗斯文学引以为骄傲的道德感、使命感和责任感等，遭到了后起新潮作家的揶揄和调侃。与此同时，处于转型时期的俄罗斯出现了纯文学边缘化，而以情爱、恐怖和神怪等为内容的大众读物走红市场的局面，侦探小说更是在俄罗斯文坛上风生水起。鲍里斯·阿库宁、亚历山德拉·玛丽尼娜和达利娅·东佐娃等作家的作品，不但出版成畅销图书，还被频频搬上荧屏，在俄罗斯国内外传播。这些通俗文学作品，迥异于俄罗斯传统文学之处，或许还在于其主人公不再像纯文学里的很多人物那样长于思索与反省，他们所做的仅仅是克服来自生活的各种压力并最终走向成功。

当然，后苏联俄罗斯文学并非通俗文学的一统天下。事实上，它一直在传统与现实之间进行某种调和，在思想和艺术之间做出新的抉择，在历史和"后现代"之间求得某种平衡。这一过渡形态，在后来渐成主流的俄罗斯后现代主义小说创作中留下了鲜明的印记。在一定程度上看，索尔仁尼琴后期的创作，如《古拉格群岛》《红轮》等，就已经出现了片段性、互文性等后现代主义的特征。

真正开了这一写作先河的，则是韦涅季克特·叶罗费耶夫。他写于1969年的《从莫斯科到佩图什基》，被认为是一部现代的"醉酒奥德赛"。小说主人公，一位酗酒的知识分子韦涅季克特刚刚从一个通信技术管理局安装队队长职位上被撤职。他要乘坐火车去佩图什基看望他的情人和儿子，而这个地方听来却像一个乌托邦。他费尽周折，登上了火车，却因为他酗酒而不清醒的头脑，更因为目的地的虚构性，似乎永远都不能到达梦想中的佩图什基……

这部小说之所以会被认为是俄罗斯后现代主义小说的开山之作，正如英国学者安吉拉·默克罗比所言，是因为其"摆脱了直线性概念和面向杂烩、引述、嘲弄性模仿以及风格多元化的目的论式'进步'观念"。而对于俄罗斯而言，所谓的"直线性概念"，就是运行了大约半个世纪的斯大林文化思想模式及其所"反映"的社会现实。在评论家余一中看来，这部假托是作者为自己所做的传记长诗，抓住了俄罗斯人酗酒的一面，嬉笑怒骂间，展现出俄罗斯文化和文学传统上的人文主义精神和宗教关怀在现实压力下的后现代式面貌。

事实上，苏联解体后，后现代主义之所以能迅速成为一种文学时尚，正是源于叶罗费耶夫和阿勃拉姆·捷尔茨、安德烈·比托夫和萨沙·索科洛夫等作家打下的基础。此后，俄罗斯文学似乎脱下了庄重的面纱，更多显现出讽喻和调侃的意味。而今，有"俄罗斯最神秘的作家"之称的维克多·佩列文、偏好写几乎没有情节的短篇小说的弗拉基米尔·索罗金，及被视为俄罗斯当代文坛上最为耀眼的新星之一的塔吉娅娜·托尔斯泰娅等作家的创作，更是把这一特点推向了高潮。

曾经维系着俄罗斯人文理想道统的知识分子，依然是这些作家借以展开故事的最佳视角。佩列文出版于1999年的《"百事"一代》，描写了一个名叫瓦维连·塔塔尔斯基的知识分子在商业社会中的生活经历和心理变化。塔塔尔斯基毕业于高尔基文学院，曾梦想当一名诗人，但在诗歌已无价值的世界里，他选择了弃文经商。一开始，他只是在一个车臣老板手下掌管小小的售货亭，他因此得以铸就商业头脑。不久，老同学莫尔科文为他提供了新的人生契机，他开始进入日益红火的广告业。依靠自己的文学功底和适应能力，他为许多著名商标写出了广告词。在屡获成功之后，他从一个普通的广告策划人逐渐升级为业界大腕……

佩列文显然不是要写一部塔塔尔斯基的"成功史"，而是要通过他的经历，表达其对当下俄罗斯社会的关注。他大多数作品，正是通过描述广告、金钱、媒体等对人的生活的无情入侵过程，展示了俄罗斯当代人精神生活和物质世界的碰撞。与此相应，佩列文开创了一种新的表达方式：杂糅的语言风格、不规则的心理展示和互文手法的运用。著有《暴风雪》《蓝油脂》等十余部长篇小说的索罗金的创作也颇具非传统性。他的作品内容荒诞怪异，形式新颖奇崛，语言风格杂糅，从文学发展的视角来看，或许预示着新的文学样式和审美风格的诞生。

同样，托尔斯泰娅的《野猫精》综合了社会讽刺小说、抨击性文章、戏剧、童话故事等等不同流派的创作元素，演绎出一部有关俄罗斯当代命运的独一无二的思想性艺术作品，并在后现代主义的框架下，以戏拟的形式讽刺了苏联时期及现代改革重组期间的政治制度和一些社会现象。

二

某种意义上说，作为与俄罗斯现实主义文学传统相对抗而存在的后苏联俄罗斯文学，即使在创作形式上有再大的突破与创新，也不曾脱离其深厚的现实主义传统。而在俄罗斯文学多元的当下，现实主义作家也依然是中坚力量。瓦·拉斯普京、瓦西里·别洛夫、弗·马卡宁、柳·彼特鲁舍夫斯卡娅、柳德米拉·乌利茨卡娅等作家，即执着于从普通人的生存困境，去表现当代俄罗斯人的怕与爱。

被普遍认为是苏联文学中"战争文学""乡村散文"和"道德文学"等多个流派的代表人物，早年写出《活着，并且要记住》《告别马焦拉》等经典名著的拉斯普京从20世纪90年代中期复出后，即写出了一系列描写底层百姓生活的极具震撼力的优秀作品，他发表于2003年的中篇小说《伊万的女儿，伊万的母亲》，有一定的代表性。女主人公塔马拉·伊万诺夫娜的未成年女儿遭到强暴，在诉诸法律的过程中，遇到种种阻力。她在绝望之际铤而走险，潜入检察院开枪打死罪犯，自己也锒铛入狱，一个四口之家几近毁灭。四年半后，伊万诺夫娜出狱。作为老伊万的女儿和小伊万的母亲的她，心中还保留着对生活的些许希望。然而虽是希望犹在，但拉斯普京并没有因此在作品中削弱其对现实的批判力度。

瓦西里·别洛夫同样以写作乡村题材著称，他发表于苏联解体前五年的长篇小说《一切都在前面》，却因为探讨了俄罗斯要"回归自然"及其面临的"大城市问题"等话题，引起了很大的争论，且因其在作品中对大城市知识分子的精神生活，对妇女解放问题，对家庭婚姻问题所采取的否定态度，招致评论界的激烈批评。而别洛夫包括《前夜》《伟大的转折时代》《第六小时》在内的三部曲的创作，更是贯穿了他大半个写作生涯，饱蘸了他对俄罗斯前途和命运的深刻思考。

有"当代果戈理"之称的弗拉基米尔·马卡宁，经常被评论界拿来与拉斯普京并举。但同是出生于1937年的两位作家，却有着很不相同的创作面貌。在出版于1998年的代表作《地下人，或当代英雄》中，马卡宁将现实主义的内容和后现代的手法合为一体，形成了所谓的"新现实主义"风格。在小说里，马卡宁继承和发展了俄罗斯文学中"地下人"的经典形象。不同的是，他笔下的"地下人"出现了"分化"：有坚定守护内心"自我"的彼得罗维奇；有敢于直面压迫而被逼疯的韦涅季科特；还有屈服社会压力而"变节"的地下人等，给读者展现了苏联解体时期光怪陆离的社会景象和人物的怪诞行为。事实上，马卡宁的创作，也有其"怪诞"的一面。他是一个难以定义的作家，在不同的作品里，甚至在同一部作品里，他都会糅合现实主义、现代主义和后现代主义等各种风格。他的创作似乎说明：一位优秀的作家不必拘泥于任何一种固定的创作方法。

与拉斯普京、马卡宁一道，被俄罗斯文学评论界并称当今俄罗斯文坛"三巨匠"的柳·彼特鲁舍夫斯卡娅，则以自己的创作，解构了女性生存的实质，颠覆了俄罗斯文学中的传统女性形象。她迄今所创作的篇幅最长的作品《午夜时分》，即从不同角度全面展示了当代俄罗斯女性的生活图景。小说由女主人公安娜以第一人称，用"在桌边上写就的札记"的形式进行叙述。安娜一方面为自己与著名诗人安娜·阿赫玛托娃同名而感到骄傲；另一方面又不得不为了额外收入而违心地为工厂编写无聊透顶的庆祝文集。她唯一聊以自慰的，就是夜晚在厨房安静的角落里小憩一会儿，憧憬美好未来。小说描述了俄罗斯社会剧变时期普通家庭的日常琐事，打破了社会生活的乌托邦幻象。

与此相仿，称为当代俄罗斯文学中的"女性三杰"之一的柳德米拉·乌利茨卡娅也专注于透视俄罗斯女性的历史命运和现实处境。她在20世纪90年代初以小说《索涅奇卡》《美狄亚和她的孩子们》享誉俄罗斯文坛。为她赢得2001年俄语布克奖的长篇小说《库科茨基医生的病案》，则在20世纪的历史背景下，以一位事业有成的妇产科医生库科茨基为中心，讲述了他的妻子叶莲娜、养女塔尼娅和朋友戈尔德伯格的人生历程。小说给出的一个个含义颇丰的"病案",其实并不仅仅属于主人公库科茨基,也属于我们每一个沉浮于生活和命运之漩涡的人。乌利茨卡娅并未能在小说中给主人公们找出"药方",也是因为生活本就充满了各种矛盾和悖论,根本无解。然而,透过她精彩的艺术世界和对生活、人、情感和家庭的深刻观察,会让我们对这些问题有更多的思索。

颇有意味的是,虽然同属新现实主义文学阵营,这些主力作家却在思想倾向、政治立场上势同水火。苏联解体后,因为意识形态等问题,俄罗斯作家有很多分裂成受西方支持的自由派和认同本土的传统派作家,两派作家互不承认。比如,虽是同时代人,拉斯普京属于传统派阵营,马卡宁属于自由派阵营。而著有《鱼王》等重要作品的维克多·阿斯塔菲耶夫,正因为在苏联解体后,从传统派那里跳槽到自由派,并且为了得到当局的信任,骂苏维埃制度骂得比谁都凶,支持新政权比谁都坚决,虽然因此获得了丰厚的回报,却为他曾经的作家朋友和崇拜者所不齿。与此同时,近年也有越来越多的自由派作家在思想上有变化,作家阿·瓦尔拉莫夫就从自由派阵营走出,走向了现实主义,走向对民族文化传统的探寻。

但体现在作家具体的创作上,他们的政治理念与写作实践之间也时有冲突。与苏联时期作家创作一味向政治妥协不同,俄罗斯青年作家,却能正视自己思想上的复杂,尊重个体创作的自主性,并坦然接受这种分裂。扎哈尔·普利列平的写作,就是一个典型的例子。他虽然经常在自己的政论作品中表现出亲苏联、反自由、新斯大林主义等思想,却写出关于索洛维茨基群岛集中营囚犯的生活的大型小说《罪》。正如有评论所指出的那样,这些政治上的分歧,从一个侧面反映出,后苏联俄罗斯文学的整合还远未完成,也不可能完成,两个作家协会的分庭抗礼,自由派和传统派作家的对峙,不同创作方法间的竞争,境内外作家、男女作家和新老作家间的创作角力,诸如此类的对立因素都还将继续存在。

三

然而对文学来说,多元的碰撞并非是阻碍。某种意义上,正是这种分歧和碰撞,为俄罗斯文学开启了广阔的空间,也使其多了一份幻想的维度。以白银时代的作家叶·扎米亚京的说法,真正的文学只能由疯子、隐士、异教徒、幻想家、反叛者、怀疑论者创造。而这些似乎有着某种超能力的作家,对俄罗斯的现实进行哲理透视,对其未来进行幻想和预测,拓展出一个有着更多可能的文学世界。

作为俄罗斯文学后现代主义的代表人物之一,亚·卡巴科夫发表于《电影艺术》1989年6月号上的小说《叛逃者》,就精确地预言了苏联的解体。小说主人公是一个研究所的研究人员,两名秘密警察约他"写点东西",以改善文学创作的气氛。于是,他写了1993年的"故事"。根据他的描写,这一年,苏联已经不复存在,外高加索、中亚、波罗的海沿岸、西伯利亚等地已经成为"外国";俄国国内党派林立,政治形势很不稳定……这篇意在向曾经招募过他的克格勃进行报复,且被作者视为"政治童话"的小说,在两年后就成了政治的现实。

而要说幻想元素,如何在文学创作上大放异彩,就不能不提一生有大半时间在苏联时期度过的瓦西亚·阿克肖诺夫。20世纪60年代,他写了《带星星的火车票》《飞向月球的途中》等作品,形式的革新及语言上的时尚化和超时代感,让他成为一代人眼中的先锋人物。在此后的长篇小说如《滞销的桶装货》和《克里米亚岛》中,阿克肖诺夫开始注入更多的幻想、讽刺、夸张模仿的因素。他独来独往、我行我素的风格引来了当局的不快,以至于他最后不得不"自动"退出作协,于次年出走美国,并很快被取消了苏联国籍,直到1990年被恢复苏联公民身份,并于不久后回国。他的后期代表作《烧伤》,同样是回忆、幻想和纪实的罕见糅合,他试图以这部作品来概括俄罗斯知识分子对祖国在精神上的感应。

眼下,俄罗斯作家不需要因为"幻想"的冒犯,而面临扎米亚京或阿克肖诺夫那样被放逐的命运。相反,幻想元素成了作家们出奇制胜的绝招。谢尔盖·卢基扬年科，就是其中很有代表性的一位。顶着"俄罗斯科幻文学之父"的光环，卢基扬年科自1988年发表科幻短篇小说《毁灭》以来，就深受读者欢迎，获得数量众多的文学奖项。"守夜人"系列，更是把他推到了一个前所未有的高度，以至于美国大牌导演昆汀·塔伦蒂诺给出这样的评价："我们刚刚才从《魔戒》中回过神来，无法想象还有什么能使我们神魂颠倒，直到这部奇幻杰作出现……"

以俄罗斯当代实力派作家奥莉加·斯拉夫尼科娃的理解，幻想因素，之所以俄罗斯文学会有突出的表现，在很大程度上，是因为舍此无法描述俄国的现实。她发表于2006年，且获该年度俄罗斯布克文学奖的《2017》就融合了现实与幻想的元素。故事设定在阴暗的近未来，在书中，斯拉夫尼科娃让纳米技术大放异彩，展现了全息玩具，还戏谑地穿插了美国女总统收养的多种族彩虹孩子，时尚夜总会里上演陀思妥耶夫斯基笔下的脱衣舞等等幻想的情景。小说借助跌宕起伏的侦探小说式的情节、离奇动人的爱情故事，意在对俄罗斯社会、历史、环境、人生等诸多方面进行深刻的思考和考量。

同样是融合现实主义的描摹与超现实的想象，阿列克谢·瓦尔拉莫夫在他的《臆想之狼》里，则以回溯的视角，进行了一次"讲述白银时代的个人尝试"。

小说的题目出自古老的东正教祈祷文，"臆想之狼"代指撒旦的恶念。主人公乌利娅由于受到臆想之狼的伤害，幼年病弱，不良于行。她的母亲以生命为女儿祝祷，使其不仅能够行走，还能近乎飞行般奔跑。战争和革命给乌利娅的生活带来了巨大改变，让她接触到俄国政治、宗教、文学各个领域的人物，他们给她灌输自己的理念，却始终不能左右她。革命后，乌利娅沉浸在新时代的热潮中，却也不能忘却旧时对自己影响深远的人和事，这注定了她的悲剧命运……

四

或许，只有在超现实的语境下，俄罗斯作家们才更能捕捉到那种无法察觉但又实实在在发生了变化的当代俄罗斯人的思想、情感及感受。一个可以确证的事实是，世界超级大国地缘政治上的对抗，乌克兰的国内战争，西方对俄罗斯的制裁等，都对俄罗斯作家带来了深刻的影响，其直接的体现是，在近年的俄罗斯当代文学中，出现了很多的反乌托邦幻想小说。

贵为"最后一位伟大的俄罗斯作家"，也是俄罗斯后现代主义文学杰出代表人物，索罗金在他的《碲钉国》里，为我们呈现出一个由想象编织起来的世界。故事发生在21世纪中叶的欧洲和俄罗斯，在意识形态乌托邦、地缘政治乌托邦和技术乌托邦相继覆灭之后，欧亚大陆陷入了幸福而开明的新中世纪。此时的人类不再急于发展，而是试图通过"碲钉"这种高麻醉物质找到新的极乐世界，这就是他们所谓的碲钉国——新的乌托邦。小说由五十个互不相关的故事组成，由每一章都会出现的"碲钉"连接，仿佛一个"用碎布头拼接起来的花被罩"。

青年作家阿莉莎·加尼耶娃发表于2012年，且为其斩获在俄罗斯久负盛名的处女作奖的长篇小说《假日山》的"幻想"之处则在于虚构了这样一个情境：俄罗斯为了与地处北高加索的达吉斯坦隔离开来，而修建一个堪为"中国长城现代版"的堡垒，并由此引发了一系列社会和宗教动荡。讽刺的是，今年6月，乌克兰寡头克拉莫伊斯基提出了一个方案，用一道两千公里的城墙将乌克兰语俄罗斯地区隔离开来。作家的担忧，竟如此快速地"变"成了现实。

五

反乌托邦幻想小说的盛行，也从一个侧面，体现出俄罗斯文学在创作题材上的深化与拓展，也反映了其在艺术上的创新与突破。白银时代作家瓦西里·罗赞诺夫近年的被发现和推崇，就是一个很好的例证。作为"旧文学的终结者，也是新的文学文体的创造者"，罗赞诺夫着力建构一种"超文学",即以"一种前所未有的语言艺术的形式,以震撼读者的心灵,改变其意识,对其心理发生强大影响"。他包括《心灵独语》和两卷《落叶集》在内的创作,正是以其文体风格的独特性,体裁的难以确定性,文字的碎片性,思想复杂性、不连贯性等特点而为当下俄罗斯作家和读者称道。

实际上,这种"超文学"的梦想,就像不死的血脉,在俄罗斯文学的土壤里生生不息地流淌。自 1970 年代中期起,苏联文学就曾出现一种综合探索的倾向。尤·邦达列夫的《岸》,就是这样一部作品。在这部涉及战争、政治、意识形态、两种文明、道德准则等各个方面,且结构和内容都颇为复杂的、多层次的作品里,邦达列夫试图从哲理的高度综合探索人类社会面临的各种问题。正如他自己所说,写出这部突破传统冲突框架、涉猎地球广阔场景的长篇小说,这是因为今天整个地球已成为当代生活的基本症结。

邦达列夫的创作理念和艺术追求里,有着列夫·托尔斯泰包罗万象的史诗性巨著《战争与和平》的回响。虽然在当今俄罗斯,受网络新科技的影响,普通读者更喜欢阅读短故事,而不是人物众多的巨著。新一代作家在纷繁复杂而又多元化的社会局势下,也如俄罗斯文学研究专家侯玮红所说,更多把文学当成他们表达自己、参与社会、探索未来的一种手段。相应地,他们更热衷于社会各个角落里的小人物平凡生活的无始无终的记录式书写,他们不再注重统一的小说情节,也不再追求人物与人物之间的紧密联系,常常只是展现他们生命中的一个时段甚至只是一个瞬间,很多作品还表现出时间与地点的多重性、小说与其他种类作品的混杂性等等。但俄罗斯文学史诗性的追求始终不曾中断。诚如俄罗斯作家亚历山大·阿尔汉格尔斯基所说,俄罗斯小说像是一个体裁旋涡,容纳了其他各种体裁,试图解释存在的法则。

确乎如此,俄罗斯小说哪怕是从一个很具体的问题出发,最后总会涉及宏大的历史、哲学、宗教问题。成长于苏联解体后全新的历史时期的新一代作家,虽然很少采用全景式手法描写宏大的场面,而是着重于对在特定历史和现实背景下个体的经验与感受的书写。但俄罗斯文学对现实生活的永恒关注、对人生终极问题的执着探求以及深刻的人道主义和救赎意识等优秀传统,依然在他们身上得以传承。这从青年作家亚历山大·斯涅吉廖夫创作的小说《内奸夙敌》里可见一斑。小说讲述了一个奇特的故事:青年米沙在母亲去世后接到一位陌生老者的神秘电话,他自称是米沙姥爷的朋友,姥爷托他转给米沙一处房产。此后,就在接收房产的过程中,却发生了一系列耐人寻味的故事。小说试图由此提出一个严肃的社会问题:如何看待前一时代意识形态的遗产?

在阿尔汉格尔斯基看来,在不可避免的喘息之后,最能代表俄罗斯文学成就的长篇小说,正以严肃的历史、存在争议的主角、边际环境、综合性内容等构成新的叙事,返回到文学生活的中心。而无论全球化进程怎样推进,俄罗斯文学总会自动地保持它的民族性。"俄罗斯小说形成了这样一种辩证的特性:越是具有民族性的,就是越具有世界性的;越具有世界性的,反过来,越具有民族性。"仿若俄罗斯眼下在民族与世界之间进退的微妙局势,正是于这种对抗与融合中,俄罗斯文学在期待着,再创自己的辉煌时代。

俄罗斯文学在中国的影响衰退了吗？

俄罗斯文学在中国的影响衰退了吗？这看似一个不言自明的事实。诚如上海外国语大学文学研究院院长、俄语文学研究专家郑体武于 2015 年 11 月 28 日在上海外国语大学举行的"中俄青年作家双边研讨会"上所说，20 世纪 90 年代以后，俄罗斯文学在中国的译介与出版都遭遇了大幅度的滑坡，可以说是困难重重，步履维艰。无论是新推出的译著数量，还是单本发行量，都很是惨淡。

从另外一个角度看，这却未必是完全的事实。正如我们感叹文学在眼下再也难以重现 20 世纪 80 年代的荣光，却不足以以此作为文学边缘化的佐证，因为文学在那个特殊年代里确乎是过热了，而这热潮也并非完全是文学本身所致，而是受制于当时政治、经济及文化大环境的影响。俄罗斯文学的影响同样如此，它或许只是从曾经的过热，退回到了一个正常的位置，用作家鲁敏的话来说，俄罗斯文学曾经是我们的母亲，而现在成了我们的兄弟。

毫无疑问，正如鲁敏所说，在写作领域，大量俄罗斯经典的引进与广泛的阅读、传播，一度作为母乳般的养分，影响到中国两三代作家的写作趣味与文体审美。"比如，对宏大叙事、庄严主题的倾向，对历史与革命场面的偏爱，对人类原罪与救赎的思考等等，这些主题一般会被认为是最经典、最正宗的长篇审美。"

在鲁敏看来，从中俄文学交流的角度看，这是非常壮观的景象，却并非是最均衡最科学的交流模式。直到20世纪90年代，随着各国文学在中国相对均衡的推介，终于改变了早先俄罗斯文学在中国一家独大的局面。"各国的文学一拥而入，这直接影响到我们这一代作家的阅读体验，我们由此成了国际文学的杂食动物，已经不大可能再认某一国的文学为心理上的母亲或父亲。我们这一代，热爱陀思妥耶夫斯基、托尔斯泰与布尔加科夫，也热爱里尔克、加缪、马尔克斯……可以说有了一大群文学上的兄弟姐妹，俄罗斯文学也成了置身其中的兄弟。"

但这并不意味着俄罗斯文学在中国的影响力已经下降。以鲁敏的理解，这只能说是俄罗斯文学的接受比重有所下降，只能说是对其接受进入了更自然、更合理的阶段，国家意志式的那种强力推动在退场，更纯粹更自由的艺术力量在上升。"可以举几个作家的例子。犹太裔俄罗斯作家巴别尔，在欧洲的名声要大过俄罗斯本土，因此到了1990年代才译介到中国，在年轻一代作家中产生了独特的传播与影响，我们会像讲到一个口令与密码似的提到他的《骑兵军》，而五六十年代的中国作家大多对他却不太熟悉。还有像阿赫玛托娃与茨维塔耶娃的诗，这两年在中国译介也很频繁，并且吸引了一大批年轻诗人与读者的追捧，但这种吸引力仍然不是母性的覆盖式、淹没式的，而是平行地并存于世界各国诗歌之林。"

而这样的并存虽然减少了俄罗斯文学影响的重力和压力，却也可能增加了俄罗斯文学溢出的延展度。鲁敏举例表示，俄罗斯舞台艺术历史悠远，在本国民众当中有强大的影响，但在中国，舞台戏剧正处在一个缓慢上升、构建演出体系、培养观剧人群的阶段。"要在很多年前，我们在舞台上不怎么能看到契诃夫的话剧，更别说受多大的影响，而现在'契诃夫'这三个字却成了一个迷人的招牌，《樱桃园》《三姐妹》等剧作的原著重排、新编、戏编等等各种版本，在每个城市都轮番上演，并总能吸引到一大批年轻人加入。"在鲁敏看来，契诃夫话剧这种和气的、克己的审美，之所以在当下的中国戏剧里,尤其是小剧场话剧里受到追捧,某种意义上正是对前期俄罗斯文学那种宏观、高大的审美的弥补与缝合。

要换一个角度看,俄罗斯文学对中国的影响,或许只是不再像当年那么单一化,而是更具多义性。以鲁敏的观察,这两年,像罗布茨基的《小于一》《悲伤与理智》,还有《曼德施塔姆夫人回忆录》《古拉格:一部历史》等等一批与俄罗斯相关的非虚构译介,都进入国内各大年度好书榜,在文学界与知识分子界产生较大的反响,人们会由此展开对集权专制、对革命苦难的反思、对自由意志的讨论。这种俄罗斯式的苦难与智性思考的影响已远远大过文学本身,而进入公共知识分子领域,形成了一种俄中对照下的反思与警醒的风潮。

话虽如此,当代俄罗斯文学的影响大为衰退,却是一个不争的事实。很多人把个中原因归结为1991年苏联解体后俄罗斯综合国力、国家吸引力、文化软实力的下降。实际的情况并非完全如此。事实上,当代俄罗斯文学正面临青黄不接的窘境。老一辈有影响的作家纷纷凋谢,新一代作家则还没有开花结果。俄罗斯青年作家奥列格·索洽林表示,如今在俄罗斯,作家不再是对人们思想有影响的人物,甚至对人说自己是作家,都会感到难为情。年轻作家很难发表、出版自己的作品,靠写作来维持生活变得艰难,作家很难投入巨大的热情。

另一方面,诚如另一位俄罗斯青年作家叶莲娜·图鲁舍娃所说,俄罗斯本土读者阅读的文学热情还依然不见恢复。"文学杂志逐渐衰落,即使有政府的倡导,去图书馆看书的人,以及通过其他途径阅读文学的人还是越来越少。如此,年轻作家与读者对话的可能性又一次覆灭,使得原本就坎坷的文学之路雪上加霜。"而当代俄罗斯文学不景气,我国出版界也对此缺少信心,加之当下国内俄罗斯文学译者匮乏,当代俄罗斯文学少有译介、出版,也就可想而知了。

然而容易为我们忽略的是,纵使中国当代文学已如俄罗斯翻译家叶果夫所说,走在了俄罗斯当代文学的前面,中国当代文学在俄罗斯的译介、出版，却不容乐观。俄罗斯青年作家叶卡捷琳娜·雅科夫列娃表示，在当下俄罗斯，干宝的《搜神记》、蒲松龄的《聊斋志异》等早些年就被翻译成俄语的古代奇幻文学作品，比较受读者欢迎。2005年开始，俄出版社开始资助翻译中国当代文学，但翻译的是在西方取得成功的作品，且居多是从英文转译的。而据鲁敏的观察，在俄罗斯文学翻译院，她能看到的也无外乎是《水浒传》《儒林外史》《道德经》等古典名著，还有王蒙、铁凝、莫言、张贤亮等少数当代作家作品的俄文译本。

以郑体武的理解，中、俄两国有着太多历史与现实的相似，处于转型期的俄罗斯文坛，其现状和问题，几乎跟当下中国文坛如出一辙，中、俄当代文学之间译介、出版的缺失，很大程度上是受了市场的影响。然而，无论是从历史，还是从现实来考察，中、俄两国作家，都不曾失去道德担当和使命意识，自然也经受得起全球化背景下的商业化大潮和市场的冲击。"从这个意义上说，中、俄文学界和翻译界加强交流互相借鉴是非常必要的，也有助于扩大两国文学在各自国家的影响。"

白银时代：像艺术家那样生活，像人一样去创作

如果说八十多年前，就有苏俄作家写了"穿越"题材，而且写的是"穿越"剧本，你会不会感觉有些"穿越"？毕竟穿越小说在中国流行还只是近些年的事，而且它也更像是网络文学、科幻文学的"专属"题材。但米·布尔加科夫的的确确在他的年代，就在剧作《伊凡·瓦西里耶维奇》里，借用当时流行的"时间机器"题材，让主人公从苏联时代穿越回伊凡雷帝时的俄罗斯。

当然，如果知道布尔加科夫不是什么科幻文学作家，而是比马尔克斯还早的魔幻现实主义鼻祖，你就不会对他的超前感到惊奇。在布尔加科夫最重要的作品《大师和玛格丽特》里，他让魔王沃兰德扮作魔术师造访1920年代的莫斯科，检视莫斯科居民的内心世界；他还让无名大师写了千余年前彼拉多审判耶稣的历史小说，大师不容于世，被迫住进精神病院；崇拜大师才华的秘密情人玛格丽特不仅成为魔王盛大舞会上的女王，而且在魔王帮助下最终与大师一起进入永恒的世界……在布尔加科夫开放性的叙述迷宫中，在宗教神话故事的架构下，在光怪陆离的魔幻场景里，人性的本质和历史的真实渐渐显露。

如今，更多的人倾向于将布尔加科夫看作是一位思想深邃、"以大无畏精神向一切恶提出挑战""集讽刺作家、幻想题材作家、现

实主义作家的天才于一身"的文学大师。他的《大师和玛格丽特》不只在俄罗斯本土，在其他不少国家也是一版再版，至今仍畅销不衰；他的《白卫军》在俄罗斯多次上演，被认为是"莫艺"三大经典戏剧之一，还被拍成电影。但他一度被认为是一位"不理解无产阶级十月革命""暴露了本身的人道主义弱点"的作家。

事实上，不只是布尔加科夫，还有他的同时代作家安德烈·别雷、瓦·勃留索夫等，都经历了与他相似的命运。他们是如此超前，却又不被同时代人理解。别雷的长篇巨著《彼得堡》，与普鲁斯特的《追忆似水年华》、乔伊斯的《尤利西斯》和卡夫卡的《变形记》一起，被纳博科夫评为"20世纪前期西方四大小说名著"。而被认为堪与普希金比肩的经典作家勃留索夫的代表作《燃烧的天使》，正如米尔斯基在《俄国文学史》中所说："或许是俄国最好的外国题材作品，音乐家普罗科菲耶夫曾将其改编为同名歌剧。"

如此种种，即使现在看来也有些不可思议。这一切究竟是怎么发生的？为何会有这样谜一般的文学景观？倘要对此有真正的理解，唯有"穿越"回俄罗斯的白银时代。而借由浙江文艺出版社推出的"双头鹰经典"，我们得以通过《大师和玛格丽特》等重现的经典，揭开白银时代的神秘面纱。

一

如今，"白银时代"已成为世界文学史上的一个专属术语，特指19世纪末20世纪初的俄罗斯文学，那是俄罗斯文学继普希金、托尔斯泰、陀思妥耶夫斯基等造就的"黄金时代"之后，又一个风起云涌、群星璀璨的文学时代。

但这个术语，就像俄罗斯文学研究专家郑体武于2017年4月15日在上海建投书局举行的"白银时代的伟大作家与不朽作品——'双头鹰经典'第1辑新书首发式"上指出，一开始只是西方赋予俄罗斯这一时期文学的概念。郑体武曾于20世纪80年代留学苏联，在他印象里，那时苏联学界精英倾向于把"白银时代"的命名，看成是一个纯西方的概念。苏联本土认可的经典作家,也常常有别于西方的认定,很多时候还呈现出一种对立的状态。"之所以会这样,我想是因为当时苏联学界避免沾染西方主义色彩。这种情况,只有到苏联解体后才有改变。等到与西方世界的对立消解后,俄罗斯才真正接受了'白银时代'的概念。"

有意思的是,在19世纪末20世纪初的转型时期,世界文化和俄罗斯文化却不被看成是对立的。郑体武说,那时的俄罗斯作家把整个世界文化都看成是俄罗斯文化。在他们看来,世界的也是俄罗斯的,俄罗斯的也是世界的,不存在俄罗斯本土和俄罗斯之外的界限。"当时的诗人们一会儿写日本,一会儿写非洲,一会儿写古代,一会儿写现当代,上下几千年,他们写庞培、写亚历山大大帝,就像写自己国家的古人。从诗作所用的语言来看,他们也经常用拉丁语、法语作为一本诗集的名称。这是他们着眼于整个人类和世界的文化情怀所致。"

白银时代的这种世界主义色彩,让作家孙甘露感到好奇和困惑。就他的感觉,在中国,尤其在现当代,如果一个作家把非本土的题材拿来作为文学创作的内容,那是不可想象的,并且会被认为是负面的。"如果你被认为过度受西方文学影响,就会给人感觉缺少正当性、合法性,你会因此被看成是次一级的作家。"孙甘露曾当面问过诺奖得主、秘鲁作家巴尔加斯·略萨一个问题,他们那代人同样深受外国文学影响,会不会有过中国作家这样的焦虑。略萨回答说,在他那个年代,并不存在这个问题。

在这个意义上,俄罗斯白银时代作家的创作,对于我们理解民族传统和异质性的关系,不能不说有一定的启发。在孙甘露看来,民族传统是作家的根本,无法去除,所以作家无须强调民族传统,因为它就在他们流淌的血液里。"我记得博尔赫斯说过,一个阿拉伯作家不会成天写骆驼、沙漠,因为这些是他们日常生活里习见的事物。谁成天爱说骆驼和沙漠呢?是那些旅游者。他们来了之后回去就晒朋友圈。"在孙甘露看来,我们强调异质性,是因为一个好的作家理当是本民族语言的陌生人,他应该像外国人一样打量自己民族的语言。

孙甘露还谈到,柴可夫斯基在当时的俄罗斯不被认为是俄罗斯的,前些年,俄罗斯电影《西伯利亚的理发师》在俄罗斯国内也遭到传统派强烈批评。在他看来,这样的误解看似不可避免,因为异质性代表了一种活跃的、新鲜的东西。而异质性的写作,往往是一种挑战性的、革命性的写作。"但唯有突破已经形成,或在某种意义上已经凝固的经验,才能让一个国家的语言变得更为丰富。"

二

当然,如果没能看到白银时代文学的总体性的特点,你就不可能对其有整体性的理解。某种意义上,正是其总体性的特点,催生和深化了其异质性。

在郑体武看来,白银时代是一个文化大包容、大开放的时代。这一时期的俄罗斯文学和艺术,普遍具有大的开放心态,大的世界情怀。"我们知道,俄国在彼得大帝时,才有了第一次真正意义上的大开放。彼得大帝推动俄国从日常生活,到思想观念全盘西化,俄罗斯文学得以第一次实现和西方文学的合流。"而另一面,在彼得大帝改革之前,西欧已经经历了一百多年的古典主义时期,但俄罗斯还处于中世纪。"也就是说,当西方经历文学启蒙主义的狂飙突进时,俄罗斯文学还在古代的框架里徘徊。"

这就不难理解,白银时代文学一方面充分吸收了当时世界文化的成果,给人感觉特别前卫;另一方面又对俄罗斯文化传统中魔法师之类的事物,还有神秘主义观念等,有诸多出神入化的描写。像别雷就对神的源流的问题特别感兴趣。他试图用小说三部曲的形式来探讨这个问题。这三部小说的名字分别是《银色的鸽子》《彼得堡》《无形的城堡》。最终,前两部都写作出版了,第三部《无形的城堡》没有完成,胎死腹中。

在这三部曲里,别雷也和当时的许多同时代人一样,对俄国究竟是东方还是西方,俄国究竟该往何方去等问题进行了严肃、独特的思考。而他们有这样的思考,也正因为同时受到了东方文化,包括东方文化里追求综合的思想的深刻影响。郑体武表示,俄罗斯文学的综合性体现在,俄罗斯专有的哲学,学院派哲学,有一部分让位给历史、政治,还有很大一部分让位给了文学。"在白银时代,俄罗斯文学、艺术出现了大融合的趋势,文学吸收了很多哲学、政治、美术、音乐等门类的东西,音乐也吸收了很多诗歌的因素、绘画的因素,所以那个时代的诗人往往有很高的音乐修养,作曲家本身,也往往就是诗人或画家。那时的文学,也不只是讨论文学的问题,还深入讨论革命的问题,改革的问题,讨论形而上的灵魂的问题。"

事实上,别雷之所以在艺术上孜孜以求,很大程度上是为找寻生命的支点,是出于对人的心灵本质价值的执着信念。他坚信建造起人类心灵的方舟就能使人接近永恒。他将自己对艺术、生活乃至人类命运的独特认识融入了《彼得堡》的创作之中。在这部小说里,他创造出一个纯粹意识的世界,以独特的形式表达了自己的美学追求、历史观念和哲学理想。正如有评论所说,他似乎给所有的词、形象都施加了魔法,使它们跟随他一起去寻找绝对的意义。

无可否认,象征手法的广泛运用,深化了白银时代作家对时代的挖掘,还有对人物心灵的表现。中文版《大师和玛格丽特》译者徐昌翰,以该小说为例表示,象征是表现作者深层意图和隐蔽目的的有力手段。它不仅表现为个别细节的描写,如月光、雷雨、黑气、焚烧的手稿、一汪如血的酒、没有身体的西装……而且,还体现在许多完整情节和冲突的安排和设计上,如杂技场的魔术演出,合唱团的走火入魔,花园街五十号公寓、格里鲍耶陀夫小楼、大师居住的地下室等的连续四场大火……布尔加科夫正是借助象征手法深化了魔幻与现实之间的有机联系。

别雷更是坚信,象征主义使艺术成为自由人类的新生活和新宗教。不能确定,这种文学的信条是不是也影响了生活。有意思的是,就像郑体武提到的那样,谈白银时代作家大多奉行的"人生如戏"的文学观。郑体武以勃留索夫为例表示,作为象征派作家,勃留索夫的日常生活跟他小说里写的几乎惊人的相似。"他有一部作品的女主人公叫莱娜卡,现实中,他的确有一个情人,叫尼娜·彼得罗·芙斯卡娅,她跟好几位大师都有情侣关系,而三角恋在当时的现代派圈子里很普遍,别雷在生活中就总是扮演第三者。"

放在今天,艺术家之间这种自愿的、欢乐的三角关系有点难以想象。但郑体武表示,那些白银时代的作家不这么看。在他们看来,生活即艺术,艺术即生活,要像艺术家那样生活,要像人一样去创作,在日常生活中像艺术家,同时日常生活要反映在创作当中。"因为对他们来说,既然能这样写作,为什么生活当中不能这样做?为何不能把艺术的生活付诸现实的生活?"

三

有必要指出的是,虽然先有俄罗斯文学的黄金时代,而后才有白银时代。但诚如郑体武所说,白银时代文学取得了辉煌的成就,甚至很多地方是空前的,应该说,相比黄金时代毫不逊色。

要联系到白银时代只持续了短短二十来年时间,我们更可惊叹其取得的成就了。在俄罗斯文学研究专家严永兴看来,诞生于一个世纪之交的沙皇时代和十月革命后新生苏维埃时代的夹缝里的白银时代,有其不可避免的脆弱性。一则,那一代作家,不管是流落他乡的,还是留在俄罗斯本土的,一个个撒手人寰。而侨民作家的创作源泉也日益枯竭,文化精英们失去了自己的根。加之,俄罗斯大地上"左倾"文化思潮的泛滥,使得白银时代到20世纪20年代末归于沉寂、终结。

以布尔加科夫的创作为例,自1925年完成第三部长篇《狗心》未能通过审查之后,他的作品开始屡屡被拒绝发表,且几乎所有的作品都受到了批判,文章最后累计达创纪录的二百九十八篇之多。他的《白卫军》《逃亡》等以深入揭示白卫军内心世界复杂性为特

第六章 俄罗斯文学在中国的影响衰退了吗？

色的作品，成了"美化白军"的罪证，成了公开的"反革命文学宣言书"。顺理成章，布尔加科夫也成了"敌对势力在文学界的代表"。

虽然从1925年到1927年，布尔加科夫的创作依然受到各方面重视。高尔基从意大利写信回来问《白卫军》是否已有单行本问世。根据该长篇改编的话剧《图尔宾一家的日子》于1926年10月正式公演后，也取得了极大成功。俄国最具权威性的小艺术剧院连演数月，每星期三场，居然场场爆满。另一部戏《佐伊卡的住宅》同期在瓦赫坦戈夫剧院公演，连演两年，也没有从剧目上撤下来。随着剧本《逃亡》获得的巨大成功，布尔加科夫更是成了家喻户晓的剧作家。

但就像徐昌翰在《大师与玛格丽特》译后记中指出，到了20年代末期，特别是30年代初期，苏联社会的阶级斗争形势日趋尖锐。从1929年开始，他的剧也一个接一个被撤下舞台。报刊上对他点名批判的口气也越来越严厉和粗暴。他的作品也不再有刊物和出版社发表。作为一个作家，连生存也受到威胁。他向当局要求自我放逐——把他放逐到苏联以外的地方。可是没有人理他。在这种情况下，他给斯大林、加里宁、斯维尔德洛夫、高尔基等人写信。1930年3月28日，斯大林亲自打电话给他。不久，又安排他到艺术剧院，在斯坦尼斯拉夫斯基的领导下工作。但他的创作已不可避免地受到了重创。他意识到，当代题材的创作生命于他已经结束了。此后十年，他几乎全力以赴投入了历史题材戏剧的创作。他先后写了《莫里哀》《死魂灵》等剧本，在生命的最后十年，他写了《大师与玛格丽特》。但他后期的写作，近乎是"抽屉写作""地下写作"。这些作品得以发表，且产生重要影响，是他去世多年后的事情了。

事实上，无论是布尔加科夫，还是别雷，虽然他们的创作极为超前，其影响却因时局所限，很长时间里只局限于俄罗斯本土，从而错失了与世界文学同步与合流的机会。但出于种种原因，相比俄罗斯黄金时代文学，还有欧美文学，中国读者对白银时代文学的了解要少得多。在出版人曹元勇看来，一个很重要的原因是，进入

21世纪以来,伴随着全球政治、经济的剧变,在中国图书市场上,西欧、美日文学大行其道,除了托尔斯泰等一些主要经典作家,包括白银时代在内的俄罗斯文学被边缘化。这也正是该社编辑出版这套书的用意所在。曹元勇表示,通过"双头鹰"这套书成规模的出版,或能拓展我们的文学视域,给当下过度市场化的中国文学生态注入一点异质的东西。

同时,亦如曹元勇所说,俄罗斯文学虽然近年表现不太抢眼,但它有非常雄厚的文学传统,鉴于文学之于俄罗斯的重要性,阅读白银时代经典文学作品,也恰好是了解俄罗斯的一个重要途径。

四

以小说创作而论,别雷的《彼得堡》和俄国首位诺贝尔文学奖得主伊凡·布宁的长篇小说代表作《阿尔谢尼耶夫的一生》,或许是管窥复杂多元的白银时代创作的一个很好的切口。《彼得堡》成书于1916年,1922年出版俄语删节本。《阿尔谢尼耶夫的一生》则出版于1933年。按出版时间序列看,后者理应比前者更为"进步"和前卫。实际的情况恰恰相反,如果说《彼得堡》写了"流动"的城市,《阿尔谢尼耶夫的一生》则写的是"静止"的乡村。

这并不难理解。毕竟文学从不遵循按时间序列线性"进化"的原则。而作家不同的经历也决定了他们会有不同的创作。譬如,别雷虽然在《彼得堡》里写了彼得堡,实际上他1880年生于莫斯科,父亲是莫斯科大学数学系教授,父亲爱好音乐,擅长演奏钢琴。他从小受到良好的教育,1903年从莫斯科大学毕业后,又留在该校文史系继续学习三年。1906年至1923年间,别雷曾多次出国,先后去过法国、意大利、斯堪的纳维亚半岛、非洲和中东地区,旅居次数最多、时间较长的是在德国柏林,20年代中期后基本定居莫斯科,直到1934年1月病逝。他从小生活过的,位于莫斯科阿尔巴特街55号的一座三层建筑,如今已被辟为别雷博物馆,博物馆里维持着作家生活时的情景,让人可以充分感受别雷的日常生活。

第六章 俄罗斯文学在中国的影响衰退了吗？

可以想见，从小在城市里生活的别雷，对城市自然有深刻的观察和感悟。

相比而言，布宁1870年生于俄国波罗纳捷市的一个破落贵族家庭，祖上曾是显赫的贵族。布宁三岁那年，全家搬到他们置产的乡村沃罗涅什镇去生活。布宁长大后，由于经济拮据，只读了四年书便辍学在家，靠大哥的指导进行自修。刚满十八岁，布宁便只身走向社会独立谋生，曾当过校对员、统计员、图书管理员甚至摆过书摊卖过报。1887年4月，因在彼得堡《祖国》周刊上发表了一首诗歌习作，才得以于同年在奥廖尔市一家杂志社谋得薪酬微薄的戏剧评论员职务。1895年，布宁曾前往彼得堡和莫斯科，结识作家契诃夫和俄国象征主义文学名家勃留索夫，从此专事文学创作和翻译。

如此看来，别雷写城市，布宁写乡村是自然而然的事。而思想意识的不同，又在某种意义上决定了两人有不同的创作视野。别雷始终以超党派自居，年轻时，他深感沙皇俄国黑暗，于是总是赞成变革，不管是什么样的变革，他都拥护。到了苏维埃时代，虽然不理解甚至公开表示不赞同当局的某些理念，却从一开始就积极参加祖国的新文化建设，应邀热情为青年作者授课或进行专业指导。

不同于别雷，布宁就显得保守多了，他似乎从没忘记永远已经逝去的"黄金般美好的"贵族生活，成了作家后，也始终自命清高、孤芳自赏。到了1905年底第一次民主革命在全俄罗斯城乡蓬勃兴起时，布宁辞去当时在《真理》杂志社的职务，出国旅游。再后来，到了1920年1月26日，红军攻克南方重镇敖德萨，他携妻子搭乘一艘法国邮轮离开俄国。后几经周折，于同年3月辗转抵达巴黎，两年后迁居法国东南部阿尔卑斯滨海省一个叫格拉斯的小镇。他的后半辈子，除每年到巴黎过冬及短时间的出访、旅游，基本上都在那里度过。当然，布宁虽然长年生活在异乡，却在写作上频频回望故国山河。由此，两位同时代作家呈现出截然不同的，甚至有着某种对照性的创作面貌，就很好理解了。

但这并不是说，布宁继承了俄罗斯文学传统，别雷则是对这一传统的离经叛道。这两位作家，如批评家张闳在 2018 年 5 月 26 日由浙江文艺出版社主办的"《彼得堡》《阿尔谢尼耶夫的一生》新书分享会"上所说，生活在马车时代和火车时代的转换时期，布宁在《阿尔谢尼耶夫的一生》里写没落贵族的生活，还残留着托尔斯泰笔下俄罗斯乡村生活的影子，有着比较慢的节奏，他的叙事仿佛也停留在马车时代。也因此，小说总是给人感觉像马车一般慢慢前行，甚至时有停滞的感觉，这部分原因在于如翻译家曹元勇所说，布宁以很大篇幅描绘自然，他把自然当成了世界必不可少的一部分。"反观中国，从四大古典名著开始，大多数文学作品里都少见对自然的描写，这是一个很大的缺憾。而对于布宁来说，俄罗斯幅员辽阔，到处是森林草原，浓墨重彩写大自然是自然而然的。"如其所言，在感叹古老的俄罗斯正在逝去的同时，这部小说的确让人感觉到那种真实的俄罗斯大地和乡土的浓郁气息。张闳表示，布宁显然对古老的俄罗斯有一种缅怀，体现在他后来写的其他小说像《安东诺夫卡苹果》等也是这样，那种情怀可谓非常浓郁。

而《阿尔谢尼耶夫的一生》的革新之处，或许在于作品的体裁。小说以主人公阿列克谢·阿尔谢尼耶夫童年、少年和青年时代的生活经历为基本线索，以第一人称展开叙述，着重表达"我"对大自然、故乡、亲人、爱情和周围世界的感受。作品发表之初，就有人认定这是作家个人的"自传"，但布宁本人断然否定了这一说法，强调它首先是一部文学作品。后来，确认这是一部小说的意见逐渐占了上风，但称它为"艺术性自传"或回忆录的，仍然大有人在。一些作家评传和文学史著作将这部作品视为长篇小说，崇拜布宁的作家帕乌斯托夫斯基却把它称作中篇小说，但又认为它和一般的中篇小说有所不同。帕乌斯托夫斯基写道："我依旧把《阿尔谢尼耶夫的一生》称为中篇小说，尽管我同样有权把它称为史诗或者是传记。……在这一部叹为奇观的书中，诗歌与散文融为一体，它们有机地、不可分割地融合在一起，布宁创立了一种新颖的、绝妙的体

第六章　俄罗斯文学在中国的影响衰退了吗？

裁。"当代的一位俄罗斯评论家则说，这部作品"有点儿像哲理性的长诗，又有点儿像交响乐式的图画"。而布宁自己在《阿尔谢尼耶夫的一生》中，称这部作品为"笔记"。

《彼得堡》在体裁上的创新就不言而喻了，某种意义上，正因为别雷开创性地使用了意识流的手法，才使得纳博科夫把《彼得堡》与《追忆似水年华》《尤利西斯》和《变形记》一起，评为"20世纪前期西方四大小说名著"。而以20世纪80年代末苏联出版的一部专著的说法："没有安德烈·别雷的《彼得堡》，就难以理解20世纪欧洲文学中像乔伊斯的《尤利西斯》、加缪和卡夫卡的长篇小说及普鲁斯特部分作品等重要文学现象的产生。"以张闳的阅读观感，《彼得堡》是一部碎片化的、爆炸式的、快捷的作品，虽然被普遍认为是意识流小说，实际上并不是很纯粹的意识流，别雷还用了一种蒙太奇手法，小说里快速闪现各种各样的景观，句子破碎，节奏很快，像坐高速列车闪过一样，呈现了一个流动的城市景观。"《彼得堡》的节奏甚至比《尤利西斯》还要快，而且是快到了所有的连续的东西都打破了、破碎了，而那些片段又有机地联结在一起。"

作家叶开则特别注意到《彼得堡》日俄战争的写作背景，1904年到1905年间，日本帝国与俄罗斯帝国为了侵占中国东北和朝鲜半岛，在中国东北的土地上进行了一场战争，最终以沙皇俄国的失败而告终。"我们的历史一般只简单写到列强在我国的土地上开战，殊不知那是一个极其敏感而特殊的时期，它震动了亚洲和欧洲两块大陆，由此发生了一些非常重要的决定性事件。"

具体到1905年的沙皇俄国，一批反对沙皇的革命者试图举行暴动来推翻沙皇的统治，遭到了沙皇军队和警察的围剿和屠杀。后来，社会革命党人暗杀了沙皇的内务大臣普列维和总理大臣斯托雷平等不少政要，社会也并未迎来进步。所以，这一时期的彼得堡可谓思潮汹涌，工厂罢工，游行、暗杀频频上演，平民与贵族、革命党人轮番登场。由此，在别雷笔下，彼得堡是一座患了高烧的城市，潮湿则构成了彼得堡城市的外部景象,与阴晦潮湿的氛围形成映照的是干燥的内在景观,人物的意志之火,如忽明忽暗的火苗。也因此,别雷在小说里摒弃了对历史细节的准确还原,而是用意识流的手法,呈现历史情境下典型人物的内心思绪和"灵魂的疾病"。

正因为这种创新,如该书译者靳戈所言,《彼得堡》在描绘典型环境和典型人物以及暴露批判黑暗现实的精细、深刻方面也许不及经典的现实主义杰作,但它借助于艺术象征和意识流及通过二者的结合所表现的俄国和世界当时正面临的灾难性危机方面,却要比它同时代用传统现实主义方法写成的作品强烈、紧张得多,因此也更震撼人心,催人猛醒。

但《彼得堡》对俄罗斯传统文学的借鉴是显而易见的。靳戈表示,小说里不少主要事件和人物,都直接来自19世纪俄罗斯文学名著。例如,阿波罗·阿伯列乌霍夫及其与妻子安娜·彼得罗夫娜和儿子尼古拉的关系,立刻让人想起托尔斯泰《安娜·卡列尼娜》里卡列宁一家人,等等。"《彼得堡》的独到之处在于,别雷根据现实和艺术本身的发展,利用前人的一些情节和人物加以讽刺模拟性的再创造,在表现'沙皇统治下彼得堡的覆灭'这个传统的和流行的主题时具有了新的内涵。"另一方面,得益于对文学经典的讽刺模拟,《彼得堡》通篇笼罩着一种亦庄亦谐的气氛。不仅如此,在靳戈看来,别雷还力求各种艺术的融合,最大限度地发挥长篇小说形式的艺术表现力。"整个作品犹如一幅包罗万象的巨型绘画或雕塑,别雷的手法时而简朴明快,时而沉郁凝重。许多完全或基本相同的句子、段落在不同情况下的多次重复等等,体现了别雷对诸如对位、变奏、转调等音乐中作曲法的技巧的借鉴和移植,使得小说读来像一部复杂的交响乐。"

五

事实上,放在当时的历史背景上看,无论是《阿尔谢尼耶夫的一生》,还是《彼得堡》,都体现出了不合时宜的特点。如果说前者给古典俄国乡村唱了一曲挽歌，后者则是唱给俄国城市的堪称空前绝后的序曲。以叶开的理解，别雷以及同时代的普拉东诺夫、布尔加科夫等，还能通过文学的方式，在盛行整齐划一的美学的斯大林主义时代，在写作中呈现出一种混乱的，不同步的，乃至碎片化的美，这本身就体现了他们的卓越之处，也是对我们当下写作很有启发的地方。

当然，两位作家与时代的"不同步"，也让他们的创作有了不同的遭际。《彼得堡》问世后虽然走红过一段时间，但从别雷逝世不久的 30 年代中期开始，别雷被归于不按"社会主义的现实主义"基本方法创作的作家之列，《彼得堡》也渐渐被冷落了，自 1935 年以后，这部作品再也没有重版过。苏联文学界直到 20 世纪 60 年代初才对别雷以及他的作品重新发生兴趣。而布宁因在不少散文、小说作品对革命的俄罗斯现实表现出十分主观、偏激的敌对态度和悲观情绪，自然不会在俄罗斯本土受到欢迎，也差不多到 50 年代中期，他的创作才开始受到重视。

显见地，像别雷和布宁这样的作家，和他们的时代之间有一种不协调性。在张闳看来，他们所处的时代意识形态、价值观念非常一体化，但作家的使命不是去迎合它，而是要打碎它，因为这种僵化的东西会束缚人的思想，也会阻碍时代的进步。"如果这个时代是一片固化的废墟，作家的使命是要收拾这片废墟，通过他的语言的乌托邦，为给这个时代提供一定的美感，并提供某种远景，担负起扭转乾坤的使命，这恰恰体现出作家创作中一种整体性的价值。"

乌克兰文学：在俄罗斯和西方国家之间摆荡

一

乌克兰文学长廊里，回荡着喜剧的笑声。从果戈理、布尔加科夫、伊萨克·巴别尔到当代著名作家安德烈·库尔科夫，乌克兰诙谐写作的传统从未间断，无论是历史的变迁，还是时局的动荡，没有什么能够阻挡这笑的力量。

从任何角度上看，果戈理都是一位逗人发笑的幽默艺术大师。他虚构出一些没有远大目标和打算的人物，使他们陷入种种可笑的境地，因此有了《外套》《鼻子》等让人捧腹又不禁心酸的短篇经典。当他意识到喜剧的力量能更好震撼到挑剔的读者，他觉得不应该白白地浪费掉，就把所有他知道的庸俗恶劣的事集中起来，一次性地加以嘲讽，于是就有了名扬世界的《钦差大臣》。

布尔加科夫发誓要用果戈理墓碑下的一块石头做他的墓碑，他的夫人帮他实现了这一心愿。他受果戈理的深刻影响不言而喻，他能随时捕捉题材中的喜剧因素，他的幽默也给他振聋发聩的悲剧平添了喜剧色彩，经典之作《大师和玛格丽特》，更是以魔幻、怪诞的笔法，把讽刺幽默艺术推向了极致。正是意识到自己陷入了果戈理的"陷阱"，巴别尔调整自己的写作风格，他摈弃辞藻和比喻，力求朴素的文风。但他的作品里，依然充满了果戈理式的笑声。

第六章 俄罗斯文学在中国的影响衰退了吗？

唯其如此，就不难理解《乌克兰拖拉机简史》的作者，父母皆为乌克兰人的英国作家玛琳娜·柳薇卡何以欣慰自己也能成为这传统的一部分，尽管她生活在英国。"喜剧和悲剧应该被同等看待。而幽默是人的一种天赋，它使我们在艰难险境下生存下来，使我们依然保持人性。"当然文学里的幽默是一回事，现实政治里的讽刺又是另一回事。乌克兰与俄罗斯之间围绕几位大作家国籍归属展开的一系列论争，就使得这种幽默的文学传统也不免染上了几分悲情色彩。

五年前的4月1日，批判现实主义作家果戈理两百周年诞辰。两国间围绕果戈理国籍归属权的战火绵延，从各自的学术期刊一路烧到网上百科全书 Wikipedia。在新闻社区 Topix，据理力争者与恶言相向者皆有。乌克兰首都基辅的多家书店，公开销售乌克兰语版的果戈理小说，民族主义意识强烈的译者甚至擅自改动了书中的句子，将"伟大的俄罗斯大地"变为"伟大的乌克兰大地"。

类似的争斗近年来层出不穷。此前就布尔加科夫的国籍归属，两国学界亦曾发生争执。但这样的争执注定没有赢家。果戈理出生在乌克兰，他绝大部分的创作和生活都在俄罗斯，最后也是在莫斯科去世。不能否认的是，果戈理满怀深情地写了乌克兰的历史，也写了他在乌克兰的一些往事。同样，布尔加科夫虽然出生于基辅，却是俄罗斯裔，终生用俄语写作。他二十一岁时去了莫斯科，1940年在此去世。实际上，分裂果戈理或是布尔加科夫，都如乌克兰小说家、国会议员弗拉基米尔·亚沃里夫斯基所说，是"企图将空气或永恒不变的苍穹一分为二"。

毫无疑问，乌、俄两国之间交织的历史传统及敏感的地缘政治，导致了这些注定不会有任何结果的争执。乌克兰是托尔斯泰名著《复活》的历史舞台；影响中国几代人的《钢铁是怎样炼成的》，其作者奥斯特洛夫斯基也正是乌克兰人。仅以乌克兰港口城市敖德萨为例，画家康定斯基在这里成长，这里也是诗人安娜·阿赫玛托娃的出生地。当这座有着"再造彼得堡"使命的城市发展至一百年时，犹太人作家巴别尔写下了他蜚声世界的短篇小说集《红色骑兵军》。

二

很显然，乌克兰人正在重塑自己的文学版图。如今，在乌克兰的中学文学课里有两个内容：乌克兰文学和外国文学，俄罗斯文学被列入外国文学。与此同时，乌克兰政府强令在学校里普及乌克兰语，而俄语和英语、德语等其他语言一样，只作为外语选修。这意味着在此语言环境下成长起来的孩子将不会说俄语了，他们或许需要借助翻译才能阅读俄语文学经典。

在乌克兰文学教材的描述里，是诗人谢甫琴科开创了乌克兰现代文学的历史。这位农奴出身的大诗人，命运极其坎坷。他只活了四十七岁，其中二十四年过的是农奴生活，接着是十年的流放，其他十三个所谓"自由"的年头，是在沙皇的宪警监视之下度过的。他以18世纪乌克兰农民反波斗争为题材创作了长诗《海达马克》，还写了反映当代乌克兰农民生活的诗集《三年》。1861年3月10日，他于彼得堡病逝，按照他在《遗嘱》一诗中的愿望，葬在乌克兰第聂伯河畔故乡的大地上。

同在乌克兰出生的苏联作家左琴科，则继承了果戈理的幽默讽刺艺术。他善于从人们习以为常的平凡琐事中摄取题材，嘲讽形形色色的市侩心理、庸俗习气以及官僚主义作风。他最重要的作品是晚年创作的《日出之前》。在这部作品里，左琴科对人的梦境、心理与行为、意识和潜意识进行探究，以生动洗练的文笔展示了个人的心灵史。小说前半部《幸福的钥匙》于1943年发表后中途被禁。左琴科因此受到批判，并失去了工作。在他生命的晚期，他靠做皮匠过日子。虽说以他的遭际，活到了1958年已是奇迹，但他还是在"日出之前"陨落了。

另一位苏联乌克兰作家冈察尔要幸运得多。贫苦农民家庭出身的冈察尔，与20世纪乌克兰民族的历史以及乌克兰人民的命运紧密相连。1995年去世前，他是乌克兰作协主席，科学院院士，他的名字在乌克兰国内与舍甫琴科一样无人不知。他去世后，乌克兰人在他的故乡、母校及他居住、工作过的地方，树起了他的塑像和纪念碑。他的名字被用来命名一艘轮船以及第涅伯彼得罗夫斯克的一条街道。他最重要的作品，是以亲历卫国战争所得的丰富素材写成的三部曲《旗手》。随着他最后一部长篇《你的霞光》的问世，苏联文学的浪漫抒情派落下了帷幕。

三

浪漫主义的霞光已不再闪耀。世易时移，乌克兰前辈作家坚守的文学传统逐渐失落。早在20世纪20年代，乌克兰文学界就出现西方化倾向。在后独立主义浪潮中，乌克兰语与乌克兰文化更深地植根于本土，改变了对苏联的依赖关系。尤里·安德鲁科维奇等革新者，随之提出了向西方学习的主张。乌克兰著名的表演团体布巴布，及在其影响下涌现的园圃派、字母丧失派等团体，在许多方面都带有美国20世纪五六十年代"反主流文化的一代"的文化特征。

在这样的背景下，安德鲁科维奇写出了他的早期作品《娱乐》（1992）和《莫斯科》（1993），将乌克兰作为俄罗斯的对立体来界定国家身份。他发表于1996年的小说《堕落》，则展示了脱离苏联联邦后的乌克兰，在全新规划的欧洲版图上寻求新的身份的漫漫征途。小说主人公斯达卡·普夫斯基，在前往威尼斯参加会议的途中，发出世界处处是后现代式的荒诞，地平线上还会有什么的疑问。他就像凯鲁亚克式的英雄不断寻找着惊险经历，但永远也摆脱不了自己的民族身份。

对新的身份的寻求，在另一位乌克兰作家库尔科夫那里，有着更为复杂的体现。库尔科夫1961年生于列宁格勒附近的一个小村庄，两年后，随被裁撤的军方试飞员父亲移居基辅。如今，他和他的英国妻子及三个孩子住在基辅，但他是家里唯一的乌克兰公民。他的小说多以"后苏联时期"的乌克兰为背景，具有强烈的荒诞主义特征。在他情节复杂的小说《总统最后的爱情》里，乌克兰总统被政敌下毒。这本书完成数年后，2004年，乌克兰总统候选人尤先科竟然也被离奇下毒，这个国家随后发生了橙色革命。他在书里也写过俄罗斯和乌克兰之间有一场天然气危机。两年后，俄罗斯就关闭了通往乌克兰的输油管道。

库尔科夫凭借小说《死亡和企鹅》在西方出名，书的主人公是讣告作家维克托以及他的宠物企鹅米沙。他的作品总是极尽荒诞，但透过荒诞又能读出乌克兰人政治和心理上的痛苦。虽然乌克兰人赞赏他的写作，但在乌克兰民族主义的潮起潮落中，他用俄语写作的事实，却不时会成为争论的话题。

时光倒流几十年，布尔加科夫和巴别尔的创作，正是得益于俄语和乌克兰语的交相辉映。巴别尔不仅用乌克兰语和俄语，还用敖德萨本地的半乌克兰、半俄罗斯俚语以及犹太语排列组合，混杂穿插，编织出19世纪末和20世纪初南俄港口的市井之声。而乌、俄两国对传统文学资源的争夺，更像是浮面的政治、民族之争，其掩盖的另一个事实是，乌克兰的青年一代，正在快速远离俄语文学经典。

在接受俄罗斯《观点报》的采访，被问到怎样看待媒体把自己与卡夫卡和果戈理比较的评说，库尔科夫顾左右而言他道："在英国有时把我比作迪伦·马特。我喜欢这位作家，但是老实说，我不理解这种比较。"如果说果戈理以来的俄语诙谐写作传统，曾塑造了乌克兰文学充满生机与活力的面貌。如今的乌克兰作家面对这份传统，则多少显得有些暧昧。一如在俄罗斯与西方国家之间的摆荡，是如此微妙地影响着眼下错综复杂的乌克兰政局。乌克兰文学站在了十字路口。

巴西文学：在"未来之国"，遥望"河的第三条岸"

最初是由若热·亚马多，开启了中国读者了解巴西文学的漫漫长路。20世纪八九十年代，他和加西亚·马尔克斯、巴尔加斯·略萨、卡洛斯·富恩特斯等拉美作家，携"文学爆炸"之浩大声势，一路摧枯拉朽，把"魔幻现实主义"烧到了中国。很长时间里，他是最为世界熟识的巴西作家，他的作品也满足了大多数国外读者对于巴西的期待：热情漂亮的混血女郎、乐天懒散的城镇居民、狂欢节、桑巴舞、非洲宗教、巴西战舞、甘蔗烧酒、各色美食，当然还有足球。

但亚马多的作品，写的只是现实，而并不魔幻。这位曾参与巴西共产党领导的政治斗争，被当局多次逮捕入狱并流亡国外的作家，写的是"传统文学"。他极为关注社会现实，认为"写东西是要改造社会，是要革命"。而事实上，葡语浸润的巴西文学，几乎没有受到魔幻现实主义的影响。与拉美西语国家的作家多集中于对广阔的社会变迁的外在聚焦不同，巴西作家更具有现实主义和自然主义的倾向，他们普遍更喜欢探讨个人的身份问题，更善于聚焦于个人内心的复杂性。显然，巴西文学很难被放置到拉美文学的框架中来整合，也因为此，它甚少被外部世界了解，甚至被拉美其他国家武断地称为"一个贫苦的文学邻居"。

然而如果你要了解被奥地利作家斯蒂芬·茨威格认为是"明日的世界"的巴西；了解为结构主义哲学巨匠、人类学家列维·斯特劳斯孕育了诗意而深刻的思想著作《忧郁的热带》，且被社会学大师吉尔伯托·弗莱里称为神秘莫测的"热带中国"的巴西，你就不能不了解这个南美洲最大的国度的文学，也唯有通过对巴西文学"腹地"的了解，你才能了解这个因2014世界杯再度引起世人关注的国家的纵深，它的光荣与悲伤，它的失落与梦想。

一

要深刻地了解巴西，马查多·德·阿西斯（1839—1908）是绕不过去的重要作家，这位"巴西的狄更斯和陀思妥耶夫斯基"开创了真正意义上的巴西文学。他发表于1881年的《布拉斯·库巴斯死后的回忆》是巴西现实主义文学的开山之作。小说主人公布拉斯·库巴斯死后，以第一人称叙述自己生前的故事，他生性懦弱、犹豫不决，却正好印证了19世纪末巴西社会各种思想的对立。

那时的巴西一边受到英、法影响，希望把自己打造成另一个欧洲；一边又要面对国内种种困境，对奴隶制度甚至热带气候束手无策。这种来自欧洲与本土、文明与传统的对立一直深深地印刻在巴西社会中。而在马查多的作品里，这些矛盾以一种独属于巴西的原创性方式展现出来，完全摆脱了只能凭借原始风光来表明民族性的创作方式。此后，马查多又创作了《金卡斯·博尔巴》《沉默先生》等重要作品。他既描绘了19世纪末的里约社会，又通过人物的心理活动来反映社会现实。当时的文学评论大家若泽·维利希莫不禁赞叹道："读完马查多的书我才明白，即使不谈论印第安人、村野田地，也能成为一名伟大的巴西作家。"

虽然如此，马查多的创作却是脱胎于当时盛行的浪漫主义文学思潮。在他创作的九部长篇小说里，《复活》等前四部作品都还没有摆脱浪漫派小说的套路，内容多为带有感伤色彩的传奇爱情故事。对他的创作影响至深的，就是巴西文学史上第一位集大成的作家若泽·德·阿伦卡尔（1829—1877）。在以小说成名之前，阿伦卡尔便因对巴西诗人贡萨尔维斯·德·马加良斯的史诗作品《塔莫尤人联盟》的批评而为世人熟知。在致马加良斯的公开信中，他强调应当摒弃欧洲文学传统的束缚，以对印第安传统与自然风景的描绘为基础，创造真正的民族文学。

1857，也就是发表公开信的第二年，他出版了小说《富家女郎和她的情人》，并将这部作品看作是他文学理念的范本。耐人寻味的是，为了展示本土元素与对模仿借鉴之间的张力，阿伦卡尔还有意识地写了《女神》《露西奥拉》等作品，其中《露西奥拉》明显受到了小仲马《茶花女》的影响，为了突出两者的不同，阿伦卡尔特意安排女主人公阅读《茶花女》，并对这部法国小说进行了批判。

二

民族文学元素之所以会在巴西文学中得到强调，源于其特殊的历史文化背景。作为一个新大陆的移民国家，1822年9月7日，宣布完全脱离葡萄牙而独立前，巴西经历了三百多年的殖民历史。随着民族意识的觉醒，巴西知识分子开始重视本土创作，试图在欧洲文学传统之外展现属于巴西的热带风情。

1846年，"民族诗人"贡萨尔维斯·迪亚斯出版《诗歌初集》，强调了巴西特色的"棕榈树""鸫鸟"等意象，推动了巴西文学中对自然风光与印第安文化的表现热潮，正是在这种对国家民族的探索中，产生了巴西最初的地域主义文学，并在此后的浪漫主义文学中发扬光大。然而在以阿伦卡尔为代表的浪漫主义作家笔下，正如翻译家樊星指出的那样，区域只是作品展开的舞台背景，其中的故事与人物却并不依赖于这个背景，也缺少真正的地域特色。

马查多的创作，创造了真正属于巴西自己的文学样式，他追求一种扎根于巴西社会、追求平等独立的深切表达，表现了那种"自然的、人种的独特历史进程中包含的非巴西不可替代的、纯巴西的东西"。但他只是展现了当时的首都里约热内卢，展现了巴西发达的沿海地区的风貌，而实际的情况是，这个人口和面积均居世界第五的国家，在历史的不同时期，各地的发展并不均衡，各种文明的影响也有所不同，再加上自然环境的巨大差异，因此每个地区都有其主导的文明形态，文学作品也各具特色。尤其是内陆地区，直到由欧克里德斯·达·库尼亚（1866—1909）撰写的史诗巨著《腹地》于1902年出版后才被了解。

作为"巴西的《伊利亚特》"或"巴西民族主义的《圣经》"，《腹地》由库尼亚对卡努杜斯农民战争的报道发展而来。在这本书里，记者出生的库尼亚第一次用文字记录了之前不为人知的腹地与腹地人。全书分《土地》《人民》和《斗争》三部分，分别对巴西的地质环境、人种构成、战争情况做了详尽的描绘，并对巴西的社会问题与民族心理进行了深刻反思。与浪漫主义时期对内陆地区的想象不同，《腹地》迫使巴西精英阶层直面偏远地区贫穷落后的问题。这本书也从各个角度扩展了巴西文学的疆域，进而对整个拉美大陆的文学产生了深刻影响。秘鲁作家略萨正是以《腹地》为基础，创作出广为人知的《世界末日之战》。

受到《腹地》的震动，20世纪初期的一些巴西作家尝试书写这一区域，却将地域主义引向另一个极端，为了将异域风情从单纯的故事背景延伸到人物的话语与动作，他们牺牲了人性的普遍问题，将人物变成风景的一部分，反而显得不够真实。正是在这样的背景下，加之经济、社会等多种因素的推动，1922年，圣保罗知识分子发起"现代主义文学周"运动，批判辞藻华丽空洞无物的文学形式，号召发展新的现代主义文学。他们要求摒弃对欧洲葡萄牙语语法结构的严格遵从，使文学语言接近于巴西日常口语；在理念上，提出吸收利用西方文明，但要用巴西自己的方式加以转化。简言之，就是要脱离欧洲精英主义的影响，正视巴西其他地区尤其是农村地区的社会问题，从多个侧面展示巴西。

随后，就出现了如马里奥·德·安德拉德（1893—1945）的小说《玛库纳伊玛》，曼努埃尔·班德拉（1886—1968）的诗集《时间的灰烬》等有代表性的作品。但很快,现代主义运动就进入了第二阶段,由对美学形式的改革过渡到对社会政治、意识形态的参与,文学作品的区域分化也日益明显,而文学创作也由少数精英扩展到了更广泛的层面。出生于巴西东北部的亚马多,正是在这一阶段脱颖而出。

亚马多习惯以现实主义笔法展示时代变迁。在他前期的作品里,由《可可》《无边的土地》《黄金果的土地》三部长篇组合而成的"可可三部曲"是公认的杰作。而他最负盛名的小说,则是发表于1958年的《加布里埃拉》。虽然名为一部爱情小说,爱情却只是其中的副线,主线则是来自里约的革新派与阻挡进步的地方保守势力之间的斗争,革新派最终赢得了胜利。亚马多由此为读者全面而又细致地展示了20世纪二三十年代的巴西,他描绘了一幅新兴城市的社会风俗画卷。

在此后声名鹊起的作家中,最有代表性的当属吉马良斯·罗萨。他的作品立足于巴西中部的米纳斯·吉拉斯州,吸收了当地的许多故事与传说,通过对方言俗语的艺术加工,在文学语言上也做出巨大创新。在1946年出版的短篇小说集《萨迦拉纳》中,他运用庄园、决斗、迷信、巫术等要素,将真实的地点场景与想象传说融合起来,每一篇小说都像是一则地域寓言。而在他那部最有代表性的围绕腹地打手里奥巴尔多而展开的长篇小说《广阔腹地:条条小路》里,罗萨实现了自然风光与人文内涵的结合,展现了独一无二的文学特点。

三

事实上,由于巴西文学所展现出的区域多样性,巴西的"民族特色"更显五彩斑斓,甚至连巴西批评界的泰斗安东尼奥·坎迪杜也坦承,巴西文学理论要根据不同地域而灵活变通。因为随着时间的迁移,即使同一地区的文学也会呈现出不同的特点。这种文学上的多样性其实也正是社会多元化的直接体现。

过去五十年间，巴西经历了和中国相似的城市化进程，巴西文学也因此呈现出更为复杂和多元的发展态势。如果说，在20世纪80年代之前，占巴西文学主流的，是比较自然性的巴西文学，主要体现和捍卫巴西本身的文化元素和特征以及文学价值。现在，马查多开创的城市化的文学开始回归，且蓬勃发展。来自现代都市的作家，寻求更加普世的观念，更加希望融入世界，也更偏向于中产阶级，大都市的文化、思潮，他们的作品里也体现出更具包容性的全球理念。

生于1952年的作家克里斯托旺·泰扎，见证了巴西城市化的过程。五十年前，他住在巴西农村的大房子里，过着幸福美好的生活。但七岁时父亲的离世带来了生活的巨变，母亲带着几个孩子搬到了城里的公寓，日子变得艰难。他从20世纪60年代开始写作，时值美、苏冷战，巴西开始了二十年的军政时期。他见证了不同意识形态的冲突，一直到20世纪七八十年代后，巴西人们的生活逐渐变得富裕，巴西社会开始更多接受来自西方文化的冲击。

泰扎出版于2007年的长篇小说《永远的菲利普》，看似写关于一个年轻的父亲和他患有唐氏综合征的儿子之间发生的故事，实际上映射出了巴西一个时代的缩影。小说里的父亲为儿子取了一个骑士般的名字，菲利普。他们引导孩子经历艰难的成长，在这过程中，父亲展开了对自己动荡的早年生活的追怀，尤其涉及20世纪60年代末至70年代初西方世界经历深刻变动的历史。

这在某种意义上，显示了巴西当代作家去本土化，并融入世界的努力。而巴西"混血文化"的特性，也推动这种努力得以结出文学硕果。巴西历史上经历了印第安文明、欧洲文明与非洲文明的融合，在20世纪，又接纳了大批意大利移民、日本移民以及二战中遭受迫害的犹太移民，这种开放性和包容性，让很多外来移民得以更快地融入主流社会，因此不难理解巴西为何出现那么多出生于异乡却在巴西取得至高成就的作家。其中最有代表性的，当属克拉丽丝·李斯佩克朵。

1920年12月10日，李斯佩克朵出生于乌克兰的犹太家庭，出生不久即随父母移居巴西。李斯佩克朵在1944年出版她的处女作《濒于狂野的心》，在巴西引起很大反响。之后她陆续出版了小说《光》《围困之城》，同时还完成了《黑暗中的苹果》与短篇集《家庭纽带》。1960年代以降，她的写作获得公众承认，1977年12月9日，李斯佩克朵去世，也是在这一年，已有中文版引进的《星辰时刻》发表。虽然她的创作始终非常小众，但她却在巴西获得了"卡夫卡之后最伟大的犹太作家""巴西的乔伊斯"等诸多美誉。

而"唯一能与加西亚·马尔克斯比肩，拥有最多读者的拉美作家"保罗·科埃略，则可谓巴西文学的大众版。这位出生于1947年的作家，直到四十岁才逐渐为人所知，从1987年的《朝圣》开始，他的《牧羊少年奇幻之旅》等十八部作品以六十八种文字出版、六百五十五个版本在全球一百六十多个国家和地区出版发行，销售总量超过一亿册，获国际大奖无数。他是除《圣经》之外最畅销的巴西作家，2007年被联合国聘为联合国和平大使，堪为巴西多元文化成功的生动注解。

时光倒退回1940年，茨威格偶然驻足巴西，就不由自主地爱上了这片土地，并写下了《巴西：未来之国》。他相信，这个能把那么多种族的人们融合成一个和谐的团体的国家，这个为了人民的幸福和独立，连曾经不可一世的君主也自愿流放的国家，因其彻底的宽容和人道主义精神，一定会为全人类指明美好的明日图景。然而，巴西给他带来的希望，最终没能抵挡他的"精神故乡"欧洲因法西斯势力猖獗而沉沦给他带来的无比绝望。1942年2月22日，他同第二位夫人伊丽莎白·绿蒂在里约热内卢近郊佩特罗波利斯小镇的寓所内双双服毒自杀。

似乎是一种呼应，多年后，吉萨写下了短篇小说经典《河的第三条岸》。小说里的父亲毅然决然地离家，走进了一种漂流的生活状态。直到终老，他都未曾离开那条"用含羞草特制"的船。虽然他的生命，只是在"孤独—漂泊—孤独"的轮回中延续，但"河的

第三条岸"这一充满理想光环却又遥不可及的意象,依然令人心向神往。而一个有着对"第三条岸"的向往和追求的国度,可以预期它的文学也会有一个更为美好的未来。

后　记

　　这本文论集收入我近年写的部分评述性文字。写下这个句子，指尖陡然一颤，我就知道，我不知不觉间写了一个有歧义的开篇，且不只是有歧义，还因为"近年""部分"之类的修饰词，读来颇为拗口。是该断然删去换个开头，还是就这么任性地写了？我想了想，不如就这样开始吧。

　　毕竟，我们脱口而出的一些句子，常常是会有歧义的。我们读文章，读到条理清晰的文字，很多时候是因为我们字斟句酌，做了修订。但说白了，歧义正是我们置身这个充满歧义的世界里所要面临的一个根本处境，与其远而避之，不如坦然处之。而我给自己出的难题在于，我确乎不知道该给这些文字一个什么样的定位。我不经意就写下了这个开篇，也因为我虽然不曾明确意识到，但其实它伴随了我多年了。简单说来，所谓文论集，自然是文学评论的集子。那为何要说是评述性文字？这在我，为的诚实起见，只能这么说。这些文字不同于一般的评论文章，也有别于寻常的新闻报道。于是，我就用了一个带有让人不由多一点联想的"性"——并非性感，而是性质；并非确定性，而是不确定性——的词：评述性。放在名词前该是作状语的吧，一种似是而非的假定。

　　而所谓评述性，又是怎样一种"特性"呢？是指的"评论+叙述"？就好比是把两种不同的原料按一定的比例混合在一起，让它们产生化学反应，倒成了一种既不是评论，又不是叙述的不可名状的事物了？或说，是指的评论里掺杂了叙述，叙述中融入了评论，就好比评论与叙述是同一事物的一体两面，虽然我们的眼睛只能看到正面，但它一定会有一个反面，正反合璧才会有完整感。又或者说，评论与叙述就好比是一个事物和它的投影，你有时看不到它的影子，只是天气、光线造成的假象。扯到这里，我大致也明白了，我就好比是那个影子，我把评论隐藏在了叙述之后，而我也把自己隐藏在了文字之后。

可不就是这样？单看这些文字，明面上都是别人在说，倒像是福楼拜说的，小说家是想消失在自己作品之后的人。但说到底，小说是那个"消失"了的人写出来的，而消失本身也或许是另一种呈现。我虽然不好这么自比，但媒体力求客观的职业特性要求我消失。的确，这些文字里我消失得挺干净，估计很少有"本人""我""著者"之类的称谓。我这么说，好像我在写这些文字之前就正儿八经想过这个问题。可得为自己申辩一句：那是没有的事，要我仔细琢磨了，反倒可能不这样写了。你想，那得有多吃亏，当个隐形人，谁看得见你，谁买你的账啊。反正，正因为我从来没想过吃不吃亏的事，不知不觉就写成这样了，似乎新闻是个因由，叙述是个掩护，评论才是标靶。奇怪的是，居然总是有人买这个账，他们着实把这些文字当成了评论文章。

一

说来我也是咸吃萝卜淡操心，要正名也得假借别人，是不是？以我们的文化精髓，自己现身说法，自说自话，最是犯傻了。人还会说，你心虚了吧？你就得低调一点。你不过是拿貌似评论的文字，混入了评论的队伍，高调了，小心有一天被清理出去。说得也是，倘是衣锦还乡，是得敲锣打鼓高调一些，要不过是锦衣夜行，你穿得再好，也没人看见，不如低调一点得了，你低调了，人还会高调地说你有格调。哎，都到这份儿上了，我不如说实话吧，我本不想高调，也没想"牛不喝水强按头"，非得要人，哪怕是一个不懂行的过路人，认定这是评论文章不可。我想低调地说，我骨子里恰恰喜欢这种不可定义的特性。

所以，我才不管为自己正名，才不管论证这是不是标准的评论文章呢。嘴长在别人身上，我管得着吗？反正我真实的想法是，因为不可定义，也因为似是而非，这些文字或许不怎么成熟，但同时也意味着它们有一种内在的开放性，也或许还多了那么一点可能性。可不是说说的呵，我是有例证的,并且是无意识的例证呵。且看我是怎么整理这部所谓文论集的:我刨去我做过的对话访谈,跟中国文学关系不够"铁哥们"的出版、美术之类的文字,还有隔着山隔着水,按远亲不如近邻的说法,跟当代文学也就勉强有个照应的,还有以各种方式写下的书评文字,单只是剩下写中国文学和俄罗斯以及巴西文学的文字。但我都刨去这么多了,还剩下近百万字呵。我就继续一个劲呼啦啦删删删,删去那些不怎么典型的,话题上有些重复的文字,虽然我不得不承认,它们中有些篇,其实比我保留下来的要写得好,所以删它们的时候,当真有点割肉的疼痛感。我这是大老爷们玩自恋了哈,我也知道这些文字讲真没那么值钱,说不定这个世界上也只有我自己爱惜它们,但我爱惜也不是没有道理,不是有句敝帚自珍的话嘛,谁让出版社给的篇幅那么有限呢。所以,我删到了五十万字,还多出一半多,又删到了二十万字。我在删的时候,与其说尊重理性的律令,不如说是跟着感觉走。原因无他,因为只有听从感觉,才会少一点疼痛感。

不过真是奇了怪了,我就偏偏留下《为什么是"我们的中国"?》这篇,它每次都从我手底下偷偷溜走了。这篇关于李零写的《我们的中国》的文字,明明讲的是中国,而不是什么中国文学呵,我凭什么留着它。这没有道理呵。还真是没道理可讲,我一开始,也没想过要留下它,我只是没意识到它居然躲在我"看不见"的角落里,但等看到了觉得也不赖,把它留下也挺好,再后来,又是一次不知不觉,我竟然把它当了第一章的开篇。这未免也太过分了吧。看在李零是个著名文化学者的分儿上,你把无关文学的文字,留就留着好了。但说好听一点,你这是出的有关中国文学的文论集,管"我们的中国"什么事啊。

这样一来,我只有两条道可走了。要不就狠狠心把它抹去,就像在广袤无垠的世界地图上,"抹去"一个寂寥的村庄。要不就得说出点道理,而且态度必须得好一点,而不是凭着自己有点能耐,谅主子念及我劳苦功高,怎么着都不会因为我要一回态度,就狠下心辞退我,所以乐得"以退为进"当一回甩手掌柜:我就这么干了,我就喜欢似是而非,我就喜欢剑走偏锋,你看你能怎么着我吧。我想了想,道理还真是有的,往往无意识下的判断,才很有一些真道理。为什么呢?因为我隐约觉得,写中国文学的文章，要多一点中国意识。

你没听错，我说的是"中国意识"，而不是"中国文学意识"。我们如今写作的，写评论的人，多有"中国文学意识"啊，这可不是牛皮吹的，火车推的，我们都实打实从正规的学院里摸爬滚打出来的。想当年，经过两年休学后复学，我别提有多讨厌学校了，整日里想的就是怎样逃学，怎样逃避高考——我可告诉你啊，我绝对没一星半点学韩寒的意思，那个时候还不知道韩寒在哪个角落里，更谈不上知他是何许人也。反正我是很失败地没当上挥挥手告别高考，不带走一片云彩的"前驱者"，我临高考前三个月竟又悔改了，不改就罢了，这一知悔改，实在是惊出一身冷汗呀，我都落下了多少功课了，于是乎不得不晚自习后还猫在被窝里打手电筒复习，好不容易把从基因里带来的如一潭秋水，再不济也像秋高气爽的日子里万里无云的晴空一般透亮的眼睛，熬成了低度的近视眼，反正吧，有代价也有收获，最后好歹考上中不溜秋的大学了，也把古代文学史、现当代文学史、外国文学史囫囵吞枣读上了一遍，单说文学史上有哪些经典，哪些思潮，哪些杰出作家，哪些典型人物，是休想难倒我了。再后来一个踉跄半条腿迈进了文学圈，这耳濡目染的，圈子里有点什么趣闻逸事，我都能说出个子丑寅卯来了。所以，除了对太过博大精深的中国古代文学，我不敢说自己有把握——这也怪不了我，要怪得怪写文学史的人偷懒啊，几千年的古代文学史写出来，也就一百年的现当代文学史的篇幅。敢情是过了20世纪信息大爆炸了？或是20世纪之前就那么点事？那时没有评奖，没有排行榜，没有新书发布会、签售会，也没有那么多高端的国际学术会议，也没有人帮你的作品匆匆忙忙塞进各式文献史料登记在册，都不过当官之余乐得闲在家里练练文字。所以，我们压根儿不是那么清楚那时的文坛发生了什么，也就只能大大地"缩水"了。再说了，即使把那时的事都记下来，我们也不觉得怎么了不起，还不是关心自己眼前的事重要？不过，也别高兴得太早，等再过几百年，后人也会当他们自己眼前的事重要，把写我们的篇幅大大压缩了。反正文学史在精神上一向是厚古薄今，在篇幅上绝对是厚今薄古——总之一句话，我们的"中国文学意识"大约是再强不过啦。无怪乎杨庆祥兄感慨，评论家要不能创造或发明出一些新词来，文学上冷不丁出现一个新人，我们也只能做谱系式研究了。比如梁鸿《梁光正的光》里的梁光正，要是合计一下年龄，可不就是柳青《创业史》里那个梁生宝的"儿子"嘛，并且他们是同一个姓氏，说不好有"血缘"关系呢。那我们还能怎么办，就当梁光正是梁生宝的儿子呗。好在杨庆祥兄不认这个账。他道，这账要算起来，从鲁迅、赵树理一直到《创业史》的谱系其实就大有问题，要以这个谱系为准，最近十年我们得怎样重新想象农村？难不成是我们眼下农村的命运，在《创业史》时代就已经写好了？照这么说，我们的"中国文学意识"的辐射力太大，我们曾经的文学史家们创新力又太强，都把我们这一代发明新词、发现新人、发扬新思维的机会给盖过了。

好吧，就算是这样，我还是要无比坚定地说，我们的"中国意识"，或许是不强，而且很不强的。打个比方，要问我何谓"我们的中国文学"，我或许还能谈点什么，但要问我何谓"我们的中国"，我准是一下子懵了。我即使是学了点李零的《我们的中国》，也或许只是懂了点皮毛而已。但你会说，我又不是学考古专业的，凭什么要回答这个"何谓"，中国文学枝繁叶茂，我要想懂点皮毛，我都学不过来呢。你要这样说，好像很有道理啊，不过我还是能反驳你的。你说，"中国文学"是不是包含在"中国"里面，它不过是"中国"里的一小部分，或其中一个小小的分支，难道你果真能从中国里面剥离出一个中国文学来？难道你在一个小小的支流里面蹦跶完了，就不得去找找那个根本的源头？要知道，小二黑、梁生宝这些个"前辈"，虽然是虚构的人物，他们也不是从天而降，而是从某一个特定年代的中国里蹦出来的。赵树理、柳青可不是向壁虚构，而是从田间地头发现他们的呵。所以说，无论是写作的，还是写评论的，要是能把你的笔触伸展到更为广阔的中国的现场，而不只是端坐在书斋里上下五千年孜孜以求，说不定会有新的发现呢。那些发明了新词，写了文学史给我们看的先生们，经历过多少时代的风雨，也着实比我们年轻一辈视野开阔啊，他们可不就是在"我们的中国"里，发现了"我们的中国文学"。

二

真是非常意外地发现,我这么一个平日里少言寡语,不怎么擅长说话的人,在电脑屏幕前,居然也会扯,而且一扯就扯出了十万八千里。既然这样,扯就扯吧,扯过"我们的中国",是不是该扯到"我们的江南"了?我得说一下,这第一章里末一篇《何谓源初意义上的文化江南》,可是多少和文学有点关系的,虽然我也是一不留神把它留了下来。没什么可说的,从私心上讲,我身在江南,江南文学又少说占了中国文学的半壁江山,可不得说说嘛。可我琢磨着我收入这篇文字,着实不单是为了江南,倒更像是看重了"源初"和"文化"二字。我说的是真的吗?好像是那么回事哎。

我是想到该引用一下鲁迅先生的名言了,不是引用特别有名的"横眉冷对千夫指,俯首甘为孺子牛""我好像一只牛,吃的是草,挤出的是牛奶"之类,鲁迅先生是一等一的牛人,所以喜欢打"牛"的比方,但我想打的是"路"的比方,就那句"地上本没有路,走的人多了,也便成了路"。我打这个比方是因为想到,世上或许并没有纯粹意义上的"源初",但正本清源的人多了,也就成了"源初"。所以,我就突然醒悟到,为何一本微观的,有关中国文学的文论集,我偏偏要在第四章里扯进来那么点儿宏观的"文化"。其实也不怎么宏观,因为都把大大的文化浓缩为小小的"文化精神"了嘛。这是应该的,套用冯骥才先生的话说,重温"五四",为的是找回我们失落已久的魂。

其实,我们或许还可以换一个提法。谈论"文化",为的是找回我们失落已久的关怀。我想说,无论正儿八经写评论文章也好,还是如我这般打擦边球写评述性文字也好,我们面对的都不是没有生气的,僵而不死的肉身,而是纵使时光流逝,也依然让你摸到心跳的,或是轻盈或是沉重的肉身。倘是拿着冰冷的解剖刀,面对这样的温暖,且把它们倒腾得七零八落,要不是为了有意耍酷,总归是让人看不下去的。毕竟,还温度以温度,才是我们本该有的态度。

说白了,我也算在文字上耍了点小聪明,耍了点忍不住的酷,要把自己抬高一点,是着实有点忍不住的炫技的嫌疑了,这样的雕虫小技实在是要不得的,我们要的是杨奎松般"忍不住的关怀"。我也是在勉强能及格的底线上,要求自己作为一个多少有点关怀的人,写点有温度,有情怀的文字。而我说的这个关怀,也并非仅仅指的文学的关怀,或是作为一个知识分子的文学关怀,也可以是社会关怀,大而言之是人类的关怀。而与文学打交道的人,要不是汲汲于名利,而是能把心胸放大一点,视野放宽一点,或许会多一点悲悯与关怀。

而只要是有关怀,选择鲁迅,还是选择胡适,果真重要吗?他们可都是有悲悯,有关怀的大师啊,我们为何不可以两个都要呢,我们要一些鲁迅的刚健与勇猛,也要一些胡适的宽容和自由。而他们作为大师,也不是说要我们怎么顶礼膜拜,而是以他们为典范,努力走"自己的路"。我是醒悟得晚,很可能至今还在睡梦中,但正在成长中的孩子,何不早些启蒙,早些学会走"自己的路"。

三

说到这里,或许有人会问了,现在不要说谈启蒙过时,就是谈"我们的中国""我们的中国文学"这点关切,也已经过时了。都全球化时代了,说来说去还是这一套,怎么学会走"自己的路"啊?但我要说,我之所以谈"我们的中国"恰恰在于,我们实在太过关注世界,有时反倒忽略对中国问题的关切了。这就好比是,我们有些时候说起远方的事情来头头是道,对发生在自己眼皮子底下的事却不关心,也不想关心。很有意思的一个悖论,是不是?

我还怀疑,我们现在与其说关注世界本身,倒不如说更关注"走向世界"。以我的亲历和观察,自从2012年莫言获诺贝尔文学奖以后,我参加过的有关文学翻译研讨的会,就比过去多了很多。讲真心话,经过这些研讨,用我去年写过的一篇文字里的说法,中国文学翻译谱写了从深入反思到理性判断,再到文化自觉的三部曲。比如,莫言刚获奖的时候,国内文学翻译界还在争执中译外是否非得坚持遵循"全译、直译"原则,诸如此类的问题,到了后来,我们越来越认识到,翻译并不只是一个简单的文学问题,也不是一个只要跨越语言障碍就能解决的问题，而是一个同时受制于诸多其他因素影响的综合问题，就像胡安江先生说的，西方文学系统内外的专业人士，主流意识形态等多种因素，在很大程度上操纵着西方读者阅读中国现当代文学的兴趣。因为历史原因形成的对中国的误解与偏见，也使得西方读者比较依赖中国文学作为了解中国的文献资料，从而对文学做"政治化"与"伦理化"的解读。所以，目前最需要努力的是，培养西方世界对中国文学的兴趣，从而逐渐让中国文学在中译外过程中回归文学的"正途"。朱振武先生也呼吁，文学翻译考验着译者对本民族文化的自知和自信，要让翻译成为文化自觉的一种形式和表现。再后来，有识之士更是达成了某些共识，意识到唯有文学原创、翻译品质、对外推广三管齐下、持之以恒，才有可能助力中国文学真正"走向世界"，到了那时，就像莫言期待的那样，会有国外的作家说自己受到了中国某一位作家的影响，他们也会像我们曾经阅读他们的作品那样阅读我们的作品，并从我们的作品中受到启发。以莫言的观感，也只有到了这个阶段，世界文学才算得上是真正的存在。

好了，照这么看，翻译是一种手段，"走向世界"是阶段性的目标，屹立于"世界文学"之林才是最终的愿景。但说实话，"世界文学"这个设想，自1827年歌德提出后，对它的质疑就没有停止过，因为世界文学像是一个框，什么都能往里装；也因为受制于文学之外的原因，其中包含的平等主义的思想不太可能得到实现。诸如此类的问题，自然会由相关学者们深入讨论。我看重的是"世界文学"这个概念里必然涵括的"世界意识"。换句话说，歌德也只是提出了这样一个设想，他并没有对这个概念做出任何具体的界定，他只不过是说，世界文学的时代即将来临。每个人都应该为加速世界文学时代的到来而贡献自己的一份力量。但我觉得重要的不是这个概念，而是歌德在近两百年前，而且是在当时只有七千多人的偏远德国小镇魏玛，就具有了这般超前的"世界意识"，这才是其中最激动人心的部分。很显然，世界文学更像是一个乌托邦的愿景，但"世界意识"却是我们该有的一种意识，缺乏这种意识的写作与批评，都将是很有局限的。我做过大大小小不少采访，会问各种各样的问题，最后自觉不自觉都会问道：怎么理解"世界意识"？这与其说是我有意为之的设计，不如说因为这是一个活在当下时代里的作家、批评家都需要面对的问题。

虽然如此,包括我在内,恐怕很多人都未必清楚什么是"世界意识"。与很多受访对象谈到,他们也说不出个所以然来。所以,"世界意识"迄今只是一个不确定的概念,查百度百科,也没查到专门的解释。但我们或许能凭感觉说出什么不是或不能等同于"世界意识"。比如说,我们大概也知道,你走出国门,走出亚洲,或哪怕是你走遍七大洲四大洋,走遍世界的每个角落,也不代表你就有"世界意识"了。简言之,世界意识与你"读万卷书,行万里路"之间没有直接的关联,除非你的思想意识与你的行走轨迹有着同步的宽度与幅度。又比如说,要有一天,我们真正"走向世界",也不代表我们就有"世界意识"了,虽则都关乎"世界"这个词,但两者讲的不是同一个问题,如果说"走向世界"讲的是方法论问题,那么"世界意识"讲的则是世界观问题。前些年,顾彬说"不懂外语是中国作家面临的最大问题",葛浩文说"中国作家的思想还没有真正走出国门",都引起过不大不小的争议,也着实收获了不少喝彩,但要因此走向另一个极端,以为我们多懂几门外语,就能解决写作上面临的问题,或是思想开化按西方文学的标准去写就很"世界"了,则未免有些天真。更何况他们的话里,都多少有些"西方中心主义"的倾向。但换个角度看,他们的话也是一种很好的提醒,提醒我们要拓宽视野,多一些角度来看这个世界,更准确地说,是从"世界""人类"的整体性视角来看这个世界。

这事说来容易,受制于地域、种族和文化的差异等因素,也受制于人本身的局限,实际上做起来未必那么容易。就拿"世界文学"的接受与理解来说,以曹顺庆、齐思原在《争议中的"世界文学"》一文中的推论,世界文学在中国的发轫可以追溯到晚近时期,是国人在救亡图存的危机意识下展开的。那时,对于外国文学的翻译,我们大多择取那些宣扬民族立场的作品。而如今,我们借世界文学的东风,其主要目的也在于援引它为民族文学正名,推动中国文学走向世界,以期迅速合理地融入全球文化舞台。这般在民族意识的驱动下,顺应国家形势进行的世界文学研究,实则反讽性地远离了世界文学的初衷。

实际的情况是,我们曾经怎样如饥似渴地翻译并消化苏俄和东欧一些弱小民族的作家作品,如今我们则是以同样的姿态吸纳欧美的作家作品。而在这同一个姿态背后隐含的是民族意识,而不是世界意识。曾经我们为的救亡图存,如今则是为的民族复兴,以及跻身于强势文化之列的渴望。不可否认的是,强烈的民族意识和民族立场让我们获得了一些东西,却也失落了一些东西。曾经为的宣扬民族立场,我们把不少真正的世界文学经典排斥在外;如今为了追赶强势文化,我们又忽略了曾经如此热衷的苏俄等国家的传统。这种忽略不只是体现在创作层面,也同样体现在批评的层面。即使不说要继承本民族古代文论话语的传统,但从借鉴异域的角度看,如杨庆祥兄所说,我们现在习惯从尼采、海德格尔或福柯的谱系,而不是从比如别林斯基、车尔尼雪夫斯基、赫尔岑的谱系去谈。很显然,俄罗斯传统里的那种文学批评是浸透了生命意识的,而如今独独知识性的东西被我们强调得太多,而生命性的东西又确乎是太少了。某种意义上,这也是我在第六章里质问"俄罗斯文学在中国的影响衰退了吗?"的原因所在。在我们的时代里,其实依然有必要了解和阅读后苏联时代的俄罗斯文学,也依然有必要回望曾经的俄罗斯白银时代,并从中感悟到一些什么。

不得不说,我们强调讲述中国故事,强调中国性,也未尝不是暗含了强烈的民族立场。事实上,正因为各国家、各民族从来不在世界的范围内被真正平等看待过,以及全球范围内民族主义思潮的暗流涌动,强化了各国家、各民族的民族立场。金理兄谈到,有一次去瑞士开会,听一位学者谈到中国的科幻小说,有人就提问,中国科幻文学的中国性在哪里?让我颇感吃惊的是,即使是最具普世性,最能超越民族国家边界思维的科幻文学,也依然逃不开"中国性"的质问。而以金理兄的看法,因为中国文学不被视为是世界文学,所以会被问中国性在哪里。因为你是在中国,是中国文学,所以要有中国特色。如果你说的是法国科幻小说,你会被问,法国科幻小说的法国性在哪里吗?这或许是一个带有双向性的比较复杂的问题,一方面固然是因为中国文学正处于"走向世界"的过程中,就好比是一个人过海关,总会被问到你是哪个国家的。另一方面,我想,出于民族立场的考虑,中国文学本身也会自觉不自觉地强调中国性。

这同样不是一个在"我们的中国文学"小思维打转就能说清楚的

问题，或许得放回到"我们的中国"的大框架里来谈。比如，中国文明的主色调是农耕文明，农耕文明就有比较清晰的界限感。好比是划分一块土地，都要打一个界桩。再比如，中国只是到了近代才落入了被动挨打的状态，在重新崛起的过程中，势必要在世界上重新确立自己的坐标，这就难免会引来一些打量，好比是一个新富起来的人或阶层，会多吸引一些关注的目光，被频频问到，他或他们凭什么新富起来。又比如，中国地大物博，何况在国情和文化背景上又与西方国家有着显著的不同，理所应当包含了一种"中国性"。要是做个假设，昆德拉会被问到捷克性吗？或许是不会的。而昆德拉作为一个捷克作家，或许也不会被问到"走向世界"的问题，即使被问到，他或许也会说"我们本来就在世界上"嘛。那中国也本来就在世界上啊，我们干吗要拼了命"走向世界"呢？或许并没有为什么，只因为处于这个时代，我们就得面对这个悖论性的难题。

四

终于要来说说我们的时代了。你会说，你开门见山说时代不就得了嘛，何苦先说说"中国"，又说说"世界"，才磕磕绊绊来到了时代的门槛前。你就当我玩一回文字花样吧，我们古代造房子，不也在院子里对着正门的地方放一块照壁，为的不让你一眼看到里面的景象。其实我没这个意思，我只是想说，纵向的"中国"与横向的"世界"，为我们认识"时代"构建了一个坐标系。离开了这个坐标系，我们或许就不可能从"总体性"上认识"我们的时代"。

我当然不是说我有本事来认识时代，这是一个多大的命题啊，哪是我能说得清楚的。但我忍不住和很多人一样无限感慨：我们生活在一个多么伟大的时代里啊，我们有多么幸运。用余华的话说，一个中国人只需四十年就经历了欧洲四百年的动荡万变。难怪马丁·瓦尔泽到访中国时说，自己非常羡慕今天的中国作家。中国社会的巨变，每一点进步都牵涉了许多人的命运变化。这些斑斓的生活对一名作家是多么宝贵的矿藏啊，以此反观，"德国显得太安静了"。

可不是吗？瓦尔泽是只知其一，不知其二啊。时代很丰富，可不就相应地就要求创作也丰富。换句话说，时代在馈赠了作家们矿藏的同时，顺带也给了他们影响的焦虑。这么丰富的时代，要你只是给出贫乏的创作，说得过去吗？

反正，相比于我们的时代带给世界的巨大震荡，中国文坛在世界文坛上折腾出的那点声音，就显得太过安静了。譬如，要问瓦尔泽老人家读过哪些中国作家的作品，他恐怕是说不出几部来的。这种影响的不对等，当然有经济、政治等很多方面的原因，但会不会也有表现时代不够的原因呢？国外明明对中国所处的这个时代充满兴趣，你在作品里写好了时代，不就能吸引他们的兴趣了？

不能不说的是，中国作家对时代是充满热情的，他们不仅把时代挂在嘴上，也写在了纸上。他们表现时代的迫切，甚至于让他们迫不及待地把正在发生的新闻事件都融进了作品里去。但这未必管用，因为文学是"人"学，跳过"人"去写时代，或者还没把"人"写好就想写好这个时代，或许不过是一种奢望。

而写好人，也意味着要写好现实，因为无论是作家着力要表现的人，还是作家本身，说到底都是生活在时代现实里的人。然而，我们生活在现实里，同样也容易迷失在现实里，我们不经意就成了丧失现实感的人。正如以赛亚·柏林在一篇名为《现实感》的文章里论及现实感时所说，每个人和每个时代都可以说至少有两个层次：一个是在上面的、公开的、得到说明的、容易被注意的、能够清楚描述的表层，可以从中卓有成效地抽象出共同点并浓缩为规律；在此之下的一条道路则是通向越来越不明显却更为本质和普遍深入的，与情感和行动水乳交融、彼此难以区分的种种特性。然而急速流走的碎片化的现实，被各种浮面的假象掩盖的现实，或是缺乏对现实的穿透力等等原因，都使得我们难以穿透表层之下，触及"难以清晰表述的习惯、未经分析的假说和思维方式、半本能的反应、被极深地内化所以根本就没有被意识到的生活模式"等等。

从另外一个层面上说，我们很可能是太执着于现实，反而迷失了现实。在这一点上，我赞同刘大先兄说的，现实感的缺乏和扭曲，很大程度上源于历史感的含混与鄙陋。因为任何一种现实都是在历史中的现实。从这个意义上来说，现实感即历史感。或许我们很有必要重复T.S.艾略特在《传统与个人才能》里的某一些告诫。他说，假如我们研究一个诗人，撇开了偏见，我们却常常会看出：他的作品中，不仅最好的部分，就是最个人的部分，也是他的前辈诗人最有力地表明他们的不朽的地方。他还说："历史的意识又含有一种领悟，不但要理解过去的过去性，而且还要理解过去的现存性，历史的意识不但使人写作时有他自己那一代的背景，而且还要感到从荷马以来欧洲整个的文学及其本国整个的文学有一个同时的存在，组成一个同时的局面。"

但我们即使赞同艾略特的见解，也是更乐意强调我们所处时代与历史上所处的任何时代的巨大差异性。我们之所以做这样的强调，自然有各种各样的缘由。至少这种差异性，是确认我们所处时代价值的重要凭借。所以，我们不仅强调相当于西方欧洲国家四百年的"四十年"是如何不同，我们还要在"四十年"里至少细分出"五六十年代""七十年代""八十年代""九十年代"这四个十年。而生于哪一个"十年"真是太有讲究了，你看，"70后"眼睁睁看着大时代溜走，又无缘市场化；"80后"向市场化缴械投降，但写的文字也差不多只剩下了市场；等到了"90后"，不仅要拼文学，还得拼颜值了。反正就赶不跑的"50后""60后"幸运地赶上了文学的黄金时代，并且至今都在中国文坛上唱了主角。但要我看，如果说生于"五六十年代"的作家在文学创作上有更好的表现，或许在于他们很可能比后面几代人多了一些现实感。当然，你也可以说，正是因为他们走过的那个年代，让他们多了现实感。

但历史的经验告诉我们，这不足以构成我们为某一个代际辩护的理由。因为时代与个人之间并不构成对等关系。或许贫乏的时代反而留下了宝贵的精神财富，而丰富的时代却是什么都烟消云散。所以，我要无比坚定地说，我们是不必那么强调代际的，千百年后，谁会在意我们时代的谁谁谁是"几零后"呢；我们也不该这么苛责时代，倘是改用肯尼迪总统就职演说里的话，我们应该说："不要问我们的时代能为我们做些什么，而要问我们能为我们的时代做些什么。"

五

拉拉扯扯写了这么多，无非是从几个所谓大的角度出发，谈了自己一点小的观察。而对收入集子的这些文字，如果说我有什么奢望和期许，也无非是能多侧面、多角度对当代文学做出另一种观察。多一个角度，意味着多一种看世界的眼光，既能让我们发现新问题，也会让我们对一些习以为常的文学现象，习焉不察的老生常谈，加以重新审视，从而换一个视界来看当代文学的风景。

这些文字，除少数几篇应别的报纸杂志邀约而写的以外，多首发于《文学报》。得益于这个平台，这些文字才有了这样的呈现。如果说它们写得还算好，那得归功于它。虽说写这些文字，就好比是戴着"镣铐"起舞，但有了相对宽松的舞台空间，自然会激发我有比较好的发挥。我也真心希望能把戴着"镣铐"的舞跳得好看一些、耐看一些。当然，如果说这些文字写得不够好，那得归因于我自己，是我功力不够，多了"镣铐"的束缚，舞就会跳得没那么轻盈、灵动，那就争取以后"跳"得更好一些吧。

感谢《火凤凰新批评文丛》的接纳。我是着实读过其中几本的，并从中有所受益。某种意义上，陈思和老师的《鸡鸣风雨》等，可谓陪伴我度过了四年的大学时光。我自知在文丛序列里，我这本集子会比较另类，甚或是格格不入。但私心想，它之所以被接纳，或许也正因为它作为异质的存在。就像我在开篇里写到，我不清楚该给这些文字一个怎样的定位，写到末了，我也说不出个所以然来。这些文字的确没那么规范，也未必能自成一个"体系"，或可自辩的是，其中大部分文字都来自文学现场，而现场即便是做了准备，也免不了有即兴的色彩，且可能有意料之外的事发生，如此却也可能多带来一点新鲜和刺激。

而以我的观察，十几年前或更早的时候，作家、批评家们重在谈文学现象与问题，谈具体的作家作品倒像是为问题做注解。近些年有了很大的转向，开始盛行作家论、作品论。这未尝没有时代的缘故，譬如八九十年代，本就是思想活跃的年代，给那时从生活现场里来的批评家们提出了很多问题，他们恰好以当时正在发生的文学作品和问题来展开争论和对话。而21世纪以来的这近二十年，本就是"思想淡出，学问凸显"的年代，加之这一代的批评家居多从学院里成长起来，他们习得的文学史与相关理论知识储备，也恰好能用以剖析作家作品。老实说，这两种不同的批评方式，是难以做高下评断的。我们很可以为近些年成长起来的一代扎实做着自己的研究感到欣慰，但前辈批评家所具有的鲜明的问题意识和蓬勃的生命意识，也不由让我们"虽不能至，心向往之"。

　　这也正是我特别钦佩郜元宝老师的地方。他的批评文章有强烈的问题意识，即使谈具体的作家作品，也会呈现出宽远的问题的远景；而倘是谈的现象与问题，也能携着鲜活而生动的生命的印记，稳稳地落回到作家作品上，就更不用说他在批评文体上的用心和讲究了。我欣慰于能时时读到他的好文章，也特别感谢他能在百忙中抽出时间来为我写精彩的序言。同时，要特别感谢金理兄，得益于他的邀约，才有了这本集子，他还无私地贡献了好的意见和建议，使得这本"似是而非"的集子，终于有了一个它该"就是这样"的好的样子。